HEYNE

Das Buch

Plotek flüchtet aus München wegen zu viel Lärm, Baustellen, Straßenbahngleisarbeiten, Haussanierung und allem. Vinzi flüchtet von der Schwäbischen Alb wegen seiner rumänisch-deutschen Haushaltshilfe Hexe, dubiosen Machenschaften und dergleichen. Die beiden treffen sich zur Spargelzeit auf einem Campingplatz an der Ostsee, Lübecker Bucht, Grömitz – Ostseeheilbad der Sonnenseite. Aber nichts da. Kaum haben die beiden den Tabbert Puccini bezogen, da ist auch schon der erste Dauercamper tot: vergiftet! Die Ostsee-Idylle aus Sonne, Strand und Sandburgen bekommt das erste Mal Risse. Dann Löcher. Kurz darauf verschwindet auch die polnische Küchenhilfe der Campingplatz-Bierstube und taucht daraufhin im historischen Brunnen der alten Klosteranlage wieder auf: mit eingeschlagenem Schädel! Da die völlig überforderte örtliche Polizei bald Plotek und Vinzi verdächtigt, bleibt den beiden nichts anderes übrig, als die Aufklärung der Straftaten selbst in die Hand zu nehmen.

Der Autor

Sobo Swobodnik, aufgewachsen auf der Schwäbischen Alb, studierte Schauspielerei, arbeitete als Rundfunkredakteur und Theaterregisseur. Er hat mehrere Romane veröffentlicht und ist auch als Filmemacher tätig. Sein Roman *Kuhdoo* war ein großer Erfolg, der es bis auf die *Spiegel*-Bestsellerliste schaffte. Der Autor lebt heute in Berlin. Besuchen Sie seine Website www.plotekromane.de

Lieferbare Titel:
Oktoberfest – Kuhdoo – Ahoi Polaroid

Sobo Swobodnik

Kille Kille King

Kriminalroman

Ploteks siebter Fall

WILHELM HEYNE VERLAG
MÜNCHEN

Sämtliche Figuren und Ereignisse in diesem Roman sind frei erfunden.
Übereinstimmungen mit der Wirklichkeit sind nicht beabsichtigt und wären rein zufällig.

FSC www.fsc.org
MIX
Papier aus verantwortungsvollen Quellen
FSC® C014496

Verlagsgruppe Random House
FSC-DEU-0100
Das für dieses Buch verwendete
FSC®-zertifizierte Papier *Holmen Book Cream*
liefert Holmen Paper, Hallstavik, Schweden.

Originalausgabe 05/2012

Printed in Germany 2012
Redaktion: Ulf Müller
Umschlagillustration: © plainpicture/Readymade/Scarlett Coten, istockphoto/Annaju; Fotolia/askaja, by-studio, makuba, 3desk, Mo
Umschlaggestaltung: yellowfarm GmbH, s. freischem
Satz: Fotosatz Amann, Aichstetten
Druck und Bindung: GGP Media GmbH, Pößneck
ISBN 978-3-453-40713-8

www.heyne.de

Gott ist tot – Elvis lebt!
Gesprayter Schriftzug an einer Berliner Hauswand

Einmal am Tag freut man sich, dass man am Leben ist
und noch nicht tot.
Das ist ein unwahrscheinliches Kapital.
Thomas Bernhard

Strobe lights pump and flicker
Dry lips crack out for more
»Come bite on this rag doll, baby!
That's right, now hit the floor«
They're sneaking out the back door
She gets up from all fours
Rhinestone fools and silver dollars
Curdle into bitter tears
Peek-a-boo Peek-a-boo
Golly jeepers
Where'd you get those peepers?
Peepshow, creepshow
Where did you get those eyes?

Siouxsie and the Banshees, »Peek-a-Boo«

1

Jetzt saß Plotek wieder am Tresen vom *Froh und Munter*, seiner Lieblingsgaststätte in München, Stadtteil Neuhausen, vor einem fast vollen Weißbierglas mit eingefallener Schaumkrone, und war schon wieder eingeschlafen. Das sechste Mal an diesem Abend. »Mensch, geh doch nach Hause«, hätte man sagen wollen. Auch können. Genützt hätte es aber nichts. Plotek hatte nämlich kein Zuhause. Oder besser, er hatte kein Zuhause mehr. Theoretisch schon. Praktisch nicht. Natürlich hätte Plotek auch zu Agnes ziehen können, seiner Freundin. Aber auch wieder nur theoretisch. Praktisch war das völlig ausgeschlossen. Der Grund: Ihre Beziehung war am Arsch. Agnes hatte ihm die Freundschaft endgültig gekündigt. So wie man ein schon zu lange geführtes Sparkonto, das nur noch Bearbeitungsgebühren kostet und nichts bringt, nach vielen Jahren endlich abstößt.

Nachdem Plotek von seiner Hurtigruten-Reise mit seinem alten Freund Vinzi zurückgekommen war, gab es noch ein kurzes leidenschaftsloses Aufflackern der Beziehung. Danach war lange Sendepause. Bis schließlich ein Päckchen im *Froh und Munter* abgegeben wurde, in dem sich Ploteks Habseligkeiten aus Agnes' Wohnung befanden. Eine Socke, ein Ober- und ein Unterhemd, zwei gebrauchte Unterhosen, ein Benzinfeuerzeug, eine defekte Armbanduhr, eine ungeöffnete Packung Präservative *Superfeucht* und sonstiger Krimskrams. Das war's dann. Einerseits war Plotek erleichtert. Nach dem Motto: Ein toter Hund ist besser als ein sterbender. Auf der anderen Seite war er auch ein wenig traurig. Irgendwie waren Agnes und die Beziehung zu ihr ein fester Bestandteil in seinem Leben geworden. Willkommene Zerstreuung in der Langeweile. Heiterkeit in der Betrübnis. Ein Fels in der Weißbierbrandung. Ansonsten gab es in Ploteks Leben mittlerweile nicht mehr viel, was für Halt und Geborgenheit stand. Das *Froh und Munter* vielleicht, sein alter Freund Vinzi, seine Wohnung, ein Stück weit auch München, das tröstende Unertl-Weißbier, ein paar Anekdoten und zwei, drei versteckte Wünsche. Aber sonst? Sonst hatte Plotek nichts und niemanden. Keine Freunde. Freundin auch nicht. Verwandte waren schon lange obsolet. Bekannte eben nur Bekannte. Und nicht zu gebrauchen. Zumindest nicht, um bei ihnen für ein paar Tage, vielleicht auch Wochen, Unterschlupf zu finden.

Jetzt könnte man sich fragen, warum Plotek einen Unterschlupf brauchte, wo er doch, wenn auch nur theoretisch, eine Wohnung hatte. Nun, seine Wohnung in München, Stadtteil Neuhausen, in der Nähe seiner Lieblingsgaststätte *Froh und Munter*, war seit geraumer Zeit eigentlich keine Wohnung mehr. Es war vielmehr ein Ort, der unbewohnbar war. Immer unbewohnbarer zu werden schien. Ein Ort, an dem er keine Ruhe mehr fand. Der Grund waren Baustellen. Oder besser, der Lärm der Baustellen vor, neben und in seinem Haus. Deshalb schlief er auch regelmäßig über seinem Weißbier am Tresen vom *Froh und Munter* ein.

Wie jetzt. Und schnarchte. Bis er eine Stimme hörte.

»He, Plotek, aufwachen!«

Zeitgleich spürte er ein fast zärtliches Rütteln am Arm. Die Stimme gehörte zu Susi, der Bedienung vom *Froh und Munter*. Das Rütteln kam von einem Mann neben ihm, der jetzt sein Glas hob.

»Prost!«

Plotek hob ebenfalls sein Glas und trank, ohne dem Mann, der schon öfter neben ihm am Tresen gesessen hatte und ihn an einen der schwitzenden Bauarbeiter erinnerte, seinerseits zuzuprosten.

»Müde, was?«

»Hm«, machte Plotek, während Susi die Augen verdrehte, was nur bedeuten konnte: »Trink aus und leg dich ins Bett!«

Schön wär's, dachte Plotek und dann erneut an die Baustellen. Wobei er schon wieder mit den zufallenden Augen kämpfte.

Apropos Baustellen. Wie nässende, hässliche Geschwüre durchzogen sie die Stadt und lungerten seit geraumer Zeit gemütlich vor Ploteks Haus herum. Als hätte es sich herumgesprochen, dass da einer wohnte, den die Lärmbelästigung langsam zum Wahnsinn trieb. Seit zwei Wochen wurde der Asphalt auf dem Trottoir und der Straße vor seinem Haus aufgerissen. Mit Presslufthämmern, Schlagbohrern, Baggern und allem. Irgendwelche Rohre oder Kabel sollten mal wieder verlegt werden. Wofür die neuen Rohre gut sein sollten und warum die alten nicht mehr taugten, wusste keiner so genau. Auch die Bauarbeiter nicht. Wenn Plotek sie fragte, was sie denn da eigentlich genau machten, hoben sie die verschwitzten Schultern und glotzten vor sich hin, als wäre der aufgerissene Asphalt ein Schützengraben und der Krieg, in dem sie sich gerade befanden, für sie selbst nicht zu durchschauen. Das Afghanistan des Baugewerbes quasi. Dementsprechend fiel die Meute jeden Morgen um Punkt sieben Uhr mit schweren Maschinen über die Straße her und brüllte dabei, als ginge es nicht um Rohre oder Kabel, sondern eben um ethnische Territorialansprüche. Als wären die Männer im Blaumann Krieger im Kampf um den letzten Wurstzipfel. Mit einer Sprache ausgestattet, die keiner verstand. Dafür aber umso lauter war. Bauarbeiter reden nicht, Bauarbeiter schreien! Den ganzen Tag. Dabei versteht man kein Wort. Sonst könnte man ja auch zurückschreien. Aber keine Chance. Obgleich Plotek mit dem zunehmenden grobschlächtigen Geplärre merkte, dass auch er Lust gehabt hätte zu brüllen. Seine ganze Wut, seinen ganzen Hass auf die Baustellen, die Bauarbeiter und den Lärm einfach in die Luft hinauszuposaunen! – aber vergiss es. Hat er sich natürlich nicht getraut. Mussten eben kurzfristig die Sex Pistols ran. Für den Gegenangriff. Ab und zu hat Plotek eine Platte aufgelegt und die Stereoanlage bei offenem Fenster bis zum Anschlag aufgedreht.

»*I eat your heart out on a plastic tray / You don't do what you want then you'll fade away / You won't find me working nine to five / Too much fun being alive / Problem, problem / Problem, problem is you / Problem, problem, problem / Problem, problem / Problem, problem is you / What you gonna do? Problem ...*«

Geholfen hat es nichts. Danach brummten seine Ohren, und die Bauarbeiter schrien noch immer. Sogar noch lauter. Die Presslufthämmer perforierten nach wie vor sein Gemüt, so dass seine angeborene Gelassenheit langsam durch die hinterlassenen Löcher zu rutschen drohte. Soll heißen: Plotek merkte, wie seine Psyche langsam, aber stetig zu bröckeln begann, als wäre sie ein Marmorkuchen auf dem Fensterbrett bei Hochsommer. Sein Nervenkostüm war nur mehr ein ausgefranster lappiger Fetzen, in dessen losen Fäden er sich selbst verhedderte. Das Aggressionspotenzial in ihm stieg proportional zum Geräuschpegel um ihn herum. Der gutmütige Plotek verlor dabei langsam die Fasson. Näherte sich dem Nervenzusammenbruch. Die beste Verteidigung ist der Angriff, dachte er in dieser verzwickten Situation. Und die Rache. Rache schafft Genugtuung. Aug um Auge, Zahn um Zahn. Alttestamentarisches Kalkül. Bedeutet: In der Nacht hatte Plotek, angeschwippst vom *Froh und Munter* heimkehrend, einige Kabel an den Baugeräten durchgeschnitten, das Dixi-Klo umgeworfen und Wasser in den Sicherungskasten gekippt. Die Schlösser der Bauwägen ließ er alle drei Tage mit Sekundenkleber volllaufen. Die Folge war noch lauteres morgendliches Bauarbeitergebrüll. Worte wurden dabei zu Waffen. Und Plotek im dämmrigen Schlaf an die Wand gestellt und exekutiert. Natürlich schafften die Gemeinheiten auch ein wenig Befriedigung. Ein, zwei Schmunzler am Morgen waren der Lohn. Lösten das Problem aber nicht. Eher im Gegenteil. Durch Ploteks Sabotageakte verlängerten sich die Bauarbeiten umso mehr. Wurden sogar noch ausgeweitet. Es schien, als wollten die Bauarbeiter mit ihren eigenen Mitteln umso heftiger zurückschlagen. Neben den Baumaßnahmen vor dem Haus wurde jetzt auch noch *im* Haus gewerkelt. Mehr noch. Auch die Nachbarhäuser links und rechts von Plotek wurden plötzlich komplett saniert. Seine Befriedigung war endgültig dahin, die Genugtuung vorbei. Was blieb, waren Frust, Ärger und eine sich nun grenzenlos ausdehnende Lärmbelästigung. Soll heißen: neue Fassade, neues Dach, neues Treppenhaus, Aufzug und alles. Bedeutet: Gerüst, Sandstrahlgeräte, Schlagbohrer, Kräne, Betonmixer, Container und noch mehr Bauarbeiter. Es sah ganz so aus, als hätten sich die Hauseigentümer zusammengeschlossen und sich gegen ihn verschworen. Parole: Den Sack im dritten Stock machen wir fertig!

»Plotek!«

Wieder eine Stimme, wieder ein Rütteln. Jetzt weniger sanft. Plotek schreckte vom Tresen hoch.

»Prost!«

Als wären Susi hinterm Tresen und der Mann neben ihm der verlängerte Arm der Bauarbeiter.

»Mensch, Plotek, wie oft willst du hier denn noch einschlafen?!«

Susi wies zur Uhr über der Klotür, deren Zeiger gerade die halb zwölf hinter sich gelassen hatten. »Geh doch heim!«

Plotek grinste, wenig überzeugend, als wär's ein Witz gewesen. Ein ziemlich schlechter Witz. Jeder andere hätte gedacht, recht hat sie und halb so schlimm. Soll Plotek doch einfach tagsüber ins *Froh und Munter* und dann nachts zum Ausschlafen nach Hause. Aber falsch gedacht. Zu Hause war nämlich auch in der Nacht keine Ruhe mehr. Der Grund: die Münchner Verkehrsbetriebe! Die hatten vor ein paar Tagen beschlossen, die Straßenbahnschienen vor Ploteks Haus neu zu verlegen. Die beste Zeit dafür war natürlich nachts. Für die Verkehrsbetriebe. Nicht für Plotek. Für Plotek wurde dadurch auch die Nacht zum Alptraum.

»Nimm halt Ohropax!«, hatte Susi gesagt und zwei gebrauchte über den Tresen geschoben. Aber vergiss es. Ploteks Ohren sind mit den kleinen gelben Schaumstoffwürstchen nicht kompatibel. Waren sie noch nie. Immer wenn er sie in seinen Ohrmuscheln versenkte, hörte er von außen zwar weniger. Dafür von innen umso mehr. Er hörte sein Herz wie wuchtige Hämmer klopfen und das Blut in den Adern rauschen, als wär's der Niagarafall. Folge: Plotek verzichtete in der Nacht nicht nur auf Ohropax, sondern auch gleich noch auf seine Wohnung. Er saß, so lange es ging, im *Froh und Munter*. Oder besser, er schlief, solange ihn Susi ließ, immer wieder am Tresen ein. Irgendwann ging es dann nicht mehr, weil das *Froh und Munter* auch mal zumacht. München ist eben nicht Berlin und nie und nimmer eine Großstadt. Eine Weltstadt mit Herz schon gar nicht. Und wenn schon Weltstadt, dann ohne Herz. Der Weg nach Hause war auf jeden Fall verbaut. Sein Bett zum Schlafen ungeeignet. Die Wohnung für den nächtlichen Aufenthalt passé. Also blieb Plotek nichts anderes übrig, als sich nachts nach der Sperrstunde im *Froh und Munter* auf den zugigen Münchner Straßen herumzutreiben. Oder durch den Englischen Garten zu torkeln. Hundemüde und mit einem Rausch im Gesicht. Wie ein räudiger, herrenloser Hund. Als er dann vor ein paar Tagen völlig übermüdet auf einer Parkbank eingeschlafen war und irgendwann mit einem übermotivierten Homosexuellen an seiner Seite aufwachte, der sich gerade an Ploteks Hemd zu schaffen machte, war's dann auch mit dem Englischen Garten endgültig vorbei. Soll heißen, ab jetzt also wieder nachts nach Hause und schlaflos leiden bis zum Morgen. Bis zur Katastrophe. Die kommen musste. Die auch kam.

Vorher aber schickte Susi Plotek noch mit den Worten

»Das ist ja unerträglich, Mensch, lass dir doch helfen!« zum Doktor Hohenthaler.

Gemeint war nicht nur die Schlaflosigkeit, sondern auch sein Hautausschlag. Seit die Baustellen in sein Leben getreten waren, waren nämlich auch die Pusteln da. Kleine, rote Punkte verteilten sich vor allem dort, wo man sie sehen konnte, also auf Gesicht, Nacken, Hals und Händen. Natürlich gab es zwischen Lärm und Ausschlag einen Zusammenhang. Welchen, das erklärte Doktor Hohenthaler ihm mit nachdenklichem Blick.

»Alles psychisch!«, sagte er, als wären nicht die Baustellen und die Lärmverschmutzung Schuld, sondern Plotek selbst. Der Doktor hob die weiß bekittelten Schultern, lehnte sich in seinem Designer-Schreibtischstuhl zurück und rieb die Hände aneinander, als ginge von Plotek eine eisige Kälte aus.

»Da kann ich Ihnen nicht helfen. Gut, ich könnte Ihnen natürlich eine Salbe verschreiben. Aber das wäre nur äußerlich. Innerlich wirkt die nicht. Innerlich, da sind Sie selbst zuständig.«

Er beugte sich wieder nach vorne und sah Plotek lange in die schläfrigen Augen, dass es dem ganz unheimlich wurde. Dann sagte er schließlich, als wäre das die Lösung des Problems: »Fahren Sie weg, Plotek! Nehmen Sie Abstand. Erholen Sie sich. Sie sehen ja furchtbar aus. Da hilft nur noch Entspannung, verstanden?«

Natürlich verstand Plotek, sagte aber trotzdem nichts. Was den Doktor sogar ein wenig ärgerlich werden ließ. »Sie wissen, was ich meine, oder?«

Nur zu gut wusste Plotek das, wollte aber noch immer nichts sagen. Er stand auf und ging zur Tür.

»Sonst endet es irgendwann tragisch!«, gab ihm der Doktor noch mit auf den Weg.

Das Irgendwann kam früher als gedacht und war dann keine vierundzwanzig Stunden später mit großem Hallo auch schon da. Völlig übermüdet war Plotek tatsächlich gegen zehn Uhr am Morgen, nachdem er stundenlang wie auf einem elektrischen Stuhl im Sessel gehockt war, trotz Presslufthammer und Bauarbeitergebrüll eingeschlafen. Der Schlaf war nicht tief, hielt auch nicht lange und endete abrupt. Denn plötzlich klingelte es an seiner Wohnungstür. Aber nicht nur ein- oder zweimal. Es wurde Sturm geläutet. Minutenlang. So lange, bis Plotek aus seinem Schlaf hochschreckte. Außer sich, wie von der Tarantel gestochen, stürmte er zur Wohnungstür, riss sie auf, um dann plötzlich zu verharren. Im Hausflur vor der Tür standen zwei junge Männer in schwarzen Anzügen und weißen Hemden. Sie hatten beide identisch aussehende akkurate Mittelscheitel und glänzende, bartlose Gesichter. Der eine hob eine schwarz gebundene Bibel in die Höhe, während der andere mit balsamierter Stimme fragte: »Glauben Sie an Gott?«

Hätte jemand Plotek in normalem, ausgeschlafenem Zustand danach gefragt, hätte er vielleicht »Hm« gesagt. Oder »Na ja« und »Je nachdem«.

In dieser aufgebrachten Stimmung, mit einem von mehreren schlaflosen Nächten zerrütteten Nervenkostüm, sagte er nichts mehr. Nicht muh, nicht mäh. Stattdessen knallten seine Sicherungen durch. Im Bruchteil einer Sekunde verlor er die Contenance, wurde sich selbst völlig fremd und erkannte nichts mehr an sich wieder. Aus dem Menschen wurde ein Tier. Aus einer harmoniesüchtigen, harmlosen Person binnen eines Fingerschnipsens eine ferngesteuerte, cholerische Kampfmaschine. Plotek sah rot! Dunkelrot! Schwarz!

Er sprang dem einen Zeugen Jehovas an den Hals und trat dem anderen gleichzeitig in den Hintern. Folge: Beide wollten mit ihm von nun an nicht mehr über Gott reden. Auch nicht über irgendetwas anderes. Sie versuchten möglichst schnell Reißaus zu nehmen. Mit panischem Blick und ähnlich laut schreiend wie die Bauarbeiter flehten sie den Allmächtigen um Hilfe an und stürzten die Treppe hinunter, die Hosen gestrichen voll. Das sagt man jetzt so einfach. War aber tatsächlich so. Einer der Zeugen machte sich tatsächlich in die Hose. Zumindest waren eindeutige Spuren auf dem Hosenboden und im Treppenhaus zu sehen.

Für Plotek hatte die Vertreibung der Zeugen einerseits etwas Reinigendes, Erlösendes an sich. Er fühlte sich danach ein Stück weit erleichtert. Andererseits jagt man die Zeugen Jehovas selbstverständlich nicht einfach so mit Arschtritten die Treppe hinunter, ohne dass es Folgen hätte. Diese ließen nicht lange auf sich warten. Nachdem nämlich die Zeugen weg waren, kamen sogleich die Ordnungshüter in Gestalt zweier Polizeibeamter von der nur ein paar Straßen entfernt gelegenen Wache und begehrten Einlass. Sie klingelten und klopften an der Tür, während Plotek sich, wieder aus dem Bestienkostüm geschlüpft, als geläuterter Mensch hinter dem Sofa versteckte und sich tot stellte. Nachdem die Polizisten wieder weg waren, verließ auch Plotek klammheimlich die Wohnung und mied seitdem dieselbige genauso wie die Zeugen Jehovas. Er suchte bis auf weiteres im *Froh und Munter* Unterschlupf. Was Susi auch wieder ein Dorn im Auge war. Sie mochte Plotek zwar, aber dass er nun den ganzen Tag am Tresen saß und mehr schlief als trank, konnte ihr dann doch nicht recht sein.

»Plotek! Du musst dich mal richtig ausschlafen«, sagte der Mann neben ihm, während Plotek die Augen wieder aufriss und ihn ansah, als wäre sein Gesicht ein Bett.

»Ich hab da was für dich.«

Eine Wohnung, im Grünen, am Rand der Zivilisation, mit nichts außer Vogelgezwitscher, fantasierte Plotek.

»Tabbert 655 D«, sagte der Mann. Es klang, als wäre es ein Code, eine Chiffre. Die Plotek aber offenkundig nicht verstand. Konkretisierte der Mann es eben.

»Wohnwagen.«

Susi nickte zustimmend, während es bei Plotek anfing zu dämmern.

»Acht dreiundfünfzig lang, zwo fünfundsechzig hoch, zwo fuffzig breit. 45 Liter Frischwassertank, fest installiert. Warmluftanlage mit Drehzahlautomatik, 12 Volt. Erstklassiges Echtholzfurnier aus Piemonteser Kirsche an den Deckenschrankklappen, mit zwei eleganten Chromadern. Formschöne Chromgriffe und komfortable Snap-in-Verschlüsse. Belüftete Sitzstaukästen und Hinterlüftung der Deckenschränke. Domestic-Toilette mit Keramikbeschichtung.«

Will der den verkaufen?, dachte Plotek, während die Finger einer nach dem anderen aus den Fäusten des Mannes schnalzten wie Hosengummis. Zumindest klang er wie ein Händler. Die Finger seiner beiden Hände waren jetzt wie Antennen in die Luft gespreizt.

»Kostet neu ein Vermögen.« Wie viel wollte er nicht sagen.

»Der Spinflo-Kocher hat Haushaltsniveau und lässt sich wegen seiner Glasplatte ganz leicht reinigen. Heizung Truma SL5002, zwei Gebläsemotoren und Heizkreisläufe, 12-Volt-Heizungsgebläse mit Drehzahlautomatik. Extrahohe Rückenpolster für optimalen Sitzkomfort. Absolutes Wohlfühlambiente!«

Oder hat er vielleicht zu lange an der Gebrauchsanweisung seines Tabberts geschnüffelt? Jetzt schnalzte der Mann genüsslich mit der Zunge und machte eine kurze Pause. Offenbar in der Erwartung, dass Plotek, von einem derartigen Angebot begeistert, ein paar lobende Worte fand. Aber keine Chance. Plotek schaute noch immer, als wäre Tabbert 655 D eine Geschlechtskrankheit und in höchstem Maße ansteckend. Was er dadurch verdeutlichte, dass er ein paar Zentimeter von dem Mann wegrückte.

»Ich fahr erst wieder in den Sommerferien hin. Mit der Familie.«

Der Mann griff in seine hintere Hosentasche und holte seine Geldbörse heraus. Er klappte sie demonstrativ auf und hielt sie Plotek vor die Nase. Hinter dem Zellophansichtfenster war aber kein Wohnwagen zu sehen, sondern ein hässlicher pausbackiger Junge, ein ebenso hässliches, gut zwei Jahre jüngeres Mädchen mit Zöpfen und Zahnlücke und eine vielleicht vierzigjährige Frau, die aussah wie sechzig. Dahinter war der Mann selbst zu erkennen.

»René, Klara-Monique, Angela, Ulf«, sagte er, während sein Zeigefinger auf dem Foto nacheinander über den Sohn, die Tochter, seine Frau und schließlich sich selber strich. Dann klappte er die Geldbörse wieder zu und sagte: »Bis dahin kannst du den Puccini haben, wenn du willst.«

»Puccini?«, fragte Susi, die ebenfalls Mühe hatte, Ulf zu folgen.

»So heißt der Wohnwagen.«

Als es bei Susi immer noch nicht klingelte, fügte Ulf hinzu: »Das ist der Name des Modells.«

Er machte erneut eine Pause, als erwartete er jetzt tobenden Applaus. Aber denkste. Plotek reagierte noch immer nicht. Susi hingegen nickte anerkennend, als ob sie in Ploteks Namen schon einwilligte in das Geschäft, während Plotek sich noch fragte, wo denn dieser Tabbert Puccini überhaupt stand. Sicher nicht in München. Vermutlich nicht mal in Bayern. Höchstwahrscheinlich sogar am anderen Ende der Republik.

»Grömitz«, sagte Ulf, als hätte er Ploteks Gedanken erraten. »Auf einem schönen, kleinen Campingplatz mit allem Drum und Dran.«

Was das Drum und Dran denn war, sagte er nicht. »Ostseeheilbad der Sonnenseite, schon mal davon gehört?«

Keine Reaktion von Plotek. Auch von Susi nicht. Dafür von Ulf. »Herrlich!«

Als Plotek noch immer schwieg, legte Ulf mit »Ostseestrand« und »Lübecker Bucht!« nach. Wie man auf ein fast erloschenes Feuer Briketts nachlegt.

Lübeck, dachte Plotek. Dabei fiel ihm nicht viel ein. Höchstens Holstentor, Nobelpreisträger und Marzipan. Als Ulf wieder mit »Herrlich!« kommentierte, sagte Susi: »Ideal!«

Sie hob die linke Augenbraue, was sie eindrucksvoller konnte als jeder andere. Die erhobene Augenbraue unterstrich das Gesagte nicht nur nachdrücklich, sondern bedeutete in diesem Fall, dass sie in Gedanken bereits Ploteks

Koffer packte, als könnte sie es nicht erwarten, ihn endlich loszuwerden.

»Exakt!«

Ulf nickte Susi zu, die nickte zurück, holte drei Gläser aus dem Kühlschrank und stellte sie vor die beiden auf den Tresen.

»Und vor allem ruhig und entspannt!«

Sie schenkte den Tequila ein und legte die Zitronenschnitze neben die Salzfässchen.

»Prost!«

Jetzt muss man wissen, dass Plotek kein Campingfreund ist. Noch nie einer war. Auch nicht vorhatte, einer zu werden. Er hat schon immer lieber im eigenen Bett als im fremden Schlafsack geschlafen. Ein Campingplatz war für ihn das Hoheitsgebiet von Spießern. Die sommerliche Außenstelle von Einfamilienhäusern mit Gartenzwergen, Jägerzäunen und Buchsbaumhecken. Das Reich für heimwerkende Ulf-Papas und Angela-Muttis, die Kinder mit Namen Klara-Monique hatten und Fußabstreifer, auf denen *my home is my castle* stand.

»Prost!« Salz, Zitrone, Tequila.

»Ah!«, von Ulf. Von Plotek nichts.

»Der Wohnwagen ist geräumig, da kann man zu viert übernachten«, versuchte es Ulf erneut, als wäre er von Susi beauftragt, Plotek den Wohnwagen schmackhaft zu machen. Vielleicht war er aber auch nur auf einen weiteren Tequila aus.

Wieder entstand eine kurze Pause. Noch ehe Ulf die Preisung des Wohnwagens fortsetzen konnte, klingelte plötzlich das Telefon an der Wand und schlug scheppernd eine Schneise in die Kneipenluft. Bis auf Plotek sahen alle auf den altmodischen Kasten der Telekom. Auch Susi. Wieder schnellte eine ihrer buschigen Augenbrauen nach oben. Diesmal war es die rechte, was Skepsis und Irritation in einem ausdrückte. Jetzt muss man wissen, dass das Telefon lange, sehr lange nicht geläutet hat. Und hätte man Susi gefragt, wann es denn zuletzt auf sich aufmerksam gemacht habe, hätte auch sie zunächst passen müssen. Erst nach längerer Überlegung wäre es ihr eingefallen. Jahre schon ist es her, als ein ehemaliger Kommilitone Ploteks von der Schauspielschule aus Altötting via Kneipenapparat nach Plotek verlangt hatte. Damals hatte der wuchtige Apparat das letzte Mal geschellt. Ab und zu rief mal jemand von diesem Telefon aus ein Taxi an. Oder ein stark alkoholisierter Kneipenhocker beendete eine marode Beziehung. Das war's aber auch schon. Warum die Telekom den Apparat da an der Wand hängen ließ, wollte niemandem so recht einleuchten. Verdienen konnten sie damit jedenfalls nichts.

Nachdem sich niemand bequemte aufzustehen und den Hörer von der Gabel zu nehmen, der Apparat mit seinem Geschrei aber auch nicht lockerließ, kam Susi schließlich schlecht gelaunt hinter dem Tresen hervor, ging zum Telefon und nahm ab.

»Ja?!« Mehr brauchte sie nicht zu sagen. In diesem »Ja« war nicht nur ein »Ja« enthalten, sondern auch alles andere. Ein »Nein«, ein »Was willst du?« und ein bisschen auch ein »Leck mich doch am Arsch!«. Dann drehte sich Susi um und blickte zu Plotek hinüber.

»Für dich!« In diesen beiden Wörtern steckte ebenfalls ein ganzer Roman. Mehr noch, der ganze Dante. Als wäre dies ein Anruf aus dem Jenseits. Der Hölle. War es natürlich nicht. Obwohl die Stimme am anderen Ende verdammt danach klang.

»Ich werde beschattet«, waren die ersten gehauchten Worte, die sich aus der perforierten Muschel an Ploteks Ohr schmiegten. Ähnlich gehaucht und nicht minder geheimnisvoll das Folgende. »Ich brauche deine Hilfe. Irgendwie lungern schon seit geraumer Zeit zwei Typen vor meinem Haus herum. Ich muss hier raus. Kann ich zu dir kommen?«

Das war eindeutig Vinzi. Sein alter Freund von der Schwäbischen Alb, mit dem er vor Monaten noch die Reise auf dem Hurtigruten-Postschiff bis zum Nordkap hinter sich gebracht hatte, nicht ohne dabei schmerzliche Blessuren davonzutragen. Und dieser Vinzi flüsterte besorgt, als ob die zwei besagten Typen nicht nur vor seinem Haus herumlungerten, sondern zugleich dabei wären, alles, was sie sagten, mitzuhören. Natürlich fragte sich Plotek, was für Typen. Aber noch ehe er seine Gedanken artikulieren konnte, flüsterte Vinzi schon wieder aus dem Hörer: »Du weißt schon, die Sache mit der *Marcella*!«

Und ob Plotek das wusste. Für alle, die's nicht wissen: *Marcella* ist ein Bild von Ernst Ludwig Kirchner, an das die beiden durch Zufall vor langer Zeit, noch vor der Hurtigruten-Reise geraten waren, und das sie nach aufregendem Hin und Her schließlich für ein hübsches Sümmchen an eine dubiose Adresse verkauft hatten. Dass dabei nicht alles mit rechten Dingen zugegangen war, steht auf einem anderen Blatt. Oder besser in einer anderen Geschichte. Nur so viel: Dieser unleidliche Vorfall drohte die beiden nun abermals einzuholen.

»Scheiße!«, sagte Plotek und dachte: Jetzt geht das wieder los.

»Das kannst du wohl laut sagen«, kam es prompt von Vinzi retour, noch immer flüsternd. Und dann: »Also, was ist jetzt?« Schon kräftiger, auch insistierender.

Natürlich hätte Plotek Vinzi jetzt von den ihn umzingelnden Baustellen erzählen können, dem unbeschreiblichen Lärm, von seiner dadurch erzwungenen derzeitigen Obdachlosigkeit, dem Schlafentzug und dem Hautausschlag. Auch von seiner an die Wand gefahrenen Beziehung zu Agnes hätte er sprechen können, von seinem Ausraster den Zeugen Jehovas gegenüber und allem. Tat er aber nicht. Stattdessen sagte er nur: »Moment!«

Dann ließ er den Hörer am Apparat baumeln und ging zurück zum Tresen. Er schob dem Wohnwagenbesitzer Ulf kommentarlos einen Bierdeckel zu. Der blickte auf den Bierdeckel wie ein Mullah auf eine Hostie. Griff Plotek eben über den Tresen, fischte einen Kugelschreiber aus dem Glas neben dem Zapfhahn, legte ihn neben den Bierdeckel und sagte: »Adresse.« Wie man »Hose runter!« sagt.

Jetzt schien es auch Ulf zu dämmern. Er griff nach dem Kugelschreiber und kritzelte die Adresse des Campingplatzes auf den Deckel. Mit dem Bierdeckel ging Plotek zurück zum Telefon. Er griff wieder nach dem Hörer und las vor: »Campingplatz Inselstrand, 23743 Grömitz, Lensterstrand, Wohnwagen Tabbert 655 D Puccini, Standplatz Nr. 34.«

Am anderen Ende hörte er eine Kugelschreibermine so jämmerlich über ein Blatt Papier kratzen, dass seine Nackenhärchen strammstanden. Als das Gekratze endlich endete, sagte Plotek »Ab morgen bin ich da.«

»Danke!«, kam es aus dem Hörer.

Dann kam nichts mehr. Nur noch ein gleichmäßiges, leises Tuten.

2

Plotek schlief auf der Fahrt von München nach Hamburg. Endlich schlief er mal wieder tief und fest. Am Münchner Hauptbahnhof war er in das Großraumabteil des ICE gestiegen, hatte sich, noch ehe der Zug losfuhr, auf einen der Sessel gesetzt und war, mehr aus Zufall, sechs Stunden später bei der Einfahrt in den Bahnhof der Hansestadt wieder aufgewacht. Von Hamburg nach Lübeck war es ähnlich. Nur auf der letzten Etappe im Regionalexpress nach Neustadt brachte er kein Auge zu. Der Grund war eine junge, sehr schwangere Frau, die sich neben ihn setzte und, noch ehe er die Augen schließen konnte, auf ihn einzureden begann, als müsste sie das Kind gleich jetzt und durch den Mund gebären. Womöglich war ihre Aufgeregtheit dem zarten Alter geschuldet. Vielleicht auch ihrem veränderten Hormonhaushalt. Auf jeden Fall quasselte sie unentwegt und offensiv an Plotek gerichtet vor sich hin, so dass der sich an die Baustellen erinnert fühlte, die Bauarbeiter, die Lärmbelästigung, und unmöglich einschlafen konnte.

»Fahren Sie auch nach Grömitz? An die Sonnenseite?« Sie lachte. »Es heißt doch Ostseeheilbad der Sonnenseite, nicht wahr?«

Wieder Lachen. Plotek nickte halbherzig und vor allem schläfrig.

»Sind Sie auch Stipendiat?«

Plotek schüttelte den Kopf.

»Ich komme aus der Schweiz und werde zwei Monate in einer alten Klosteranlage nahe Grömitz in einer Atelierwohnung an meinem ersten Lyrikband schreiben. Das wird bestimmt lustig.«

Was daran lustig sein würde, war Plotek nicht ganz klar.

»Und Sie?«

Die junge Frau mit dem Pferdeschwanz und dem dicken Bauch, den sie immerzu mit ihren Händen umfasste, fragte es weniger interessiert. Es klang vielmehr so, als wollte sie die Uhrzeit wissen, das Datum oder einen Straßennamen. So kam es zumindest Plotek vor. Seine Antwort fiel entsprechend aus: »Nichts.«

Ein wenig schien die schwangere Schweizerin irritiert zu sein. Aber nur für einen kurzen Moment. Dann redete sie schon wieder munter weiter.

»Für mich ist das ganz besonders aufregend. Ich lebe ja normalerweise in den Bergen. Das einzige größere Gewässer, dem ich bisher nahe gekommen bin, ist der Vierwaldstädter See. Und jetzt das Meer! Es ist das erste Mal, dass ich ans Meer fahre. Das erste Mal so weit von zu Hause entfernt. Das erste Mal so richtig allein.«

Na ja, ganz so allein auch wieder nicht, dachte Plotek und blickte verstohlen aus dem Augenwinkel auf den großen Bauch. Es war ein schöner Bauch, der zum Bersten gespannt wie ein Medizinball unter dem T-Shirt lauerte. Der Nabel schimmerte kronkorkengroß unter dem Stoff hervor, als wollte er gleich hindurchstoßen und Plotek ins Auge springen. Bei dem Gedanken an den Bauch merkte Plotek, dass er plötzlich eine kleine, aber feine Erektion bekam. Unverständlicherweise. Für schwangere Frauen hatte er früher nie etwas empfunden. Geschweige denn, dass sie ihn erregt hätten. Schwangere Frauen waren ihm völlig gleichgültig. Mehr noch. Zeitweilig fand er Schwangere sogar abstoßend. Gleichzeitig auch alles, was mit ihnen zu tun hatte. Babys, Kinder, Kinderwägen, Väter, Mütter und alles. Die Ablehnung entstand aus purer Opposition zum weit verbreiteten Reproduktionswahn. Plotek war früher absolut gegen jegliche Art von Fortpflanzung gewesen. Mittlerweile war sie ihm egal. Die Schwangeren hingegen waren ihm offenbar nicht mehr gleichgültig. Sonst hätte er doch nicht so heftig darauf reagiert. Was ihm unangenehm, auch peinlich war. Er merkte, wie ihm die Röte ins Gesicht schoss. Die Frau hingegen schien davon nichts zu bemerken. Sie fragte wieder: »Und Sie?«

Und wieder »Nichts!« von Plotek.

Jetzt schien die Schwangere schon weniger irritiert. Sie lächelte und zeigte ihre ebenmäßigen, großen Zähne, als wären sie das silberne Familienbesteck.

»Das ist wirklich spannend. Ich hätte ja nie gedacht, dass ich jemals so ein Stipendium kriegen würde. Und jetzt bin ich hier. Voilà!«

Sie breitete die Arme theatralisch aus und freute sich dabei. Plotek freute sich mit ihr. Aber nur, um sich selbst von seinem anschwellenden Hammer in der Hose abzulenken.

»Momentan soll ja auch Spargel- und Erdbeerzeit sein. Ich liebe Spargel. Umso mehr, seit ich schwanger bin.«

Sie streichelte selbstverliebt ihren Bauch. Dabei fiel Plotek auf, dass sie schöne Hände hatte mit langen, schmalen Fingern. Und Nägeln wie aus einer Spülmittelwerbung. Noch ehe sie wieder »Und Sie?« sagen konnte, kam ihr Plotek zuvor und fragte: »Und der Vater?«

Das Lächeln in ihrem Gesicht verschwand. Die Hände

vor dem Bauch ballten sich zu Fäusten. »Welcher Vater?«, kam es frostig von dem Mädchen zurück.

Spätestens jetzt hatte er die Erektion vergessen. Die Erektion sich selbst auch, so dass sie ebenso schnell wieder verschwand, wie sie aufgetaucht war. Plotek zeigte auf ihren Bauch. Die gute Laune war dahin. Das fröhliche Mädchen war plötzlich gar nicht mehr fröhlich. Eher im Gegenteil.

»Dieser Drecksack, dieses Arschloch!«

Sie keifte vor sich hin und glitt dabei ins Schwyzerdütsch ab, so dass Plotek nur vermuten konnte, wie niederträchtig der Vater tatsächlich sein musste.

»Und ich Idiot lass mir von diesem Wichser auch noch ein Kind machen!«

Sie schlug sich mit der flachen Hand an die Stirn, dass ein roter Abdruck zurückblieb. »Und dann haut dieser Scheißkerl einfach ab!«

Schon war die keifende Bösartigkeit wieder dahin, und Traurigkeit hielt Einzug. Sie fing tatsächlich an zu weinen. Und zwar so laut und heftig, dass es Plotek unangenehm wurde. Die anderen Mitreisenden im Zug blickten sich nach ihnen um und schauten Plotek dabei feindselig an, als ob nur er die Ursache dieses Leids sein konnte. Die Schwangere legte ihren Kopf an seine Schulter und schluchzte, wie nur Menschen aus naturverbundenen Bergregionen schluchzen können. Das war großes Naturdrama. Der Watzmann ruft! Heidi reloaded.

Plotek hatte keine Erfahrung mit weinenden Frauen. Er konnte mit ihnen nicht umgehen. Nichts anfangen. Er fühlte sich in Gegenwart von Tränen völlig hilflos. Von weiblichen Tränen umso mehr. Er wusste bei diesen Gelegenheiten nie, ob er trösten, mit der Hand über den erhitzten Kopf streicheln, ihnen vielleicht gut zureden sollte. Oder das Gegenteil, einfach nur zuhören. Bisweilen auch ignorieren. Er hatte keinen blassen Schimmer. Das, was er in solchen Fällen schließlich tat oder eben nicht tat, stellte sich im Nachhinein meist als falsch heraus.

Wie jetzt auch. Als das Gesicht der Frau völlig in Tränen aufgelöst war, rutschte ihm ein »Der kommt schon wieder« heraus. Wie man sagt: »Alles wird gut!«

»Quatsch!«

Der Kopf der Frau schnellte von Ploteks Schulter hoch. Sie richtete sich wieder auf. Die Tränen waren mit einem Schlag versiegt. Sie schnäuzte die Nase, wie nur naturverbundene Menschen aus den Bergen sich schnäuzen können, pfefferte dann das Papiertaschentuch in den aufklappbaren Mülleimer unter dem Fenster und ließ den Deckel zuknallen, dass es im ganzen Abteil nur so schepperte und nicht nur Plotek zusammenzuckte. Die Blicke der Mitreisenden wendeten sich sofort ab. Die Trauer wich der Sachlichkeit. Was Plotek nicht unrecht war.

»Wir sind da!«

Als der Zug in den kleinen Endbahnhof von Neustadt einfuhr, fing es nicht nur an zu regnen. Auch Musik war plötzlich zu hören. Blasmusik. Die Schwangere strahlte jetzt wieder über das ganze Gesicht. Sie hatte mit einem derartigen Empfang für eine Stipendiatin, die noch kein einziges Buch geschrieben hatte, wohl nicht gerechnet.

»Wahnsinn!«, sagte sie immer wieder, während sie ausstieg und Plotek ihr den Rollkoffer hinterhertrug.

Am Bahnhof war tatsächlich ein Empfangskomitee postiert. Drei ältliche Musiker in Matrosenuniformen und ein kleiner Chor aus fünf Sängern, ebenfalls im Rentenalter und der für Seemänner typischen Bekleidung, legten sich mächtig ins Zeug. Zwischen zwei der Männer war eine Banderole gespannt, auf der mit geschwungenen Buchstaben *Herzlich willkommen, Mr. Tatort!* stand. Nachdem die Schwangere den Schriftzug gelesen hatte, schien auch ihr zu dämmern, dass mit der Begrüßung unmöglich sie, die unbekannte junge Schweizer Schriftstellerin, gemeint sein konnte. Neben den Sängern und den Musikern hatte sich noch eine Handvoll anderer festlich gekleideter Menschen am Bahnsteig versammelt, die jetzt wie auf Kommando anfingen zu klatschen. Ihre Blicke waren aber nicht auf die Schweizer Schriftstellerin gerichtet, auch nicht auf Plotek, sondern fanden eine Zugtür hinter den beiden ihr Ziel. Plotek drehte sich um und sah einen kleinen, dicklichen Mann mit Trenchcoat aus dem Waggon klettern, der ihm irgendwie bekannt vorkam. Hinter ihm hüpfte ein brauner Labrador auf den Bahnsteig.

Wenn man auf der Straße plötzlich wildfremde Menschen zu kennen glaubt, hat das immer mit dem Fernsehen zu tun. Da hält dann das Mediale sprichwörtlich Einzug in die Realität. Bei Plotek ging das manchmal sogar so weit, dass er, beispielsweise auf dem Weg zu Doktor Hohenthaler, völlig fremde Menschen so verbindlich grüßte, als hätte er zusammen mit ihnen die letzte Nacht im *Froh und Munter* verbracht. Bis er im Nachhinein merkte, dass es dieser berühmte Fernsehkoch gewesen war oder der Nachrichtensprecher mit dem Milchgesicht von der *Tagesschau*.

Den Mann, der jetzt auf dem Bahnsteig stand und mit einer Hand den Hund an der Leine hielt, wähend er die andere lässig zum Gruß erhob, hatte Plotek zuletzt auch im

Fernsehen gesehen. Als Kommissar. Beim *Tatort*. Während die Schwangere enttäuscht schien und den Bahnhof zackig in Richtung Bushaltestelle verließ, ertappte sich Plotek dabei, wie er in Gedanken sein Sündenregister durchging, in der Erwartung, dass ihn der Kommissar womöglich gleich festnehmen würde. Noch ehe er die Arme zum Zeichen der Kapitulation in die Luft werfen konnte, war der Kommissar schon von den Honoratioren umringt, und Plotek stolperte der schwangeren Schweizerin mit ihrem Koffer in der Hand hinterher.

Von Neustadt ging es dann per Bus nach Grömitz. In die Nähe des Ostseestrands. In dem Bus saßen neben Plotek und der Schwangeren nur noch zwei weitere Fahrgäste: zum einen eine stämmige Frau mit frischer Dauerwelle und extremem Bluthochdruck. Ihre Gesichtsfarbe orientierte sich an den Hinterteilen von Pavianen. Sie machte einen mürrischen, auch bodenständigen Eindruck und blickte immer wieder mal über ihre Schulter hinweg zu den beiden nach hinten. Zum anderen saß ganz vorne beim Busfahrer ein Mann im Rentenalter, der buschige, bis zu den Wangenknochen reichende Koteletten trug und einen weißen Cowboyhut auf dem Kopf hatte. Er schien sich weder für die beiden noch für die Frau zu interessieren. Während der ganzen Fahrt über starrte er zum Seitenfenster in den Regen hinaus und bewegte dabei immer wieder lautlos die Lippen. Es sah aus, als singe er stumm vor sich hin.

Die Schwangere redete auch im Bus unentwegt. Zuerst über den Empfang des *Tatort*-Kommissars. Dann übers Fernsehen generell. Schließlich über das Fernsehen und die Schweiz. Dann wieder und nur noch über sich selbst.

Als Plotek mit dem Bus an der Haltestelle Lensterstrand unweit des Campingplatzes ankam, wusste er bereits über ihr halbes Leben Bescheid. Die andere Hälfte wollte sie ihm auch noch erzählen. Später.

»Kommen Sie doch mal vorbei. Besuchen Sie mich. Im Kloster Cismar.«

Sie griff nach seiner Hand und schien sie nicht mehr loslassen zu wollen.

»Agatha.«

Die Blicke des Busfahrers im Rückspiegel pendelten zwischen der noch immer geöffneten Tür und Plotek hin und her. Dabei wurde er immer ungeduldiger.

»Plotek«, sagte Plotek, wobei die Schwangere seine Hand noch immer nicht freigab.

»Versprochen?«

Plotek nickte und die Schwangere ließ ihn endlich los.

»Tschüssi!«

Plotek stieg aus. Der Bus rollte an. Die Schwangere fuhr winkend weiter, ihrem Ziel entgegen. Zusammen mit Plotek verließ nur noch die Frau mit Bluthochdruck, in der Hand zwei prall gefüllte Plastikeinkaufstüten, den Bus. An der Haltestelle wurde sie bereits von einem Mann auf einem fahrbaren Rasenmäher erwartet, an dem ein kleiner einachsiger Anhänger hing. Nicht viel größer als eine Schubkarre.

Jetzt muss man wissen, dass der Rasenmäher weniger ein Mäher als ein Miniaturtraktor der Marke John Deere war. Er erinnerte Plotek sofort an diesen David-Lynch-Film, indem ein alter Mann auf eben so einem Rasentraktor durch das ganze Land reist. Auffällig war aber nicht nur der Rasentraktor, sondern auch der Mann selbst. Schien der Traktor für einen Traktor viel zu klein geraten, so mutete der

Mann für einen Menschen viel zu groß an. Er war ein Riese! Er erinnerte an den russischen Boxer und Schwergewichtsweltmeister Nikolai Valuev, der mit seinen über zwei Metern Körpergröße nicht nur im Boxring Angst und Schrecken verbreitete, sondern darüber hinaus wirkte wie aus einem Kuriositätenkabinett entflohen. Doch nicht nur in Körpergröße und Proportionen hatte der Mann auf dem John Deere eine Ähnlichkeit mit dem russischen Boxer. Auch seine Gesichtszüge, der kahl rasierte Kopf, die tief liegenden Augen, der wulstige Stirnknochen und das mächtige Kinn, eigentlich seine ganze Physiognomie, waren wie ein Abbild des boxenden, immer traurig wirkenden Riesenbabys.

Es regnete noch immer. Der Regen schien sogar noch zuzunehmen, und der Himmel verfinsterte sich. Der Mann schwang sich mit seinen langen Beinen vom Rasentraktor herunter, als wäre der ein Haflinger, der sich gerade eingeschissen hat. Er nahm der Frau die beiden Plastiktüten aus der Hand und wuchtete sie auf den Anhänger, während sie selbst eine weitere, leere Plastiktüte aus ihrer Umhängetasche zog und sie sich über die frische Dauerwelle stülpte, die bereits sichtlich unter dem Regen litt. Ihre ohnehin schon schlechte Laune schien kurz davor zu sein, ihr Endstadium zu erreichen. Ihre Mundwinkel berührten jetzt beinahe den Asphalt. Der Mann setzte sich wieder auf den Fahrersitz, während sich die Frau, die Plastiktüte wie eine Kochmütze auf ihrem Kopf tragend, neben ihn auf die angedeutete Seitenbank quetschte, die eigentlich nur aus einem Radschutzblech bestand. Der Mann gab Gas, und der Rasentraktor mit den beiden setzte sich langsam in Bewegung. Nach wenigen Metern jedoch hielt er schon wieder an. Zu schwer für das kleine Ding, dachte Plotek, der den beiden mit seiner

Sporttasche in der Hand im Regen stehend interessiert, auch fasziniert hinterherblickte. Dabei wurde er zusehends nasser. Seine Haare hingen ihm bereits in tropfenden Strähnen ins Gesicht. Nachdem der John Deere gestoppt hatte und im Standgas vor sich hintuckerte, drehte sich der Mann auf seinem Sitz herum und rief Plotek »Inselstrand?« zu.

Die Stimme des Riesen war noch eindrücklicher als seine Erscheinung. Sie klang tief und rau und osteuropäisch balsamiert. Auch nach der Traurigkeit eines russischen Mütterchens, das ahnt, dass alle ihre Söhne im Krieg fallen werden. Wenn der Riese den Mund aufmachte, schien sich das ganze sowjetrussische Reich dahinter zu offenbaren. Und zwar in den Grenzen von vor 1939.

Plotek nickte. Der Riese winkte ihn zu sich, wies auf den Anhänger und spielte dabei nervös mit dem Gaspedal, so dass das Standgas immer wieder aufheulte wie ein hungriger Wolf. Die Mundwinkel der Frau hatten längst den Asphalt erreicht und schienen sich nun in Richtung Afrika hindurchbohren zu wollen. Plotek hievte sich umständlich auf den kleinen Anhänger, wobei er sich den Rücken verzog, und setzte sich dann neben die Plastiktüten. Die Ladefläche war jetzt komplett ausgefüllt. Der Mann gab Vollgas, und der Rasentraktor setzte sich, schwarze Abgaswolken wie Keuchhusten ausstoßend, langsam wieder in Bewegung. Ab und zu blickte der Riese während der Fahrt über die Schulter hinweg zu Plotek nach hinten. Offenbar wollte er sich vergewissern, dass sein Passagier noch da war. Einmal lächelte er sogar. Wobei sein Gesicht die Traurigkeit nicht verlor. Plotek lächelte zurück. Weniger traurig, dafür schmerzverzerrt. Sein Rücken stach, als hätten die spitzen Mundwinkel der Alten nicht nur den Asphalt, sondern auch Ploteks Hüfte durchbohrt. Die Frau starrte auf die Fahrbahn und presste sich dabei mit beiden Händen die flatternde Penny-Tüte an den Kopf.

Völlig durchnässt kam Plotek am Campingplatz *Inselstrand* an.

»Endstation!«

Der Riese blieb auf dem Rasenmäher sitzen, während Plotek sich aus dem Anhänger schälte. Sein Rücken buhlte noch immer um Aufmerksamkeit. Die Frau entfernte sich kommentarlos mit ihren drei Tüten, zwei in der Hand, eine auf dem Kopf, noch schlechter gelaunt als zuvor und ohne Plotek eines Blickes zu würdigen. Plotek stand an der geschlossenen, auch verrosteten Schranke, seine Sporttasche von 1974 in der Hand, auf der die beiden WM-Maskottchen Trip und Trap abgebildet waren, und wusste nicht so recht, wohin. Das schien auch der Riese zu bemerken, der Plotek noch immer unverholen vom Rasenmähersitz aus beobachtete, als wäre der ein Wachturm an der ehemaligen deutsch-deutschen Zonengrenze mit Schießbefehl.

»Zu wem?«

Es klang, als hätte sich das russische Reich in den Grenzen vor 1939 mittlerweile bis nach Grömitz ausgedehnt. Plotek holte ein wenig eingeschüchtert den Bierdeckel vom *Froh und Munter* aus der Innentasche seiner Cordjacke.

»Tabbert 655 D, Puccini.«

Seine Stimme klang im Vergleich zu der des Riesen wie von einem Erstklässler vor seinem herrischen, pädophilen Lehrer.

»Ulf«, kam es postwendend zurück.

»Plotek«, sagte Plotek daraufhin irritiert.

Der Riese schüttelte den Kopf. »Nein, nein, nicht, nein, nicht, Ulf Zimmermann.«

Allein dem Riesen zuzuhören verursachte Plotek einen nicht unangenehmen Taumel. Als wäre die Stimme ein Musikinstrument, eine Posaune oder noch besser ein Russisches Horn. Was ihn seine Schmerzen im Rücken vergessen ließ.

»Was?«

»Der Tabbert gehört Ulf, Ulf aus Bayern. Ulf mit Nachname heißt Zimmermann.«

Plotek hob die Schultern. Dann nickte er.

»Stellplatz 34.«

Der Riese zeigte Richtung Wasser. »Aber zuerst zu Wittlich.«

»Wittlich?«

»Chef.«

»Ah.«

»Ja.«

»Geradeaus, links, Bierstube.«

»Danke.«

Der Mann blieb wie einer dieser übermächtig wirkenden Kolonialherren auf seinem John Deere mit laufendem Motor sitzen und sah Plotek hinterher, als wäre der sein Heer auf dem Weg in den unvermeidlichen Untergang. Der gleich hinter der nächsten Ecke lauerte.

Die Bierstube, ein einstöckiger Flachbau, war zugleich auch das Büro des Campingplatzes *Inselstrand*. Und Überraschung: Plotek wurde schon erwartet. Wittlich kam mit ausgebreiteten Armen auf ihn zu. »Na, endlich! Ulf hat dich schon angekündigt!«

Wittlich war genauso, wie man sich einen Campingplatzbesitzer vorstellt. Das fleischgewordene Klischee, eine personifizierte Parodie. Um die sechzig, rotes Gesicht, dicke, großporige Knollennase, Jürgen-von-der-Lippe-Bart, schütteres, gescheiteltes Resthaar. Dazu tropfenförmige Brille, Sportbadelatschen, kurze Trainingshose, dünne Beine, Schmerbauch, und ein T-Shirt mit der Aufschrift *Camping-Gott.*

»Uwe«, sagte der Camping-Gott und hielt ihm seine braungebrannte Pranke hin. Zwei goldene Ringe und eine goldene Kette mit geldstückgroßen Gliedern funkelten um Finger und Handgelenk.

»Plotek.«

»Weiß ich doch, weiß ich doch.«

Uwe Camping-Gott Wittlich legte den Arm um Plotek, als verbinde die beiden ein hässliches Geheimnis aus der Kindheit. Diese körperliche Nähe von wildfremden Menschen war Plotek zuwider. Schon die körperliche Nähe zu ihm bekannten Menschen bereitete ihm Probleme. Jegliche Nähe generell stieß bei Plotek auf Ablehnung. Es gab aber in seinem Leben auch Ausnahmen bezüglich der Nähe. Agnes, zum Beispiel. Und wer sonst? Egal, der nach Schweiß und billigem Rasierwasser riechende Camping-Gott würde jedenfalls nie dazugehören.

»Der Schlüssel ist hier, der Tabbert steht da vorne. Aber jetzt trink erst mal was zur Begrüßung.«

Schon stand ein Glas eisgekühlter Ouzo vor ihm auf dem Tresen. Plotek konnte jegliche Getränke, die nur im Entferntesten nach Anis schmeckten, nicht ausstehen. Pastis, Raki, Arak, Sambuca, Mastika, Absinth und alles andere.

»Prost!«

Am Tresen wurden mehrere Gläser freudig in die Luft gestreckt.

»Hartmut, Kurti, Brigitte, Christin«, stellte Uwe Wittlich die braun- und rotgebrannten Gesichter in der Bierstube vor.

»Alles Dauercamper, Freunde von Ulf!«

Aus Höflichkeit kippte Plotek den Ouzo mit geschlossenen Augen hinunter. Dabei verzog er sein Gesicht zu einer verkniffenen Miene.

»Ich bin keine Dauercamperin«, sagte die Frau, die Christin hieß. Was man ihr auch ansah. Sie unterschied sich schon äußerlich von den Dauercampern. War weniger Klischee, kaum Parodie. Auch weniger vom Alkohol gezeichnet als die anderen. Soll heißen: Sie sah eigentlich ganz normal aus. Vielleicht wie eine Steuerfachkraft, eine Anwaltsgehilfin, Zahnarzthelferin oder eine Vollzugsbeamtin im mittlerem Dienst, die höchstens eine Spur zu lange in der Sonne gelegen hatte. Ein leichter Sonnenbrand hatte sich ihr auf Arme, Gesicht und Beine gelegt. »Und Ulf kenne ich auch nicht.«

»Ist doch egal!«, ging Wittlich unwirsch dazwischen, woraufhin die Frau eingeschnappt verstummte. »Das hier ist Hans, mein Bruder, und das da Björn, mein Sohn.«

Beide Männer streckten Plotek die Hand entgegen. Beide Hände waren feucht.

»Ach so!« Uwe Wittlich schrie in Richtung Küche. »Ingaaaaa!« Es hörte sich nach »Alaaarm!« an.

Die Frau mit dem Bluthochdruck und der frischen Dauerwelle streckte ihren Kopf kurz aus der Küche hervor, winkte ab und verschwand wieder.

»Das ist Inga, die kocht hier.«

»Und zwar alles, was das Herz begehrt!«, mischte sich Hartmut, einer der Dauercamper ein und nahm hernach, als müsste er sich für diesen Einwurf belohnen, einen Schluck aus seinem Bierglas, dass sich der Schaum in seinem dichten Bart verfing, wo er sich eine Weile ausnahm wie Spermaspritzer.

»Und Achmad hast du vielleicht auch schon kennengelernt.«

»Das Riesenbaby!«, ergänzte Björn, der vielleicht fünfundzwanzigjährige Sohn des Camping-Gottes. »Auch Ach-Gott-o-Gott genannt!«

Jetzt lachten alle, dass die Gesichter noch röter anliefen. Außer Plotek. Und auch Christin verhielt sich neutral.

»Der ist für alles verantwortlich, was mit dem Campingplatz zu tun hat«, sagte Uwe Wittlich, als die Freude aus ihm heraus war. »Also, wenn du Probleme hast, Warmwasser, Duschen, was auch immer, wenn du was brauchst, Golfschläger, Strandkorb, weiß der Teufel – einfach zu ihm gehen.«

»Er ist ja nicht zu übersehen!«

Björn schien in dieser Runde die Rolle des Bierstubenkaspers, der Stimmungskanone einzunehmen. Alle lachten wieder.

»Noch einen?«

Wittlich hielt die Ouzo-Flasche wie einen Flammenwerfer in der Hand.

Plotek schüttelte energisch den Kopf. »Ich bring jetzt erst mal das hier in den Wagen.« Er hob seine Sporttasche hoch.

»Ist recht.«

Während Wittlich die Gläser der anderen wieder füllte,

drehte sich Plotek um und wollte gerade in Richtung Tür davonmarschieren.

»Warte mal!«

Der Chef des Campingplatzes stoppte ihn. Er griff nach einem alten Walkie-Talkie. Eines von den Dingern, mit denen Kinder früher ihre Umwelt nervten. Er drückte auf eine Taste, dass es knisterte, als wär's ein Lagerfeuer. Oder besser, ein Waldbrand. Einige der Dauercamper hielten sich die Ohren zu.

»Achmad, Arbeit!«

Man merkte dem Gott an, dass er Erfahrung darin hatte, Welten nicht nur zu erschaffen, sondern sie auch zu regieren. Als hätte Achmad vor der Tür gewartet, ging diese sogleich auf.

»Er wird dir alles zeigen.«

Plotek bedankte sich mit einer Kopfbewegung.

»Und nachher kommst du wieder her, klar? Begrüßungsparty. Das ist hier so Ouzo.«

Wittlich schlug Plotek lachend auf die Schulter. Alle anderen lachten solidarisch mit.

»Und keine Angst, der tut nichts«, schrie Björn ihm hinterher und bezog sich damit auf den Riesen. Woraufhin alle in noch lauteres Gelächter ausbrachen.

Verflucht, dachte Plotek, mit diesen Dumpfbacken, diesen Camping-Göttern in Turnhosen muss ich jetzt die nächste Zeit verbringen. Na ja, zum Glück kommt Vinzi bald.

Bei diesem Gedanken hellte sich das prophetische Dunkel leicht auf. Und wenn es zu unerträglich wird, spekulierte Plotek weiter, kann ich ja immer noch abreisen. Eine weitere Option wäre das Kloster Cismar und die Schwangere aus der Schweiz. Jetzt spürte er auf Bauchhöhe ein warmes Grummeln unter dem Hemd. Ob es am Grummeln lag oder an dem Regen, der soeben aufgehört hatte? – keine Ahnung. Auf jeden Fall wurde es ihm nun, als er dem Riesen Achmad über den Campingplatz folgte, zum ersten Mal richtig bewusst: »Schön ruhig ist es hier.«

Achmad blieb stehen und sah ihn an, als könnte Plotek das gar nicht wissen. Mit abgrundtiefem Timbre in der Stimme sagte er: »Nicht immer.«

Dann zeigte er mit seinem riesigen Arm, als wäre der ein Schwert, hinüber zum anderen Ende des Campingplatzes.

»Die da drüben, manchmal machen Probleme.«

Das Drüben war durch einen niedrigen Zaun vom übrigen Campingplatz abgetrennt. Dort stand eine Reihe schäbiger Wohnwägen dicht an dicht nebeneinander. So nahe, dass sie sich gegenseitig fast berührten.

»Spargelstecher!« Es klang wie »Kinderschänder«. »Aus Polen, Lettland.« Wie besonders gefährliche Kinderschänder.

Achmad ging noch ein paar Schritte weiter und blieb dann vor einem Wohnwagen in der Nähe des Zauns stehen.

»Der!« Er zeigte auf den Caravan, der seinem Aussehen nach auch gut und gerne hinter der Abtrennung hätte stehen können.

»Der?« Plotek blieb neben Achmad stehen und blickte verwirrt auf den Wagen, den er sich ganz anders vorgestellt hatte. Kein Wunder, nach Ulfs Beschreibung hatte er ihn sich auch ganz anders vorstellen müssen. Achmad nickte, während Plotek dachte, das soll der Puccini sein, von dem Ulf so geschwärmt hat? Vergiss es. Nichts mit Tosca oder

Turandot, eher schäbige Schmierenkomödie. Und allerhöchstens La Bohème. Für ganz Arme. Der Wohnwagen war ein Wrack. Achmad schien Plotek die Enttäuschung anzumerken.

»Letztes Jahr, es hat gebrannt in Wagen. Deswegen.« Er schloss die Tür auf.

»Gebrannt?«

»Heißes Fett, und dann puff!«

Und tatsächlich, im Wagen sah es nicht nur aus wie in Hiroshima nach der Bombe. Es roch auch immer noch angekokelt. Achmad griff neben das Spülbecken, nahm eine Spraydose und sprühte damit in der Luft herum.

»Das gut ist.«

Sofort roch es nach Fichtennadeln und nach deutschem Wald. Auch ein bisschen nach Klostein. Dennoch: Gut riecht eindeutig besser.

Als Plotek wieder zurück zur Bierstube kam, saßen eine Menge Camper auf weißen Plastikstühlen an weißen Plastiktischen auf der betonierten Terrasse. Die Sonnenschirme waren zugeklappt. Eine Lichterkette brannte. Am abendlichen Himmel hingen zwar noch immer dunkle Wolken, aber der Regen hatte endgültig aufgehört. Manche der Camper aßen Currywurst mit Pommes oder Matjes mit Zwiebeln. Alle tranken Alkohol. Auch die Dauercamper hatten sich jetzt an einem der Tische auf der Terrasse niedergelassen und stürzten nach wie vor Ouzo aus vereisten Gläsern hinunter. Und dazu Bier.

»Und, alles paletti?« Hartmut schob Plotek einen freien Plastikstuhl hin.

»Hm.«

»Du musst ja nur drin schlafen. Sonst spielt sich eh alles hier draußen ab.«

»Oder ganz woanders.« Es war Hans Wittlich, der jüngere Bruder des Campingplatzbesitzers, der sich jetzt neben Plotek setzte und großspurig in Andeutungen sprach. Um die Andeutung noch zu unterstreichen, zwinkerte er auffällig in die Runde, als wüssten alle Bescheid. Taten auch alle. Außer Plotek. Nachdem der aber keine Anstalten machte nachzufragen, platzte es aus Hartmut heraus, als könnte er es nicht erwarten, sein Wissen endlich loszuwerden.

»Hans hat ein Fitnessstudio, einen Videoladen und zwei Kneipen. Eine in Grömitz, eine in Neustadt.« Was Plotek aber gar nicht zu beeindrucken schien.

»Mit Weibern!«, legte Björn, der Sohn vom älteren Wittlich, nach. Das schon eher.

»Björn!« Christin versuchte, das Milchgesicht zu maßregeln. Was aber kaum gelang. Björn grinste bis zu beiden Ohren, als gehörten die Puffs ihm selbst. Hans Wittlich beugte sich ein wenig näher zu Plotek herüber und sagte leise, als sollte es nur Plotek hören, aber doch so laut, dass alle am Tisch es mitbekamen: »Also, wenn sich die Hormone hier mal stauen sollten ...«

Er schlug sich mit der flachen Hand auf die Faust. »Ich mach dir ’nen Spezialpreis!«

»Dauercamper-Flat!« Björn buhlte wieder um Heiterkeit.

Alle lachten. Manche verschämt, andere schlüpfrig. Nur Christin nicht. »Jetzt hört doch auf!«, protestierte sie.

Der Camping-Gott kam mit einer neuen Batterie Biergläser an den Tisch. Nachdem er sie verteilt hatte, fragte er: »Und was machst du so beruflich?«

Was hätte Plotek sagen sollen? Die Wahrheit? Oder das, was Camping-Götter am liebsten hören?

»Geschäfte.«

Es klang ähnlich geheimnisvoll wie bei Hans Wittlich, war aber nicht ganz so einfach zu entschlüsseln. Plotek erwartete, dass man ihn nach der Art seiner Geschäfte fragte. Aber, nichts da. Das schien die Götter nicht zu interessieren.

»Klingt gut«, sagte Hartmut, und die anderen nickten.

Nur Christin sah ein wenig zweifelnd drein. Noch bevor sie ihrer Skepsis Ausdruck verleihen konnte, fragte Plotek an Hartmut gewandt: »Und was machst du?«

Hartmut schien froh zu sein, endlich Auskunft geben zu dürfen.

»Ich war vierzig Jahre bei Quelle in Fürth, kennste, oder? Im Versand. Hab mir für die den Arsch aufgerissen! Hat alles nichts geholfen. Mussten trotzdem dichtmachen. Und wir alle wurden arbeitslos. Da hatte ich die Schnauze voll. Ich hab meine Eigentumswohnung verkauft, bin vorzeitig in Rente und dann ... arrivederci! Ich bin ganz hierhergezogen. Was Besseres hätte mir nicht passieren können.«

Und dann folgte eine Tirade über unfähige Manager, Großkonzerne, Heuschrecken, über die Regierung und vor allem die Ostblockstaaten und die Niedriglohnländer, die die Unternehmen hinterlistig anlocken und aus ihrem Heimatland abziehen würden, »um dadurch alles kaputt zu machen!«

»Polen, Letten«, sagte Plotek, wie man »Bleib mal locker!« sagt.

Hartmut guckte ähnlich wie Achmad und so, als könnte Plotek das gar nicht wissen. Während Plotek über die Reaktion einmal mehr erstaunt war und dachte, was haben die bloß mit ihren Polen und Letten?

»Frag doch sie hier mal!«

Hartmut sagte es, als wüsste er genau, was Plotek durch den Kopf ging, und zeigte dabei auf Christin. Noch ehe Plotek fragen konnte, was er meinte, legte Christin schon los.

»Mein Mann ist Russe. Deutschrusse. Russlanddeutscher. Schon seit dreißig Jahren hier und immer noch ein Arschloch!«

Hartmut grinste. Christin schien die gute Laune vergangen zu sein. »Aber jetzt ist Schluss. Ich lass mich nicht mehr benutzen von dem. Ich lass mich nicht mehr herumkommandieren. Auch nicht mehr schlagen. Der hat gedacht, ich bring das Geld nach Hause, und er kann den ganzen Tag auf der Couch abhängen und den Pascha spielen.«

Hartmut grinste wieder, bis Christin ihn anpflaumte. »Was ist denn daran so lustig?«

Jetzt war die Laune auch bei Hartmut dahin.

»Ich lebe in Trennung. Und solange die Scheidung läuft, bleibe ich hier.«

Sie hob das Glas und leerte es in einem Zug.

Hartmut legte seine Hand auf ihren Unterarm, womöglich aus Solidarität oder zum Trost oder dergleichen. Aber vergiss es. Christin griff nach seiner Pranke und schleuderte sie entschlossen zurück. »Lass das!«

Der Quelle-Rentner zuckte zusammen und sagte schließlich: »War doch nur Spaß!«

Und als niemand reagierte, direkt an Plotek gewandt: »Spaß muss sein, gell?«

»Prost!«, mischte sich Hans Wittlich wieder ein und hob jetzt auch sein Glas.

Alle stießen an. Außer Christin.

Kaum hatte Wittlich ausgetrunken, verabschiedete er sich. »Die Geschäfte!«

Er zwinkerte Plotek auffällig zu, wünschte allen noch einen schönen Abend und ging. Auf dem Parkplatz vor dem Campingplatz stieg er in einen großen Mercedes mit ausländischem Kennzeichen, der kurz vorher vorgefahren war und zweimal gehupt hatte.

Schon das dritte Mal hintereinander lief an diesem Abend dieselbe CD. Irgendeine Zusammenstellung von alten Hits, die nach ausreichendem Alkoholkonsum ihre Wirkung nicht verfehlten. Viele der Camper summten mit, manche sangen sogar. Kurti, der so eindeutig an die Ruhrpott-Legende Adolf Tegtmeier erinnerte, dass Plotek geschworen hätte, er wäre es höchstpersönlich, wenn sein Erfinder nicht Mitte der Neunziger ins Gras gebissen hätte, tanzte mit seiner Frau Brigitte auf der Terrasse zu *Marmor, Stein und Eisen bricht* irgendetwas zwischen Walzer, Cha-Cha-Cha und Boogie-Woogie.

»Die Alte vom Chef!«, flüsterte Christin irgendwann Plotek zu und deutete mit einer Kopfbewegung auf eine Frau, die gerade auf dem Parkplatz vor der Schranke aus einem Cabriolet gestiegen war und nun mit strammem Schritt auf die Terrasse der Bierstube zumarschiert kam. »Schuh- und Modegeschäft in Grömitz!«

Das sieht man, dachte Plotek, elegante Frau, in dunklem Kostüm, weißer Bluse, hochhackigen Schuhen und mit was für einer Frisur: wasserstoffblond gefärbt wie frisch vom Friseur.

»Geborene Romberg.«

Damit konnte Plotek nichts anfangen. Machte aber nichts, erklärte Christin es ihm einfach.

»Romberg, der Spargelkönig. Dem gehören fast alle Spargelfelder hier.«

»Polen, Letten«, sagte Plotek wieder, so dass Christin kurz irritiert dreinschaute, als würde sie entweder an Ploteks Verstand zweifeln oder es als Wink mit dem Spargelmesser deuten. Doch dann nickte sie und lächelte.

»Ja, die Spargelstecher gehören ihm auch. Ich meine, gehören ist vielleicht zu viel gesagt, aber dass er die jungen Leute fast wie Leibeigene betrachtet, steht außer Frage.«

Frau Wittlich, geborene Romberg, wirkte wie ein Fremdkörper in diesem in Alkohol eingelegten Campinguniversum. Wenn Uwe Wittlich der Camping-Gott war, dann war seine herausgeputzte, wasserstoffblonde Frau des Teufels rechte Hand. Oder besser: Es war nahezu unvorstellbar, wie diese vielleicht zehn Jahre jüngere Frau es mit einem so lächerlich aussehenden Kerl wie ihm aushalten konnte.

»Geld!« Christin sagte es, wie man »Gier« sagt, und rieb dabei unter dem Tisch die Finger aneinander. Stimmt, dachte Plotek. Oder Masochismus.

Frau Wittlich überquerte die Terrasse, nickte nur kurz, auch ein wenig überheblich den versammelten Gästen zu, betrat dann die Bierstube und wechselte mit ihrem Mann hinter dem Tresen ein paar Worte. Der hob immer wieder die Schultern und sah dabei so aus, als hätte ihn die einen Kopf größere Ehefrau beim heimlichen Onanieren über einem Pornoheft erwischt. Wenig später zog sie ebenso hurtig, wie sie gekommen war, mit wie Pistolenschüsse auf den Boden knallenden Absätzen wieder ab. Einzig ihr teures Parfüm ließ sie in einer Dunstwolke zurück.

»Eternity«, sagte Christin.

»Tusse!«, sagte Hartmut. Er hob sein Bier und schickte ein nuschelndes »Prost« in die Runde.

Und die Runde prostete zurück.

Als eine CD-Länge später Kurti bei *Marmor, Stein und Eisen bricht* immer wieder johlend seine Mütze in den Nachthimmel warf, bis dieser sie schließlich verschluckte und auch nicht mehr hergeben mochte, kam ein halbes Dutzend junger Mädchen, alle kaum volljährig, über die Terrasse in die Bierstube gestürmt. Sie bestellten sich bei Uwe Wittlich Eis am Stiel und zogen anschließend wieder ab, wobei sie sich interessiert, auch kokettierend, auf der Terrasse umblickten. Vor allem die männlichen Camper blickten interessiert zurück.

»Die Spargelstecherinnen«, flüsterte Hartmut Plotek zu.

»Polen, Letten!«, erwiderte Plotek.

Hartmut nickte, als wäre Plotek bereits einer von ihnen. »Exakt!«

Björn nahm die Finger in den Mund und pfiff den Mädchen hinterher. Die drehten sich um und kicherten frech.

»Björn!«, brüllte Wittlich vom Zapfhahn nach draußen. »Reiß dich zusammen!«

»Der ist doch bloß eifersüchtig.«

Björn murmelte es vor sich hin und schickte dem Pfiff ein paar Kussmünder hinterher. Die Mädchen zeigten ihm einen Vogel und kicherten noch mehr.

»Lass gut sein. Die sind nichts für dich«, sagte Hartmut und legte den Arm um Björns Schulter. Der junge Wittlich schien aber anderer Auffassung zu sein und warf den Arm wie ein totes Tier wieder ab.

»Woher willst *du* das denn wissen, hä?«

»Ich weiß es eben, mein Junge.«

»So, so, du meinst also, weil sie für dich zu alt sind, sind sie für mich zu jung, was?«

Hat er gerade *zu alt* gesagt?, dachte Plotek und sah den Mädchen hinterher. Sie trugen knappe kurze Hosen, die weniger verdeckten, als sie preisgaben. Darüber enge Tops, die den Bauch bis zu den Brüsten freizügig den Blicken präsentierten. Dennoch sind es eher Mädchen, keine Frauen, dachte Plotek.

»Halt's Maul!« Hartmuts Friedfertigkeit schien schlagartig dahin.

»Und wenn ich's nicht tu?« Auch Björn schien nicht klein beigeben zu wollen.

Christin hingegen gab sich gleichgültig, rückte ihren Stuhl ein wenig weg vom Tisch und hielt sich heraus. Plotek machte es ebenso.

»Dann polier ich dir die Fresse!«

Hartmuts rotes Gesicht wurde noch röter. Die Augen bekamen einen stechenden Blick. Björn lachte, mehr gekünstelt als unbeschwingt.

»Du alter, perverser Sack willst mir …«

Er brachte den Satz nicht mehr zu Ende, da Hartmut gegen seine Schulter boxte, mehr halbherzig als brutal. Björns Arm schnellte daraufhin hervor, legte sich um Hartmuts Gurgel und nahm ihn in den Schwitzkasten. Ziemlich grob und wenig spielerisch. Hartmut schrie, bäumte sich auf und drängte dabei Björn vom Stuhl. Woraufhin nun beide den Halt verloren und langsam wie in Zeitlupe zu Boden rutschten. Der Camping-Gott kam, durch das Geschrei alarmiert, wie ein Pfeil aus der Bierstube geschossen und warf sich auf die zwei ungleichen sich am Boden wälzenden Männer. Von denen der eine immer wieder »Rotzlöffel!« und »Arschloch!« schrie, was der andere mit »Schwuchtel!« und »Kinderficker!« parierte.

»Auseinander!!!«

Wittlich packte zuerst Björn, riss ihn von seinem Widersacher los und gab ihm zwei Ohrfeigen. Dann knöpfte er sich Hartmut vor. Er nahm ihn am Kragen, zog ihn vom Boden hoch und setzte ihn wieder auf den Stuhl. Hartmut atmete schwer; er blutete aus der Nase und sah aus wie ein angezählter Boxer. Björn stand keuchend daneben, fingerte an seiner aufgeplatzten Lippe herum und machte ebenfalls einen ziemlich derangierten Eindruck. Die Streiterei war beendet, so abrupt, wie sie begonnen hatte. Der Camping-Gott Uwe Wittlich schien alles im Griff zu haben.

»Reißt euch zusammen! Verdammt noch mal!«

Er hauchte es mehr, als dass er es sprach. »Ihr seid hier nicht bei euch daheim, verstanden?«

Und ob die beiden verstanden hatten.

Wittlich schickte Björn nach Hause. Als der weg war, verwies er auch Hartmut in seinen Wohnwagen: »Geh schlafen! Für dich reicht es heute.«

So rasch bekommt die Campingidylle Risse, dachte Plotek. Wenn Spießer aus der Rolle fallen, fließt schnell Blut.

Als Björn nicht mehr zu sehen war, stand auch Hartmut auf und torkelte, vor sich hin grummelnd, durch die Nacht zu seinem Wohnwagen. Die anderen ließen sich die Stimmung durch den kleinen Zwischenfall nicht vermiesen. Einige lebten nach dem Abzug der Streithähne sogar erst richtig auf. Kurti und seine Frau Brigitte, beide auch schon ziemlich angeschickert, schienen erleichtert und wippten mit den Füßen und den daranhängenden Flipflops im Takt der Musik. Auch Christin schien froh zu sein, dass der alte Grabscher endlich im Bett war, und kümmerte sich nun auffällig bemüht um Plotek. Was dem aber zuerst gar nicht auffallen wollte.

Als er es schließlich doch bemerkte, versuchte er von sich abzulenken und fragte Christin: »Was machst *du* eigentlich beruflich?«

»Kriminalbeamtin!«, antwortete sie, wobei sie ihre rechte Hand zu einer Fingerpistole formte und hinzufügte: »Hände hoch!« Dann machte sie: »Peng, peng!« und lachte dreckig. So laut und heftig, dass sie sich verschluckte und Plotek ihr auf den Rücken klopfen musste, damit sie wieder Luft bekam.

»War 'n Witz, Mann!«, drang es keuchend aus ihrem verschmitzten Mund. Dabei rieb sie sich die wässrigen Augen. Plotek lachte jetzt ebenfalls, es klang ein bisschen erleichtert.

»Ich bin Sachbearbeiterin beim Suchdienst des DRK«, erklärte Christin. »Momentan aber krankgeschrieben. Wegen der Trennung, dem Stress und so. Mein Arzt hat mich zur Erholung ans Meer geschickt. Vor allem aber wegen des Abstands, verstehst du?«

Nur zu gut, dachte Plotek.

»Sonne, Strand, Meer, gutes Essen und nette Gespräche.« Sie zwinkerte ihm zu. »Gehst du morgen mit mir baden?«

»Schwimmen ist nicht meine Paradedisziplin.«

Euphemistisch ausgedrückt. Eigentlich konnte Plotek

gar nicht schwimmen. Zumindest nicht so richtig. Bei ihm sah es immer aus wie bei einem Hund mit epileptischem Anfall.

»Dann eben sonnenbaden!«

»Schon eher.«

»Und danach was essen!«

Wieder zwinkern, als ob das Essen erst die Vorspeise wäre.

»Apropos: Nicht weit von hier gibt es einen Asiaten. Aber nicht so einen chinesischen Junkfood-Scheiß, Frühlingsrollen oder, oder …«

Auch Christin schien schon ziemlich angetrunken zu sein, weshalb es immer öfter vorkam, dass sie die gesuchten Worte nicht auf Anhieb fand und so lange herumstotterte, bis ihr ein passendes in den Sinn kam. »… Wan Tan, süßsauer und so was. Nein, nein, da gibt es Köstlichkeiten, die dir den Gaumen penetrieren.«

Hat sie gerade penetrieren gesagt?, überlegte Plotek und wurde ein wenig rot.

»Hab ich jetzt penetrieren gesagt?«, fragte dann auch Christin, wurde ebenfalls ein wenig rot und lachte. Ziemlich lange sogar. Aber diesmal musste Plotek ihr nicht auf den Rücken klopfen. Er lachte auch. Nicht ganz so lange wie sie. Als Christin ausgelacht hatte, sagte sie: »Nein, im Ernst, diese kleine hübsche Asiatin bietet eine wirklich exquisite Küche.«

»Kleine Asiatin?«, fragte Plotek, woraufhin ihn Christin ansah, als stünde er auf dem Schlauch. Und zwar dem penetrierten.

»Nicht weit von hier am Strand«, erklärte sie. »In der Verkaufsbude, einer Art Wohnwagen, gibt es eine Asiatin, hübsch, wirklich sehr hübsch und total nett. Ganz anders als die, die, die … Nullachtfuffzehn-Asiaten, die man sonst so kennt, und sie zaubert die köstlichsten Gerichte. Ich bin fast jeden Tag bei ihr und schlemme, was das Zeug hält. Mittlerweile sind wir sogar schon ein wenig befreundet.«

Kurti und seine Frau Brigitte verabschiedeten sich jetzt und stolperten, sich aneinander festhaltend, über die Terrasse. Christin und Plotek sahen dem Pärchen nach, wie es in der Dunkelheit des Campingplatzes verschwand.

»Sollen wir da mal zusammen essen gehen?« Christin fragte es, ohne Plotek anzusehen.

Warum nicht?, dachte der, und dann: Hat sie nicht gerade eben auch was von nach dem Sonnenbaden gesagt?

»Warum nicht?«

»Morgen?«

Warum nicht?, dachte Plotek erneut und wollte es schon wieder aussprechen, da kam Christin ihm zuvor: »Sag jetzt bloß nicht ›Warum nicht‹.«

Sagte Plotek dann auch nicht, sondern schlicht und einfach »Ja.«

»Abgemacht.«

»Abgemacht!«

»Prost!« Sie hob ihr Glas. Plotek hob seines.

»Prost!«

Sie stießen an. Und tranken.

Aus der Ferne war plötzlich ein Schrei zu hören.

Adolf Tegtmeier ist gestürzt, dachte Plotek und lachte. Christin lachte auch.

3

Es war weit nach Mitternacht. Der Regen hatte aufgehört. Über dem Campingplatz funkelten die Sterne. Zumindest glaubte Plotek welche zu sehen. Ob das seinem Rausch geschuldet war oder sie tatsächlich existierten, ließ sich für ihn in seinem Zustand nicht mehr feststellen.

»Scheißegal!«, nuschelte er leise vor sich hin und wusste: Selbst eingebildete Sterne leuchten. Und wie. Eine Sternschnuppe kreuzte jetzt sein Blickfeld. Er blieb stehen und lächelte, konnte sich aber nicht entschließen, sich etwas zu wünschen. Wünschte er sich eben nichts. Und schwankte leise vor sich hinsummend in Richtung Wohnwagen weiter.

Plotek und Uwe Wittlich hatten als Letzte die Terrasse der Bierstube verlassen. Kurz zuvor war Christin, mit der er noch am Tisch gesessen hatte, ohne sich zu verabschieden, verschwunden. Zu vorgerückter Stunde hatte sie, so kam ihm vor, immer mehr Interesse an ihm gezeigt.

Jetzt blieb Plotek wieder stehen und guckte inmitten der Wohnwägen noch eine Weile in den funkelnden Himmel. Er genoss die unbeschreibliche Stille, die nur gelegentlich durch Wellengeplätscher vom nahen Strand und Möwengeschrei durchbrochen wurde. Dann torkelte er, noch immer leise vor sich hinsummend, im Dunkeln weiter an den Wohnwägen vorbei in Richtung Tabbert Puccini. Plötzlich glaubte er vor sich eine dunkle Silhouette zu erkennen, und zwar ganz in der Nähe des Zauns, hinter dem die Spargelstecher wohnten. Ob vielleicht diese Erscheinung seinem Rausch geschuldet war?

»Scheißegal«, nuschelte Plotek wieder und dann: »Polen, Letten.«

Jetzt musste er sogar ein bisschen kichern. Daher merkte Plotek nicht, dass sich ihm plötzlich die Anhängerdeichsel eines Wohnwagens hinterhältig in den Weg stellte. Na ja, stimmte nicht ganz. Er merkte es schon, doch da war es bereits zu spät. Er stolperte über die Deichsel und stürzte zu Boden. Jetzt war es vorbei mit dem Scheißegal.

»Verdammt!«

Seltsamerweise spürte er zunächst keinen Schmerz. Es fühlte sich sogar gut an, dort auf der Erde zu liegen, alle viere von sich gestreckt. Er verweilte noch ein wenig und dachte: Hier könnte man es durchaus eine Nacht lang aushalten. Dabei sah er in den Himmel und den zwinkernden Sternen zu. Der große Wagen, der kleine, der Bär. Er zwinkerte zurück. Schließlich rappelte er sich wieder auf. Die Aussicht auf ein Bett zog er dann doch dem eher harten Erdboden vor. Als er wieder auf den Beinen stand, war der Schatten am Zaun verschwunden. Ihm schmerzte der Kopf und auch der Nacken. Wie mit kleinen Hämmerchen schlug es von innen gegen seine Schädeldecke. Im Rhythmus von AC/DS' *TNT*. Bam, Bam, Bambam. Auch am Bein machte sich der Sturz bemerkbar. Sein linkes samt dem daranhängenden Fuß fühlte sich ein wenig taub an. Wobei ein spitzer, stechender Schmerz knapp unter der Kniescheibe um Aufmerksamkeit buhlte.

Die Tür seines Wohnwagens war nicht verschlossen. Zum Glück. In seinem Zustand wäre es schwierig gewesen, erst den Schlüssel in der Hosentasche und dann mit demselbigen auch noch das Loch im Schloss zu finden. Plotek öffnete die Tür, streifte im Dunkeln und ohne sich zu bücken seine Mokassins von den Füßen ab und legte sich angezogen, wie er war, ins Bett. Noch ehe er zweimal Gähnen konnte, war er eingeschlummert.

Trotz der Stille schlief er schlecht. Oder vielleicht gerade wegen ihr. Plotek war eigentlich ein guter Schläfer. Einer, der dem in Deutschland herrschenden Konzept vom Idealschlaf huldigte, nämlich acht Stunden und in einem Stück. Das Konzept rührte noch von der Industriekultur her, in der der Arbeiter ausgeruht dem Rhythmus der Fabriken folgen sollte. Einzig das mit dem Schlafbeginn vor Mitternacht haute bei Plotek nicht so richtig hin. Es war gar nicht eine der mittlerweile neunzig bekannten Schlafstörungen, die ihn daran hinderte, in die ersehnte REM-Phase abzutauchen und tief und fest zu schlummern. Es war die Stille, die Plotek irritierte. Diese fast schon gespenstische Stille im Wohnwagen und auf dem Campingplatz war er einfach nicht gewohnt. Sie beunruhigte ihn. Im Schlaf. Plötzlich fehlte ihm der Lärm. Die Presslufthämmer, die Schlagbohrer, das Bauarbeitergeschrei. Die Folge: Er schlief nicht nur schlecht, sondern vor allem auch nicht lange. Es kam ihm so vor, als ob er, gerade erst eingeschlummert, schon wieder geweckt worden wäre. Der Grund war aber nicht allein die Stille. Der Grund war auch ein eigenartiges Kitzeln zwischen Nase und Kinn. Ein hinterhältiges Jucken. Und ein Geruch. Ein komischer Geruch. Es roch, aber nicht angekokelt, wie vielleicht aufgrund der Brandspuren im Wohnwagen zu erwarten gewesen wäre. Es roch ganz anders. Nach Magensäureüberproduktion. Nach Mundgeruch. Nach ganz widerlichem Mundgeruch.

Plotek schlug die Augen auf und erschrak. Er sah in ein Gesicht, ganz dicht vor ihm. In ein haariges Gesicht. So viel konnte er trotz der Dunkelheit erkennen. Vor ihm lag ein Mensch. Ein Mann. Im selben Bett wie er.

Verdammt, den kenne ich doch, dachte Plotek. Er musste nicht lange überlegen, da fiel es ihm schon ein. Oh, nein, das ist Hartmut! Hartmut der Dauercamper. Der Quelle-Aussteiger aus Fürth. Der früh verrentete Raufbold. Wie kommt der denn in meinen Wohnwagen?, fragte Plotek sich, während er noch immer wie paralysiert neben Hartmut lag und in dessen schlafendes, jetzt leise schnarchendes Gesicht starrte. So lange, bis er schließlich merkte, dass er sich offenbar im falschen Wohnwagen befand. Ein Blick ins Dunkel um ihn herum bestätigte die Vermutung. Die Frage kehrte sich also plötzlich um.

Wie bin ich in den Wohnwagen von Hartmut gelangt?

Trotz Kopfzerbrechen kam er zuerst nicht darauf. Dann schließlich schon. Für Plotek sahen diese Dinger, diese Häuser auf Rädern, eben alle gleich aus. Ob Tabbert oder Knaus. Ob Puccini oder Südwind. Bei Dunkelheit und in stark alkoholisiertem Zustand sind alle Wohnwägen grau.

Scheiße, nichts wie raus hier!, dachte Plotek. Und auf jeden Fall noch bevor der Grabscher Hartmut wach wird und im atmenden Zellhaufen neben sich womöglich Christin vermutet.

Plotek schälte sich vorsichtig aus dem Bett und flüchtete, den grunzenden Hartmut zurücklassend, aus dem Wohnwagen wie ein pubertierender Bube während der katholischen Jugendfreizeit aus dem Mädchentrakt, nachdem man ihn beim nächtlichen Spannen erwischt hatte.

Direkt neben Hartmuts Wohnwagen stand der Tabbert

655 D, als hätte ein guter Geist ihn soeben dort hingestellt. Plotek schloss die Tür hinter sich, griff nach der Spraydose und sorgte für nächtlichen Waldgeruch. Das war nicht nur ein Wald, das war ein ganzes Universum aus Bäumen. Bei diesem intensiven Geruch schien er gleich selbst zu einem Baum zu werden. Einem gefällten. Als solcher fiel er ins Bett und schlief sofort ein. Auch die Stille konnte ihm jetzt nichts mehr anhaben.

Und dann träumte er. Von Vögeln. Vom Vögeln. Von Christin, der Sachbearbeiterin des DRK-Suchdienstes, von der schwangeren Schweizer Stipendiatin, von Hartmut, Hans und Uwe Wittlich und von den jungen, frechen Spargelstecherinnen in ihren knappen Höschen. Es war ein Traum wie ein Drogenrausch, bei dem die Menschen die Gesichter und das Geschlecht wechselten wie normalerweise höchstens die Unterwäsche. Er träumte so heftig und so unglaublich viel, dass er im Traum ins Schwitzen geriet. Sein ganzer Körper schien zu tropfen und sich in Schweiß, in Wasser aufzulösen. Sein Gesicht glich einem Wasserhahn. Einem See. Der Ostsee. Dem Meer. In das er jetzt kopfüber eintauchte. Zuerst nur im Traum. Dann auch noch darüber hinaus.

Als er nämlich aufwachte, war die Feuchtigkeit, die Nässe noch immer da. Plotek erschrak und riss die Augen auf. Er blickte schon wieder in ein Gesicht.

Nein, bitte nicht wieder der grabschende Quelle-Aussteiger, dachte er, nicht wieder Hartmut!

Es war nicht Hartmut. Zum Glück. Es war nicht mal ein Mensch. Es war ein Hund, der jetzt neben dem Bett mit seiner großen, nassen Zunge immer wieder über Ploteks Gesicht schlabberte, als wäre es eine warme Blutwurst. Es war aber nicht irgendein Hund, es war ein ganz besonderer.

»Willy?«

Plotek sagte es mehr als Frage denn als Feststellung. Obgleich er ihn sofort erkannte. So sah nur einer aus. Willy eben. Es war er, der steinalte, herrenlose Straßenköter aus Lauterbach, Ploteks Heimatort auf der Schwäbischen Alb.

Jetzt könnte man sich natürlich fragen, wie kommt der Hund aus Hunderten von Kilometern Entfernung vom Schwabenland hierher nach Schleswig-Holstein an die Lübecker Bucht und in den Tabbert 655D. Ganz einfach, mit der Eisenbahn natürlich. Und mit Vinzi. Der stand nämlich auf seinen Beinstümpfen neben Willy und lächelte in einer Mischung aus Schaden- und ehrlicher Freude.

»Ich hab ihn mitgebracht.«

Vinzi gähnte, ohne sich die Hand vor den Mund zu halten. Und Plotek dachte, klar, wer denn sonst?

»Der wollte auch mal was von der Welt sehen. Solange er noch kann. Stimmt's, Willy?«

Plotek kam es vor, als grinste jetzt auch der Hund. Er gähnte ebenfalls, dann richtete er sich auf der Wohnwagenpritsche, euphemistisch auch Bett genannt, auf und wischte sich mit dem Hemdzipfel das nasse Gesicht wieder trocken.

»Mein Gott, hier stinkt es vielleicht!«

Vinzi rümpfte die Nase, wobei Plotek nicht genau wusste, ob er den versprühten Waldgeruch meinte oder die verbrannte Inneneinrichtung.

»Wie abgebrannte Bäume!« Also beides.

»Wenn ich das gewusst hätte, hätte ich mein Zweimannzelt mitgenommen.« Vinzi lächelte.

Plotek lächelte nicht, sondern fragte: »Und, konntest du sie abschütteln?«

»Wen?«

Vinzi schwang sich neben Plotek auf die Pritsche, wobei seine Beinstümpfe lustig wippten.

Jetzt muss man wissen, dass Vinzi nicht nur von den Knien abwärts die Beine fehlten. Auch ansonsten machte er einen sehr unkonventionellen, man könnte auch sagen, derangierten Eindruck. Er hatte einen verwilderten Bart im Gesicht, einen ballonähnlichen Kugelbauch und lange, bis zu den Schultern reichende, meist speckige Haare. Darüber hinaus war er illegalen Drogen jeglicher Art aufs Innigste verbunden. Insbesondere den auf seinem heimischen Balkon und im schwäbischen Garten selbst angebauten Cannabispflanzen. Irgendwie wirkte dieser beinamputierte, kiffende Krüppel wie aus der Zeit gefallen. Oder genauer: wie ein Relikt aus besseren Zeiten. Für ihn bessere Zeiten.

»Die Typen vor deinem Haus«, wurde Plotek konkreter.

Vinzi schien nachzudenken und sah dabei ein wenig irritiert aus. »Ach so, ja, die.«

Auch Willy hüpfte jetzt aufs Bett und machte es sich an der Stelle bequem, an der zuvor noch Plotek gelegen hatte. Die drei hätten das Motiv für ein eindrucksvolles Stillleben abgegeben. Für ein Gemälde vielleicht, mit dem Titel *Die drei von der Wohnwagenpritsche*. Das schien auch Vinzi aufzufallen. Er sagte: »Na ja, vielleicht war es auch gar nicht die *Marcella*-Connection.«

»Wer dann?« Plotek klang zweifelnd, als ob er nicht so recht daran glauben wollte. Kein Wunder, waren die beiden doch jüngst von der *Marcella*-Connection auf einem Hurtigrutenschiff bis ans Nordkap verfolgt worden, mit vielen Toten, einem epileptischen Anfall von Vinzi und brenzligen Situationen, die auch weniger glücklich hätten ausgehen können. Allein bei dem Gedanken daran spürte Plotek noch den eisigen Atem dieser kriminellen Kunstfälscherbande, durch die sie beim Verkauf des Gemäldes mit dem schönen Titel *Marcella* in dubiose Geschäfte verwickelt worden waren.

»Vielleicht irgendwelche einfältigen Büttel des Jobcenters aus der Kreisstadt«, sagte Vinzi nachdenklich.

Er schien an die unleidliche Vergangenheit keinen Gedanken mehr verschwenden zu wollen. Er war ganz im Hier und Heute angekommen.

»Das Jobcenter sitzt mir auf jeden Fall seit geraumer Zeit im Nacken. Vielleicht sollten die im Auftrag der Behörde meinen Schwerbehindertenstatus überprüfen, nach dem Motto, die Stümpfe sind nur eingebildet, die fehlenden Haxen ein Betrugsdelikt. In der Annahme, dass ich, der simulierende und simulierte Krüppel, damit ungerechtfertigterweise die Arbeitsunfähigkeitsrente kassieren wolle. Weiß man denn, was in den degenerierten Schädeln dieser weltfremden bürokratischen Sesselfurzer aus schwäbisch Sibirien so vor sich geht?«

Wusste Plotek natürlich nicht. Er stand auf und sah sich suchend im Wohnwagen um. Was Vinzi aber nicht zu stören schien. Vinzi war in einen gleichmäßigen Redefluss geraten, bei dem er weitere Worte wie Luftschlangen aneinanderpappte, um vom Hundertsten ins Tausendste zu gelangen. Bis er schließlich in Lauterbach, dem Heimatort der beiden und seinem aktuellen Wohnort, ankam.

»Zurzeit ist in Lauterbach ohnehin der Teufel los. Und alles wegen Hexe – du erinnerst dich?«

Und ob sich Plotek erinnerte. Hexe, die Schamanin, die Magierin, die Untermieterin von Vinzi, die rumäniendeutsche Wahrsagerin, die aus Kuhfladen die Zukunft las wie andere in der *Süddeutschen Zeitung* die Stellenannoncen.

»Und?« Plotek bückte sich und sah unter dem Bett nach.

»Seitdem dieser *Spiegel-online*-Artikel über sie erschienen ist, steht die Welt in Lauterbach Kopf. Hexe ist zur Wallfahrtssensation mutiert und verkauft mittlerweile alles, was sich zu Geld machen lässt. Kuhfladenstücke, in Cellophan eingeschweißt, Urin von ihrer heiligen Kuh in homöopathischen Dosen. Dazu Weissagungen aller Art aus dem Fladen. Erst neulich hat sie vorhergesagt, der Erlöser sei nicht weit und werde der Welt einen Besuch abstatten.«

»Welcher Erlöser?«

»Tja, das hat sie nicht gesagt. Wobei alle davon ausgingen, dass sie wohl den Messias meinte.«

Plotek erschrak. »Der Messias? Wann?«

»Da wollte sie sich auch nicht so genau festlegen.«

»Und was hältst du davon?« Plotek hob den Kopf und schaute zu Vinzi.

»Mich nervt diese ganze Wegelagerei, diese Heilsuchenden in Turnschuhen und mit Regenschirmen, die mit verklärtem, wässrigem Blick in unserm Garten herumstampfen und meine Cannabispflanzen ruinieren. Ich habe zu Hexe gesagt, bis Ende des Jahres noch, dann ist Schluss! Dann kann sie sich mitsamt ihrer erkenntnisscheißenden Kuh ein neues Zuhause suchen.«

Plotek öffnete den Schrank und guckte hinein.

»Und was hat sie geantwortet?«

»Nichts. Zuerst. Und dann, sie werde ihren Kuhfladen befragen.«

Plotek schloss die Schranktür wieder und grinste. Vinzi grinste nicht.

»Auf jeden Fall bin ich froh, dass ich da mal weggekommen bin. Es tut richtig gut, dieses vermaledeite Lauterbach einfach hinter sich zu lassen, wenigstens für kurze Zeit.«

Er krempelte sich den Ärmel seines speckigen weißen Hemdes hoch. »Da, schau, ich hab schon einen widerlichen Hautausschlag bekommen.«

Bei dem Wort *Hautausschlag* musste Plotek an den eigenen denken, der mittlerweile gänzlich verschwunden war. Nach nicht mal einem Tag! Als aber die roten, vereiterten Pusteln auf Vinzis Unterarm ihn hämisch anlächelten, fingen seine bereits verschwundenen auch wieder an zu jucken.

»Apropos …« Vinzi ließ den Ärmel wieder herab und zeigte mit der Hand zum Fenster hinaus, »… was ist eigentlich da draußen los?«

Plotek schob den Vorhang zur Seite. Vor dem benachbarten Wohnwagen hatte sich ein Menschenauflauf gebildet. Erst jetzt hörten beide auch das Stimmengewirr dazu. Inmitten der versammelten Leute erkannte Plotek einige in Uniform. Es waren eindeutig Rettungssanitäter und Polizisten. Auch zwei Männer in schwarzen Anzügen und weißen Hemden standen wie bleiche Ausrufezeichen daneben.

Ploteks Kopf hingegen war von einem aufgeblähten Fragezeichen angefüllt. »Keine Ahnung.« Die beiden drückten ihre Nasen an der Fensterscheibe platt.

»Sag mal, spinn ich, oder schaffen die da gerade eine Leiche aus dem Wohnwagen?«, versuchte sich dann Vinzi einen Reim auf das zu machen, was sich dort vor ihren Augen abspielte. »Und da auf dem Boden steht doch schon die Zinkwanne, oder?«

»Verdammt, das ist Hartmut.« Plotek schien wirklich beeindruckt.

»Welcher Hartmut?«

»Der gestern Nacht noch neben mir gelegen hat.«

»Was?« Vinzi klang erschüttert. »Seit wann bist du …«

»Quatsch!« Plotek tippte sich an die Stirn. »Nicht, was du denkst.«

Vinzi schien erleichtert.

»Erklär ich dir alles später …«

»Und dieser Hartmut ist jetzt tot?«

Es sah zumindest so aus.

»Komisch, gestern Nacht hat er noch geatmet. Sogar geschnarcht.« Plotek ließ den Vorhang wieder vor die Scheibe rutschen und fluchte plötzlich.

»Was ist?«, fragte Vinzi.

»Meine Mokassins.« Plotek schlug sich mehrmals mit der flachen Hand gegen die Stirn, als wollte er sich selbst bestrafen.

»Was ist damit?«

»Vergessen! In Hartmuts Wohnwagen!«

Vinzi pfiff durch seine Zähne. Das hörte sich nach dramatischem Spannungsaufbau in einer hundsmiserabelen Vorabendserie an.

»Ich fürchte mal, da werden sie noch eine Weile bleiben müssen.« Vinzi guckte, als wäre Plotek schon verhaftet.

»Verdammt!«

Jetzt kicherte Vinzi leise vor sich hin. »Nimm doch vorerst mal die da.«

Er zeigte auf ein Paar hässliche Wanderschuhe, oder besser klobige Bergstiefel, die neben der Spüle standen wie zwei riesige braune Scheißhaufen.

Mehr widerwillig als erfreut schlüpfte Plotek in die Schuhe.

»Und?«

»Ein wenig zu klein.«

»Dafür umso hässlicher.« Vinzi lachte. »Aber du musst damit ja auch nicht bis ans Ende der Welt gehen.«

Jetzt erst bemerkte Plotek den Schmerz in seinem linken Bein. Er krempelte die Hose hoch.

»Oh Mann! Das sieht ja übel aus!« An Vinzis Stimme war Ploteks Misere abzulesen. Es sah wirklich übel aus. Unterhalb des Knies prangte ein großer, blau schimmernder Fleck.

»Wie ist das denn passiert?«, wollte Vinzi wissen.

»Gestürzt«, sagte Plotek. »Gestern Nacht, da draußen.« Vinzi blickte wieder zum Fenster hinaus und deutete mit der Hand auf den Nachbarwohnwagen. Dann sagte er: »Da, wo du bist, ist immer auch ein bisschen der Tod, nicht wahr?«

Er meinte es natürlich als Scherz. Aber Plotek war ganz und gar nicht nach Lachen zumute. Das merkte auch Vinzi und verbesserte sich.

»Da, wo ich auftauche, war immer auch schon ein bisschen der Tod.«

Aber das war auch nicht viel besser.

Der Camping-Gott wirkte an diesem Morgen wie sein eigener Sohn am Kreuz. Völlig durch den Wind, versuchte er die versammelten, zum Teil auch aufgebrachten Campinggäste zuerst mit guten Worten, dann mit resoluten Gesten wieder in ihre Wohnwägen zurückzuscheuchen. Offenbar sah er den Ruf seines Campingplatzes durch die unmittelbar vor Beginn der Hauptsaison aufgetauchte Leiche eines Dauercampers beschädigt. Soll heißen: Wenn sich das herumspricht, hat es vielleicht beträchtliche Stornierungen zur Folge. Bedeutet: Die Gäste bleiben weg. Ein Makel pappt auffällig am *Inselstrand* wie die Sonne jetzt am Himmel über dem Campingplatz. Keine Spur von Regen, nirgends. Aber wer will schon Spaß haben und sich erholen, wo andere sterben?

»Ermordet!«

Kurti flüsterte es Plotek zu. Er hatte ein breites Pflaster auf der Stirn, als wäre er selbst an dem Vorfall nicht ganz unschuldig. Außerdem klang er so, als wäre jeglicher Zweifel an seiner Vermutung unangebracht und als hätte er die Information aus sicherer Quelle. Quasi vom Mörder selbst. Seine Frau Brigitte hielt beide Hände vor den Mund. Als wollte sie sich selbst am Sprechen hindern.

Der Leichenwagen fuhr gerade in Schrittgeschwindigkeit den Kiesweg des Campingplatzes entlang. Und dann natürlich auf direktem Weg ins Gerichtsmedizinische Institut nach Kiel. Die Todesursache konnte man dem Dauercamper Hartmut nämlich nicht auf den ersten Blick ansehen. Auch auf den zweiten war nicht klar, woran der grabschende Quelle-Aussteiger gestorben war. Laut den versammelten Polizeibeamten aus Grömitz waren auch nach allen weiteren Blicken keine äußerlichen Hinweise auf die Todesursache zu erkennen. Also nichts mit Schussverletzung, Messerstichen und dergleichen. Was Uwe Wittlichs Hoffnung nährte, mit nur wenigen Stornierungen und einem blauen Auge davonzukommen. Der Wohnwagen wurde auf jeden Fall schon mal vorsichtshalber versiegelt und mit rot-weißem Plastikband wie ein Weihnachtsgeschenk eingewickelt.

»Himmelherrgott, muss denn das sein?«, fragte der Camping-Gott Wittlich die Exekutive.

»Es muss, Uwe, es muss. Leider«, gab die Exekutive, mit der zusammen Uwe Wittlich schon in der Krabbelgruppe, dann im Kindergarten gewesen war und auch schon die Schulbank gedrückt hatte, aufrichtig bedauernd zurück.

»So 'ne Scheiße!« Uwe Wittlich wischte sich mit einem großen Taschentuch den Schweiß aus dem Gesicht. »Man kann nur hoffen, dass der Hartmut an Herzversagen gestorben ist.«

Kurti schüttelte wenig überzeugt den Kopf, während seine Frau Brigitte jetzt in ihre Hände biss.

»So fett, wie der war, wäre das kein Wunder. Außerdem hat er es doch schon immer mit dem Herzen gehabt, nicht wahr?« Uwe Wittlich sagte es flehend in die Runde.

Kurti wollte widersprechen, doch noch ehe er ein Wort des Zweifels äußern konnte, zischte der Camping-Gott: »Auf jeden Fall war's ein natürlicher Tod, verstehst du?«

Und ob, dachte Plotek und fragte: »Und wenn nicht?«

Der Camping-Gott trug jetzt ganz Golgatha in seinem Antlitz. »Dann bin ich ruiniert. Dann kann ich den Laden hier dichtmachen.«

Er stöhnte und wischte sich erneut den Schweiß aus dem Gesicht, das nun immer mehr an eine Ruinenlandschaft erinnerte. Dresden 1945. Wittlich sah auf Vinzi herunter, als wäre der ein alliierter Tiefflieger, ein B-17-Bomber, der erste Vorbote des in absehbarer Zeit auf ihn zubrausenden Unheils.

»Vinzi«, sagte Vinzi heiter.

Es klang, als wollte er die trübseligen Gedanken des Camping-Gotts ein wenig zerstreuen. Was auch gelang. Uwe Wittlich schien nachzudenken, wie und wo er diesem Krüppel da schon mal begegnet war. Er kam nicht drauf. Konnte auch nicht draufkommen, weil sich die Wege der beiden bisher noch nie gekreuzt hatten.

»Ein alter Freund aus Jugendtagen«, bereitete Plotek Wittlichs Grübelei ein Ende.

»Herzlich willkommen!« Wittlich sagte es, machte auf dem Absatz kehrt und hetzte über den Campingplatz zur Bierstube zurück. Die Polizeibeamten gaben sich ähnlich geschäftig und nahmen die Personalien der Anwesenden auf. Sie legten den Campern nahe, sich in den nächsten Tagen zur Verfügung zu halten und zumindest Grömitz nicht zu verlassen, bis sie auf dem Revier ihre Aussage schriftlich niedergelegt hätten.

»Alles klar?«, fragte einer der Beamten.

»Alles klar!«, kam es unisono zurück.

Fast alle Schaulustigen zerstreuten sich auf dem Campingplatz. Die Beamten zogen ab.

»Und jetzt?«, fragte Plotek und sah auf seine zu engen Bergstiefel hinunter.

Vinzi schwang sich in seinen Rollstuhl. »Erst mal frühstücken.«

»Gute Idee!«, stimmte Plotek zu.

Auch Kurti schien das so zu sehen. Er hakte sich bei seiner Frau Brigitte unter, die noch immer die Hände im Mund hatte, und ging schon mal mit ihr voraus.

Vinzi und Plotek sahen dem Ehepaar aus dem Ruhrgebiet hinterher. Bis Vinzi schließlich sagte: »Camping ist, wenn man seine eigene Verwahrlosung als Entspannung empfindet.«

4

Die Bierstube war überlaufen. Alle weißen Plastikstühle an den weißen Plastiktischen auf der Terrasse waren belegt. Die Sonnenschirme waren aufgespannt. Auf dem Parkplatz vor der verrosteten Schranke standen die Autos in mehreren Reihen, als hätte sich der Fund des Toten schon herumgesprochen und als wäre dies der Ort, dem ausgeprägten Hang des Menschen nach Grusel und Sensationen voll und ganz Genüge zu tun.

Auch Hans Wittlich, der Bruder vom Camping-Gott, saß an einem Tisch in der Bierstube, zusammen mit einem vornehm gekleideten Mann im Anzug, der vom Aussehen her nicht in das Campingplatz-Ensemble passen wollte. Als Hans Wittlich Plotek sah, hob er kurz den Arm, um sich dann schnell wieder in das offenbar wichtige Gespräch mit dem Mann zu vertiefen. Der Camping-Gott wiederum war außer sich, er fuchtelte, den Kopf gerötet, mit seinen Armen in der Luft herum und sprang zwischen Bierstube und Terrasse umher, als wäre er auf der Flucht. Vermutlich vor sich selbst.

»Verdammt noch mal, wo bleibt die denn?«

Er schimpfte wie ein Rohrspatz in sein knisterndes Walkie-Talkie. Aus dem sich viel zu laut, auch viel zu undeutlich Achmads Stimme quetschte: »Aeerrr iiiiichschhh kaaa nissss fffüüüü…«

»Wer denn sonst, wenn nicht du, verdammt noch mal?«

»Arrr iiiichschhh …«

»Moment mal!«, unterbrach Uwe Wittlich plötzlich das Gespräch. »Ah, da kommt sie ja endlich! Roger!«

Erleichtert steckte er das Walkie-Talkie in die Tasche und blickte missvergnügt zum Parkplatz hinüber. Inga, die Frau aus der Bierstubenküche, kam soeben mit hochrotem Kopf und wehendem Kleid auf ihrem rosaroten Fahrrad angefahren.

»Na mach schon, es wird auch höchste Zeit. Schau doch mal, was hier los ist!«

Uwe Wittlich zeigte mit weit ausholender Geste über die Terrasse, als wäre sie die Welt und er Napoleon. Inga stellte wortlos ihr Rad am Terrassengeländer ab, rannte mehr als dass sie ging an den Tischen vorbei in die Bierstube und verschwand in der Küche. Nicht ohne noch die Tür mit einem lauten Krachen hinter sich zufallen zu lassen.

»Was ist denn los mit der? Die ist doch sonst nie zu spät!«

Der Camping-Gott schüttelte den Kopf. So lange, bis schließlich auch Achmad im Laufschritt und außer Atem an der Bierstube angekommen war.

»Und?«

Achmad fragte es in einer Mischung aus böser Vorahnung und hoffnungsfrohem Optimismus.

»Alles klar!«

Der Camping-Gott hob den Daumen in die Luft und wedelte mit der anderen Hand den Platzwart davon. Achmad machte, so schien es zumindest, erleichtert kehrt und zog wieder ab.

»Suchst du jemanden?«

Vinzi fragte es an Plotek gewandt, nachdem Inga nun schon eine Weile in der Küche zugange war und Plotek zum wiederholten Male auffällig, als suche er tatsächlich etwas, von dem billigen Plastiktisch, an dem sie saßen, um sich geblickt hatte.

»Nö.«

Stimmte so natürlich auch nicht ganz. Christin war nirgends zu sehen. Wenn er ehrlich gewesen wäre, hätte er jetzt zugeben müssen, dass er sie ein wenig vermisste. Aber wer ist schon ehrlich in Gefühlsdingen, die niemand anderen was angehen? Eben.

Am Nebentisch saß der Mann mit dem weißen Hut und den auffällig breiten Koteletten, den Plotek auch schon im Bus von Neustadt nach Grömitz gesehen hatte. Er trug ein blassblaues Hemd mit speckigem Kragen und glänzenden Pailletten, dazu Cowboystiefel aus weißem Schlangenleder.

»Irgendwie erinnert der mich an jemanden.« Vinzi flüsterte es Plotek zu, wobei seine Stirn wie ein Kartoffelacker aussah.

»Mich auch.« Zwei Kartoffeläcker.

»Vielleicht an einen Sänger?«

Beide betrachteten den Mann, der schon zu morgendlicher Stunde Bier trank, nun auffällig interessiert und ließen dabei den internationalen Musikkanon durch ihr Gedächtnis rauschen.

»Der King!«

Vinzi sagte es plötzlich und laut, als hätte es da irgendeine Übereinstimmung gegeben und als würde es ihm erst jetzt, in diesem Moment, auf- und wieder einfallen. Oder besser: als wäre der Einfall gar nicht von ihm selbst, sondern vielmehr eine höhere Eingebung. Eine, die womöglich auch mit Gott zu tun hatte. Aber nichts mit Camping.

»Elvis!«, bestätigte Plotek, als wäre nun auch er in seinem Gedächtnis fündig geworden.

»Klar!« Beide schienen mit ihrer Einschätzung zufrieden.

»Das *ist* Elvis!«, mischte sich Kurti, der neben seiner Frau Brigitte am anderen Nachbartisch saß, in das Gespräch der beiden ein, und zwar so leise, dass nur die zwei und keinesfalls Elvis selbst es hören konnten. In Kurtis Worten schien kein Hauch von Ironie mitzuschwingen, und auch sein Gesichtsausdruck war eher feierlich. Er meinte es offenbar absolut ernst.

»Elvis ist tot«, sagte Plotek, wie man sagt: »Und Gott schweigt.«

Vinzi nickte bestätigend und so, als hätte er selbst es nicht besser ausdrücken können.

»Ja, klar.« Kurti flüsterte noch immer fast lautlos. »Der echte schon.«

Für Kurti, der offenbar grundsätzlich mit der Ironie auf Kriegsfuß stand, schien damit alles gesagt.

Als ob der Mann mit dem Hut und den Koteletten heimlich mitgehört hätte, beugte er sich nun zum Tisch von Plotek und Vinzi herüber. Er sagte ruhig und in einem Tonfall, als wollte er sich von der eigenen Unsterblichkeit überzeugen: »Elvis ist der Größte … *Ficker*!! Elvis ist der King … *Arschtitten* … Elvis ist ein Mythos …*Bratzengesicht.*«

Das schien nun nicht nur Plotek und Vinzi zu verwundern. Kurti schloss die Augen, als gelänge es ihm auch dadurch, jeglichen akustischen Reiz auszublenden. Die Verunsicherung resultierte aber weniger aus dem, was Elvis von sich gab, als aus der Art und Weise, wie er die vulgären

Worte über seine Lippen brachte. Elvis verzog dazu das Gesicht zu einer Grimasse und schnalzte mit der Zunge, während gutturale Laute, untermalt von Naserümpfen, Augenrollen und zuckenden Gesichtsbewegungen, seinen Mund verließen.

»Tourette.« Brigitte, Kurtis Frau, versuchte hinter vorgehaltener Hand mit artikulierten, aber dennoch lautlosen Mundbewegungen das nachzubilden, was alle hören und sehen konnten. Auch Kurti, trotz der zugepressten Lider. Manchmal reicht es eben nicht, die Augen zu verschließen, um nichts mehr wahrzunehmen.

Ohne auf die Schimpfwörter in Elvis' Rede einzugehen, sagte Vinzi an diesen gewandt, sachlich, als ginge es hier nicht um den King, sondern um ein Stück trockenes Brot: »Ja, klar ist Presley ein Mythos, und du willst ein wenig davon abhaben, stimmt's?«

»Was? *Rosettenpriester verschissener!*«

Elvis wirkte plötzlich verstört. Jetzt erst fiel Plotek auf, dass sein linkes Auge immer wieder ausbüchste und Halt an Ingas Fahrrad am Ende der Terrasse suchte.

Nicht nur ein Elvis mit Tourette-Syndrom, dachte Plotek, sondern auch noch einer, der schielt wie Sartre zu seinen besten Zeiten. Er musste ein wenig grinsen.

»*Prunzkachel* … Was heißt hier … *Fickarsch* … abhaben?« Der Mann nahm einen großen, gierigen Schluck aus seinem Bierglas.

Vinzi ließ sich nicht einschüchtern. »Na ja, du *bist*, äh, Elvis, oder?«, sagte er und blieb noch immer ganz sachlich, ganz ernst, als wäre er, sagen wir mal, ein Sachbearbeiter beim Einwohnermeldeamt in Grömitz, bei dem Elvis gerade seine Cowboystiefel als Wohnsitz anmelden wollte.

»Klar bin ich … *Sackkrauler verfickter* … Elvis.«

Auch Elvis schien überhaupt nicht erregt zu sein. Er nahm die Rolle als Untermieter in seinen Cowboystiefeln offenbar ohne Murren an. Nur seine Worte wollten einfach nicht zu seinem Zustand passen.

»Und du meinst also, Elvis ist nicht tot, sondern …«

»Spinnst du … *Buschkuh, Pisspansen, Arschkrapfen*?«, ging Elvis unerwartet heftig dazwischen. Fast so, als hätte er gemerkt, dass ihm die Cowboystiefel doch zu klein waren. Irgendwie schien er unberechenbar zu sein.

»Elvis ist natürlich tot … *Mastdarmmandy*. Aber sein Geist … *Kacknudel* … sein Spirit … *Tittenarsch* … der lebt, verstehst du … *Bumsfritte*?«

Vinzi schien tatsächlich langsam zu verstehen. Auch bei Plotek war die anfängliche Belustigung dahin. Nur Brigitte sah noch immer mitleidvoll auf den Mann wie Mutter Teresa auf einen Leprakranken. Während Kurti eher einen angewiderten Eindruck machte und es vermied, Elvis anzuschauen. Vielleicht hatte er Angst, sein Tourette wäre ansteckend und würde womöglich auch auf ihn selbst überspringen.

»Sein Spirit lebt in dir?«, fragte Vinzi.

»Ja, in mir … *Puschelpussy* … und in siebenhundertsiebenundachtzig anderen … *Analbomber, Gulaschfresse, Moppelkotze* … auch.«

»Siebenhundertsiebenundachtzig?«

Vinzi staunte, Plotek staunte. Kurti sah hilfesuchend zum Camping-Gott. Brigitte weinte beinahe vor Mitleid mit Elvis.

»Imitatoren … *Tuntenpapst, Ficker,* … Elvis … *Arschtitten* … Imitatoren … weltweit … *Schnarchratte, Sacklecker*.«

»Und du bist auch ein …«

»*Sumpfbacke* … Klar … *Schlüpferküsser, Vollrind, Sackwackler.*«

Eine gewisse Erregtheit des Elvis-Imitators war jetzt doch zu spüren.

»Und was singst du so für Sachen?«, wollte Plotek wissen.

»Alles!«

Alle warteten, ob noch ein »Bumsarsch« käme. Oder ein »Ficker«. Aber nichts. Elvis lächelte. Unberechenbar eben.

»Wo kann man das denn mal hören?«

Vinzi fragte es nach einer Pause, während der Kurti weiter nach dem Camping-Gott Ausschau gehalten und Brigitte vor sich hin ins Leere gestarrt hatte.

»Beim Camping-Karaoke zum Beispiel.« Brigitte mischte sich plötzlich ins Gespräch ein, als wäre sie aus der Leere wieder zurück. Was ihrem Mann gar nicht recht war. Er fixierte sie mit bösem Blick. Auch Elvis starrte sie mit seinem intakten Auge an, als würde er gleich aussprechen, was er von ihr hielt. Tat er dann gewissermaßen auch.

»*Runzelritze* … Oder nächstes Jahr in der Schweiz … *Arschnudel.*«

Brigitte nahm die Schmähungen tatsächlich persönlich. Sie zuckte zusammen und hielt sich als Ausdruck des Entsetzens eine Hand vor den Mund. Kurti wiederum nickte, als wollte er ihr bedeuten: Das hast du jetzt davon.

Plotek fiel beim Stichwort Schweiz sofort die schwangere Stipendiatin ein. Und ob er wollte oder nicht, bekam er wieder eine kleine, aber feine Erektion.

»In der Schweiz?« Vinzi konnte seine Verwunderung nun doch nicht mehr verbergen.

»Ja, klar ... *Stinkgesicht* ... Sils Maria, Engadin ... *Beutelbernd, Rudelbumser* ... der Elvis...*Ficker*...Contest ... *Bumsarsch!*«

»Und da bist du auch mit dabei?«

»Klar ... *Kackstulle* ... Am achten Januar, dem Geburtstag vom King ... *Vollhoden, Mistgeburt, Bumskröte.*«

»Na dann, viel Glück.«

Vinzi nickte, Plotek nickte. Kurti sah schon wieder weg, als wäre er gar nicht mehr da.

»Danke ... *Hauptschulgesicht*!«

Elvis leerte sein Bierglas in einem Zug, stand auf und lächelte entspannt. Er tippte sich zum Abschied an den Hut und ging breitbeinig, als wäre er nicht Elvis, sondern John Wayne, in Richtung Schranke davon. Dort wartete zwar kein Pferd auf ihn, aber eine Schwalbe. Anstatt jedoch einfach aufzusteigen und mit dem Moped davonzufahren, hob er es vom Ständer und schob es neben sich her.

»Kurioser Typ«, war das Erste, was Vinzi wieder über die Lippen brachte.

»Armer Kerl«, widersprach Brigitte und schüttelte fassungslos den Kopf.

»Warum denn arm?«

Vinzi fragte es provozierend, von derartigem Mitleidsgeheische angestachelt. Doch noch ehe Brigitte weiter ausholen konnte, kam Uwe Wittlich mit einem Glas Ouzo an den Tisch und stellte es vor Vinzi ab.

»Begrüßungstrunk!«, sagte er.

»Das ist hier so üblich«, fügte Plotek hinzu.

»Ich trink Ouzo, was trinkst du so?«

Das war der Camping-Gott-Humor. Darüber konnten

Plotek und Vinzi nun gar nicht lachen. Machte aber nichts. Lachte der Gott eben umso mehr.

Wie Plotek verabscheute auch Vinzi jegliches Anisgesöff. Da waren sich die beiden wieder sehr ähnlich. Allerdings würgte Vinzi den Schnaps nicht wie Plotek aus Höflichkeit hinunter, sondern entsorgte ihn heimlich in dem Hundenapf mit frischem Wasser, der in der Nähe ihres Tisches stand.

Apropos. »Wo ist eigentlich Willy?«, erkundigte sich Plotek.

»Mach dir um den mal keine Sorgen«, kam es von Vinzi zurück. »Willy kommt schon zurecht. Wenn er nicht irgendwo herumliegt, dann ist er bestimmt unterwegs. Leben schnüffeln.«

Bei *Leben schnüffeln* musste Plotek wieder an Christin denken.

Komisch, warum sie sich nicht an die Verabredung hält, dachte er, und dann: Es war doch ihre Idee.

Das Matjes-Frühstück wurde gebracht. Die beste Medizin gegen Schädelweh und ideal, um den wilden, schnurrenden Kater unter der Kopfhaut zu zähmen. Inga stellte die zwei Teller mit den frischen Fischen und dem Kartoffelsalat vor Plotek und Vinzi auf den Tisch. Ohne ein Wort zu sagen, nicht mal »Guten Appetit« oder dergleichen, zog sie wieder ab.

»Vielleicht ist sie stumm.«

»Oder taub.«

»Oder beides.«

»Mahlzeit.«

»Lass es dir schmecken.«

Nach dem Essen und dem ersten Bier waren Ploteks Kopfschmerzen tatsächlich wie weggeblasen. Er fühlte sich erstaunlich gut. Nur die klobigen Bergschuhe drückten ein wenig an den Füßen.

Auch Vinzi machte einen entspannten Eindruck. »Und jetzt?«, fragte er.

»Erst mal duschen«, sagte Plotek und roch dabei unter seinen Achseln. Vinzi tat es ihm gleich und sagte: »Stimmt, das ist mal wieder nötig.«

»Und dann schauen wir, was der Tag so bringt.«

Der brachte allerhand. Nicht nur Erfreuliches.

Der Waschraum und die Toiletten waren in einem Flachbau in der Mitte des Campingplatzes untergebracht. Das Ambiente sah aus wie aus den 1970er Jahren. Es war aus den 1970er Jahren! Weiß gekachelt, steril und mit dem Schick von Bahnhofstoiletten. Die Wasserrohre ächzten wie Rentner auf der Uferpromenade hinter ihren Gehhilfen.

Plotek und Vinzi duschten sich kurz ab und seiften sich ausgiebig ein, um sich anschließend den Schaum wieder abzuspülen. Aber denkste. Als sie das Wasser erneut aufdrehten, kam es nur noch eiskalt aus den urtümlichen Duschköpfen über ihnen, die sie dabei anschauten wie indigene Schrumpfköpfe.

»Verdammt, was ist das denn?«, fluchte Vinzi, den ganzen Körper noch immer voller Schaum.

Plotek fluchte ebenfalls: »Scheiße, das warme Wasser ist alle!«

Das war nicht nur eine korrekte Feststellung, es war auch eine Hiobsbotschaft. Während ihre Wut sich steigerte, entdeckten sie ein Schild an der offenen Tür zur Dusche: *Warmes Wasser nur von 6 bis 11 Uhr.*

»Verflucht, jetzt ist es kurz nach elf!« Und beide standen noch immer eingeseift unter der Dusche. Blieb ihnen eben nichts anderes übrig, als mit dem eiskalten Wasser vorliebzunehmen. Unter heftigem Schnauben, Prusten, auch Schreien, brachten sie die Körperreinigung hinter sich. Dabei wartete schon eine weitere Überraschung auf sie.

»Wo sind unsere Klamotten?«

Vinzi fragte es, nachdem er den Duschraum verlassen hatte und nun nackt mitten im Umkleideraum stand.

»Weg!«, brachte es Plotek kurz und bündig auf den Punkt. Um dann zu rufen: »Da!«

Durch das gekippte Fenster erkannten sie eine Handvoll Kinder, die sich gerade mit den Klamotten der beiden auf und davon machen wollten. Ohne natürlich mit Vinzis Entschlossenheit zu rechnen. Der stürzte nämlich aus dem Waschraum, als wäre er nicht beinamputiert, oder besser, als wäre er zwar beinamputiert, aber auch ein Sprinter bei den Paraolympics. Er rannte splitterfasernackt und mit schlenkerndem Geschlecht den kreischenden Kindern auf seinen kleinen Beinstümpfen hinterher. Dabei schrie er wild vor sich hin, als wäre das Tourette von Elvis nun auf ihn übergesprungen. Einige Camper, zum Teil mit Klorollen unterm Arm in Richtung Toilette unterwegs, blieben stehen und schüttelten entsetzt den Kopf. Sie schauten in einer Mischung aus Faszination, Bestürzung, aber auch Angst dem nackten, schreienden Kugelblitz hinterher. Die Kinder bekamen es ebenfalls mit der Angst zu tun. Sie ließen die Klamotten schließlich fallen und stoben in alle Richtungen auseinander wie Hühner auf einem Misthaufen, der von einem dicken, hässlichen Medizinball heimgesucht wird.

Völlig außer Atem kam Vinzi mit den Kleidern wieder zurück in den Waschraum und schwor, diese kleinen Bestien eigenhändig zu filetieren, wenn er sie zwischen die Finger bekäme. Plotek versicherte ihm aufrichtig, ihn dabei nach Kräften zu unterstützen.

Noch ehe sie angezogen den Waschraum verlassen konnten, wurden sie durch ein plötzlich einsetzendes Streitgespräch zurückgehalten, das sich vor dem gekippten Fenster mit der Milchglasscheibe entspann. Die Streitenden waren nicht zu sehen, aber bestens zu hören. Auch wenn sie sich redlich bemühten zu flüstern.

»Du bist ein Feigling, auf welcher Seite stehst du eigentlich, hä?«

Es war eine weibliche Stimme, die die beiden zuerst nicht zuordnen konnten.

»Ich habe gesagt dir, dass es gibt Probleme.«

Diese männliche schon. Es war eindeutig der osteuropäische Sound von Achmad.

»Probleme, Probleme, was denn für Probleme?«, keifte die Frau.

»Du kannst nicht einfach …«

»Was? Was? Du siehst doch, dass ich kann.« Die Frau klang eine Spur überheblich.

»Ja, aber, ist gefährlich. Hartmut ist tot.« Achmad dagegen hörte sich besorgt an.

»Na und, um den ist es nicht schade.«

»Inga! Hör auf, ist Mensch.«

Inga! Die andere Stimme gehörte also der Frau mit der frisch gelegten Dauerwelle und dem notorischen Bluthochdruck, der guten Seele der Bierstubenküche. Dann war ein böses Lachen von der guten Seele zu hören. In das hinein

Vinzi Plotek zuflüsterte: »Kann die also doch sprechen.« Und wie sie konnte.

»Ja, nur was für einer!« Inga meinte damit den Menschen.

Auch Achmad wurde jetzt gereizter. »Du keine Ahnung, du machst es zu einfach, für dich.«

Wieder konterte Inga ein wenig überheblich. »Ja, endlich, endlich mach ich es mir mal einfach. Sonst war es immer schwer, ein Leben lang war es schwer, jetzt wird es einfach, jawohl!«

»Du bist verrückt!« Achmad klang enttäuscht. Inga hingegen angriffslustig.

»Und du bist ein Hosenscheißer!«

»Ich muss nicht sein Held.«

»Held, dass ich nicht lache.« Sie lachte nicht. »Es geht darum, ein Stück vom Kuchen abzubekommen, verstehst du?«

»Ja, ich gut verstehe, aber Kuche ist schlecht.«

»Immerhin besser als nichts!«

»Und wenn du esse, du auch schlecht.«

»Blödmann!«

Inga ließ Achmad stehen. Der fluchte in einer Sprache, die Plotek und Vinzi nicht verstanden.

»Hallo, hallo, wo steckst du, verdammt noch mal!« Die Stimme vom Camping-Gott quäkte aus Achmads Walkie-Talkie. »Komm sofort in die Bierstube!«

Ohne seinem Chef zu antworten, verschwand auch Achmad mit schweren Schritten.

»Was war das denn?«

Plotek fragte es nach einer Weile, als Achmad nicht mehr zu hören war. Er und Vinzi saßen noch immer nebeneinander im Waschraum auf der Holzbank.

»Eine kleine Meinungsverschiedenheit, scheint mir«, kam es von Vinzi. Er zündete sich eine Zigarette an.

»Eher eine große.« Plotek tat es ihm gleich.

»Es scheint, hier hängt der Haussegen schief. Die Campingplatzwelt ist aus den Fugen. Die Sünde im Paradies angelangt. Lauter vergiftete Äpfel, Schlangen und ein Camping-Gott, der nicht mehr Herr der Lage ist.«

»Und was hat das mit uns zu tun?«, fragte Plotek.

»Nichts.«

Das war natürlich eine erstklassige Fehleinschätzung. Bis die beiden das aber bemerkten, sollte es noch eine Weile dauern.

Eine Camperin kam in Badelatschen, Trainingshose und mit Klopapierrolle unter dem Arm in den Waschraum. Sie blieb wie vom Blitz getroffen stehen, für einen Augenblick verunsichert, ob sie sich in der Tür geirrt hatte oder die beiden. Auf jeden Fall sah sie Vinzi und Plotek an, als würden die jetzt gleich ganz brutal über sie herfallen. Sie rümpfte die Nase und sagte: »Das Männerklo ist nebenan!«, wie man sagt: »Hier wird scharf geschossen!« Dann verschwand sie mit knallender Kabinentür in einer der Toiletten.

Die nächste Überraschung erwartete Plotek und Vinzi eine halbe Stunde später am Strand direkt hinter dem Campingplatz. Die beiden trauten ihren Augen nicht. Kurti und Brigitte waren nackt! Sie lagen, ihre unförmigen, völlig entblößten Körper der Sonne zum Fraß vorgeworfen, auf einem Badetuch im Sand. Das Paar war beim Anblick von Plotek und Vinzi weder peinlich berührt noch bemächtigte sich Schamesröte ihrer Gesichter. Eher im Gegenteil. Sie grüßten freundlich und aufgeschlossen lächelnd, als hätten sie alle vier gemeinsam eine ruchlose Nacht mit abartigen Ferkeleien verbracht. Plotek und Vinzi winkten peinlich berührt zurück und sahen dann neben Kurti und Brigitte noch eine weitere Nackte im Sand liegen. Und da noch eine. Lauter Nackte! So weit das Auge reichte. Bis Plotek aussprach, was beide in diesem Moment denken mussten: »Das ist ein FKK-Strand!«

Exakt. Es war ein FKK-Strand. Ein bisschen benommen ob dieser Erkenntnis, auch ein wenig paralysiert, sahen sie jetzt junge durchtrainierte Typen und knackige blonde Mädchen, alle zwischen zwanzig und dreißig Jahre alt, die sich am Ufer rhythmisch und wie gleichgeschaltet bewegten, als wären sie Teil einer Jugendbewegung. Eurythmie für Nackte.

»Ist das da nicht Björn?«

»Welcher Björn?«, kam es von Vinzi zurück.

»Na, der, der Hartmut am Vorabend seines Ablebens eine blutige Nase verpasst hat.«

Tatsächlich, es war Björn, ebenfalls splitterfasernackt und braungebrannt und muskulös wie eine dieser griechischen Marmorskulpturen. Um die Tanzenden herum lagen nur alte, nackte, bisweilen auch hässliche Säcke auf Badetüchern im Sand. Frauen mit Krampfadern und Brüsten bis zu den Knien und Männer mit Bäuchen wie Schwangere und Falten, in denen man Geheimnisse verstecken konnte. Nicht schön anzuschauen. Gar nicht schön. Dagegen erschienen die durchtrainierten jungen Sportler wie Teilnehmer einer nationalsozialistischen Freikörperkulturveranstaltung. Oder wie einem Film von Leni Riefenstahl entstiegen, einem ihrer Olympiamachwerke von 1936. *Fest der Schön-*

heit und *Fest der Völker*. Deren Markenzeichen die idealisierte Darstellung von Kraft, Eleganz und Macht anhand von muskulösen Körpern war.

Wie hier. Schaurig. Aber dennoch konnten Plotek und Vinzi die Blicke kaum abwenden. Vor allem die jungen Frauen hatten es ihnen angetan. Deren Körper bogen sich wie Springseile, alles an ihnen war stramm und straff. Die Brüste fest und aufrecht. Die Geschlechter haarlos. Irgendwie erinnerten die Frauen auch ein wenig an die jungen Spargelstecherinnen.

»Spanner!«

Die beiden fuhren herum. Björn hatte sich unbemerkt neben sie geschlichen und lachte jetzt. Er schlug Plotek auf die Schulter. »Na, das gefällt euch, was?«

»Hm«, machte Plotek.

»Hm«, machte auch Vinzi.

»Ja, das ist geil und schön anzuschauen!«

Björn lachte erneut, und als Plotek den Blick an dessen Körper entlangstreifen ließ, erkannte er, dass der junge Wittlich eine mittelprächtige Erektion hatte.

»Noch viel Spaß euch beiden«, sagte Björn und ließ Plotek und Vinzi stehen. Auch die anderen Turner hatten jetzt genug und verließen gackernd den Strand.

»Siehst du dasselbe wie ich?«, fragte Plotek, während sie Björn hinterherschauten.

»Ich glaube schon.«

»Hab ich es mir doch gedacht«, sagte Plotek. »Der Fisch stinkt immer vom Kopf her.«

Sie meinten die Tätowierung auf Björns rechter Schulter. Eine walnussgroße *88* war da zu sehen. Darunter stand *AG Ostholstein.*

»Was bedeutet hier eigentlich AG?«

Plotek fragte es, als die Turner nur noch als winzige Punkte am Deich zu erkennen waren.

»Arbeitsgruppe vielleicht.«

»Aktionsgruppe!«, sagte eine Stimme neben den beiden. *»Eiterfresse, Bumsarsch, Furzdrüse!«*

Plotek und Vinzi hatten Elvis nicht kommen sehen. Er stand, den Hut weit in den Nacken geschoben, neben ihnen und hatte beide Hände am Lenker seines Mopeds, das allerdings keinen Mucks mehr von sich gab.

»Verdammte Scheiße ... *Pissbacke* ... Das Benzin ist alle. Habt ihr vielleicht mal ein paar Euro? ... *Schwachmatenärsche.*«

Vinzi griff in die Tasche und steckte ihm einen Zehneuroschein zu. Ohne sich zu bedanken, ließ Elvis den Schein in seiner Hosentasche verschwinden und schob dann seine verrostete Schwalbe weiter den Strand entlang Richtung Grömitz. Es sah komisch aus, wie sich das widerspenstige Moped immer wieder im Sand festfuhr und der vor sich hinfluchende Elvis sich krummlegen musste, um es weiter voranzuschieben.

Lange standen Plotek und Vinzi noch da und sahen Elvis und seiner Schwalbe hinterher, bis Elvis nicht mehr zu hören und dann beide auch nicht mehr zu sehen waren.

Nicht weit vom Campingplatz entfernt, an der Verbindungsstraße nach Grömitz, stand eine Verkaufsbude auf vier Rädern, eine Art nach vorne aufklappbarer Wohnwagen. In der Bude wurden aber keine Bratwürste, Pommes, Fischbrötchen oder dergleichen verkauft, sondern asiatische Küche. Es war der Asia-Imbiss, von dem Christin Plotek am Vorabend vorgeschwärmt hatte. In der Bude stand eine junge Frau, deren Gesichtszüge eindeutig asiatisch waren. Die aber dennoch nicht asiatisch aussah. Ihre Haare standen, sicher unter Mitwirkung von Gel, Haarspray, Haarwachs und sonstigen Befestigungsmitteln, in alle Richtungen ab. Sie trug ein zerrissenes T-Shirt mit der Aufschrift *Fuck Fish!* und darüber eine offene, durchsichtige Plastikbluse. Um den Hals hatte sie schwere silberne Ketten, und ihr Gesicht war mit Hilfe einer Menge Make-up fast weiß geschminkt. Unter ihren Augen waren tiefe, schwarze Ränder zu sehen und über den Augenlidern das Blau eines Sommerhimmels. Der Mund war kein Mund, er war eine glänzende, rote Offenbarung! Das vielleicht zwanzigjährige Mädchen war ein Art China-Punk mit modischen Anleihen an den New Wave in Ostseeprägung. Eigentlich sah sie ein wenig wie Siouxsie Sioux von Siouxsie and the Banshees aus, einer Band, die einer Zeit entstammte, in der die junge Frau vielleicht noch gar nicht auf der Welt gewesen war. Im Hintergrund drang aus den Boxen eines CD-Players leise Musik, die ebenfalls verdammt an die der Band erinnerte. Beim Refrain sang die Chinesin immer wieder mit: »*Peek-a-Boo! Peek-a-Boo!*«

Auf jeden Fall waren Plotek und Vinzi tief beeindruckt. Von der Frau, der Musik, der Bude und allem.

An der Rückwand des Verkaufsstands hing unter einem Schild, auf dem in rosafarbener Schrift *Hong Kong Garden* stand, die Tafel mit den angebotenen Gerichten, die alle seltsame Namen hatten. *Wheels On Fire*, *Face To Face*, *Cities In Dust*. Oder aber *The Killing Jar* und *The Last Beat Of My Heart*.

»Ich nehme *Kiss Them For Me.*«

Vinzi sprach es aus, als würde er sich gerne überraschen lassen.

»Und ich *Peek-a-Boo.*«

Erst jetzt fiel Plotek auf, dass dies alles Songnamen waren. »Und *Christine.*«

Die junge Frau nickte und lachte ein diabolisches Lachen, das ein wenig unheimlich, zugleich aber auch sympathisch klang.

»Apropos: Wo ist eigentlich Christin?«, fragte Plotek, wie man fragt: »Wer ist wer?«

»Wird schon irgendwo sein.« Die Chinesin ließ sich nicht stören. Sie wirbelte in ihrer Bude herum wie ein Taifun und mixte die Gerichte zusammen, ohne dass die beiden genau wussten, was sich hinter den einzelnen Namen verbarg. Es dauerte ungefähr zehn Minuten, dann kam Siouxsie aus der Bude hervor. Sie hatte zerrissene Netzstrumpfhosen an und rosafarbene Stilettos. Die drei Teller mit den drei verschiedenen Gerichten, die aussahen wie kleine Kunstwerke, stellte sie vor den beiden auf einem Stehtisch ab. Viel zu schade, um gegessen zu werden! Sie aßen sie dann doch. Zum Glück. Es war ein kulinarischer Orgasmus. Besser als alles, was sie je zuvor verspeist hatten. Dagegen mutete das Einsterne-Menü aus dem Sporthotel in Lauterbach, in dem sich Plotek vor nicht allzu langer Zeit den Magen regelmäßig vollgeschlagen hatte, wie eine Armenspeisung an. Die Asia-Kost schmeckte unbeschreiblich. Sie konnten gar nicht sagen, wonach. Aber sie wussten, von jetzt an wollten sie nichts anderes mehr zu sich nehmen. Der *Hong Kong Garden* war das Paradies, in dem es keine Schlangen und vergiftete Äpfel gab, sondern nur essbare Wunder und eine kleine, lächelnde Chinesin.

Die CD fing wieder von vorne an, und Siouxsie schrie erneut: *»Peek-a-Boo! Peek-a-Boo!«*

Vinzi und Plotek aßen jeder noch zwei weitere Gerichte, nämlich *Swimming Horses* und *Blow The House Down* sowie *Spellbound* und *Bring Me The Head Of The Preacher Man,* die alle von gleicher, vorzüglicher Qualität waren. Unterdessen kam Elvis mit seiner Schwalbe freundlich winkend und hupend vorbeigeflitzt.

»Hallöchen, ihr beiden ... *Hobelschlunze, Hackfleischgesicht, Bumskröte* ... und Tschüssi ... *Spackenhirn.*«

Plotek und Vinzi ließen sich nicht stören. So sehr beanspruchten die Köstlichkeiten ihre Aufmerksamkeit. Dann hielt ein blonder Mann mit einem schäbigen Klapprad vor der Bude, den die beiden nur aus den Augenwinkeln wahrnahmen. Er war ungefähr so alt wie Siouxsie und trug dreckige Jeans sowie ein schmieriges T-Shirt. Auch seine Hände waren völlig verschmutzt. Vermutlich ein Spargelstecher, dachte Plotek kurz zwischen zwei Gerichten. Der junge Mann aß nichts, sondern küsste Siouxsie auf die Wangen und redete an der Stirnseite der Bude ein paar Minuten leise auf sie ein. Danach verschwand er wieder, nicht ohne sie vorher noch einmal auf die Wangen geküsst zu haben.

Als die CD zum dritten Mal von vorne anfing und Siouxsie wieder »Peek-a-Boo« sang, machten sich Plotek und Vinzi, bis oben hin gesättigt und kulinarisch voll befriedigt, auf den Weg zurück zum Campingplatz.

5

Plotek und Vinzi waren mit dem Fahrrad auf dem Deich unterwegs in die Stadt, das Ostseeheilbad der Sonnenseite, das nur wenige Kilometer vom Campingplatz entfernt lag. Oder besser: Plotek war mit dem Fahrrad unterwegs und Vinzi mit seinem Rollstuhl.

Auf dem Weg kamen sie an riesigen Spargelfeldern vorbei, die von meist jungen Menschen, gebückt, den Kopf zur Erde geneigt, in der schon am Morgen beachtlichen Hitze heimgesucht wurden.

»Polen, Letten«, sagte Plotek und klingelte mit seiner Fahrradglocke, was das Zeug hielt, so dass einige der jungen Mädchen sich aufrichteten und den beiden zuwinkten, als kämen die schwer bewaffnet aus der Heimat, um sie aus dieser unwürdigen Körperhaltung zu befreien. Vinzi hielt sich mit der einen Hand am Gepäckträger von Ploteks Fahrrad fest und winkte mit der anderen zurück.

»Keine schöne Arbeit«, brüllte er gegen den Fahrtwind zu Plotek nach vorne.

»Und schlecht bezahlt!«, kam es ähnlich gebrüllt zurück.

»Wurden nicht mal deutsche Sozialhilfeempfänger zum Spargelstechen zwangsverpflichtet, bevor sie dann kurze Zeit später mit ärztlichen Attesten wedelnd kapitulieren mussten?«

»Kein Wunder, allein beim Anblick tut einem ja schon der Rücken weh.«

»Und nicht nur der!«

Plotek klingelte wieder, und die jungen ausländischen Saisonarbeiterinnen winkten erneut. Jetzt weniger begeistert, als hätten sie gemerkt, dass die Befreier gar keine Befreier waren, sondern sich womöglich nur über sie lustig machten.

Schwitzend und ein wenig erschöpft kamen Vinzi und Plotek, dem auch noch das linke Bein ziemlich schmerzte, schließlich im *Familienbad mit langer Tradition* an, als das sich Grömitz gerne werbend bezeichnet. Und waren entsetzt! Auf den Straßen kamen sie sich vor wie in einer geriatrischen Anstalt an irgendeinem Ende der Welt. Senioren, nichts als Senioren, wohin das Auge blickte. Und Spießer. Oder solche, die haargenau so aussahen, wie die beiden sich Spießer vorstellten: ältliche Paare in bunten Regenjacken und bequemen Schnäppchen-Sandalen von Lidl oder Aldi, die fast identische Frisuren, Gesichtsausdrücke und Kleidung trugen. Dem Dialekt nach zu urteilen war das halbe Ruhrgebiet jenseits der Pensionsgrenze in diesen Ort eingefallen. Von Invasion konnte man durchaus sprechen, wenn man die dicken Menschen sah, die ausnahmslos, Frauen wie Männer übrigens, irgendwie ein wenig an Willy Millowitsch oder Calli Calmund erinnerten und die die unansehnliche Uferpromenade wie bekloppt rauf und runter rannten, um sich in unzähligen Ramschboutiken herabgesetzte Fleece-Jacken zu kaufen, als gäbe es die im ganzen Ruhrgebiet nicht. Auch billig produzierter Andenkenschrott war bei dieser geriatrischen Klientel mit Hang zum Bausparvertrag und kurzen Hosen sehr begehrt. Andenken, die dann dumm auf Fernsehern im Ruhrgebiet herumstanden und die Senioren das ganze Jahr über daran erinnerten, dass sie für diesen Scheiß auch noch Geld ausgegeben hatten.

Für Plotek und Vinzi erschien Grömitz auf den ersten Blick wie eine völlig überlaufene Touristenhochburg, eingenommen von besagter kaufkräftiger Rentnergeneration. Daneben fanden sich nur noch schwer gestresste Mütter, die in den örtlichen Mutter-Kind-Erholungsheimen kaserniert wurden, um dann für ein paar Stunden am Tag von ihren hässlichen, grausamen ADS-Kindern entlastet zu werden. Wie gesagt, das war die Sichtweise von Vinzi und Plotek und in dieser Konsequenz wohl nicht ganz zutreffend. Objektiv betrachtet. Subjektiv hingegen war hier mit heimischer Jugend und *normalen* Menschen im beschäftigungsfähigen Alter absolute Fehlanzeige. Kein Wunder, dachte Plotek, wer seine fünf Sinne noch beieinanderhat, verlässt dieses Altenheim auf der Sonnenseite schnellstmöglich.

»Und kommt höchstens zum Sterben wieder zurück!«, sagte Vinzi mit einer bestätigenden Kopfbewegung, als hätte er Ploteks Gedanken erraten.

Selbst das Meer sah in Grömitz irgendwie dämlich aus, war Plotek überzeugt, ganz anders als am Lensterstrand zum Beispiel. Das einzig Gute an diesem ganzen Ostseescheiß, befand er, waren die Matjes. Obgleich sie vom Fischmarkt in Hamburg angekarrt kamen, schmeckten sie vorzüglich. Oder vielleicht gerade deswegen.

Nachdem die beiden jeweils zwei Matjesbrötchen verspeist und zwei Bier dazu getrunken hatten, begaben sie sich in Richtung Polizeirevier. Uwe Wittlich, der Campingplatzbesitzer, hatte ihnen ausrichten lassen, dass die ortsansässigen Polizeibeamten die beiden an diesem Tag auf dem Revier in Grömitz erwarteten.

Ploteks Schmerzen am Bein unterhalb der Kniescheibe schienen nicht besser zu werden. Eher im Gegenteil. Er hinkte neben Vinzi her.

»Was ist?«, fragte der.

»Nichts.«

Auf dem Weg zum Revier blieben sie vor einem Videoladen stehen.

»Ist das da drin nicht Björn?«

Plotek blickte durch das Schaufenster ins Innere des Ladens, wo ein junger Mann hinter einer Theke inmitten von mit Videohüllen vollgestopften Regalen stand.

»Welcher Björn?«, fragte Vinzi.

»Na, der Sohn vom Camping-Gott, der Hartmut am Vorabend seines Ablebens die blutige Nase verpasst hat.« Hatte er das nicht schon einmal gesagt? Es kam Plotek wie ein Déjà-vu-Erlebnis vor.

Björn hatte die beiden durch die geöffnete Tür hindurch nun ebenfalls erkannt. Zuerst wirkte er eingeschüchtert, wie ertappt, dann lächelte er auf seine burschikos-dämliche Art und winkte ihnen zu. Als weder Plotek noch Vinzi Anstalten machten, den Laden zu betreten, kam Björn schließlich hinter der Theke hervor und stellte sich zu ihnen an die Tür.

»Na, sucht ihr einen heißen Streifen?«

Der junge Mann von höchstens fünfundzwanzig Jahren sprach mit ihnen, als wären auch sie einem Seniorenheim entlaufen.

»Unter der Theke haben wir noch siedend heiße Ware, die macht mit den Hormonen Harakiri.« Er schnalzte mit seiner Zunge wie das Tourette mit der von Elvis.

»Wollt ihr mal sehen?«

»Nee, danke. Unsere Hormone sind keine Samurais, eher Betschwestern.«

Vinzi war dieser sich locker gebende, auch anbiedernde junge Kerl von Anfang an unsympathisch gewesen.

»Ach so, hier, wenn ihr noch ein wenig Zeit habt, geht mal da vorbei. Der Laden von Hans. Eine Sehenswürdigkeit der anderen Art. Für zwei Betschwestern wie euch eine wahre Offenbarung.«

Björn lachte dreckig und steckte jedem von ihnen ein Kärtchen zu, auf dem *Mon Chéri* stand.

»Piemont-Kirschen inklusive!«

Er kam sich jetzt besonders witzig vor. Es klang allerdings, als hätte der Witz schon Haare. »Außerdem gibt es da das beste Bier weit und breit.«

»Hm«, machte Plotek und steckte das Kärtchen aus Höflichkeit ein.

Wenn der eine Ahnung von Bier hat, dachte er, dann habe ich eine von Piemont-Kirschen. Vinzi sagte nichts.

»Bis später, Männer!«

»Hm«, machte Plotek erneut, und Vinzi murmelte »Rotzaffe!« vor sich hin, als Björn schon wieder hinter seiner Theke verschwunden war.

Der leitende Polizeibeamte in der nicht weit vom Videoladen entfernt gelegenen Dienststelle wartete bereits auf die beiden. Scheißfreundlich begrüßte er Plotek und Vinzi. Dann dankte er ihnen auch noch für ihre Mühe, den Weg vom Lensterstrand nach Grömitz auf sich genommen zu haben. Da gingen bei Plotek und Vinzi schon mal die Alarmglocken an. Bedeutet: Vorsicht! Freundliche Polizisten, gar dankbare, waren ihnen bisher noch selten begegnet. Dabei hatten sie schon öfter mit der Exekutive zu tun gehabt. Zu oft.

»Wenn Sie wollen, fahren wir Sie nach der Vernehmung wieder zurück.«

Jetzt lädt er uns womöglich auch noch auf einen Kräuterschnaps zu sich nach Hause ein, dachte Plotek.

Und Vinzi sagte: »Sehr aufmerksam, aber das ist nicht nötig. Wir wollen uns vorher noch ein paar Sehenswürdigkeiten anschauen.«

Bei *Sehenswürdigkeiten* zuckte der leitende Beamte, auf dessen Hemd in Höhe der Brustwarze ein Metallschild mit der Aufschrift *Ritter* prangte, zusammen. Er schwieg einen Moment, als müsse er sich den Kopf zerbrechen, was für Sehenswürdigkeiten die beiden wohl meinten. Offenbar gab es hier nicht so viele.

»Wie Sie meinen«, sagte er dann. Es klang etwas enttäuscht. »Nun gut, kommen wir zur Sache.«

Er setzte sich hinter einen grauen Schreibtisch und schlug eine ebenso graue Ermittlungsmappe auf, in der sich eine Menge beschriebener Zettel befanden.

»Warum wir Sie hierhergebeten haben, können Sie sich vielleicht denken.«

Nö, konnte Plotek sich natürlich gar nicht. Auch Vinzi hatte Schwierigkeiten, sich einen Grund auszumalen. Machte aber nichts, da der Beamte so freundlich war, der Vorstellungskraft der beiden auf die Sprünge zu helfen.

»Herr Höge ist keines natürlichen Todes gestorben.«

»Höge?«

»Hartmut Höge, der Dauercamper aus Fürth von Ihrem

Campingplatz.« Der Polizist sagte es, als säßen da zwei Schwachsinnige vor ihm.

»Sondern?«, fragte Plotek.

»Was, sondern?« Jetzt klang Kriminalhauptmeister Ritter ein wenig schwachsinnig.

»Welchen unnatürlichen Todes?«

Der Polizist schien nachzudenken, was er mit einer gekräuselten Stirn eindrucksvoll unterstrich. Dann sagte er, sogar ein wenig zerknirscht, als ob es ihm wirklich leidtäte: »Tja, das können wir Ihnen leider nicht sagen.«

Er sagte *wir*, obgleich nur er allein hinter dem Tisch saß. Schwerwiegendes Identitätsproblem, dachte Plotek. Oder schizophren, überlegte Vinzi.

»Aus ermittlungstechnischen Gründen.«

Das sagen sie immer, wenn sie keinen Schimmer haben, erinnerte sich Plotek, oder etwas verbergen wollen. Alte kriminalistische Finte.

»Nur so viel, es war Mord.«

»Mord?«, sagte Vinzi, wie man »Jesus Maria!« sagt.

Jetzt erschrak sogar der Polizist.

»Ja. Und da Sie ja der direkte Nachbar von Herrn Höge sind …«

»Waren.«

»Was?«

»Ich *war* der direkte Nachbar, jetzt bin ich es nicht mehr, weil Herr Höge …«

»Ja, ja, eben«, ging der Kriminale Ritter ungeduldig dazwischen. »Deshalb wollten wir wissen, ob Sie vielleicht irgendwas bemerkt haben?«

Es entstand eine kurze Pause, in der der Polizeibeamte die beiden aufmerksam musterte.

»Was denn?«, erkundigte sich Vinzi schließlich.

Der Polizist fühlte sich ertappt. »Keine Ahnung, ich war ja nicht im Wohnwagen …«

»Ich auch nicht«, kam es von Vinzi retour.

Plotek sagte lieber nichts.

»Was?« Der leitende Beamte fiel aus allen Wolken.

»Na ja, zumindest erst viel später«, federte ihn Vinzi etwas ab.

»Wie, später?«

»Später als Herr Höge.«

»Und Sie?« Er richtete die Frage an Plotek.

»Ich auch.«

Wieder entstand eine kurze Pause. Der Polizist stand auf, ging zum Waschbecken, füllte Wasser in einen Becher und trank einen Schluck. Die Vernehmung hatte bei ihm offenbar einen trockenen Mund hervorgerufen. Dann setzte er sich wieder an den Tisch und fragte: »Vielleicht haben Sie ja trotzdem etwas gesehen oder gehört.«

Plotek schüttelte den Kopf.

»Irgendetwas, das vielleicht im ersten Moment gar nicht auffällig erschien. Aber jetzt, im Nachhinein …«

Wieder Kopfschütteln.

»Haben Sie vielleicht jemanden gesehen, der sich an Herrn Höges Wohnwagen zu schaffen gemacht hat, in der Nähe herumgeschlichen ist …«

Kein Erbarmen von Plotek und erneutes hartnäckiges Kopfschütteln.

»Herrgott noch mal, irgendetwas müssen Sie doch bemerkt haben.« Der Polizist schien langsam die Fassung zu verlieren. »Man kann doch nicht einfach jemanden abmurksen, und alle Nachbarn schlafen ruhig und selig weiter …«

Kann man doch, dachte Plotek. Und Vinzi fragte: »Worauf wollen Sie hinaus?«

Der Polizeibeamte verharrte kurz, strich sich mit den Fingern über die Stirn und sagte dann, ein wenig leiser als zuvor: »Haben Sie vielleicht etwas Verdächtiges an den Gasflaschen bemerkt?«

»Gasflaschen?«

»Ja, vorne am Wohnwagen von Herrn Höge befindet sich ein Behälter mit einer Abdeckhaube, unter der sich die beiden Gasflaschen für die Heizung und den Herd befinden.«

Erneut schüttelte Plotek den Kopf.

»Schade«, sagte der Beamte.

Er schien mit Plotek, Vinzi, sich selbst und der Welt endgültig fertig zu sein. Zumindest machte er einen ziemlich enttäuschten, auch niedergeschlagenen Eindruck.

Er stand auf, ging zur Tür und hielt sie ihnen auf.

»Na ja, sollte Ihnen doch noch etwas einfallen, egal, wie unbedeutend es Ihnen erscheint, rufen Sie uns bitte an.«

Wieder uns, statt mich. Wieder wacklige Identität.

Auch hier bekam jeder von ihnen ein Kärtchen ausgehändigt, auf dem eine Telefonnummer stand.

Haben die wirklich gar keinen Anhaltspunkt?, dachte Plotek. Oder ist das die hinlänglich bekannte und weit verbreitete Hilflosigkeit der aufklärenden Organe? Da hilft dann auch kein Ausbau der präventiven Sicherheitsmaßnahmen, keine staatliche Überwachung, helfen keine biometrischen Personalausweise, Nacktscanner und alles. Sind die Polizisten in Grömitz vielleicht genauso einfallsreich wie ihre Uferpromenade?

»Wiedersehen.«

»Wiedersehen.«

Über dem *Mon Chéri*, einem roten Backsteinhaus mit roten Lichtern in den Fenstern, thronte ein ebenso roter Neonschriftzug, bei dem zwei Leuchtbuchstaben unregelmäßig flackerten. Vor dem Gebäude standen zwei Mittelklassewagen, ein Motorrad und ein irischgrünes Oldtimer-Cabriolet. Es war ein Karmann Ghia, Baujahr Mitte der 1960er Jahre.

»Schöner Wagen!«

Plotek blieb vor dem offenen, wie aus dem Ei gepellten Auto stehen.

Vinzi pfiff durch die Zähne. »Und ein Vermögen wert.«

»Ich glaube, der gehört Hans Wittlich.«

Plotek betrachtete neidvoll die champagnerfarbenen Ledersitze.

»Mit Sicherheit keiner der Nutten!«, sagte Vinzi überzeugt.

Innen sah das *Mon Chéri* aus, wie es in geschmacklosen Nachtclubs eben aussieht. Rot, plüschig, schwülstig und verraucht. Und vor allem billig. Obgleich die Preise auf der Karte alles andere als niedrig waren. Die Preise waren nicht nur hoch, sie waren eine Unverschämtheit.

»Und einmal bumsen kostet ein Einfamilienhaus«, spottete Vinzi.

Als wäre es das Stichwort gewesen, kam eine leicht bekleidete oder besser ziemlich unbekleidete Frau auf die beiden zu, die sich auf zwei Sessel an einem runden, kniehohen Tisch neben der Theke niedergelassen hatten.

»Was darf's sein, die Herren?«

Unter ihrer durchsichtigen, Glacé-glänzenden Bluse versteckten sich zwei feste Brüste, die sich jedoch bei den Schritten, die sie machte, nicht bewegten. Als wären sie festbetoniert. Na ja, und »verstecken« war vielleicht auch ein bisschen zu viel gesagt. An den Beinen trug sie ähnlich durchsichtige schwarze Seidenstrümpfe, die weit über den Knien endeten und von einem knappen, glänzenden Höschen, in dem man sich fast spiegeln konnte, abgelöst wurden. Einem Höschen, das mehr preisgab, als es verdeckte. Das Alter der Frau war schwer zu schätzen. Bis auf die Hände sah sie aus, als wäre sie der Pubertät noch nicht entkommen. Die Hände hingegen schienen der Mutter einer Pubertierenden zu gehören.

»Zwei Bier«, sagte Vinzi.

»Vom besten weit und breit«, ergänzte Plotek.

Die Frau sah ihn an, als hätte er keine Ahnung, und zog dann wieder ab. Dabei drehte sie ihnen ihre Arschbacken zu, die appetitlich aus dem Höschen quollen, als gäbe es sie anstelle von Salzstangen und Knuspergebäck kostenlos vor dem Bier. Den beiden gelang es nur mühsam, ihren Blick von dem auf- und niederhüpfenden Hinterteil zu wenden. Kaum war die Frau weg, kamen schon zwei weitere Damen an ihren Tisch.

Das sind also die Piemont-Kirschen, dachten Plotek und Vinzi. Aber, um im Bild zu bleiben, noch ganz schön unreife. Soll heißen: An ihrem Alter gab es nichts zu rätseln. Bei ihnen hatten auch die Hände etwas Jugendliches. Sie setzten sich auf die Lehnen der Sessel, auf denen Plotek und Vinzi saßen, und kicherten eine Spur zu aufgedreht.

»Können wir trinken was?«

»Na klar könnt ihr was trinken«, sagte Vinzi. »Aber bezahlen müsst ihr selber.«

Die Mädchen lachten, als hätten sie Schwierigkeiten,

ihm zu folgen. Sie streckten die schmalen, zerbrechlich wirkenden Hände in die Luft und winkten zur Theke hinüber.

Die junge Bedienung mit den alten Händen kam mit zwei Bieren und zwei Gläsern Sekt zurück an den Tisch. Und Überraschung! Das Bier war eine Offenbarung, zumindest für Plotek. Es war tatsächlich das beste, das es gab. Ein Unertl-Weißbier aus Haag in Oberbayern. Das hinter dem Weißwurstäquator in der Regel nur schwer zu bekommen war. In der Regel, wohlgemerkt. In der sich auch immer schon die Ausnahme versteckt. Und die schien jetzt die Stimmung der beiden beim bloßen Anblick ins Unermessliche zu steigern. Der Rotzaffe Björn schien Plotek nun mit einem Schlag sympathisch.

Die Bedienung nickte Plotek und Vinzi zu, stellte die Getränke ab und wackelte wieder hinter den Tresen zurück. Das Knabbergebäck offerierte sie dabei noch einmal kurz zum visuellen Verzehr.

»Prost!«

»Prost!«

Plotek nahm einen Schluck, einen großen, einen, der die Freude über das heimische Bier verdeutlichte. Die so unermesslich war, dass er das ganze Glas in einem einzigen Zug leertrank.

»Noch eins!«

Er rief es zur Theke hinüber und rülpste dann lautlos. Wobei die Bedienung jetzt aussah, als hätte *sie* keine Ahnung. Zumindest von Bier.

Die jugendlichen Frauen am Tisch sahen Plotek an, als hätte er nicht gerade ein Weißbierglas auf ex ausgetrunken, sondern vielmehr das Weißbierglas ihn zur Gänze in sich aufgenommen. Dann kicherten sie wieder, nahmen ebenfalls einen Schluck vom Sekt und fingen auch schon an, Plotek und Vinzi in den Haaren zu wühlen. Das sollte wohl zärtlich wirken, womöglich auch geil. Es vermittelte aber eher den Eindruck von Haarewaschen beim Friseur und bei dem Thema in der Berufsschule eingeschlafen zu sein. Im Übrigen konnte es Plotek überhaupt nicht leiden, wenn in seinen Haaren herumgefuhrwerkt wurde. Weder von jugendlichen Nutten noch von befreundeten Intimbekanntschaften. Selbst wenn Agnes, seine ehemalige Freundin, in einer schwachen Minute nach seinem Haar hatte greifen wollen, hatte er das Ansinnen mit einer entschlossenen Handbewegung zunichtegemacht, noch bevor es in die Tat umgesetzt werden konnte.

Plotek langte also auch nach der Hand des Mädchens und legte sie zurück in ihren fast nackten Schoß. Ihr stark geschminktes junges Gesicht lachte wieder, als wäre das Glas Sekt an diesem Abend nicht ihr erstes gewesen.

»Billig, billig«, sagte sie.

Sie nahm Ploteks Hand und legte sie auf eine ihrer kleinen Brüste, die sich ihm spitz hinter einem ebenfalls durchsichtigen Fetzen Stoff entgegenreckten. Die andere Prostituierte tat das Gleiche mit der Hand von Vinzi.

»Du ficki ficki?«

Sie parkte ihre Hand in Vinzis Schoß. Das war die offensivere Variante. Einfach nur ein Bier zu trinken, auch wenn es das beste Bier der Welt war, schien hier kaum möglich zu sein.

Aber denkste. Die Schwingtür hinter der Theke wurde aufgerissen, und Hans Wittlich kam, als wäre er per Alarmknopf gerufen worden, in das Lokal. Er scheuchte die beiden mädchenhaften Nutten wie Fliegen davon. Dann setzte er sich Plotek und Vinzi gegenüber, wobei er wirklich erfreut zu sein schien, die beiden zu sehen.

»Diese jungen Dinger sind nichts für euch.«

Er sagte es, als wüsste er Bescheid. Dann wechselte er sofort das Thema, als wären sie auch nichts für ihn.

»Und, wart ihr bei den Bullen?«

Synchrones Nicken von Vinzi und Plotek.

»Gina, bring mal drei Ouzo!«

Hans Wittlich schrie es vom Tisch zur Theke hinüber, als wäre er hier zu Hause. War er schließlich ja auch.

Oh nein, dachte Plotek jetzt, nicht schon wieder Ouzo.

Doch Gina kam schon mit den Schnäpsen und dem neuen Weißbier für Plotek an ihren Tisch. Hans Wittlich bemerkte sofort die gierigen Blicke von Vinzi.

»Die schon eher, was?«

Er lachte. Gina zog wieder ab und brachte die beiden mit ihren Arschbacken einmal mehr fast um den Verstand.

»Prost!«

Plotek und Vinzi blieb nichts anderes übrig, als das Anisgesöff hinunterzuwürgen. Plotek spülte sofort mit Weißbier nach.

»Was haben sie gesagt?«

»Wer?«

»Die Bullen.«

»Nicht viel«, sagte Vinzi.

»Hartmut ist ermordet worden«, präzisierte Plotek.

Hans Wittlich schien davon gar nicht überrascht. Offensichtlich wusste er mehr als sie. Und sagte es nun auch.

»Kohlenmonoxyd!«, kam es von ihm.

Als die beiden nicht reagierten, legte er nach. »Vergiftet!«

Plotek und Vinzi waren nun doch beeindruckt, ließen es sich aber nicht anmerken.

»Jemand hat in der Nacht die Gasflaschen ausgetauscht und das Ventil aufgedreht.«

Wittlich blies einen Schwall Luft aus seinen Lungen und stöhnte dann leise.

»Der arme Hartmut hat es gar nicht gemerkt. Er hat sich quasi zu Tode geschlafen.«

Hans Wittlich standen jetzt Tränen in den Augen.

Seltsamer Ausdruck, dachte Plotek, und eigentlich ein schöner Tod. Aber auch ein hinterhältiger Mord, dachte dagegen Vinzi.

»Gina, noch drei!«

Gina kam, stellte die drei Ouzo auf den Tisch und wackelte beim Rückzug wieder mit dem Arsch, dass es Vinzi ganz schwindlig wurde.

»Ich hab da was für dich«, sagte Hans, dem auch Vinzis neuerliche Reaktion nicht entgangen war, und schrie wieder zur Theke hinüber. »Hol mal die Martina!«

Bis die kam, dauerte es allerdings noch eine Weile.

»Prost!«

Sie quälten erneut den Ouzo die Kehle hinunter. Wobei der zweite nicht mehr ganz so widerlich wie der erste schmeckte.

»Da ist noch was.« Hans Wittlich beugte sich ein wenig näher zu den beiden hinüber. »Sie haben bei Hartmut was gefunden. In der Unterhose.«

Kurze Pause, in der Plotek und Vinzi dachten: in der Unterhose, klar. Und was?

Hans sah die beiden mit zusammengekniffenen Augen an. Wobei Plotek einen kurzen Moment an seine Mokassin-Schuhe denken musste. Aber in der Unterhose? Vergiss es.

»Einen Spargel!«

»In der Unterhose?«

»In der Unterhose.«

»Nein!«

»Doch. Wenn ich es euch sage.«

Plotek und Vinzi stellten sich jetzt den Spargel in der Unterhose vor. Sie trauten sich aber nicht, die genaue Lage zu erfragen.

»Woher weißt du das?«, erkundigte sich Vinzi stattdessen.

»Kontakte! ... Wer macht nur so was?« Wittlich sagte es mehr zu sich selbst als an Plotek und Vinzi gerichtet. Dann wieder zu den beiden: »Was sagen die Bullen dazu?«

»Die tappen offenbar im Dunkeln.«

»Deppen!«

Wittlich lachte. Schwer zu beurteilen, ob zynisch oder aus Freude.

Eine etwas korpulente, um nicht zu sagen ziemlich dicke Nutte, schon weit über das jugendliche Alter hinaus, so dass man sich bei ihr zumindest nicht des Kindesmissbrauchs schuldig machte, kam jetzt an ihren Tisch. Ihre enorme Oberweite ließ Vinzis Augäpfel vor Freude fast aus dem Gesicht hüpfen. Das also war Martina!

»Wusst ich's doch!« Hans Wittlich war ebenso erfreut wie Vinzi.

»Hallöchen, mei Schätzle!«

Der einzige Makel, befand Vinzi: Sie klang wie aus dem Schwabenland. Sie war aus dem Schwabenland!

»Da hab ich deinen Geschmack getroffen, was?« Wittlich schien sich gar nicht mehr einzukriegen. »Und wie steht's mit dir?« Die Frage war an Plotek gerichtet.

»Ich hab keinen.«

Das stimmte so natürlich auch nicht ganz. Aber zumindest auf den ersten Blick traf keine der Frauen hier auch nur annähernd Ploteks Geschmack.

»Na ja, der kommt schon noch.«

Die Bedienung mit den wackelnden Arschbacken kam wieder an den Tisch, brachte prophylaktisch schon mal drei Ouzo mit und flüsterte Hans etwas ins Ohr. Der schien es jetzt eilig zu haben, kippte den Anisschnaps ohne Prost zu sagen hinunter, stand auf und entschuldigte sich.

»Ich muss!«, sagte er »Die Geschäfte.« Und dann: »Ihr seid versorgt, oder?«

Er zwinkerte Vinzi zu, gab Plotek einen Klaps auf die Schulter und verschwand wieder in der Schwingtür an der Theke, durch die er gekommen war.

Auch die schwäbische Nutte stand, kaum hatte sie sich gesetzt, wieder auf. Sie zog den Vinzi, der auf seinen Beinstümpfen hinter ihr herhüpfte, an der Hand durch das Lokal. Am Ende des Raums verschwanden die beiden hinter einem Vorhang aus Samt, der beim Zurückschwingen den Blick auf eine Treppe freigab, die nach oben führte, und auf einen Flachbildschirm an der Wand, auf dem ein stummer Porno lief. Zurück blieb Plotek, beobachtet von einer Handvoll junger, fast nackter Dinger, die aufgereiht auf Barhockern an der Theke saßen wie Hühner auf der Stange.

Es wird nicht lange dauern, dachte Plotek, bis eines von ihnen wieder angeflattert kommt. Zumal der Erfolg von Martina auch sie motivieren musste. Es dauerte tatsächlich nicht lange.

Schon saß ein blondes, dürres Mädchen neben Plotek auf dem Sessel und bestellte Sekt. Sie versuchte erst gar nicht, sich an seine Haare heranzumachen. Seine Abneigung dagegen hatte sich offenbar schon herumgesprochen. Aber Plotek war an einem Austausch von Zärtlichkeiten generell nicht interessiert. Jeglicher körperliche Kontakt mit diesen kaum der Adoleszenz entkommenen Mädchen war ihm unangenehm. Also versuchte er sie, damit sie erst gar nicht auf falsche Gedanken kam, in ein Gespräch zu verwickeln.

»Sag mal, kennst du Hartmut?«

Das Mädchen deutete mit der Hand eine schnelle Bewegung an ihrem Hals an und gab dabei einen gutturalen Laut von sich, der an Elvis' Krankheit erinnerte.

»Ja, genau, der.«

Sie nickte. »Kriege ich Ouzo?«

Jetzt nickte auch Plotek. Sie winkte zur Theke hinüber. Die Bedienung brachte zwei Anisschnäpse an den Tisch.

»Wo kommst du her?«

»Polen.«

»Kenne ich«, sagte Plotek, woraufhin das Mädchen strahlte.

»Wie die Spargelstecher. Polen, Lettland.«

Das Strahlen war dahin. Sie schien plötzlich traurig zu sein. In ihrem Gesicht ließ sich eine Melancholie nieder wie in einem Gedicht von Hölderlin.

»Willst du ficki ficki?«

»Wie alt bist du?«

»Zwanzig.«

Plotek lächelte. Das Mädchen lächelte jetzt auch wieder. Beide wussten, dass es nicht stimmte.

»Und du?«, fragte das Mädchen.

»Auch«, sagte Plotek.

Sie beugte sich nun doch zu Plotek hinüber und strich ihm durch die Haare.

Scheiße, nicht schon wieder, dachte er, nahm ihre Hand und legte sie zurück in ihren Schoß.

»Bist schwul du?«

»Nee, du?«

Er musste jetzt an die osteuropäische Nutte denken, die er einmal gekannt hatte. Mit der er sich über die Jahre sogar angefreundet hatte und die vor nicht allzu langer Zeit in einem Wohnwagen auf der Schwäbischen Alb tragisch ums Leben gekommen war.

Das Mädchen kapitulierte, fragte, ob sie noch einen Sekt haben dürfe, und zog schließlich, nachdem Plotek ihr diesen gewährt hatte, enttäuscht von dannen. Die anderen Nutten beobachteten ihn weiter von den Barhockern aus, als wäre dieser komische Kauz aus einer anderen Welt hier gelandet. Vielleicht im Zwischenstopp auf seinem Weg nach Hause.

Nach einer guten halben Stunde, in der Plotek noch zwei Unertl-Weißbiere getrunken hatte, kam Vinzi wieder zurück. Ohne die dicke Nutte. In seinem Gesicht hatte sich eine unverschämte Entspannung eingenistet. Ein Lächeln signalisierte Zufriedenheit. Er bestellte an der Theke noch zwei Bier und zwei Ouzo.

»Man kann sich an das Zeug gewöhnen.« Er kippte den Schnaps die Kehle hinunter.

Plotek dachte: Stimmt, und tat es ihm gleich. Die Schmerzen in seinem Bein waren vom vielen Alkohol betäubt und nun nicht mehr zu spüren.

»Sie kommt von der Alb.«

»Nein!«

»Doch.«

»Und nicht nur das, sie kommt sogar aus der Kreisstadt.«

Jetzt muss man wissen, dass die Kreisstadt nicht weit von Lauterbach, dem Heimatort der beiden auf der Schwäbischen Alb, entfernt war.

Vinzi kicherte. »Und ob du es glaubst oder nicht, die war auf unserer Schule.«

Plotek blieb der Mund offen stehen. Er sah Vinzi an, als wäre er der komische Kauz, der aus einer anderen Welt hier gelandet war. Mit Botschaften aus der Heimat.

»Nur ein paar Jahre nach uns.«

»Ich werd verrückt!«

»Vorher solltest du vielleicht noch mit ihr ins Bett gehen. Das lohnt sich!«

Die beiden tranken und schwiegen wieder, bis Plotek schließlich sagte: »Und jetzt ist sie Nutte?«, wie man vielleicht »Und jetzt ist sie bei der FDP!« sagt.

»So kann es gehen. Sie meint, es wäre nicht das Schlechteste. Bis auf die jungen Dinger aus Osteuropa ...«

Vinzi wies mit dem Kopf hinüber zu den Barhockern, wo die Hühner noch immer auf der Stange saßen und gackerten.

»Polen, Letten«, kam es von Plotek.

»Die die Preise und den Geschmack kaputt machen.«

»Den Geschmack?«

»Jetzt wollen alle sie immer jünger haben«, sagte Vinzi. »Meint Martina. Da siehst du mit Mitte dreißig schon ganz schön alt aus.«

Wieder tranken sie und sahen den Mädchen zu, von denen es aber keine mehr wagte, die beiden Außerirdischen anzusteuern.

»Und wo ist sie jetzt?«, fragte Plotek.

»Wer?«

»Martina von der Schwäbischen Alb.« Es klang wie »Ernie von der Sesamstraße«.

»Hotelbesuch. Für die Rentner aus dem Ruhrgebiet.«

»Das geht auch?«

»Mit Geld geht alles.« Vinzi ließ keinen Zweifel daran.

»Hast recht, solange die Renten sicher sind ...«

Beide lachten und bestellten noch zwei weitere Ouzo, was der Bedienung mit den wackelnden Arschbacken langsam unheimlich wurde.

Als Plotek irgendwann, schon ein wenig schwankend, die Toiletten aufsuchte, kam er an einer nicht ganz zugezogenen Ziehharmonikatür vorbei. Dahinter wurde heftig, wenngleich um verminderte Lautstärke bemüht, gestritten. Zwei Männerstimmen waren zu hören. Eine, die leisere, gehörte eindeutig Hans Wittlich. Die andere kannte Plotek nicht. Sie hatte aber einen osteuropäischen Einschlag. Alles konnte Plotek nicht verstehen, nur hin und wieder drang ein Gesprächsfetzen durch die Tür hindurch an sein Ohr.

»Mann, ich kann doch auch nichts dafür ...«, hörte er Wittlich sagen.

Die andere Stimme schien nicht sehr erfreut.

»... und, immer andere, hä? ... wer dann ...«

»... hat geglaubt, uns erpressen zu können ...« Das war wieder Wittlich, noch etwas leiser.

Worauf der andere aufbrauste und schrie: »Erzähl keine Scheiß! Die und erpresse …«

»… ich schwör's dir, es …« Wittlich war kaum mehr zu verstehen.

Der andere schon eher. »Quatsch, auch anders möglich … nein, nein, nein … und was, wenn entdeckt? Hä?«

»… ach was, da kannst du beruhigt sein …«

»Suchst du was?«

Die Bedienung mit den wackelnden Arschbacken stand plötzlich hinter Plotek und sah ihn an, als müsste sie ihn stützen.

»Ja, Klo!«

»Mach mal deine Augen auf.«

Sie zeigte geradeaus. Keine drei Meter von Plotek entfernt pappte das 00-Emblem an einer schmalen Tür.

Eskortiert von ihren Blicken, verschwand er in der Herrentoilette. Er schloss sich in eine der Kabinen ein und wollte gerade urinieren, als plötzlich die Toilettentür aufging. Ein Mann kam herein. Er redete in einer Sprache, die Plotek nicht verstand, die aber gut Polnisch oder Russisch sein konnte, vor sich hin. Was seltsam klang. Vermutlich bespricht er ein Mobiltelefon, dachte Plotek, noch immer den Schwanz in der Hand. Der Mann redete und klang genervt, während er ins Becken pisste und dabei auffällig laut furzte. Dann verließ er, ohne sich die Hände zu waschen, die Toilette wieder, so dass auch Plotek endlich urinieren konnte.

Kaum war Plotek vom Klo zurück, ging die Tür des Nachtlokals auf, und Björn kam herein und stellte sich zu ihnen an den Tisch.

»Na, die Kirschen schon gepflückt?«

Er lachte wieder das Lachen des Rotzlöffels.

Eher Zwetschgen, dachte Vinzi. Und Plotek sagte: »Klar doch!«, und dann noch euphorischer: »Echt guter Tipp. Danke, Mann!«

Björn reckte den Daumen in die Höhe und begab sich zu den jungen Nutten auf den Barhockern.

»Was sollte das denn?«

Vinzi schien irritiert. Weniger über die Aussage an sich als über Ploteks Ausdrucksweise.

»Ich glaube, den sollten wir uns warmhalten. Irgendwie habe ich das Gefühl, dieser Rotzaffe könnte von allen am ehesten zu knacken sein.«

Wofür zu knacken?, dachte Vinzi, und Plotek hob, als könnte er seine Gedanken erraten, die Schultern. »Weiß nicht, aber ich hab da so ein seltsames Gefühl.«

Er zeigte auf Vinzis Beinstümpfe. »Kribbelt da noch nichts?«

Vinzi wackelte mit seinen Stümpfen und sagte: »Nö!«

Jetzt muss man wissen, dass Vinzis Beinstümpfe sehr empfindsam sind. Oder vielmehr gar nicht die Stümpfe, sondern der fehlende, der amputierte Teil der Beine. Der meldet sich öfter mal vor Katastrophen zu Wort, großen und kleinen, privaten und öffentlichen, bei Wetterumschwüngen oder dergleichen. Sie kribbeln und jucken dann wie verrückt und kündigen das Kommende, die bevorstehende Katastrophe schon mal an.

Jetzt kribbelte nichts, juckte auch nichts, sondern guckten die Stümpfe aus dem Sessel hervor wie abgeknickte Antennen, unfähig irgendetwas wahrzunehmen.

Die jungen Nutten auf den Barhockern schienen erfreut über Björns Eintreffen. Sie sprangen von den Hockern auf, hängten sich um seinen Hals, küssten ihn auf die Wangen und taten so, als hätten sie schon den ganzen Abend auf ihn gewartet. Nur Gina, die Bedienung hinter der Theke, sah nun zum ersten Mal mürrisch drein.

Vinzi sah zu ihr hinüber, hob die Hand und rieb Daumen und Zeigefinger aneinander, was sie sofort wieder freudig stimmte.

Als sie das *Mon Chéri* nach Mitternacht ziemlich angetrunken verließen, leuchteten nur noch sechs Buchstaben von dem Neonschriftzug. Die zwei, die vorher noch geblinkt hatten, waren jetzt ganz erloschen.

Grömitz wirkte nun wie ausgestorben. Auf den Straßen war neben Plotek und Vinzi niemand mehr unterwegs. Die geriatrische Anstalt schlief. Ploteks geliehenes Fahrrad hatten sie einfach am *Mon Chéri* stehen lassen. Ein Taxi war weit und breit nicht zu sehen. Plotek schob den Rollstuhl, in dem Vinzi mehr hing als saß.

»Einfach mal fragen, vielleicht steht das Angebot ja noch!«

Sie klingelten an der Polizeidienststelle, die gleich um die Ecke lag. Zuerst passierte nichts. Nachdem aber Vinzi den Finger auf dem Klingelknopf geparkt hatte, kam schließlich eine gequetschte Stimme aus der Sprechanlage, die so klang, als wäre sie gerade eben erst aus der REM-Phase zurück. »Was 'n los?«

»Ähm, der Leitende, ähm, der Polizist, Ihr Chef, ähm«, stotterte Vinzi ins Gitterviereck hinein, »der hat uns angeboten, ähm, also, dass Sie uns, ähm, nach Hause, Lensterstrand, Campingplatz, ähm, dass Sie uns dahin, Herr Reiter, so heißt er, der, ähm, hat gesagt, dass er fährt …«

»Ritter, der heißt Ritter…«, flüsterte Plotek Vinzi zu.

»Ähm, Ritter, heißt der, der, Ritter, Ihr …«

»Wenn Sie nicht sofort abhauen, können Sie gleich hier übernachten. Wir haben noch eine Zelle frei! Ende!«

Das war alles, was aus der Sprechanlage kam. Aber das reichte auch. Das war unmissverständlich.

Ende!

Plotek und Vinzi machten sich auf den Weg zurück zum Campingplatz. Der Mond stand voll wie ein praller Sack am Himmel. Die Temperatur war jetzt auch in der Nacht schon sommerlich warm. Plotek schob den Rollstuhl, der sich immer wieder im unwegsamen Deichboden verfing. Ab und zu auch mal steckenblieb. Der Fußmarsch machte die beiden wieder nüchtern. Die frische Seeluft blies den Kopf so richtig durch und sortierte die Gedanken.

Schon von Weitem sahen sie kurz vor dem Campingplatz ein Licht am Strand. Als sie näher kamen, wurde das Licht zu einer Flamme. Dann zu einer Fackel, die im Sand steckte. Daneben saß jemand. Eine Frau.

»Hallo?«, rief Vinzi.

Die Frau am Strand drehte sich um. Es war Christin. Plotek konnte seine Freude nicht ganz verbergen.

»Schön, dich zu sehen.«

»Ganz meinerseits.«

»Wo warst du?« Es schwang auch ein Hauch von Vorwurf darin mit. Was Plotek selbst wieder ärgerte.

»Geschäfte.« Christin lächelte vielsagend.

»Und was machst du jetzt hier, mitten in der Nacht?«

»Entspannen.«

Erst nun bemerkten die beiden, dass Christin mit überkreuzten Beinen im Lotus-Sitz im Sand saß.

»Und du hast Verstärkung angefordert?« Sie zeigte auf Vinzi, der jetzt aus dem Rollstuhl hüpfte.

»War auch nötig.« Plotek lachte.

»Die Gegend hier scheint ein gefährliches Pflaster zu sein«, mischte Vinzi sich ein und setzte sich neben Christin in den Sand.

»Na ja, nur weil einen übergewichtigen Dauercamper mit Alkoholproblem das Herz im Stich lässt, heißt das noch lange nicht, dass hier …«

»Es war Mord!«

Christin verstummte. Auch Plotek und Vinzi schwiegen. Es lag plötzlich eine Stille über dem Strand, die der mondbeschienenen Szenerie ein sonderbares Pathos verlieh.

Vinzi huldigte der Stille und dem Pathos, indem er aus der Hosentasche das selbst angebaute schwäbische Gras herausholte und anfing, einen Joint zu basteln. Als er fertig war, zündete er den Joint an, nahm zwei Züge und reichte ihn an Plotek weiter. Der zog einmal kurz und gab ihn Christin, die einen Augenblick zu überlegen schien und dann ebenfalls zog.

»Scheiße!« Christin war es, die das Schweigen schließlich beendete.

Danach kam das Gespräch aber keineswegs wieder in Gang. Erneut legte sich Stille zwischen die drei, die nur hin und wieder vom Knistern des abrennenden Joints durchbrochen wurde.

Bis Plotek nach einer Weile abrupt fragte: »Kanntest du Hartmut näher?«

Christin antwortete nicht sofort. Es verging wieder eine

Weile, bis sie schließlich mit »Kann man sagen« antwortete.

Anschließend wurde wieder geraucht und geschwiegen, bis sich dann auch Vinzi zeitlich verzögert in den Dialog einklinkte.

»Wie lange bist du eigentlich schon hier auf dem Campingplatz?«

Als die beiden bereits mit einer Antwort nicht mehr rechneten, sagte Christin: »Vier Wochen.«

Nach einer ebenso langen Verschnaufpause fügte sie hinzu: »Warum bringt jemand einen alleinstehenden fränkischen Rentner um?«

Das war eher eine rhetorische Frage. Machte aber nichts. Für Spekulationen war Vinzi immer zu haben. Die kamen jetzt zügiger als erwartet.

»Wegen Geld«, sagte er.

Auch Christins Replik ließ nicht lange auf sich warten. »Quatsch, der hatte doch keins.«

Plotek schien jetzt ebenfalls wieder ganz bei der Sache zu sein. »Und die Eigentumswohnung?«

»Damit hat er seine Schulden getilgt.«

Die weiß aber Bescheid, dachte Plotek.

»Dann aus Rache«, legte Vinzi nach.

Christin schien zu überlegen. Es entstand wieder eine unerträglich lange Pause, in der man nur das schwäbische Gras knistern hörte.

»Ja, vielleicht. Aber wer sollte sich an ihm rächen wollen. Und vor allem, warum?«

»Das wird die Grömitzer Polizei schon herausfinden.« Es war Plotek, dem das entschlüpfte.

Jetzt lachte Christin herzhaft und lange, und Vinzi und

Plotek lachten mit. Ebenso herzhaft und außerdem beschwipst. Alle drei wussten, dass es, wenn es jemand herausfindet, sicher nicht Ritter und seine Armee sein würden.

Der Joint kreiste noch eine Weile, während das Lachen langsam versiegte, bis nur noch ein leises Kichern zurückblieb. Lange Zeit gab keiner der drei mehr ein Wort von sich. Sie sahen auf das Meer, das wie eine stille, unendlich große und weite Turnmatte vor ihnen lag. Eine Turnmatte, die leicht und lautlos schwankte, die beruhigend wirkte und auf der die Gedanken der drei herumhüpften wie Kinder beim Sport in der fünften Stunde nach dem Mathematikunterricht.

»Gehen wir turnen?« Christin fragte es, als müsste man es nicht erklären.

»Klar!«, kam es von Vinzi, als wüsste auch er Bescheid.

Selbst Plotek, dem Turnen und Sport jeglicher Art zuwider waren, verstand und nickte, obgleich er sich nicht daran beteiligen wollte. Er hob sein linkes Bein in die Höhe und sagte: »Verletzt.«

Was die beiden anderen aber nicht sonderlich zu interessieren schien.

Vinzi und Christin zogen sich nackt aus und liefen zur Turnmatte respektive ins Wasser. Während Plotek am Strand zurückblieb und den beiden hinterhersah. Eigentlich sah er nur Christin hinterher. Sie hatte einen großen Hintern, stramme, feste Beine und kleine zappelige Brüste, die im Mondlicht marmoriert schimmerten. Dazu ein dichtes, haariges Dreieck im Schoß, das durch das THC in Ploteks Adern zu einem Urwald in seinem Kopf mutierte, in dem er sich jetzt mit allen seinen Sinnen verfing.

Während Vinzi und Christin kreischend im fast schwarzen Wasser herumturnten, durchquerte Plotek den haarigen Dschungel, kämpfte mit Schlangen und anderen Ungeheuern, bis er schließlich erschöpft im Sand einschlummerte.

Er schlief, bis es plötzlich neben ihm piepste. Im Nu war er wieder wach. Oder glaubte zumindest, es zu sein. Er dachte noch, das haarige Dreieck spreche mit ihm. Bis er merkte, dass es nicht das Dreieck war, sondern ein Handy, das neben Christins Klamotten im Sand lag und jetzt erneut piepste. Ihr Handy. Er blickte auf das Display und konnte verschwommen ein leuchtendes *Bulle* erkennen.

Kurz darauf kehrten Vinzi und Christin kichernd und erschöpft aus dem Wasser zurück. Christin trocknete sich mit ihrem Unterhemd ab, während Plotek sie verschämt aus dem Augenwinkel beobachtete. Was ihr natürlich nicht entging. Er hatte das Gefühl, dass sie sich extra viel Zeit ließ. Dann schlüpfte sie in Unterhose und Kleid und bemerkte dabei das blau blinkende Handy, ohne aber darauf einzugehen. Während Vinzi einen weiteren Joint baute, sagte Plotek: »Dein Handy hat geklingelt.«

»Ich weiß. Das war mein Alter. Der ruft immer mitten in der Nacht an.«

Natürlich merkte sie, dass Ploteks Zweifel damit keineswegs zerstreut waren, und legte nach. »Er ist bei den Bullen, Vollzugsbeamter.«

Der sitzt doch angeblich den ganzen Tag auf der Couch, dachte Plotek und sah Christin dabei zu, wie sie das Unterhemd um ihre nassen Haare zu einem Turban wickelte.

Christin lachte. »Du denkst jetzt bestimmt, ich lüge, was? Schließlich habe ich gesagt, er sitzt den ganzen Tag auf der Couch. Ja, stimmt auch, bis vor Kurzem saß er wirklich noch auf der Couch, eben solange wir zusammenlebten. Aber jetzt arbeitet er wieder. Bleibt ihm wohl nichts anderes übrig. Als Russlanddeutscher ist er außerdem für die Arbeit im Knast prädestiniert. Die stellen gerne solche wie ihn ein. Jeder dritte Insasse in dem Knast, in dem er arbeitet, ist einer von denen.«

Vinzi war fertig mit dem Joint. Er zündete ihn an und zog daran.

»Apropos. Wie war's eigentlich bei den Bullen in Grömitz?«, fragte Christin.

Vinzi reichte den Joint an Plotek weiter. Der nahm ebenfalls einen Zug und sagte dann: »Bullen sind saublöd!«

Vinzi saß noch immer nackt im Sand und lachte. Christin und Plotek lachten auch.

So lange und immer alberner, dass sie sich mehrmals dabei verschluckten und sich gegenseitig auf den Rücken klopfen mussten.

Als die Sonne schon langsam über dem Meer aufging und die Turnmatte in eine rot schimmernde Tomatensuppe verwandelte, wachten Plotek und Vinzi, beide nebeneinander im Sand liegend, auf. Christin war verschwunden.

Die beiden mussten irgendwann nach dem zweiten Joint eingeschlafen sein. Ploteks Rücken schmerzte, als bestünde der Untergrund, auf dem er lag, nicht aus Sand, sondern aus Beton, und sein verletztes Bein hämmerte, als säße dort Paul Cock, der Schlagzeuger der Sex Pistols, unter der Haut und schlüge wild um sich. Plotek zog mit schmerzverzerrtem Gesicht die Hose hoch und erschrak. Der blaue Fleck war zu einem kindskopfgroßen, ganz unansehnlichen violettblau schimmernden Hämatom geworden und daumendick angeschwollen. Bei Druck mit dem Finger gab die Schwellung schwammig nach und ließ nichts Gutes unter der Haut erahnen.

Auch Vinzi jammerte über Verspannungen am ganzen Körper.

»Na los, lass uns gehen.«

Er stöhnte, zog sich vom Boden hoch und hievte sich in den Rollstuhl. Plotek ließ die Hose wieder über das Hämatom rutschen, stand ebenfalls auf und schob hinkend, mit nach wie vor hämmerndem Bein, den Rollstuhl samt Vinzi in Richtung Campingplatz.

»Im Wohnwagen ist es bestimmt angenehmer.«

Aber denkste. Als sie an ihrem Tabbert 655 D ankamen, war die Tür aufgebrochen. Im Innern sah es aus wie in einem Schweinestall.

»Verdammt! Irgendjemand hat hier was gesucht.«

»Sieht so aus!«

Die Schränke und Stauräume waren ausgeräumt, und alles lag auf dem Boden und um das Bett herum verstreut.

»Schau mal!«

Vinzi zog mitten aus dem Chaos eine gebrauchte Unterhose hervor, die zwischen Geschirr und ein paar Angelbüchern gelegen hatte. Es waren Applikationen darauf.

»Biene Maja«, sagte Vinzi und zeigte auf die Zeichentrickfigur auf dem weißen Stoff.

»Grashüpfer Flip«, kam es von Plotek.

»Fridolin.«

»Thekla.«

»Peppi.«

»Puck.«

Es war ein heiteres Figurenraten. So lange, bis Vinzi schließlich fragte: »Was macht eigentlich Ulf mit der gebrauchten Unterhose einer Zehnjährigen?«

Das wusste Plotek natürlich auch nicht so recht. Dennoch hatte er nach längerer Überlegung eine Erklärung: »Vielleicht von seiner Tochter?«

»Hat der überhaupt eine?«

Vinzi guckte, als wäre er mit dieser Erklärung ganz und gar nicht zufrieden.

»Glaub schon. Aber die ist meines Wissens viel jünger.« Plotek dachte an das Foto hinter dem Cellophanfenster in Ulfs Geldbörse.

Unterdessen öffnete Vinzi die Schranktür unter der Spüle und ließ die Unterhose im Mülleimer verschwinden. Als er die Schranktür wieder geschlossen hatte, verharrte er plötzlich.

»Was ist?«

Er öffnete die Tür erneut, bückte sich und zog hinter dem Mülleimer einen Stapel Bilder hervor, der in einen Spalt zwischen der Schrankwand und dem Mülleimer gerutscht war.

»Was ist das?«

Er zeigte Plotek die Fotos.

»Dein Ulf scheint eine ganz seltsame Vorliebe zu haben.«

Auf den Bildern waren nur junge, nackte Mädchen zu sehen. Keine älter als achtzehn Jahre. Sie lagen in der Sonne am Lensterstrand und waren, wie es aussah, heimlich ohne ihr Wissen fotografiert worden.

»Sehen aus wie die Spargelstecherinnen.«

Plotek war sich sicher, die ein oder andere schon mal im

bekleideten Zustand hier auf dem Campingplatz gesehen zu haben.

»Spanner!«, sagte Vinzi.

»Wichser!«, Plotek.

»Masturbationshilfe für Ulf.«

Vinzi versenkte auch die Bilder in den Tiefen des Mülleimers.

»Drecksau!«

6

»Hörst du das?«

Klar hörte Plotek das. Er war ja nicht taub. Trotz der wochenlangen Lärmbelästigung zu Hause, trotz seines lädierten Trommelfells und der schwachen Nerven. Da schluchzte jemand. Gar nicht weit von ihnen entfernt. Eindeutig.

Plotek und Vinzi hatten schon eine Weile in zwei angekokelten Klappstühlen vor ihrem Wohnwagen gesessen, geraucht und sich so ihre Gedanken gemacht. Jeder für sich. Über die Fotos, die Unterhose, über den toten Hartmut, die ausgetauschten Gasflaschen, die Kohlenmonoxydvergiftung. Aber auch über Christin, Siouxsie und den *Hong Kong Garden*, das *Mon Chéri*, Martina und über das, was sich in den letzten drei Tagen so alles ereignet hatte. Ganz schön viel war da passiert! Das musste auch erst mal verarbeitet werden; stumm und grüblerisch, was die Laune nicht gerade hob. Deswegen war es den beiden auch nicht unrecht, als sich da plötzlich so ein Geschluchze in ihre Nachdenklichkeit mischte und sie von den grüblerischen Gedanken weglockte.

»Wo kommt es denn her?«

Vinzi drückte seine Zigarette auf der Erde aus und erhob sich vom Klappstuhl. Er sah sich aufmerksam um und hoppelte schließlich auf seinen Beinstümpfen zwischen den Wohnwägen hindurch über den Campingplatz. Plotek folgte ihm zuerst zögerlich, dann ging er entschlossen hinter ihm her. Beide folgten wiederum ihren Ohren und dem Geschluchze, das nun immer lauter wurde. Schließlich so laut war, dass man es gar nicht mehr menschlich nennen konnte. Das Schluchzen fast zum Schreien wurde. Der Mensch zum Tier.

Sie blieben vor einem der älteren und weniger ansehnlichen Wohnwagen am Rand des Campingplatzes stehen. Die mehrfach reparierte Tür war nur angelehnt. Plotek blickte zum Seitenfenster, das mit schwarzem Klebeband geflickt war, hinein. Ein verblichener Vorhang verdeckte die Sicht, doch konnte Plotek trotzdem erkennen, dass da drinnen jemand zusammengekauert wie ein Häufchen Elend auf der Eckbank saß. Es war aber nur ein Teil des gekrümmten Rückens der Person zu sehen.

Vinzi schob lautlos die Tür ganz auf und hüpfte über die Schwelle hinweg hinein. Plotek hingegen traute sich nicht und blieb zunächst an der offenen Tür stehen, jederzeit bereit, sich unbemerkt davonzumachen. Die Person im Wohnwagen war ein Mann. Er saß am Tisch, den Kopf auf den Armen aufgestützt und das Gesicht in den Händen vergraben, und weinte. Es waren große Hände, ein großer Kopf, ein großer Mann. Es war Achmad.

Jetzt betrat auch Plotek den Wagen. Zuerst bemerkte Achmad die beiden gar nicht, so sehr schien er in seiner Trauer gefangen. Irgendwann hob er schließlich den Kopf und sah die beiden direkt vor sich stehen. Er erschrak aber nicht. Er guckte, als ob ihn gar nichts mehr erschrecken könnte. Seine Augen waren ganz rot, das Gesicht verquollen und glänzend und von Tränen feucht. Der Mann wirkte wie ein Kind. Ein leidendes, hilfloses Kind. Er sagte zunächst auch nichts, sondern blickte die beiden nur starr an, wie abwesend. In seinem Gesicht lag eine Traurigkeit wie in einem Gedicht von Paul Celan. Die Todesfuge, fiel Plotek dabei sofort ein. Und schon spielten die Zeilen in seinem Kopf eine Melodie, die Achmads Gemütszustand sehr nahe kommen musste.

Schwarze Milch der Frühe wir trinken dich nachts / wir trinken dich mittags und morgens wir trinken dich abends / wir trinken und trinken / ein Mann wohnt im Haus dein goldenes Haar Margarete / dein aschenes Haar Sulamith er spielt mit den Schlangen / Er ruft spielt süßer den Tod der Tod ist ein Meister aus Deutschland / er ruft streicht dunkler die Geigen dann steigt ihr als Rauch in die Luft / dann habt ihr ein Grab in den Wolken da liegt man nicht eng.

Auch Plotek war jetzt traurig. Am liebsten hätte er sich auf die Eckbank neben Achmad gesetzt und leise und solidarisch mitgeweint. Ohne eigentlich genau zu wissen, warum.

Das gibt es oft. Plötzlich befällt einen hinterrücks ein Gefühl, einfach so, ein Gedanke, ein Geruch, eine Erinnerung, und schon wird aus Heiterkeit Trauer, aus Gelassenheit Wut. Aus Manie Depression. Oder umgekehrt. Bei Plotek kam das in letzter Zeit immer öfter vor. Womöglich war dafür auch sein mittlerweile ebenso dünnes wie labiles Nervenkostüm verantwortlich. Erst neulich hatte er weinen müssen. Obgleich Plotek prinzipiell kein Typ für Tränen ist. Noch nie einer war. Eher das Gegenteil. Soll heißen: Eher versteinerte Miene als zitternde Lippe. Plotek konnte sich nicht erinnern, bis auf das eine Mal neulich, jemals geweint zu haben. Das Kuriose war, dass er nicht mal wegen eines Menschen hatte weinen müssen, sondern wegen einer Katze. Und dann noch nicht mal wegen einer toten. Nein, die Katze war eines Nachmittags quietschfidel auf dem Weg von seinem Zuhause zum *Froh und Munter* auf dem Bürgersteig gestanden und hatte ihn nur angesehen. Es war eine alte Katze gewesen, eine uralte. Es war eine Katze gewesen, die er eigentlich schon über Jahre hinweg gekannt hatte, ein ganzes Jahrzehnt sogar. Eine, der er immer wieder mal begegnet und die da nun plötzlich vor ihm gehockt war, mit leicht gespreizten, irgendwie verkrüppelt wirkenden Vorderbeinen. Sie hatte ihn einfach nur angeschaut mit ihrem schon eingefallenen Maul und dem bereits ergrauten Fell. Und Plotek hatte zurückgeschaut und anfangen müssen zu weinen. Aber nicht nur ein bisschen. Ein, zwei Tränen, und dann ist's gut. Denkste. Plotek hatte wie ein Schlosshund geweint. Minutenlang. Tränen liefen ihm die Wangen entlang wie ein Bergbach in den Schweizer Alpen bei Schneeschmelze auf dem Weg ins Tal. Passanten, die vorbeigekommen waren, hatten Plotek wiederum angeglotzt, als wäre er entweder völlig gaga gewesen. Oder aber voll wie eine Haubitze. Also nichts mit Mitleid für den sensiblen Mitfühlenden, sondern Tritt in den Arsch für diesen sentimentalen Flenner. Plotek war froh gewesen, dass niemand vorbeigekommen war, den er kannte. Wie hätte das ausgesehen? Scheiße hätte das ausgesehen, wie Plotek da völlig in Tränen aufgelöst vor dieser alten Katze gestanden wäre. Auch ein Stück weit lächerlich. Natürlich war das alles psychisch bedingt. Das war Plotek anschließend, nach einem kräftigen Geschnäuze in sein Taschentuch und einem ebenso kräftigen Schluck aus dem Unertl-Weißbierglas, auch klar geworden. Die Tränen hatten selbstverständlich weniger mit der Katze zu tun gehabt als vielmehr mit Plotek selbst. Man weint doch nicht wegen einer Katze! Schon gar nicht wegen einer, die einem selbst nicht mal gehört. Und gleich zweimal nicht wegen einer, die nicht mal tot ist. Plotek hatte über sich selbst geweint, so viel war klar. Er hatte sich selbst in der alten Katze gespiegelt gesehen. Soll heißen: Er hatte sich selbst in ihr gesehen. Den alten Plotek, mit eingefallenem Mund und grauen Haaren. Oder besser: Er hatte darin die schnell vergehende Zeit gesehen. Noch besser: Er hatte gesehen, wie rasend schnell das Leben, sein Leben dahinflog und am Ende nur ein alter Kater mit eingefallenem Maul und grauen Haaren übrig blieb, der auf dem Trottoir saß, als wäre dieser eine Abschussrampe ins Jenseits, und den nahen Tod erwartete wie eine ausgezuzelte Zitrone auf dem Komposthaufen ihren Zerfall. Diese alte Katze hatte ihn noch tagelang, ja wochenlang verfolgt. Auch jetzt musste er wieder rührselig mit feuchten Augen an sie denken.

»Was ist los?«, fragte Vinzi, was sich anhörte wie: »Reiß dich zusammen, Mann!«

Plotek wusste nicht genau, ob Vinzi jetzt Achmad oder ihn meinte. Nichts, wollte er sagen. Sagte dann aber doch nichts. Dafür sagte Achmad: »Nichts.«

Dem großen Mann schien es jetzt, flennend vor den beiden, doch ein wenig peinlich zu sein. Plotek ebenfalls.

»Für nichts sind es aber ziemlich viele Tränen«, kam es von Vinzi.

Da hatte er natürlich auch wieder recht. Plotek pendelte gedanklich noch immer zwischen Achmad und der alten Katze.

»Inga!«

Achmad schluchzte, während Plotek sich fragte, ob seine

Tränen vielleicht mit dem Streit, den die beiden hatten, zusammenhingen.

Vinzi wiederum fragte was anderes, nämlich: »Was ist mit Inga?«

»Verschwunden.« Achmad blieb die Stimme beinahe im Hals stecken.

»Seit wann?«

»Gestern.« Noch leiser, noch gedrückter.

Jetzt musste Plotek fast ein wenig lachen. Gestern ist diese Inga verschwunden, und heute weint dieser große Mann, als wäre sie soeben verstorben.

Wie viele Menschen, dachte Plotek, verschwinden kurz und tauchen dann Tage später einfach so wieder auf? Sind mit einem Billigflieger für 1,99 auf einem Kurztrip zum Eisessen in Paris. Oder beim Shoppen in London. Auf einer Vernissage in Berlin. Vielleicht auch einfach nur bei der Mutter im Hunsrück, der Schwester im Allgäu, beim Liebhaber im Hotel. In einer Ehe ist das doch an der Tagesordnung. Ohne kleine Fluchten ist diese Art von zementierter Paarbeziehung doch nicht zu ertragen, oder? Kleine Meinungsverschiedenheit, und die Frau macht einen Abflug. Langt der Mann zu kräftig hin, soll heißen: große Meinungsverschiedenheit, ist die Frau für länger verschwunden. Eigentlich kein Grund zur Sorge. Aber denkste. Achmad schüttelte den Kopf. Unklar, ob er damit verneinte, mit Inga verheiratet zu sein, oder Ploteks kompletten Gedankengang bezüglich ihrer Abwesenheit zurückwies.

»Sie hätte gesagt mir, wenn sie geht weg.«

Er machte eine Pause, schniefte, dass der Rotz in seiner großen Nase rauschte wie der schon erwähnte Bergbach, und wischte sich die Tränen aus den tief liegenden Augen.

»Sie nichts hat gesagt.«

Dieses in sich zusammengefallene, fleischgewordene Häufchen Elend auf der Eckbank eines heruntergekommenen Wohnwagens fernab der Heimat rührte Plotek. Obgleich er für Mitleid, Sentimentalitäten und all das im Prinzip wenig empfänglich war. Doch dieser große, wuchtige Mann, der jetzt so klein und mickrig wirkte wie der Boxer Valuev nach einer ganz bitteren Niederlage, hatte nicht nur etwas Trauriges und Verletzliches an sich, sondern auch etwas Anarchisches und Aufwieglerisches. Auch etwas sich Verweigerndes, das die menschliche Existenz mit ihrem propagierten und verordneten stetigen Streben nach Glück und Wohlstand infrage stellte. Für Plotek.

»Die taucht schon wieder auf.«

Vinzi schien ebenfalls die Billigfliegervariante zu favorisieren. Wieder schüttelte Achmad den Kopf, jetzt noch vehementer als zuvor. »Nicht glaube.«

Es klang nicht nach Glauben, es klang nach Wissen. Es klang überzeugt. Es klang eindeutig. Es klang auch danach, dass Achmad mehr wusste, als er vorgab.

»Was könnte denn der Grund für ihr Verschwinden sein?« Vinzi ließ nicht locker.

Achmad schwieg und biss sich dabei immer wieder auf die große, feuchte Unterlippe. Entweder wollte er es nicht sagen. Oder er konnte es nicht. Auf jeden Fall schien er es, dem Eindruck der beiden nach, zu ahnen.

Eindeutig, dachte Plotek. Vinzi dachte dasselbe. Achmad betrachtete die beiden jetzt wie damals die Katze auf dem Bürgersteig Plotek. Plotek blieb, um nicht wieder mit dem Heulen anzufangen, eigentlich nichts anderes übrig, als sich mit einem »Ich würde sagen, wir suchen sie einfach« auf andere Gedanken zu bringen und sich von seinem anschwellenden Mitgefühl abzulenken.

Was zur Folge hatte, dass Vinzi ihn nun ebenfalls anstarrte, überrascht, auch zweifelnd und zudem ein wenig ärgerlich. Achmads Gesicht hellte sich für einen Moment auf. Er schien zu lächeln. Dann senkte er erneut den Kopf, stützte ihn mit beiden Händen ab und begann wieder zu weinen.

»Bis später.« Vinzi hüpfte aus dem Wohnwagen.

»Wir finden sie schon.« Plotek tat es ihm gleich.

Sie zogen ab. Vinzi ging voraus, und sie bewegten sich zwischen den Wohnwägen hindurch zurück zu ihrem Tabbert Puccini. Dort angekommen, wuchtete sich Vinzi in seinen Rollstuhl, und Plotek schob denselbigen auf dem Kiesweg in Richtung Bierstube.

»Was sollte das denn?« Vinzi schien verärgert. »›Wir suchen sie‹? ›Wir finden sie schon‹?« Es hörte sich verächtlich an. Dabei schlug er sich mit der flachen Hand mehrmals gegen die Stirn. »Sag mal, wie stellst du dir das denn vor?« Er fuchtelte mit den Armen in der Luft herum. »Ich kenne mich hier nicht aus, du dich auch nicht, wie sollen wir denn diese Inga suchen?« Er ruderte mit den Armen. Es sah auch ein wenig komisch aus. »Geschweige denn finden?«

Ich weiß es auch nicht, hätte Plotek jetzt sagen können. Besser, müssen. Er wusste es wirklich nicht. Er hätte natürlich auch über seine unheimliche Begegnung mit der Katze sprechen können. Über das eingefallene Maul, das graue Fell und seine Tränen. Auch über das Leben, den Tod und die ausgezuzelte Zitrone.

Er sagte nichts. Gar nichts. Ein anderes Mal vielleicht, dachte er und schwieg hartnäckig mit zusammengepressten Lippen.

»Hä?« Vinzis Ärger war noch immer nicht verraucht. »Was hat dich da nur wieder geritten? Mannomann!« Dann wieder etwas versöhnlicher: »Jetzt macht der Riese sich Illusionen, Hoffnungen. Die wir nie und nimmer einlösen können.«

Und wenn schon, dachte Plotek, vielleicht erleichtern die Hoffnungen und Illusionen Achmad ein bisschen die Zeit des Wartens.

Auf der Terrasse der Bierstube, die von den Campinggästen wieder gut besucht war und auf der auch schon die Sonnenschirme gegen die morgendliche Strahlenbelästigung aufgespannt waren, drehte sich natürlich alles um die plötzlich verschwundene Inga.

»Gestern unpünktlich, heute gar nicht da.« Der Camping-Gott gerierte sich als Teufel mit geschwollenem Hals. »Wenn sie bis morgen nicht wieder auftaucht, ist sie entlassen!« Er gab sich nicht nur wütend, sondern auch entschlossen. »Ich schwör's!«

Mit seinem knisternden Walkie-Talkie fahndete er nach Achmad, der aber, trotz Fluchen und Schreien und hundertfachem »Sofort melden! Roger!« am anderen Ende der Leitung nicht zu hören war.

Kurti und Brigitte, die am Tisch neben Plotek und Vinzi saßen, schüttelten unentwegt, meist synchron und wie einstudiert den Kopf, als würden sie das alles nicht begreifen. Als wären die zurückliegenden Vorgänge auf diesem Campingplatz mit dem toten Hartmut und der verschwundenen Inga nicht in ihr bürgerliches Ruhrpotthirn zu integrieren. Nach unentwegtem Kopfschütteln, das langsam schon an Hospitalismus erinnerte, fasste Kurti sein Unverständnis dann auch noch in einem kurzen, aber prägnanten Satz zusammen: »Dass der Ach-Gott-o-Gott Dreck am Stecken hat, sieht man doch sofort, oder?«

Die Einschätzung hätte auch von seiner Frau stammen können, die ihren Mann Kurti dementsprechend mit einer kurzen, aber entschlossenen Kopfbewegung unterstützte.

»Woran sieht man das?« Vinzi horchte auf.

Kurti schien irritiert und lächelte verschämt. Seine Frau unterstützte ihn erneut dabei. Vinzi fixierte die beiden mit zusammengekniffenen Augen, als wären es keine Ruhrpottler, sondern Flusskrebse, die er gleich bei lebendigem Leibe in kochendes Wasser schmeißen würde.

»Du meinst wohl, weil er so groß ist, was?«

In Vinzis Worten schwang ein bedrohlicher Sarkasmus mit. Das schien aber Kurti, ganz Flusskrebs und im Gesicht so rot wie ein ebensolcher, nicht aufzufallen. Er winkte entschlossen mit den Scheren. Seine Frau, ähnlich rot im Gesicht, schloss sich seiner Scherenbewegung an.

»Und was ist dann mit denen, die so klein sind?«

Plotek fragte es, und Vinzi wackelte mit den Beinstümpfen wie die erwähnten Flusskrebse mit ihren Scheren. »Haben die auch Dreck am Stecken?«

Kurti lachte verlegen, noch röter im Gesicht, und hob dabei die Schultern. Brigitte changierte schon ins Violette. Sie lachte auch. Es klang bei ihr noch unsicherer. Was Vinzi offenbar noch mehr motivierte und ihn schließlich zum finalen Schlag ausholen ließ.

»Und was ist mit denen, die eine bescheuerte Mütze aufhaben und einen Schnauzbart tragen, der nach vergammelter Rotzbremse aussieht?«

Jetzt lächelte Vinzi hinterhältig. Plotek gab sich neutral.

Kurti hingegen verging augenblicklich das Lachen. Seine Gesichtsmuskulatur erstarrte. Er wirkte plötzlich wie tot. Seine Frau sah ihn an, als würde sie das erste Mal in ihrem Leben seinen Schnauzbart und die Mütze richtig wahrnehmen. Auch ihr Lächeln gefror in ihrem Gesicht. Ihrer Gesichtsmuskulatur war jetzt alles Lebendige fern. Kurti hingegen schien nun die Erstarrung wieder abzulegen und langsam aufzutauen. Er sah hilfesuchend zum Camping-Gott, als würde der jetzt gleich zu ihnen an den Tisch spurten und ihm, dem langjährigen, verdienten Dauercamper, zu Hilfe kommen. Doch der Camping-Gott kam nicht. Dafür aber jemand anderes.

»Na, ausgeschlafen?«

Es war Christin, die am Tisch von Plotek und Vinzi erschien. Kurti und Brigitte wirkten plötzlich erleichtert und lächelten wieder. Offenbar waren sie froh, dass ihr kleiner Disput mit den beiden durch Christins Auftreten in den Hintergrund geriet und die heikle Angelegenheit damit hoffentlich vom Tisch war.

Christin wiederum wirkte richtig ausgeschlafen, frisch und fröhlich. Sie hatte noch nasse Haare von der morgendlichen Dusche, war parfümiert und trug ein leichtes, buntes Sommerkleid, das nur von ein paar Schnüren raffiniert zusammengehalten wurde. Ploteks Traurigkeit war jetzt endgültig dahin.

»Es sah entspannt aus, wie ihr da zusammengekuschelt im Sand gelegen habt.«

Christin schob ein verschmitztes Lächeln nach, was aber die beiden nicht genau interpretieren konnten.

»Ich hab euch einfach weiterschlafen lassen, war doch okay, oder?«

»Hm«, machte Plotek, ein wenig verlegen. Auch Vinzi wusste nichts darauf zu antworten und brummte indifferent vor sich hin. Beiden schien die Vorstellung, dass Christin sie beim Schlafen beobachtet hatte, unangenehm, auch peinlich zu sein.

Der Camping-Gott kam jetzt doch noch zu ihnen und brachte endlich und völlig überfordert ihre Bestellungen. Für Plotek und Vinzi ein frisch gezapftes Bier, für die anderen Kaffee und Kuchen. Kaum hatte Uwe Camping-Gott Wittlich die Getränke abgestellt, machte er schon wieder auf dem Absatz kehrt und gab anstatt eines »Guten Appetit« oder »Prost« noch ein drohendes, wenig aufheiterndes »Die wird ihr blaues Wunder erleben!« von sich.

Vinzi hob das Glas. Plotek ebenfalls. Beide stießen an.

»Prost!«

Natürlich hatte sich das Gerücht, dass Inga verschollen war, auch schon bis zu Christin herumgesprochen.

»Das ist schon komisch«, sagte die nun nachdenklich. »Zuerst Hartmut, jetzt Inga.«

Sie sprach so, als wäre auch Inga bereits tot. »Und dann auch noch die Flipflops von diesem Mädchen.«

Brigitte und Kurti nickten still vor sich hin. Plotek und Vinzi hingegen sahen sich an, als hätten sie gerade etwas verpasst. Hatten sie aber nicht. Es hatte ihnen nur noch niemand erzählt. Holte es eben Christin jetzt nach.

»Vor ein paar Tagen, da wart ihr beide noch nicht hier, sind Flipflops aufgetaucht.« Wieder nickten die Ruhrpottler bestätigend.

»Und ein Kleid. Alles auf dem Altar der Klosterkirche in Cismar, nicht weit von hier.« Kurti und Brigitte assistierten erneut.

»Es waren aber nicht irgendwelche Badelatschen oder ein beliebiges Kleid.« Jetzt schüttelten Kurti und Brigitte gleichzeitig den Kopf.

»Die Sachen gehörten Iveta.«

Christin machte eine Pause. Offenbar hatte sie ein ausgeprägtes Gespür für Dramaturgie. Auch Brigitte und Kurti schwiegen jetzt, obgleich sie den Eindruck machten, längst Bescheid zu wissen. Alle drei nahmen einen Schluck vom Kaffee und stocherten in ihrem Kuchen herum. So lange, bis Vinzi die Spannung langsam auf die Eier ging und er etwas genervt fragte: »Iveta?«

»Ja, Iveta«, kam es gleichzeitig von Brigitte und Kurti, wie aus einem vollen Mund.

Christin sah die beiden streng an, wie eben Meister Assistenten für gewöhnlich ansehen, und nickte.

»Iveta war fünfzehn Jahre alt. Eine Spargelstecherin aus Lettland, die hier im Sommer vor fünf Jahren mit ihrem Bruder auf den Spargelfeldern gearbeitet hat.«

Wieder sahen sich Plotek und Vinzi an, als wäre da in ihrem Hirn nichts als ein riesengroßes Vakuum, eine Leerstelle, die gefüllt werden wollte. Die auch gefüllt wurde.

»Ihr Bruder arbeitet noch immer hier«, warf Brigitte ein und stach mit ihrer Gabel, als wäre sie ein Spargelmesser, in den Mürbeteig.

»Kaspars ...« Kurti wurde mit einem noch strengeren Blick von Christin am Weitersprechen gehindert.

»Wie gesagt, das war vor genau fünf Jahren. Da ist Iveta plötzlich verschwunden. Und blieb vermisst. Sie ist bis heute nicht wieder aufgetaucht. Es gab keine Spuren, nichts.«

Wieder synchrones Kopfschütteln des Ruhrpottehepaars.

Und wieder machte Christin eine Pause. Kürzer als die davor.

»Bis vor einer Woche. Da lagen dann plötzlich diese fliederfarbenen Flipflops auf dem Altar der Klosterkirche in Cismar, als wären sie vom Himmel gefallen.«

Synchrone Kopfbewegung von Kurti und Brigitte, was zweifellos Zustimmung signalisierte. Wieder Pause. Jetzt noch kürzer.

»Und dann tauchte auch noch das Fahrrad auf.«

»Ivetas Klapprad!« Es klang, als wäre es Brigitte vor Erregung herausgerutscht. Christin strafte sie mit einem Blick, der, wenn Blicke töten würden, zu einem Herzinfarkt geführt hätte.

»Einen Tag bevor Hartmut starb, fand man das Fahrrad im Wasser liegend am Ufer des Klostergrabens.«

Wieder machte Christin eine Pause, an die sich auch Brigitte und Kurti hielten.

»Der Graben wurde natürlich komplett abgesucht. Aber nichts.«

Das Ehepaar sah aus, als wollte es widersprechen. Es kam aber nicht dazu, da Christin schon weitersprach.

»Na ja, stimmt natürlich nicht ganz.« Sie schob den leeren Kuchenteller wie ein totes Tier zur Seite. »Allerhand hat die Feuerwehr da rausgeholt.«

Brigitte wollte schon anfangen, es erschöpfend aufzuzählen, was ihr Christin aber mit einer Handbewegung verbot. Eingeschnappt hielt sie den Mund.

»Aber kein Mädchen, keine Iveta und auch nichts, was man ihr hätte zuordnen können.«

Plotek und Vinzi stießen mit den Gläsern an und tranken. Kurti, Brigitte und Christin schauten ihnen dabei zu, als fragten sie sich, wie es möglich war, schon am frühen Morgen Bier in sich hineinzuschütten. Es war möglich!

»Und woher weißt du das alles?«

Vinzi fragte es, nachdem sie die Gläser wieder auf dem Tisch abgestellt hatten. Es klang nicht nur interessiert, auch eine Spur Zweifel war herauszuhören.

»Das weiß jeder hier.« Der Zweifel bekam einen Nackenschlag.

Kurti und Brigitte schmunzelten überheblich.

»Jetzt wisst ihr es auch.«

Vinzi gab sich unbeeindruckt. »Und du glaubst, da gibt es einen Zusammenhang?« Wieder klang es interessiert, wieder skeptisch.

Der Gesichtsausdruck von Kurti und Brigitte veränderte sich schlagartig. Auf ihren Stirnen waren jetzt tiefe, wulstige Falten zu sehen. Kurti schleckte aufgeregt an seinem zotteligen Schnauzbart herum.

»Du meinst, zwischen Hartmut, Inga, den aufgetauchten Gegenständen und dem verschwundenen lettischen Mädchen?« Christin formulierte die Frage selbstbewusst und gab sie gleich darauf an Vinzi zurück. »Was glaubst du denn?«

Kurti erhob sich jetzt, ebenso Brigitte. Ohne sich zu verabschieden, verließen die beiden den Tisch und machten sich hurtig davon.

»Wahrscheinlich hängt das schon alles miteinander zusammen.« Vinzi sah dem Ruhrpottehepaar verwundert hinterher. Plotek und Christin schienen ebenfalls überrascht.

»Sehr wahrscheinlich sogar!« Christin sagte es, als Kurti und Brigitte die Terrasse gerade verließen und im Dickicht der Wohnwägen abtauchten. »Und ehrlich gesagt, mich würde es nicht wundern, wenn noch mehr passiert.«

»Na, dann mal Prost!«

Vinzi hob das Glas, Plotek hob seines. Sie stießen an und tranken.

Und Christin sah ihnen fasziniert dabei zu.

Nach zwei weiteren Bieren und allerhand zwischenmenschlichem Geplänkel schob Plotek Vinzi in seinem Rollstuhl zurück zu ihrem Tabbert Puccini. Dabei entdeckten die beiden am noch immer mit rot-weißem Plastikband abgesperrten Wohnwagen von Hartmut Höge eine Veränderung. Das amtliche Siegel an der Tür war aufgebrochen. Sofort schossen Plotek seine dort im Inneren vergessenen Mokassins durch den Kopf. Woraufhin sich seine Laune kurzzeitig hob. Ohne näher darüber nachzudenken, trat er über das Absperrband hinweg und öffnete die Tür. Vinzi schlüpfte unter dem Band hindurch und folgte ihm hinein. Und Überraschung! Auch hier drinnen sah es aus wie in einem Saustall. Die Hängeschränke waren offen und geleert, die Sitzflächen hochgeklappt und die Stauräume darunter ausgeräumt. Alles lag völlig durcheinander über Bett und Boden verstreut. Es sah ähnlich katastrophal aus wie nach dem Einbruch in Vinzis und Ploteks Wohnwagen.

»Anscheinend hat auch hier jemand was gesucht«, sagte Vinzi.

»Womöglich dasselbe wie bei uns.«

Nur meine Mokassins sind nirgends zu sehen, dachte Plotek und wühlte auf der Suche nach den Latschen in dem Wust herum. Die Schuhe fand er nicht. Dafür aber etwas ganz anderes.

»Schau mal!«

Er zog ein Foto unter Hartmut Höges verstreuten Klamotten hervor. Auf dem Bild war ein nacktes Kind abgebildet. Allerhöchstens zehn Jahre alt. Es stand am Strand und blickte direkt in die Kamera.

Vinzi und Plotek sahen sich irritiert an.

»Sag mal, spinn ich, oder begegnen uns auffällig viele nackte Kinder, seit wir hier sind?«

»Auf jeden Fall Kinder«, antwortete Plotek. »In Ulfs Wohnwagen, hier, Iveta ...«

»Vielleicht ist das ja alles nur Zufall, aber ...«

»Vergiss es!«, ging Vinzi dazwischen. »Zufall ist Zufall, und nackte Kinder in Wohnwägen von alten Säcken, das riecht verdammt nach Straftat, und was für eine Straf...«

»Na, neugierig?«

Beide erschraken. Vinzi blieben die Worte im Halse stecken. Auch ihr Eindringen in den Wohnwagen hatte womöglich etwas von einer Straftat.

»Na, neugierig?«

Die Stimme in ihrem Rücken wiederholte die Frage, als wären die beiden taub.

Was soll man darauf antworten? Plotek und Vinzi drehten sich gleichzeitig um und sahen vor sich eine ältere, elegant gekleidete Frau stehen, die jetzt lächelte.

»Er war schon offen«, versuchte Vinzi sich zu entschuldigen. Es klang aber eher etwas halbherzig.

Das schien auch der Frau aufzufallen. Sie lachte übers ganze Gesicht, als hätte sie ein Faible für schlechte Witze.

»Und, was entdeckt?«

»Nö.« Plotek ließ das Foto unauffällig in seiner hinteren Hosentasche verschwinden.

»Schade.«

»Vielleicht.«

Plotek und Vinzi verließen den Wohnwagen und hörten dabei von Weitem jemanden »Huhu!« rufen. Es war Christin, die jetzt nicht nur rief, sondern auch noch winkte. Die ältere Frau winkte zurück.

»Ich wollte gerade zu dir!«, sagte sie an Christin gewandt, als diese bei ihnen ankam. Plotek und Vinzi schauten abermals verwundert, als fehlten ihnen mal wieder entscheidende Informationen. Das schien auch Christin zu bemerken. Sie zeigte auf die ältere Frau wie auf eine kostbare Vase und sagte fast zärtlich: »Das ist Kira von Kybié. Vielleicht kennt ihr sie?«

Der Name sagte den beiden nichts. Aber Plotek und Vinzi ließen sich ihre Unwissenheit nicht anmerken und gaben sich völlig neutral.

»Sie ist Schriftstellerin, eine bekannte Schriftstellerin, und seit zwei Monaten Stipendiatin im Kloster Cismar.«

Plotek und Vinzi verharrten in ihrer Neutralität.

»Mittlerweile – das darf ich doch behaupten, oder? – ist Kira auch eine gute Freundin von mir, nicht wahr?«

Die Frau lächelte. Christin lächelte auch.

Sofort fiel Plotek wieder die schwangere Schweizerin ein. Aber noch bevor sich erneut eine kleine, aber feine Erektion in seine Hose schmuggeln konnte, gab Vinzi seine Neutralität auf und fragte höchst interessiert: »Und, was schreiben Sie so?«

»Kriminalliteratur«, kam es wie aus der Pistole geschossen aus dem Mund von Kira von Kybié, so dass Plotek erschrak und schon die Arme zum Zeichen der Kapitulation nach oben reißen wollte.

»Was Sie nicht sagen.« Vinzis Interesse schien noch zu wachsen.

Komisch, dachte Plotek und versenkte seine Hände in den Hosentaschen, seit wann findet der so was denn interessant? Krimis waren für ihn doch immer schon stinklangweilig. Was soll denn daran auch spannend sein, wenn ganz zu Anfang ein Mord passiert und dann über Hunderte von Seiten ein meist tumber Kommissar auf der Suche nach dem Mörder durch das Buch taumelt, bevor er ihn am Ende doch noch, meist durch einen blöden Zufall, überführen kann. Und jetzt soll das also plötzlich interessant sein? Das kann unmöglich mit dem Genre zu tun haben, dachte Plotek, sondern vielmehr mit der Frau. Hatte es auch.

Kira von Kybié lächelte, Vinzi lächelte ebenfalls. Plotek war plötzlich klar, dass diese Kira ideal in Vinzis Beuteschema passte. Oder besser: in seine Vorstellung von einem Beuteschema. Denn ein Jäger war er schon lange nicht mehr. Ein Sammler auch nicht. Genau genommen nichts dergleichen. Kein Wunder eigentlich, da seine Attraktivität durch seine beiden Stummelbeine nicht unbedingt gestiegen war. Eher im Gegenteil. Darüber hinaus war Vinzi auch nicht gerade der ideale Schwiegersohn. Mehr schwarzes Schaf, hässliches Entlein. Verhunzter Frosch. Der aber mit einem ordentlichen Bums an der Wand durchaus prinzenhafte Züge bekommen konnte.

»Wenn es Sie interessiert, kommen Sie doch einfach mal vorbei. Besuchen Sie uns.« Kira von Kybié zwinkerte Vinzi vielsagend zu.

Bei *uns* dachte Plotek sofort wieder an die schwangere Schweizerin. Und bevor er doch noch seine kleine, aber feine Erektion bekam, fragte Vinzi: »Wann?«

»Wann Sie wollen.«

»Morgen?«

»Meinetwegen.«

»Kommst du mit?« Frau Kybié fragte es an Christin gewandt, die nach kurzer Bedenkzeit die Schultern hob.

»Vielleicht.« Es klang kokett.

»Du solltest auf jeden Fall kommen. Es lohnt sich. Das Kloster hat einiges zu bieten. Zurzeit läuft nicht nur eine schöne Ausstellung von einem versoffenen, mittlerweile verstorbenen Zeichengenie. Auch das Gebäude selbst ist sehenswert, die Kirche, der Altar, der Brunnenkeller.«

Dann folgte eine kurze Abhandlung über das Kloster, die klang wie aus einem kunsthistorischen Seminar im ersten Semester. Plotek fielen bei derartigen Veranstaltungen immer die Augen zu. So auch jetzt.

Als er die Augen wieder aufriss, war Kira von Kybié nicht mehr da. Auch Christin war verschwunden. Nur Vinzi saß jetzt neben ihm im Klappstuhl vor ihrem eigenen Wohnwagen und schien in Gedanken zu schwelgen.

»Die gefällt dir, was?«

»Gefallen?« Vinzi stürzte aus allen Wolken. »Spinnst du? Gefallen ist völlig untertrieben. Die bringt mich um den Verstand.« Er schnalzte mit der Zunge, strich sich über den verwilderten Bart und fing an zu schwärmen. »Hast du diese Glocken gesehen? Diese überirdischen Erker? Das Hinterteil? Die Haare, den bezaubernden Mund, diese sich auf und zu bewegende Sünde, und ihr Duft …«

»Ist ja gut.«

»Nichts ist gut. Das ist perfekt. Ich meine, für mich ist das perfekt.«

Für Plotek nicht unbedingt. Kira von Kybié war erstens nicht mehr die Jüngste. Ende fünfzig vielleicht. Zweitens auch nicht die Schönste. Leicht übergewichtig, mit zugegebenermaßen großen Brüsten, einem einladenden Hinterteil und wulstigen, ja geradezu sinnlichen Lippen.

Aber deshalb gleich den Verstand verlieren?, dachte Plotek.

Und dann dachte er an Christin. Bei ihr könnte einem der Verstand schon eher abhandenkommen. Aber so ist das eben. Wo der eine den Verstand verliert, empfindet der andere nicht mal Mitleid. Wo einer durch die Decke geht, wickelt sich ein anderer in eine ebensolche aus Schurwolle ein und gähnt erst mal herzhaft. Wo der eine verrückt wird, fängt der andere womöglich an zu häkeln. Oder anders ausgedrückt: Der eine flennt bei alten Katzen mit eingefallenem Maul, der andere säuselt in Gegenwart von nicht mehr jungen Schachteln mit ordentlich Holz vor der Hütte. So ist das Leben. Oder das, was man dafür hält.

»Wow!«, kam es von Vinzi.

Und »Stimmt« von Plotek.

Vinzi drehte einen Joint, und Plotek öffnete zwei lauwarme Dosen Bier. Dann stießen sie gemeinsam an.

Bei der einen Dose blieb es natürlich nicht.

»Verflucht!«, sagte Plotek irgendwann ganz in Gedanken und vom schwäbischen Gras eingelullt in seinem Klappstuhl vor dem Wohnwagen.

»Was ist?«, kam es von Vinzi ähnlich gedankenverloren zurück. Auch er hing in seinem Klappstuhl und dämmerte unter Mithilfe des schwäbischen Grases vor sich hin.

»Meine Mokassins!«

Vinzi lachte, herzhaft, lang anhaltend, und schien hernach wieder hellwach zu sein. »Die kannst du abschreiben!«

Da hatte er vermutlich recht. Entweder waren sie in einem dieser Plastikbeutel der Exekutiven verschwunden und ruhten seither in irgendeiner schleswig-holsteinischen Asservatenkammer. Oder aber der neugierige Eindringling in Hartmut Höges Wohnwagen hatte sie, warum auch immer, an sich genommen. Vielleicht weil er ein Schuhfetischist oder dergleichen war. Auf jeden Fall hatte Plotek sie in Höges Wohnwagen nicht finden können.

»Aber die sind doch auch ganz schön.«

Vinzi zeigte auf die klobigen Wanderschuhe von Ulf, die wie zwei überdimensionierte Scheißhaufen an Ploteks Füßen hingen. War natürlich Ironie. Die aus Ulfs Wohnwagen geliehenen Schuhe waren alles andere als schön. Vor allem aber waren sie total unbequem und für Plotek viel zu klein. Kein Wunder, dass der unter die ihn seit zwei Tagen quälenden Schuhe, die bis jetzt jeweils eine Blase an jedem Fuß zu verantworten hatten, möglichst schnell einen Schlussstrich ziehen wollte.

Also beschlossen die beiden, nach kurzem Abwägen des Für und Wider, sich aus den Klappstühlen zu erheben, um einmal mehr das geriatrische Freiluftgehege in Grömitz mit seinen Mode- und Schuhgeschäften aufzusuchen.

Der Schuhverkäufer im erstbesten Schuhgeschäft an der Grömitzer Promenade, ein vielleicht dreißigjähriger Mann, der nicht nur gepflegt aussah, sondern auch noch gut aussehend war, wollte Plotek unbedingt irgendwelche modischen Latschen aufschwatzen.

»Sind die nicht elegant?«

Er fragte es, als wären es keine stinknormalen Schuhe, sondern ein völlig neuer Lebensstil. Als Plotek nicht reagierte, schon gar nicht in seinem Sinne, wendete er sich an Vinzi, als wollte er sich dessen Unterstützung versichern. »Habe ich nicht recht?«

»Hm«, machte Vinzi, während Plotek das Gesicht verzog, als ginge es hier nicht im Allgemeinen um Geschmack, sondern ganz speziell um seine Eier.

»Oder die hier?«

Der dynamische Verkäufer zog ein paar Sportschuhe aus dem Regal und ließ sie in der Luft vor Plotek herumschweben wie zwei Modellflugzeuge, als wollte er ihm damit bedeuten, dass sich die Dinger nicht nur zum Tragen an den Füßen eigneten, sondern sich womöglich auch als Wandschmuck ganz gut machen würden.

»Sind das nicht richtige kleine Kunstwerke?« Er nickte, um sich selbst zu bestätigen. »Ich finde, die passen bestens zu Ihnen. Sportlich, bequem, modern.«

Finde ich nicht, dachte Plotek.

»Damit können Sie joggen, walken und wenn es sein muss auch die Zugspitze besteigen.« Er lachte und zeigte seine weißen Zähne, als wären sie Waffen.

Plotek warf einen verächtlichen Blick auf die in verschiedenen Farben schimmernden Sportschuhe und sagte, ohne überhaupt hineingeschlüpft zu sein: »Zu groß!«, wie man sagt: »Zu beschissen.«

Der Verkäufer ließ sich dadurch aber nicht entmutigen. Eher im Gegenteil.

»Kleinen Moment, ich sehe mal im Lager nach. Ich bin sicher, die haben wir auch noch eine Nummer kleiner.« Und schon war er verschwunden.

Kaum war der junge Mann weg, tauchte eine ältere, elegant wirkende Frau hinter einem Vorhang auf, der den Verkaufsraum vom angrenzenden Büro trennte.

»Na, ist nicht einfach, was?« Es war unklar, ob sie den Verkäufer im Speziellen oder allgemein den Schuhkauf meinte. »Kann *ich* Ihnen vielleicht helfen?«

Wie sie es betonte, schien sie doch den Verkäufer zu meinen. Während Plotek, Betonung hin oder her, dachte: Ist das nicht die Alte vom Camping-Gott, die Frau von Uwe Wittlich? Vinzi nickte, als wollte er den Gedanken mit einem klaren »Ja!« bestätigen.

Natürlich war sie es! Die blondierte und elegante Frau Wittlich, geborene Romberg, mit dem schnittigen Cabriolet, Ehefrau des Campingplatzbesitzers Uwe Wittlich und Björns Mutter.

»Ich glaube, Sie brauchen eher etwas Klassisches, nicht wahr?«

Sie zog einen flachen, völlig unscheinbaren Halbschuh unter einem der Regale hervor. Der Schuh aus braunem Schweins- oder Rindsleder sah so unspektakulär aus, als stammte er aus einer längst überwundenen Modeepoche und hätte sich bereits seit Jahren aus unerklärlichen Gründen um jegliche Inventur herummogeln können. Er war eindeutig ein Ladenhüter. Einer, den niemand haben wollte, der trotz Sonderangebot und mehrmaliger Preissenkung einfach nicht zu verkaufen war. Die einzige Aufgabe dieses Schuhpaares schien es zu sein, darauf zu warten, dass einer wie Plotek daherkam und es, entgegen allen Gesetzmäßigkeiten von Angebot und Nachfrage, von Mode und Stil, endlich forttrug.

Als würde das Frau Wittlich völlig ähnlich sehen, sagte

sie: »Ich glaube, der ist genau das Richtige für Sie, meinen Sie nicht?«

Ohne eine Reaktion von Plotek abzuwarten bückte sie sich, dass die Knie knackten, und hockte nun vor Plotek wie ein Hase vor dem Jäger. Oder besser wie ein Jäger vorm erlegten Hasen. Sie stülpte, noch ehe Plotek sich dagegen wehren konnte, den braunen, hässlichen Halbschuh über seinen rechten Fuß. Dann den anderen über seinen linken. Plotek musste sich mit der Hand an ihrer Schulter festhalten, um nicht aus dem Gleichgewicht zu geraten. Dabei merkte er, dass sich die Schulter gut anfühlte, weich, geschmeidig, gar nicht wie Schulter, vielmehr wie Bauch.

»Passen wie angegossen!«

Frau Wittlich sah, noch immer auf den Knien, zu Plotek hoch und lächelte. Ein Schwall betörenden Geruchs stieg dabei zu ihm auf, und Plotek wurde es ganz schwindelig. Schuld war aber nicht nur der Geruch. Schuld war auch, was sich ihm darbot, als er jetzt den Blick von oben herunter an Frau Wittlich entlanggleiten ließ. Vinzis Augen hatten sich ebenfalls an Frau Wittlich festgezurrt. Beide sahen ihr jetzt ohne Umschweife direkt ins Dekolletee, aus dem die Brüste wie leckere Dampfnudeln hervorquollen. Und beide schienen bei diesem Anblick der Frau Wittlich und den Dampfnudeln widerspruchslos ergeben zu sein. Wenn man genau hingehört hätte, hätte man vernommen, wie das Wasser im Mund von Plotek und Vinzi zusammenlief.

Plotek nickte. Vinzi nickte.

»Und auch noch runtergesetzt.«

Frau Wittlich richtete sich wieder auf, wobei die Knie erneut knackten, und strich mit einer lasziven Handbewegung ihren Minirock wie Unterwäsche glatt. Während der junge Verkäufer gerade wieder mit einem Lächeln und einem Schuhkarton vor der Brust aus dem Lager zurückkehrte.

»Da habe ich tatsächlich noch einen gefunden.«

Er verkündete es, ohne seine Chefin zu beachten, als wäre es sein ganz persönlicher Triumph.

»Ist gut, Heiko, der Herr hat einen anderen Geschmack.«

Der Triumph zerfiel zu Schande. Das Lächeln in Heikos Gesicht verschwand. Heiko schien nicht nur enttäuscht, sondern auch beleidigt zu sein. Er pfefferte kommentarlos den Schuhkarton neben Ploteks alte Schuhe in die Ecke und verschwand hinter dem Vorhang in den Nebenraum, ohne die drei eines weiteren Blickes zu würdigen.

Frau Wittlich lächelte, als müsste sie den jugendlichen Heißsporn entschuldigen. Plotek und Vinzi lächelten auch. Noch immer mit dem Blick auf den Dampfnudeln.

»Und, was meinen Sie?«

Die attraktive Frau Wittlich zeigte auf die hässlichen neuen Schuhe an Ploteks Füßen.

Plotek nickte eingeschüchtert, und Vinzi sagte: »Die nehmen wir.« Es klang wie: »Und packen Sie sich selbst gleich mit ein.«

»Und die da?«

Frau Wittlich zeigte mit ihrem manikürten Finger verächtlich auf Ploteks oder vielmehr Ulfs alte Bergstiefel wie auf zwei frisch auf den Boden applizierte Scheißhaufen. Mit spitzen Fingern hob sie die Schuhe von der Erde hoch und ließ sie in den großen Müllkübel neben der Kasse verschwinden.

»Ich glaube, da sind sie ganz gut aufgehoben, nicht wahr?«

Sie lächelte. Die beiden wurden den Eindruck nicht los, als hätte sie damit nicht nur den Deal ihres Lebens abgeschlossen, sondern das Leben auch noch von einer schweren Last befreit. Plotek zahlte. Frau Wittlich hielt den beiden anschließend die Tür auf und streckte ihnen dabei noch einmal bereitwillig ihre Dampfnudeln entgegen.

»Wiedersehen.«

»Wiedersehen.«

»Eternity«, war das Erste, was Plotek sagte, nachdem sie den Laden wieder verlassen hatten.

»Was?« Vinzi schien nicht zu verstehen.

»Das Parfüm.«

»Und?« Vinzi stand noch immer auf dem Schlauch.

»Passt irgendwie nicht zu ihr.«

»Findest du?«

»Genauso wenig, wie sie zum Camping-Gott passt.«

»Das sieht der vermutlich anders.«

»Bestimmt.«

»Dafür scheint Heiko bestens zu ihren wasserstoffblonden Haaren und diesen hochgetunten Titten zu passen.«

»Du meinst, die Schwuchtel hat was mit ihr?«, fragte Plotek.

»Ich meine das nicht nur, ich weiß es.« Vinzi zeigte auf seine Stummelbeine. »So sicher, wie meine Stümpfe bei dem Gedanken daran jucken.«

Beide lachten und machten sich auf der Uferpromenade, inmitten der Rentner aus NRW, Richtung Strand davon. Sie kamen aber nicht weit.

»Mein Gott, die sehen ja so was von scheiße aus!«

Es war Björn, der sich den beiden auf der Uferpromenade in den Weg stellte. »Hat meine Mutter dir die aufgequatscht?« Er lachte verächtlich und zeigte auf Ploteks Schuhe.

»Über Geschmack lässt sich streiten«, meinte Vinzi ernst.

»Über den mit Sicherheit nicht!« Björn schien sich köstlich zu amüsieren.

»Und über Heiko?«, fragte Plotek.

Björns gute Laune war plötzlich dahin. »Was hat das jetzt mit *dem* zu tun?«

»Sag du es mir«, entgegnete Vinzi.

»Hä?« Björn wirkte irritiert. Er versuchte, seine Verwirrung mit einem gekünstelten Lachen zu kaschieren.

»Und mit Inga!«, legte Plotek nach.

»Inga?« Das Lachen war wieder dahin. »Ihr habt doch nicht mehr alle Tassen im Schrank!«

Jetzt lachten Vinzi und Plotek, während sich Björn heftig an die Stirn tippte, so dass dort ein roter Fleck zurückblieb. Dann ließ er die beiden ohne ein weiteres Wort stehen.

Nicht weit vom Schuhgeschäft entfernt und direkt an die Kurpromenade angrenzend befand sich der Strand von Grömitz. Darauf standen, so weit das Auge reichte, unzählige Strandkörbe wie kleine, schmucke Reihenhäuschen. Damit sich der Tourist wie zu Hause fühlen konnte. Am Strand war um diese Zeit und bei diesem Wetter mal wieder der Teufel los. Vor allem in Gestalt von Rentnern und Kindern. Eine Mischung, die besonders für Plotek gewöhnungsbedürftig war. Aber auch für Vinzi. Und selbst für die Rentner war die Kombination nicht einfach zu ertragen. Ganz offensichtlich wäre es ihnen lieber gewesen, wenn weniger von diesen hyperaktiven Nachkommen mit ihren überforderten Müttern den Strand bevölkert hätten. Ein Strand ist eben kein Indoor-Spielplatz. Soll heißen, spätestens nach einer halben Stunde sind genügend Türmchen im Sand gebaut, ebenso viele Löcher gebuddelt und Softbälle durch die Luft geschleudert, dass sich die Kinder schließlich langweilen. Trotz oder wegen der gut gemeinten Vorschläge und der weniger gut gemeinten Ermahnungen ihrer Mütter, sich doch einfach mal, wie sie selbst auch, entspannt und ohne ständig herumzuzappeln in die Sonne zu legen, um den Herrgott einen lieben Menschen sein zu lassen. Aber vergiss es! Wenn es im Bauch kribbelt und die Jugend ein Expeditionsfeld für Rowdys ist, in dem auch schon mal scharf geschossen wird, ist der Herrgott auch nur ein Langweiler, ein Bettnässer, mit dem man nichts zu tun haben will. Soll heißen: Die aufgedrehte Nachkommenschaft interessiert sich nicht mehr für Sand, Strand und Plastikförmchen, sondern für die meist vor sich hindösenden Rentner in den Strandkörben. Bedeutet: So manch eine Rentnersandale wird in einem unbeobachteten Moment im Sand vergraben. So manches Handtuch wird mit Sonnenmilch gebadet. Jeder Quatsch eben, der einem Zehnjährigen bei viel Sonne und inmitten von Menschen, die siebenmal so alt sind wie er selbst, einfälllt.

»Haben Sie vielleicht meinen Lukas gesehen?«

Eine Mutter im Bikini blieb vor Plotek und Vinzi stehen.

Apropos Mütter. Mit denen konnten die beiden schon eher etwas anfangen. Jetzt rein äußerlich gesehen. Es waren in der Regel Frauen zwischen dreißig und vierzig Jahren, nicht schlecht aussehend und mit der ersten einschneidenden Beziehungskrise hinter sich. Soll heißen: alleinerziehend. Wenn sie leicht oder besser fast gar nicht bekleidet zwischen den Strandkörben auf und ab gingen oder mit fehlendem Bikinioberteil in der Sonne lagen, sahen die beiden durchaus gerne hin.

Viele waren wirkliche Hingucker. Die Frau jetzt vor Plotek und Vinzi auch. Unter ihrem Bikini-Oberteil verbargen sich reizend verpackte Geschenke, die nicht nur Plotek und Vinzi gerne mit einem kurzen, aber entschlossenen Zug am Bikini-Bändel enthüllt hätten. Ihre Haut war so braun, als hätte sie die letzten vierzehn Tage ausschließlich in der Sonne verbracht. Nur unter dem Bikinihöschenrand schimmerte ein dünner, bleicher Strich hervor, der vermuten ließ, dass das Fleisch darunter ungetönt sein musste. Was es aber nur begehrenswerter machte. Das Einzige, was sich nicht in das ansehnliche Ensemble aus Brüsten, Bauch, Arsch und Beinen fügte, war das Gesicht der Frau. Das gerade alles andere als lieblich anzuschauen war. Die Physiognomie eine Baustelle, ein aufgerissenes Erdreich. Der Grund war die Hysterie, die ihr bereits aus dem Gesicht glotzte. Womöglich war auch sie von den Vorkommnissen auf dem Campingplatz am Lensterstrand unterrichtet und vermutete hinter dem kurzzeitigen Verschwinden ihres Lukas gleich ein widerliches Verbrechen.

»Mein Lukas ist weg!«, sagte die Frau, wie man sagt: »Ich habe meine Geldbörse liegen lassen.« Nicht weiter schlimm, könnte man denken. Schon schlimm, wenn ein Vermögen drinsteckt.

»Können Sie mir bitte helfen? Er muss doch hier irgendwo sein.«

»Der taucht schon wieder auf!«, sagte Vinzi, woraufhin die Frau die Hand vor den Mund hob und sich ihre Züge noch katastrophaler entstellten. Quasi: Wink mit dem Schnorchel.

»Oh mein Gott, Lukas!« Die Frau rannte über den Strand Richtung Wasser davon.

»*Auftauchen* war jetzt vielleicht nicht der glücklichste Ausdruck«, sagte Plotek und sah dabei aufs Meer.

Vinzi nickte und schien sich im Nachhinein bei der Frau entschuldigen zu wollen. Die war aber schon verschwunden.

Schrie er also pro forma einfach laut »Lukas!« vor sich hin.

»Ja?«

Ein kleiner Rotzlöffel, vielleicht acht Jahre alt und der Mutter wie aus dem Gesicht geschnitten, stand hinter den beiden. Nicht weit von ihm entfernt schnupperte ein Hund vor sich hin, der so aussah, als gehörte er zu dem Jungen.

»Ich glaube, ich spinne. Ist das da nicht Willy?«

»Tatsächlich. Willy!«, rief Vinzi. Willy blickte zu den beiden herüber und wedelte mit dem Schwanz.

»Hast du nicht auch das Gefühl, dass der hier so richtig aufblüht?«

»Kein Wunder bei seinem Alter.«

»Wie alt ist er eigentlich?«, fragte Vinzi.

»Keine Ahnung. Auf jeden Fall nicht totzukriegen.«

Willy hob das Bein und pullerte genüsslich an einen Strandkorb.

»Was ist jetzt?«, fragte der Junge.

»Was soll sein?«, fragte Plotek zurück.

»Der Krüppel da hat doch meinen Namen gerufen.«

»Nicht nur der Krüppel. Auch deine Alte!«

Der Junge guckte, als wüsste er nicht genau, wen er damit meinte.

»Die sucht dich nämlich.«

»Die sucht mich immer.«

»Hallo!«, schrie Vinzi so laut er konnte »Ihr Sohn ist hier!«

Die Mutter kam mit einer Geschwindigkeit vom Wasser her angerannt, dass ihre Geschenke sich beinahe von selbst auspackten. Sie nahm ihren Sohn freudig und erleichtert in die Arme und bedankte sich überschwänglich bei Plotek und Vinzi. Dabei sprang sie den beiden um den Hals, als wäre jetzt schon Heiligabend und die zwei ihre fette Bescherung. Es fühlt sich gut an, diese fast nackte Frau im Arm zu halten, befand Plotek. Der Junge hingegen fühlte sich bei dem ganzen Prozedere unwohl. Und das noch mehr, als die Mutter ihrem Sohn schwere Vorwürfe ob seines Verschwindens machte. Vinzi und Plotek assistierten ihr mit entschiedenem Kopfnicken und mit Blick auf ihr Bikinimuster. Bis die Frau schließlich, nicht ohne noch mal einen überschwänglichen Dank auszusprechen, den Jungen an der Hand neben sich herziehend davonmarschierte.

Plotek und Vinzi standen noch lange im Sand und sahen den beiden nach. Vor allem dem weißen Bikini-Streifen auf der Haut, der sich, je weiter sich die Frau entfernte, immer mehr im Braun auflöste, bis er schließlich ganz verschwand.

»Schön«, sagte Vinzi, und »Schön« sagte auch Plotek.

Beide wussten, allein für so einen Anblick lohnt sich jede Reise, der Strand, die Ostsee und das Leben generell.

»He! Hunde sind hier verboten!« Schon war die Idylle

wieder dahin. Die brutale Realität hielt Einzug in die Träumerei. In Gestalt eines Mannes mit Schnauzbart. Er baute sich vor den beiden auf und fragte: »Ist das Ihrer?«

Dabei zeigte er auf Willy, der in gut zehn Meter Entfernung schon wieder einen Strandkorb markierte.

»Nö«, sagte Vinzi.

»Aber Sie haben ihn doch gerade eben noch gerufen.«

»Ich?« Vinzi schaute Plotek an. Der hob die Schultern und schüttelte hernach den Kopf.

»Haben Sie eine Strandkarte?«

»Haben Sie ein Diplom in Botanik?«

Manchmal ist es ratsam, eine Frage, auf die man keine Antwort weiß, einfach mit einer Gegenfrage zu beantworten.

»Was?«

»Botanik, Sand, Steppe, Wüste ...«, erläuterte Vinzi.

»Hä?«

»Na, sehen Sie? Ich auch nicht.«

Plotek schüttelte nun ebenfalls den Kopf. Der Mann wischte sich mit der Hand vor dem Gesicht herum, murmelte irgendetwas Unverständliches und ging dann zurück zu seinem Strandkorbverleih an der Uferpromenade. Plötzlich und zur gleichen Zeit hatten Plotek und Vinzi das Gefühl, der Strandkorbverleiher dort könnte auch gut und gerne ein flüchtiger serbischer Kriegsverbrecher sein.

»Vielleicht sollte man Den Haag mal einen Tipp geben«, sagte Vinzi mit Blick auf den sich entfernenden Strandkorb-Tschetnik.

»Du meinst, so wie Karadzic als Medizin-Guru unbehelligt inmitten der serbischen Öffentlichkeit leben konnte, kann der da sein Dasein auch als Strandkorbverleiher an der Ostsee fristen, fernab seiner Heimat und des internationalen Haftbefehls?«

»Exakt.«

Beide lachten, während sich Willy, ohne sich noch einmal nach ihnen umzuschauen, davonmachte. Nicht weit von ihnen entfernt hielt er abermals an einem Strandkorb an.

»Der weiß, wo es schön ist.« Vinzi sagte es mit Neid in der Stimme.

In dem Strandkorb, an dem Willy mittlerweile sein räudiges Fell rieb, saß Siouxsie, die jetzt den alten schwäbischen Köter auch noch kraulte, dass es Plotek die Nackenhärchen aufstellte. Neben Siouxsie saß ein junger Mann im Sand, der eifersüchtig dreinschaute, als ob auch er ganz gern von ihr gekrault worden wäre.

»Hund müsste man sein«, sagte Vinzi, nun mit verträumtem Timbre in der Stimme.

»Hm«, machte Plotek. Und sagte dann: »So einer wie Willy!«

Willy bellte. Und Siouxsie sah zu den beiden herüber.

7

»Das Kloster Cismar ist die größte und bedeutendste mittelalterliche Abtei Ostholsteins. Im Jahre 1177 in Lübeck gegründet, wurde das Benediktinerkloster erst im 13. Jahrhundert auf die wagrische Halbinsel nach Cismar verlegt. Hier errichteten die Mönche ab 1245 eine großzügige Anlage, von der bedeutende Teile bis heute erhalten sind, und eben die sehen Sie jetzt vor sich.«

Plotek gähnte. Zuerst halbherzig, dann herzhaft. »Die mittelalterliche Anlage des Kreuzgangs ist hier noch gut zu erkennen. Im Originalzustand erhalten sind Reste des gotischen Mönchsbaus und der gewölbte Brunnenkeller mit der im Jahre 1249 für heilig erklärten Johannisquelle, die wir gleich noch besichtigen werden.«

Plotek gähnte erneut. Jetzt noch weniger halbherzig, noch herzhafter. Auch Vinzi gähnte nun.

Nach einer geruhsamen Nacht, in der Plotek nicht ein einziges Mal aufgewacht war, waren sie um die Mittagszeit zu ihrer Verabredung mit Christin und Kira von Kybié am Kloster erschienen. Auch Agatha, die schwangere Schweizerin, war mit dabei.

Die Klosterführung, an der teilzunehmen Frau von Kybié sie quasi verdonnert hatte, zog sich nun schon seit einer Dreiviertelstunde hin. Der Fremdenführer, ein älterer Herr mit komischem Dialekt, ballerte seitdem mit Fakten auf die Besucher ein, so dass diese mittlerweile leblos wie erschossenes Wild in den altehrwürdigen Räumen hingen.

»Bitte folgen Sie mir jetzt in die Kirche.«

Fast ein Dutzend Touristen hatten sich der Klosterführung angeschlossen. Und folgten. Darunter neben Christin, Agatha, Vinzi, Plotek und Kira von Kybié auch Kurti und Brigitte. Sie alle trotteten hinter dem Klosterführer her, der in abgetragener Cordhose und buntem Baumwollhemd nun mit strammem Schritt in die Kirche der Klosteranlage vorausging.

»Die zwischen 1245 und 1300 errichtete Klosterkirche gehört zu den herausragenden Bauten der norddeutschen Backsteingotik. Seit dem 18. Jahrhundert wird nur noch der Ostteil des Baus, in dem wir jetzt stehen, als Kirche genutzt.«

Wieder gähnte Plotek. Vinzi schien bereits in seinem Rollstuhl eingeschlafen zu sein. Der Klosterführer hatte offenbar an seinem eigenen Vortrag Gefallen gefunden und redete sich mit norddeutschem Zungenschlag immer mehr in Rage.

»Das berühmteste Ausstattungsstück der Klosterkirche ist der gotische Cismarer Altar, der sich heute noch an seinem ursprünglichen Standort im Chor der Kirche befindet. Der um 1315 geschaffene Altar diente im Mittelalter zur Präsentation des kostbaren klösterlichen Reliquienschatzes. Sein umfassendes Bildprogramm ist, wie Sie hier sehen können, dem Leben Christi sowie dem Ordensgründer Benedikt von Nursia und dem Klosterpatron Johannes gewidmet.«

Vinzi im Rollstuhl fing leise an zu schnarchen.

»Als einer der ältesten erhaltenen gotischen Flügelaltäre

Deutschlands ist der Cismarer Altar kunsthistorisch von großer Bedeutung.«

Vinzi schnarchte lauter. Plotek stieß ihn unauffällig mit der Hand an, so dass Vinzi in seinem Rollstuhl aus dem Schlaf hochschreckte und laut »Was?« schrie.

Der Klosterführer erschrak nun ebenfalls ein wenig. Er sah, wie auch alle anderen aus der Gruppe, zu Vinzi hinüber und sagte noch einmal betont langsam und artikuliert: »Der Cismarer Altar ist kunsthistorisch von großer Bedeutung.«

»Ach so, ja«, zeigte Vinzi sich erkenntlich.

Christin schmunzelte, während Kira von Kybié mit bösem Blick zu Vinzi sah, der lächelnd zu ihr zurückschaute.

»Nach einer aufwendigen Konservierung und Restaurierung in den Jahren von 1991 bis 2002 kann der Altar mittlerweile wieder in seinem ursprünglichen gotischen Farbklang erlebt werden.«

Der Klosterführer redete noch eine Ewigkeit, so schien es Plotek wenigstens, über den gotischen Farbklang der Bilder. Dabei ließ er Vinzi nicht mehr aus den Augen.

Nun fielen aber Plotek dieselben immer wieder zu. Weshalb der auch froh war, als nach dem kunsthistorischen Exkurs in der Kirche endlich wieder Bewegung in die Gruppe kam.

»Jetzt möchte ich Sie bitten, mir über den Klosterhof zum Brunnenhaus und in den dortigen Brunnenkeller zu folgen.«

Wieder ging der Führer mit schnellem Schritt, als hätte er es wirklich eilig, voran. Die Gruppe folgte zuerst zögerlich, dann immer zügiger, wie eine Herde auf dem Weg zur Tränke.

»Interessant, nicht?«, sagte Kira von Kybié, sich zu Vinzi hinunterbeugend.

»Sehr, sehr interessant, wirklich«, antwortete dieser überschwänglich. »Vor allem der Altar ist ungemein beeindruckend.«

Er sagte es und blickte dabei Kira von Kybié direkt ins Dekolletee.

Plotek verdrehte die Augen, und Christin lächelte ihm wissend zu. Agatha hingegen machte sich ununterbrochen Notizen, als wollte sie hernach in ihrer Stipendiatenwohnung aus dem Gekritzel ein Gedicht in Jambenform zimmern.

Im Brunnenkeller, der durch eine Außentreppe aus Beton zu erreichen war und sich direkt unter dem Brunnenhaus befand, war es angenehm kühl. Der Raum mit seinem imposanten, aus Backstein gemauerten Gewölbe schien frisch renoviert zu sein. Er war völlig leer, nur an den Wänden hingen große Informationstafeln, die zu lesen aber niemand wirklich Lust hatte. Nachdem der Klosterführer noch kurz die Feuerstelle, über die das Kloster früher beheizt worden war, mit einem Halbsatz erwähnt hatte, blieb er vor einem wagenradgroßen Loch stehen, das von einem kniehohen Mäuerchen eingefasst war. Über dem Brunnenschacht lag ein rundes Gitter aus Stahl, das wohl sicherstellen sollte, dass niemand aus der sich dicht ans Mäuerchen drängenden Gruppe in dem Schacht verschwand.

»Hier sehen Sie die 1249 für heilig erklärte Johannisquelle.«

Na ja, viel war da nicht zu sehen. Der Schacht schien tief und dunkel.

»Sie war die einzige Wasserquelle im Kloster und auch ein Grund dafür, weshalb sich gerade hier ein Kloster ansiedelte.«

Die Gruppe schaute fasziniert auf das schwarze Loch mit dem Stahlgitter darüber, als käme jetzt gleich Lazarus fröhlich winkend und quietschfidel dort herausgestiegen. Brigitte legte die Hand an ihren Mund. Offenbar weil es im Bedarfsfall von dort bis zu den Augen nicht mehr weit sein würde.

»Bei heftigem Regen und einem daraus resultierenden Grundwasseranstieg steigt auch das Wasser im Brunnen, und zwar fast bis zur Oberkante der Einfassungsmauer.«

Der Klosterführer verdeutlichte mit der Hand den Wasserspiegel, den er sich bis zum Hals steigen ließ. Damit schien er auch diesen Programmpunkt abgehakt zu haben.

»Zum Abschluss der Führung zeige ich Ihnen noch das ehemalige Refektorium, den Speisesaal der Mönche, in dem sich heute ein schönes Klostercafé befindet. Dort haben Sie die Möglichkeit, noch ein Stück Kuchen oder ein Getränk zu sich zu nehmen. Wenn Sie mir bitte folgen wollen.«

»Ob die da auch Unertl-Weißbier haben?«, flüsterte Plotek Vinzi zu.

»Eher nicht.«

Den Klosterführer zog es zielstrebig zurück zum Ausgang. Die Gruppe folgte ihm ebenso zielstrebig hinterher. Offenbar magisch angezogen von der Aussicht auf Kaffee und Kuchen. Nur Plotek und Vinzi blieben noch einen Moment an der Johannisquelle zurück.

»Wie tief wird der Brunnen wohl sein?« Vinzi zeigte auf das schwarze Loch.

»Keine Ahnung, spuck einfach mal runter und zähl.« Zur näheren Erläuterung fügte Plotek hinzu: »Ich glaub, es gibt da so eine Formel, mit der man von der Anzahl der Sekunden, bis der Spuckebatzen auf der Wasseroberfläche aufprallt, auf die Schachttiefe schließen kann.«

Vinzi schien das nicht zu überzeugen, dennoch beugte er sich über das Gitter und spuckte in das Loch.

»Eins, zwei, drei, vier, fünf, sechs, sieben, acht…« Bei zwanzig hörte er auf zu zählen.

Beide horchten noch ein paar Sekunden vor sich hin. Der Spuckebatzen wollte noch immer nicht auf der Wasseroberfläche aufschlagen.

»Das gibt es doch nicht.« Vinzi war der Erste, der nach der Stille seiner Überraschung Ausdruck verlieh. »Der kann doch nicht Hunderte von Metern tief sein, oder?«

Jetzt spuckte auch Plotek.

Dann horchten die beiden ganz dicht mit dem Ohr am Brunnen auf das zu erwartende Platschen. Aber nichts. Kein Geräusch, kein Ton, rein gar nichts.

»Komisch.«

Sie sahen sich überrascht, auch ratlos an. Ein paarmal spuckten sie noch in den Brunnen. Aber noch immer war nichts zu hören.

»Da stimmt doch was nicht.« Ploteks Stirn sah aus wie von einem Schützengraben durchzogen.

Er beugte sich zum Gitter hinunter und rüttelte daran, so wie man rüttelt, wenn man Einlass begehrt. Und Überraschung! Das Gitter ließ sie zwar nicht hinein, gab aber wie zur Bestätigung, dass hier irgendetwas nicht in Ordnung war, nach und wackelte. Die Schrauben, mit dem es am Sockel befestigt war, waren locker. Plotek konnte sie problemlos mit der Hand abdrehen.

»Da stimmt doch was nicht.«

Er löste eine weitere Schraube und sah dann zu Vinzi hinüber, als suchte er bei ihm nach Rat. Auch auf Vinzis Stirn war jetzt ein Schützengraben zu sehen.

Vinzi nahm ein Geldstück aus der Hosentasche, beugte sich ebenfalls über das Gitter und ließ die Münze in den Schacht fallen. Keine zwei Sekunden später war tatsächlich ein Geräusch aus dem Brunnen zu hören. Es klang aber keineswegs so, als ob Metall auf einer Wasserfläche aufgetroffen wäre. Eher auf einem Sack. Einem Beutel. Einem, der vielleicht mit Stroh oder dergleichen gefüllt war. Wieder sahen sich die beiden überrascht an.

»Und jetzt?«

Vinzi hob die Schultern.

»Also, irgendetwas ist hier faul. Aber was, das können wir jetzt wohl kaum überprüfen.«

»Stimmt, aber wann dann?«

Vinzi schien zu überlegen.

»Später, heute Abend, heute Nacht vielleicht.« Jetzt erinnerte sein ganzes Gesicht an ein Schlachtfeld. »Ich glaube, ich hab da eine Idee.«

Er drehte sich um und ging zur Tür des Brunnenkellers zurück. Plotek folgte ihm mit dem leeren Rollstuhl. Alle anderen aus der Gruppe waren schon oben im Klostercafé. Vinzi öffnete die Tür zur Außentreppe, die nach oben führte. Er drückte den kleinen Hebel am Schließblech nach oben, so dass sich die Tür von außen ohne Weiteres wieder aufdrücken ließ.

»Wenn wir Glück haben, merkt es niemand, und wir können heute Nacht durch diese Tür herein.«

Ob das ein Glück wäre?, dachte Plotek und zuckte mit den Schultern.

Als Plotek und Vinzi ins Klostercafé kamen, saß die versammelte Gruppe schon an den klobigen Tischen, die den Charme von evangelischen Kirchentagen verströmten. Manche hatten schon Kaffee serviert bekommen, andere auch Kuchen.

»Wo wart ihr denn so lange?« Kira von Kybié klang ungeduldig, vorwurfsvoll, auch ein wenig ärgerlich.

»Das ist hier wirklich alles hochinteressant!«

Vinzi sagte es wieder mit einer Begeisterung in der Stimme, bei der es Plotek langsam unheimlich wurde.

Mit seinem Rollstuhl fuhr Vinzi direkt neben Kira von Kybié. Plotek setzte sich an denselben Tisch neben Christin und die schwangere Schweizerin, die noch immer eifrig in ihren Block kritzelte. Vielleicht kein Gedicht, eher eine Kurzgeschichte, dachte Plotek und bestellte zwei Bier. Wenngleich es das beste der Biere hier nicht gab.

Auch Christin schien von der Klosterführung angetan zu sein.

»Das müsste man öfter machen«, sagte sie mit ähnlicher Begeisterung wie Vinzi. »Ich meine natürlich nicht die Führung, sondern dass man zusammen was unternimmt.«

»Stimmt!« Agatha blickte von ihrem Blöckchen auf und strahlte.

Auch Kira von Kybié gefiel der Gedanke. »Wir könnten heute Abend alle zusammen grillen.«

»Ich esse kein Fleisch!«, sagte die Schwangere und machte dazu ein angewidertes Gesicht.

»Aber Spargel«, erinnerte sich Plotek an ihre Liebe zu dem Stangengemüse.

Sofort verlor ihr Gesicht das Abweisende.

»Also dann, Grillen und Spargel essen!«

»Gute Idee«, sagte Christin. »Ich schlage vor, um zwanzig Uhr bei mir am Wohnwagen auf dem Campingplatz.«

»Sind die Herren auch dabei?«

Kira von Kybié sagte es an Plotek und Vinzi gewandt. Während Vinzi schon nickte, dass sein verwilderter Kopf beinahe auf den klobigen Tisch purzelte, dachte Plotek noch, dass er selbst ja nicht gerade ein Grillfreund war. Aber ein Campingfreund war er ja nun auch nicht, und dennoch hatte er bereits einige Tage in einem Wohnwagen auf einem Campingplatz verbracht. Eher war er wohl ein inkonsequenter, flatterhafter Charakter, ein undogmatischer, schwankender Zeitgenosse, einer der mal dies, mal das macht und dann wieder was ganz anderes. Also nickte auch er.

Die Tür ging auf, und Elvis, wieder mit dem Hut auf dem Kopf und den Cowboystiefeln an den Füßen, betrat das Klostercafé. In der Hand hatte er ein altertümlich aussehendes Handy. Eines aus der ersten oder zweiten Generation. Es war fast so groß wie ein Ziegelstein. In diesen sprach er so laut, als würde das Gespräch nicht per elektromagnetischer Wellen übertragen, sondern müsste dem Gesprächspartner über weite Entfernung und ohne physikalische Hilfsmittel direkt ins Ohr gebrüllt werden.

»Nein, Mama, ich bin bald … *Speckbarbie, Schnarchratte* … zu Hause, und … *Arschnudel* … mach ich ja,

Mami, die Medikamente bringe ich … *Schamhaarindianer* … mit, versprochen, ja … Tschüssi … *Moppelkotze.*«

Sämtliche Gespräche an den Tischen waren mit einem Schlag verstummt. Alle schauten Elvis mit großen Augen an, als wäre er nicht irgendein Hartz-IV-Empfänger aus Ostholstein, sondern der King aus Memphis höchstpersönlich, wiederauferstanden und in ein Gespräch mit Gott vertieft.

Elvis ließ das Mobiltelefon in seiner Jackentasche verschwinden und schaute zu ihnen hinüber, wobei eines seiner Augen die Blumenvase am rechten Rand seines Blickfeldes fixierte. Er lächelte.

»Ist was?«

Vinzi und Plotek lächelten ebenfalls. Die anderen dagegen wirkten peinlich berührt und schauten entweder weg oder schüttelten den Kopf. Brigitte wurde rot und Kurti blass. Der schwangeren Schweizer Stipendiatin blieb sogar der Mund offen stehen.

Darauf einen Daktylus, dachte Plotek mit Blick aufs Notizblöckchen und reimte schon in Gedanken: *Wollt ihr die Freiheit, so seid keine Knechte!*

Agatha schien, ihrer Verfassung nach zu urteilen, nun jenseits der Poesie angekommen zu sein, so dass Plotek den Daktylus verwarf und dachte: Hoffentlich gebärt sie ob des Schreckens nicht gleich jetzt an Ort und Stelle.

Er flüsterte ihr »Tourette« ins Ohr. Woraufhin die Schweizerin Plotek ansah, als hätte der soeben nicht Elvis' Krankheit benannt, sondern ihr sein eigenes Verlangen nach gemeinsamem hemmungslosem Sex gestanden.

Agatha erhob sich wie benommen von ihrem Stuhl und sagte: »Entschuldigung, ich bin gleich wieder da.«

Sie verließ das Café in Richtung Toiletten. Plotek sah ihr hinterher und fragte sich, ob sich nun gleich wieder seine kleine, aber feine Erektion einstellen würde. Oder er der Schweizerin gar folgen sollte.

Elvis bestellte sich am Tresen einen Schnaps, hob das Glas und prostete Plotek und Vinzi zu. Plotek verwarf darauf beide Optionen und hob wie auch Vinzi sein Glas.

»Armer Mensch«, sagte Brigitte, wobei es Plotek so vorkam, als meinte sie damit nicht nur Elvis, sondern auch Vinzi und ihn.

»Glückliche Welt!« Vinzi prostete jetzt auch Brigitte zu.

Die stand nun ebenfalls auf, packte Kurti, ihren Mann, bei der Hand und zog ihn wie einen Hund hinter sich her zum Ausgang.

»Schönen Tag noch!« Vinzi rief es ihnen hinterher.

Das schien das Stichwort für Elvis zu sein. Er setzte sich auf einen der frei gewordenen Stühle am Tisch. Auch die Schwangere kam von der Toilette zurück und nahm wieder Platz. Alle sahen nun Elvis erwartungsvoll an. Einen nach dem anderen taxierte er die am Tisch Sitzenden mit seinem noch funktionierenden Auge, während sich das andere unbewegt in eine leere Kaffeetasse vertiefte, als wollte es aus dem Sud die Zukunft lesen.

»Das Fahrrad … *Nullchecker, Hafthoden* … von Inga … *Vollnapf, Sackkrauler* … ist aufgetaucht.«

Elvis übertraf mit dieser Aussage alle Erwartungen.

Der Mund von Agatha stand wieder offen. Sie hatte schöne, weiße Zähne, und zwischen den beiden vorderen eine kleine sympathische Lücke, in die Plotek jetzt gerne hineingeschlüpft wäre.

»Wo?«, fragte Kira von Kybié.

»Am … *Knusperhucke, Flachfotze* … Klostergraben.«

Kira nickte, als wäre damit alles klar.

»Die Polizei … *Spargelfresse, Pisspansen* … ist auch schon da. Sie gehen davon aus, dass es einen Zusammenhang … *Arschbohne, Planschkuh* … gibt zwischen dem toten Hartmut Höge und der verschwundenen … *Warzenpimmel, Puschelpussy* … Inga.«

Christin sah zu Plotek, als wäre sie nicht beim DRK-Suchdienst, sondern ein Orakel. Vinzi hob die Hand und bestellte für Elvis noch einen Schnaps. Elvis wiederum wartete, bis die Bedienung das Glas an den Tisch gebracht hatte, nickte dann Vinzi zu und kippte den Schnaps auf ex die Kehle hinunter. Dann machte er: »Ah!«

Wobei die Schwangere kurz den Mund schloss und zusammenzuckte.

»Die Polizei … *Urinschlüpfer, Kacknudel* … hat noch etwas anderes gefunden.«

Elvis winkte der Bedienung zu. Die kam mit einem neuen Schnaps und stellte ihn vor ihn auf den Tisch, während jetzt Vinzi nickte und der Bedienung »Geht auf mich« zuflüsterte.

»Eine … *Bumsfritte, Mastdarmmandy* … Kette.«

»Eine Kette?« Auch Kira von Kybiés Mund stand jetzt offen wie ein Scheunentor, und Christin schien ebenfalls überrascht. »Was für eine Kette denn?«

»Eine Halskette … *Rosettengesicht* … aus Muscheln … *Analpriester*.«

Alle ahnten bereits, von wem die Kette war, als Elvis es in die Runde warf, so als hätte er sich damit einen weiteren Schnaps verdient. »Die ist von … *Ghettoschlampe* … Iveta.«

Kira von Kybié hob die Hand, und die Bedienung bemühte sich, schnell einen weiteren Schnaps an den Tisch zu bringen.

Elvis lächelte. Er wollte offenbar nicht so lange warten und griff nach einem halb vollen Glas, das herrenlos auf dem Tisch stand. Er hob es hoch, prostete in die Runde und trank.

»Woher wissen Sie das?«, fragte Christin.

»Vorhautamöbe, Gesichtstripper, Puffzwerg ... Polizei ... *Arschlöcher.«*

»Wo wurde die Kette gefunden?« Christin schien Gefallen an dem Frage-Antwort-Spiel zu finden.

»In der ... *Kotztüte* ... Bierstube. Wo die ... *Schlüpferküsser* ... Pokale stehen.«

Christin wirkte wenig überzeugt. »Aber wie konnte die Polizei wissen«, räsonnierte sie, »dass die Kette ...« Es mutete fast wie ein Verhör an.

»Anonym ... *Schrumpelmöse*!«, ging Elvis dazwischen.

Der Schnaps war da. Elvis lächelte wieder, hob das Glas und kippte den Inhalt hinunter. Wieder drang ein lustvolles »Ah!« aus seiner Kehle.

»Anonym«, sagte die Schwangere, wie man »Alle Achtung« sagt.

»Anonym?« Christin schien nicht zu verstehen.

»Die Polizei ... *Gesichtswurst, Hobelschlunze* ... wurde durch einen anonymen Hinweis ... *Schwachmatenarschangebrunzter* ... auf diese Spur gebracht.«

»Anonymer Hinweis?«

Agatha schien nun alles wiederholen zu wollen. Womöglich, um es besser zu behalten und dann später doch noch für das Daktylusgedicht zu verwenden.

»Uwe ... *Analbaron, Riemenriecher* ... streitet ab, die

Kette… *Hodenknecht, Tuntenpapst*… jemals gesehen zu haben.«

»Streitet es ab?« Christin schien völlig überfordert.

»Wer sonst sollte die Kette dorthingelegt haben?«, fragte Kira von Kybié.

»Der Anonyme… *Pimmelpaul, Eiterschlürfer*… vielleicht… *Analtorpedo.*«

»Der Anonyme?« Christin schüttelte den Kopf.

»Ich muss los, Mama… *Furzdrüse, Pissritze*… wartet.« Elvis stand vom Tisch auf.

»Die Medikamente«, sagte Vinzi, wie man »Das Testament!« sagt.

Elvis nickte und nahm seinen mobilen Ziegelstein aus der Tasche. Mit schnellen Schritten marschierte er zur Tür.

»Heute Abend Grillparty bei Christin!«, rief ihm Plotek hinterher.

Elvis stoppte kurz, sah zu Plotek zurück und ließ seinen Daumen in die Luft schnalzen. Sein Gesicht zuckte mehrmals, bevor er sich wieder umdrehte und verschwand.

Er ließ Verwunderung und ein tiefgründiges Schweigen zurück. Das die Schwangere schließlich durchbrach, indem sie wie paralysiert vor sich hinmurmelte: »Offenbar hängt das alles miteinander zusammen.«

Sie sah dabei so aus, als würde ihr gleich wieder übel werden.

»Was hast *du* denn gedacht?« Kira von Kybié sah auf sie herunter, als wäre das Mädchen eine kleine Schweizer Schriftstellerin und sie eine große deutsche Kriminalautorin. Was ja schließlich auch stimmte. »Das hängt natürlich miteinander zusammen. Die Frage ist nur, *wie*. Aber das werde ich schon noch herausfinden.«

»Du?« Christin schien überrascht.

»Ja, klar, ich. Für mich als Krimiautorin ist das doch ein gefundenes Fressen.«

»Also, wenn ich Ihnen dabei behilflich sein kann, ganz Ihr Diener.« Vinzi strahlte, während er ihr nicht nur das Versprechen seiner uneingeschränkten Unterstützung vor den überirdischen Erker legte, sondern obendrein noch sein ganzes versautes schwäbisches Herz.

Ohne auf Vinzi einzugehen, erhob sich Kira von Kybié, klopfte Agatha und Christin auf die Schultern und sagte: »Also, Mädels, auf geht's, die Zeit drängt!«

Woraufhin die beiden sich ebenfalls erhoben und sich kurz angebunden von Plotek und Vinzi verabschiedeten.

»Und kommen Sie mich wirklich mal besuchen!«, sagte die Schwangere dann noch an Plotek gewandt, bevor sie mit den anderen das Café verließ.

Woraufhin sich nun doch noch die kleine, aber feine Erektion in Ploteks Hose schmuggelte, die sich auch nicht durch Vinzis betrübtes »Die will mich nicht dabeihaben« vertreiben ließ.

»Wobei?«, erkundigte sich Plotek.

»Egal wobei, einfach dabeihaben, verstehst du?«

»Nee«, antwortete Plotek.

Obgleich er es natürlich verstand. Die erfolgreiche und berühmte Kriminalautorin Kira von Kybié hatte keine Lust auf einen verwilderten beinamputierten Loser. Wer hätte es ihr auch verdenken können.

»Noch zwei Bier, bitte!«

Vinzi rief es quer durch das Café, während Plotek draußen auf der Terrasse ein bekanntes Gesicht erblickte, das gerade emphatisch ein Handy besprach.

»Siouxsie«, sagte er, wie man »Sonnenaufgang« sagt.

Vinzi winkte, woraufhin Siouxsie guckte, als würde sie sich fragen, wer denn da so blöde herumhampelte.

Vinzi winkte erneut. Plotek winkte auch.

Siouxsie hob nun kurz und wenig emphatisch die Hand, ohne ihr Telefongespräch zu unterbrechen. In dem Moment kam die Bedienung und stellte die zwei Biere auf den Tisch.

»Vorsicht mit der!« Sie nickte mit dem Kopf in Richtung Terrasse.

»Warum?«

»Mit der ist nicht gut Kirschen essen.«

»Dann vielleicht Spargel?« Vinzi grinste.

Der Gesichtsausdruck der Frau verfinsterte sich. »Sagt euch Bondage was?«

»Hm«, machte Plotek, »Hm«, machte auch Vinzi.

Und beide dachten: Ist das nicht diese Fesselungstechnik, die vor allem in der Sado-Maso-Ecke zu Hause ist?

»Die beherrscht das perfekt.«

Die Bedienung wischte sich mit der Hand vor dem Gesicht herum. »Also Vorsicht, Freunde!«

Sie sah jetzt so aus, als ob auch bei ihr Vorsicht angebracht wäre. Höchste Vorsicht sogar.

»Mal was anderes, wissen Sie vielleicht, wie tief der Brunnen hier unten im Keller ist?«

Die Bedienung hob die Schultern.

»Hm, weiß nicht genau, aber sicher einige Meter.«

Sie dachte nach.

»Vielleicht auch mehr.«

8

Alle waren da. Alle fanden sich zur Grillparty vor Christins Wohnwagen ein. Auch die, die nicht eingeladen waren. Das schien wohl unter den Campern hier so üblich zu sein. Nach dem Motto: Grillen verbindet. Auch die, die ausgeschlossen bleiben sollen. Oder: Beim Grillen zeigt sich die wahre Seele des Campers. Grillen ist für den Camper wie die Mon-Chéri-Praline für den Alkoholiker. Wie der Gürtel für den Junkie. Erst durch Grillen wird der Mensch zum richtigen, zum wahren Camper. Der Grill und der Wohnwagen gehören zusammen wie Klunker und runzlige Haut. Wie runzlige Haut und der Tod.

Apropos: Erst ein Toter bis jetzt, dachte Plotek beim Anblick der versammelten herausgeputzten Camper mit ihren kurzen, bequemen Hosen, den Badelatschen und den von der Sonne verbrannten Gesichtern. Dabei vermittelten einige von ihnen den Eindruck, längst am Jenseits geschnuppert zu haben.

Wird der alte Gevatter vielleicht schon tattrig?, dachte Plotek, gar ein wenig senil und vergisst darüber das Töten?

Das alles ging Plotek durch den Kopf, als er mit Vinzi im Rollstuhl vorfuhr. Und noch mehr. Das Bild oder besser das Aquarell des finnischen Malers und Symbolisten Hugo Simberg von 1896 mit dem schönen Titel *Im Garten des Todes* kam ihm beim Anblick der Grünfläche vor Christins Wohnwagen in den Sinn. Auf dem Bild sind drei Skelette zu sehen, die zwischen Hochbeeten stehen und sich der Pflege von Blumen und Bäumen widmen, quasi als sanftmütige, auch umsorgende Sensenmänner. Sie verpflanzen voller Hingabe die abgelebten Menschen ins Paradies. Und natürlich fiel Plotek nun auch wieder Paul Celan und seine Todesfuge ein.

»*Schwarze Milch der Frühe wir trinken sie abends / wir trinken sie mittags und morgens wir trinken sie nachts / wir trinken und trinken …*« Es rutschte ihm einfach so heraus.

»Hä?«

Das kam von Vinzi, der ihn erstaunt anblickte, als wären da nicht die ersten Zeilen eines weltbekannten Gedichts aus Plotek entwichen, sondern ein gewaltiger, stinkender Furz.

Plotek hob die Schultern und tippte sich dann an die Stirn, als wollte er sich selbst eine kurzzeitige Geistesschwäche attestieren. Vinzi bestätigte mit eindeutigem Nicken. Sollte heißen: Attest angenommen.

Vor Christins Wohnwagen stand nicht nur ein Grill, sondern aufgereiht wie bei einer Verkaufsveranstaltung im Baumarkt gleich eine ganze Menge davon. Die Gäste hatten ihre eigenen Geräte mitgebracht. Es gab die einfachen, wackligen auf drei Beinen. Billig im asiatischen Raum produziert und nach zwei-, dreimaliger Benutzung reif für den Schrott. Einer davon gehörte offenbar Christin. Auf ihn passten nur ein paar mickrige Würste – und schon war er voll. Dann gab es die wesentlich professionelleren, auch hochwertigeren Ausführungen mit Rollen daran, gefertigt in aufwendiger deutscher Handarbeit aus Stahl, mit einem stabilen Windblech und einem ordentlichen Rost. Geräte mit stufenlos verstellbarer Hebevorrichtung zur Regulierung des Abstands zwischen Feuerrost und Grill. Robust und langlebig gebaut. Ein Grill fürs Leben! Und an der Seite eingestanzt, es lebe: *Made in Germany!* Für so einen musste man schon ein kleines Vermögen hinlegen. Kurti und Brigitte hatten einen ebensolchen Grill, der jetzt stolz auf dem kleinen Rasenstück vor Christins Wohnwagen stand und, mit Schweinskoteletts und Bratwürsten belegt, zufrieden vor sich hinqualmte.

»Entweder kauft man sich was Richtiges, oder man lässt es gleich bleiben«, sagte Kurti ebenso stolz, während er einen verächtlichen Blick auf das Gerät von Christin warf. Dann fuhrwerkte er weiter mit der Grillzange auf seinem Rost herum, als wäre dieser ein Operationstisch, er selber der Chirurg und die Würste seine Patienten. Oder besser: seine Opfer. Brigitte, seine Frau, nickte und schien auf ihren Grill noch stolzer zu sein als auf den knapp geschafften Realschulabschluss ihres Erstgeborenen.

»Zeige mir deinen Grill«, sagte Vinzi, mit einer Flasche Bier in der Hand im Rollstuhl neben Kurti und seinem Hochtechnologiebrutzler parkend, »und ich sage dir, was für eine Wurst du bist!«

Indem er auch noch zu lachen anfing, gerierte er sich mal wieder als zynischer Miesepeter, als muffeliger Spielverderber, als einer, der auf der guten Laune der anderen herumtrampelte, so als wäre er Willy, der um sich selber kreisende Hund, der jetzt kurz davor war, sich auf dem Rasen niederzulassen. Kurti wusste nicht genau, ob er lachen oder doch eher böse sein sollte.

»Prost!«, machte Vinzi zu Plotek. Der sich nun ebenfalls eine Flasche Bier nahm und zurückprostete.

»Gibt's auch Spargel?« Die Schweizer Schwangere fragte es und drehte sich angewidert von den Würsten weg.

Christin kam wie aufs Stichwort mit einer Schale dampfendem Spargel aus ihrem Wohnwagen, stellte sie auf dem Biertisch ab und sagte: »Setzt euch doch!«

Dann erst bemerkte sie Plotek und Vinzi, worauf sie überrascht und freudig ausrief: »Das ist aber schön, dass ihr auch gekommen seid!«

Sie trug ein weißes, dünnes Leinenkleid, unter dem sich ihre Unterwäsche deutlich abzeichnete. Na ja, das, was man gemeinhin so Unterwäsche nennt. Viel war da nicht zu sehen. Ein paar Schnüre, das war's. Die reichten aber aus, um Ploteks Aufmerksamkeit festzuzurren. So fest, dass ihm selbst beinahe die Luft wegblieb. An den nackten Füßen trug sie neckische Flipflops mit bunten Perlen, die bei jedem Schritt leise klackerten. Außerdem roch sie wieder atemberaubend gut. Plotek konnte die Nase nicht voll davon kriegen.

»Und ich dachte schon, so eine Spießerveranstaltung sei nichts für euch.«

Sie lachte, dass die kleinen Brüste unter dem Kleid wie aufgeregte Fische zappelten. Wie es aussah, hatte Christin die beiden Eigenbrötler längst durchschaut. Es schien ihr nicht entgangen zu sein, dass Vinzi und Plotek nicht nur keine erfahrenen Camper waren, sondern dass bei ihnen auch alles, was mit dieser Art von Freizeitgestaltung zu tun hatte, nicht unbedingt auf helle Begeisterung stieß. Eher im Gegenteil. Vor allem Vinzi hielt mit seiner Meinung nicht hinterm Berg und sagte offen, was er von dieser Art zu leben und diesem Menschenschlag hielt.

Nachdem Plotek sich gesetzt hatte, fragte Vinzi mit Blick

auf die Satellitenschüssel an Kurtis Wohnwagen: »Und, wie viele Programme?«

Als Kurti nicht nur »sechsundfünfzig, wie zu Hause« sagte, sondern sich auch gleich noch anschickte, alle der Reihe nach aufzuzählen, wobei er ein ums andere Mal mit der Grillzange in die Luft stach, ging Vinzi dazwischen und fragte: »Irgendeinen Pornokanal?«

Kurti ließ das Stechen sein und blickte wieder, nun mit Schamesröte im Gesicht, auf die Würste seines dampfenden Rosts, als wären es Schwänze.

»Oder ist dafür Brigitte zuständig?« Mehr Feststellung als Frage.

Brigitte passte ihre Gesichtsfarbe der ihres Mannes an und guckte dabei, als wäre ihr das Wort »Porno« so fremd wie »Bukkake«. Soll heißen: ein böses Ding aus einer bösen Welt. Dann geißelte sie ihren Mann mit einem Seitenblick, als ob sie seinen Schwanz das letzte Mal im Herbst '89 zu Gesicht bekommen hätte. Kurti vertiefte sich nun ganz in seine Würste auf dem Hochleistungsgrill und goss Bier darüber, dass sie zischten. Oder besser, schrien.

Christin lachte. Die anderen sahen geflissentlich darüber hinweg und schienen Vinzis Spott auf seine Behinderung zurückzuführen. Nach dem Motto: Wenn einem zwei Beine fehlen, dann darf es nicht verwundern, wenn es auch in seinem Oberstübchen nicht mehr richtig funktioniert.

»Prost!«

Alle hatten sich nun auf die Bierbänke niedergelassen und luden ihre Teller mit Kartoffelsalat und Würsten voll. Manche auch mit Spargel.

»Mmm, köstlich, ich liebe Spargel«, flötete Agatha in den höchsten Tönen. Was Plotek auch ein wenig störte.

Aber das ist häufig so und weit verbreitet. Es reicht den Menschen oftmals nicht, dass das Essen einfach schmeckt. Sie müssen es auch noch kommentieren. Stumm genießen geht nicht. Nur was einen Namen, eine Bezeichnung erhält, existiert für sie. Erst wenn sie das Unglaubliche benennen, sind sie von seinem Dasein überzeugt. Soll heißen: Haben sie den letzten Zweifel getilgt. Was bei anderen wiederum den Zweifel womöglich erst sät. Den am Spargel und den generellen. Folge: Plotek musste an die Spargelstange in Hartmuts Hose denken. Dabei verging ihm gleich auch noch der Appetit auf die Würste.

»Da könnte ich mich reinsetzen.« Die Schwangere frohlockte noch immer und schob sich die Spargelstangen eine nach der anderen in den Mund, wobei sie die Spargelköpfchen killte, dass es Plotek einen körperlichen Schmerz bereitete.

»Mach doch«, sagte Vinzi, worauf Kira von Kybié gehässig lachte.

»Das würde Ihnen so passen, was?«

Agatha wurde ein wenig rot und aß numehr schweigend weiter. Dafür plauderte Kira von Kybié drauflos, als wäre dies kein Grillabend, sondern eine Autorenlesung und sie der Star des Abends.

»Die Polizei hat noch immer keinen Anhaltspunkt. Sie tappt vollkommen im Dunkeln. Es ist ihnen weder klar, warum dieser Dauercamper Höge sterben musste, noch was es mit dem Spargel in seiner Hose auf sich hat.«

Die Schwangere horchte auf und fragte interessiert mit vollem Spargelmund: »Was für einen Spargel?«

Es schien noch nicht bis zu ihr vorgedrungen zu sein. Die anderen sahen sie an, als wäre sie nicht nur ahnungslos, sondern auch von einem anderen Stern. Vielleicht auch bloß vom Mond. Oder eben aus der Schweiz.

»In welcher Hose?«

Aus den Blicken der sie umgebenden Camper las Agatha offenbar den konspirativen, auch explosiven Neuigkeitsgehalt der Mitteilung ab. Noch immer Schweigen der anderen. Bis schließlich Vinzi mit der Nachricht herausrückte.

»Höge hatte eine Spargelstange in der Unterhose.«

Die Schwangere schien nicht zu begreifen.

»In der Unterhose?«, fragte sie, wie man fragt: »In der Hölle?«

»Ja«, kam es von Vinzi. »Ich weiß jetzt nur auch nicht, ob vorne oder …«

»Es reicht«, ging Kira von Kybié energisch dazwischen.

»Aber warum?«

Die Schwangere ließ nicht locker. Wobei aus ihrer Frage nicht ganz deutlich wurde, ob sie sich noch immer auf den Spargel und dessen Position bezog oder schon auf Kiras resolutes Einschreiten. Was auch diese kurz irritierte und sie dann barsch antworten ließ: »Vermutlich hat ihn der Mörder dort platziert.«

»Aber warum?« Agatha wirkte jetzt wie eine hängen gebliebene Langspielplatte.

»Herrgott noch mal, bin ich die Polizei?!«

Kira von Kybié war natürlich nicht die Polizei, sondern nur eine Kriminalautorin, die von der ewigen Fragerei ihrer Mitstipendiatin zunehmend genervt schien.

»Das ist ja widerlich«, sagte die Schwangere, nachdem sie das Gesagte offenbar verdaut hatte, und spuckte nun den Spargel aus ihrem Mund auf den Teller zurück, als ob sie dem zarten Gemüse ihre Liebe für immer aufgekündigt hätte. Niemand der anderen schien darauf reagieren zu wollen. Kira von Kybié monologisierte einfach weiter, als gäbe es keinen Spargel, weder in der Hose von Hartmut Höge noch auf dem Teller der Schweizerin.

Christin fragte Plotek, flüsternd, um Kira in dieser angespannten Situation nicht zu stören, und so leise, dass Plotek sich sogar ein wenig zu ihr rüberbeugen musste: »Schmeckt es dir nicht?«

Noch ehe er etwas antworten konnte, tauchte auch schon Uwe Wittlich mit einem Tablett voll eisgekühlter Gläser Ouzo vor Christins Wohnwagen auf.

»Ich trink Ouzo, was trinkst du so?«

Kollektives Gelächter ertönte. Kira verstummte. Die Stimmung schien wieder gelöster zu werden.

»Geht auf's Haus!«

Klatschen, Jubeln jetzt, als hätte Uwe Wittlich seine blondierte Frau für vierundzwanzig Stunden zur allgemeinen Beschimpfung, auch Bespuckung freigegeben.

Alle außer der Schwangeren hoben das Glas, setzten es an die Lippen und kippten den Schnaps hinunter. Im Schlepptau von Uwe Wittlich kamen auch Björn und Achmad, die der Grillparty erhalten blieben, während der Camping-Gott bald wieder abzog.

Björn quetschte sich neben Agatha an den Tisch, während sich Achmad in der Nähe des Hochleistungsgrills auf den Rasen setzte. Beide, Björn und die Schwangere, schienen sich auf Anhieb bestens zu verstehen. Kein Wunder, waren sie doch die Einzigen in solch zartem Alter. Soll heißen: junge Dinger unter alten Säcken. Das verband.

Kaum hatten sich Achmad und Björn der Grillrunde angeschlossen, stieß auch Elvis zur Party dazu.

»Der … *Rotzfresser* … Camping-Gott schickt mich, er … *Spackenhirn, Analbomber, Bumsbacke* … sagt, hier … *Schwulettenpudel* … gibt es was umsonst.«

Es klang aufrichtig und ehrlich und ohne falsche Scham. Elvis sah aus, als hätte er Hunger. Er hatte Hunger.

»Setz dich.« Vinzi sagte es, während alle anderen zögerten.

Elvis machte es sich bequem, und Vinzi lud ihm eine Anzahl Würste auf den Teller, die für die Speisung einer Bezirksjugendfußballmannschaft ausgereicht hätte.

Und schon legte Elvis los. Sein Heißhunger, sinnierte Plotek, hat etwas vom Original aus Memphis in seiner letzten Lebensphase.

Er sah Elvis fasziniert beim Essen zu. Wie alle anderen auch. Agatha sogar mit offenem Mund, als würde sie Elvis zur Not auch beim Beißen helfen. Wie sie gehörte Elvis zu der Spezies Mensch, die Essen und Reden nicht auseinanderhalten konnten. Mit dem Unterschied, das Elvis nicht über das Essen selber redete. Das machte ihn für Plotek noch sympathischer.

»Sie haben an … *Kacklauch* … an Ingas Fahrrad … *Arschgeweih* … haben sie Blut gefunden.«

Die unscheinbar zwischen zwei Schweinsbratwurstbissen daherkommende Mitteilung schlug ein wie eine Bombe. Brigitte hielt sich die Hand vor den Mund. Kurti ballte die seine zur Faust und legte sie in die faltige andere. Achmad schluchzte. Björn machte »Hm«, und Christin schüttelte den Kopf. Alle anderen staunten nur.

»Was?« Kira von Kybié fragte es schließlich, als wollte sie die Verwunderung für alle noch einmal zusammenfassen.

»Ob das Blut ... *Gulaschfresse* ... von Inga ist ... *Klippenpisser* ... ist noch unklar.«

»Was?« Wieder war es Kira, die jetzt offenbar in die zuvor noch von der Schwangeren abonnierte Schallplattenrille gerutscht war.

»Aber ... *Bumsnudel* ... höchstwahrscheinlich schon.«

Und wieder »Was?« von Kira, worauf Vinzi ihr einen Blick zuwarf, der sie zur Mäßigung ermahnen sollte. Agatha schien Kiras Wandlung ebenfalls aufzufallen. Ihr offener Mund klappte auf und zu wie bei einem Fisch.

»Von wem ... *Arschpopper* ... soll es denn sonst sein ... *Planschkuh*?«

Keine Reaktion von den anderen. Auch Kira von Kybié hielt jetzt den Mund. Nicht buchstäblich, wie Brigitte noch immer mit einer Hand. Aber immerhin drang aus ihr nun nichts mehr heraus, was auch nur irgendwie nach Sprache klang. Dafür war Elvis nicht mehr zu stoppen. Er schaufelte die Würste in sich hinein und plauderte dabei weiter munter vor sich hin.

»Die Bullen ... *Puffhamster, Specknacken, Sackhaarentferner* ... haben sich auch Ingas Wohnung ... *Arsch* ... vorgeknöpft und da was ... *Rotzgarnele* ... sehr Interessantes gefunden.«

Er machte eine Pause. Nicht beim Essen. Nur mit dem Reden. Es schien, als wollte er nicht sagen, was sie denn da Interessantes gefunden hatten. Das fiel auch den anderen auf. Sie warteten neugierig. Aber als nichts mehr kam, fragte Björn schließlich, mehr ärgerlich als interessiert: »Und was?«, wie man »Rück endlich raus damit!« sagt.

Tat Elvis dann auch.

»Klamotten«, kam es von ihm, ohne die übliche Schimpfworttirade.

Dennoch schauten die anderen, als ob Elvis nicht nur Tourette hätte, sondern auch nicht mehr alle Tassen im Schrank. Ebendieser sollte sich aber sogleich als wahre Wundertüte erweisen.

»Von Iveta!«, stieß Elvis hervor. Wieder kein *Kacksemmel* oder dergleichen.

Dafür war die Bombe jetzt geplatzt. Die Tassen waren alle im Schrank und dieser sogar aus feinster Holzschnitzarbeit. Ein wahres Schmuckkästchen für Informationen. Folge: Staunen. Bei allen.

»Sie haben Ivetas Schlüpfer ... *Kackwurst, Schlepphoden* ... und ihren Büstenhalter ... *Bumsarsch* ... gefunden!« Elvis war jetzt voll in Fahrt. Die anderen umso weniger.

»Die Polizei ... *Puffhamster, Specknacken, Sackhaarentferner* ... vermutet, dass Inga ... *Hobelschlunze* ... irgendwas mit dem Verschwinden von Iveta zu tun hat.«

Elvis war mit den Würsten fertig, und eine Pause entstand, in die hinein Achmad, noch immer neben dem Hochleistungsgrill auf dem Rasen sitzend, »Blödsinn!« sagte. Mehr zu sich selbst als an die anderen gewandt.

»Warum denn das?« Björn schien die polizeiliche Spekulation nicht abwegig. »Könnte doch gut sein.«

»Blödsinn!«, kam es wieder von Achmad, noch leiser jetzt und wieder fast wie zu sich selbst.

Björn gab aber keine Ruhe. Er schien an der Vorstellung von Ingas Schuld Gefallen gefunden zu haben.

»Inga war doch immer schon eifersüchtig auf alles, was schöner war als sie selbst.«

Achmad sah ihn an, als würden seine tief liegenden Augen sogleich aus den Höhlen springen und sein Gegenüber zwei Wurfgeschossen gleich zerfetzen.

»Und das waren ja so ziemlich alle.« Björn grinste.

»Halt's Maul!«

Achmad erhob sich langsam vom Boden. Björn grinste noch immer.

»Ach-Gott-o-Gott, jetzt hab dich doch nicht so. Eine Bessere wie die findest du doch allemal.«

»Halt's Maul!«, sagte Achmad wieder, jetzt schon lauter. Aber denkste. Björn machte munter weiter.

»Im *Mon Chéri* kannst du alle haben!«

Er zwinkerte Vinzi und Plotek verschwörerisch zu. »Die Mädchen da sind Extraklasse! Stimmt's?«

Noch ehe irgendjemand reagieren konnte, warf sich Achmad mit einem Satz auf Björn. Es sah aus, als stürzte sich ein Tiger auf eine Antilope. Auf ein Antilopenbaby. Achmad vergrub Björn vollständig unter seinem Körper.

Wenn Kira, Christin, Elvis, Plotek, Vinzi und am Ende auch noch der herangeeilte Camping-Gott nicht dazwischengegangen wären und mit vereinten Kräften Achmad von Björn getrennt hätten, hätte jener diesen höchstwahrscheinlich mit bloßen Händen erschlagen.

Der Camping-Gott eskortierte Achmad, unter Aufbietung all seiner göttlichen Macht, in dessen Wohnwagen. Björn wiederum wurde von der Schwangeren und Christin in deren Caravan ärztlich versorgt. Er war übel zugerichtet worden. Platz- und Schürfwunden bedeckten sein Gesicht, die Arme, seine Hände, eigentlich den ganzenen Körper. Sogar Bisswunden hatte er.

»Der ist doch nicht ganz dicht.« Björn keuchte und blutete vor sich hin. »Das ist doch kein Mensch!«

Kurti, der sich während der Schlägerei hinter den Wohnwagen verdrückt und tot gestellt hatte, schien nun wieder auferstanden. Er war eindeutig auf Björns Seite. Auch er ereiferte sich jetzt. »Der lebt doch in einer dunklen Parallelwelt. In seiner eigenen beschissenen Parallelgesellschaft.«

»Na und?«, mischte sich Vinzi ein. »Warum sollte er in eurer Mehrheitsgesellschaft Campingplatz aufgehen? Ich kann verstehen, wenn er lieber für sich ist.«

Kurti, Björn und auch die anderen sahen Vinzi an, als wäre er ebenfalls eine Parallelgesellschaft. Wie um ihnen bereitwillig in die Karten zu spielen, sagte er: »Ich bin selbst meine eigene Parallelgesellschaft!«

Agatha guckte, als wäre Vinzi keine Parallelgesellschaft, sondern der Vater ihres noch nicht geborenen Kindes. Kira von Kybié blickte drein, als könnte sie dem kleinen Mann ohne Beine nicht recht folgen. Kurti und Brigitte schüttelten den Kopf, als hätte Vinzis Behinderung abrupt dessen ganzen Organismus befallen. Vor allem aber sein Gehirn.

Plotek hingegen nickte still vor sich hin. Damit bestätigte er natürlich Vinzi. Einerseits. Und andererseits sich selbst. Denn auch er fühlte sich als Parallelgesellschaft. Dabei hatte er nicht mal ein ungutes Gefühl. Geschweige denn ein schlechtes Gewissen. Weil er wusste: Nur primitive Gesellschaften und Diktaturen kennen keine Parallelgesellschaften. Die gesellschaftlich negativ besetzte Parallelgesellschaft hatte für Plotek eindeutig etwas Positives. Für Vinzi natürlich auch. Ihr ansonsten schlechter Ruf war bei den beiden mithin bestens. Schafft eine, mehrere, viele Parallelgesellschaften, schienen Plotek und Vinzi ausrufen zu wollen. Und: Das Leben ist eine einzige Parallelgesellschaft! Ich liebe die Parallelgesellschaft! Ich liebe das Leben!

»La dolce vita!«, sagte Plotek, und Vinzi ergänzte: »La dolce Parallelgesellschaft!«

Kurti tippte sich an die Stirn. Brigitte tat es ihm gleich. Kira schien noch immer nicht ganz zu verstehen. Die Schwangere sah jetzt aus, als würde sie gleich gebären. Aber kein Kind, sondern eine Parallelgesellschaft. Nur Christin lächelte so, als stünde sie über allem, auch über den beiden Parallelgesellschaften Plotek und Vinzi.

»Parallelen treffen sich im Unendlichen, dort wo die Differenzen gegen null tendieren«, sagte Vinzi und blickte dabei Kira tief in die Augen. Während Christin Plotek in die Augen blickte, so dass dieser an die Wurfgeschosse von Achmad denken musste. So lange, bis Björn sich wieder zu Wort meldete. Diesmal mit Spott und Hohn.

»Da, wo der herkommt, sind Menschen ohnehin nicht mehr als Tiere.«

»Wo kommt er denn her?«, wollte Vinzi wissen.

»Aus Tschetschenien.«

»Flüchtling«, sagte Kurti, als hätte er ein großes Bedürfnis, Björn zu unterstützen. »Aber darüber redet er nicht gern.«

»Er scheint über gar nichts gern zu reden«, sagte Vinzi, worauf Kurti und Brigitte eifrig nickten.

Das macht ihn mir eher sympathisch, dachte Plotek. Womit er aber einer der wenigen, um nicht zu sagen der Einzige in der Grillrunde war.

Nach dem Zusammenstoß zwischen Achmad und Björn war die Luft aus der Grillparty raus. Es wollte keine rechte

Stimmung mehr aufkommen. Die Ersten, die sich auffällig gähnend verabschiedeten, waren Kurti und Brigitte. Dann zog Björn humpelnd ab, nicht ohne vorher noch Telefonnummern mit Agatha ausgetauscht und ein freudiges »Wir sehen uns« zurückgelassen zu haben.

Schließlich machten sich auch Kira von Kybié und die Schwangere im roten Mini der Kriminalautorin auf den Weg zurück ins Kloster. Ohne dass sie ihre Telefonnummern Vinzi oder Plotek augehändigt hätte.

Am Ende saßen nur noch Elvis, Christin, Plotek und Vinzi vor dem erkalteten Hochleistungsgrill und hörten dem nahen Grillenzirpen zu, das von Minute zu Minute lauter zu werden schien. Die letzten Worte von Elvis, die wieder aus einer Schimpftirade aus *Hackfleischgesicht*, *Darmgeburt* und *Analpustel* bestanden, zerfielen in seinem Mund wie modrige Pilze. Dann zuckte er nur noch still vor sich hin, ohne noch etwas halbwegs Verständliches herauszubringen.

Als die Zeiger von Vinzis Armbanduhr schon auf Mitternacht zusteuerten, kam Uwe Wittlich ein letztes Mal mit einem Tablett voll Schnäpsen zu Christins Wohnwagen. Auch er sagte nichts, als ob schon alles gesagt worden wäre, und stellte die Gläser mit einer bedeutungsschweren Geste auf den Tisch. Lange standen sie da nicht. Denn Elvis trank auch die Schnäpse, die für Kurti und Brigitte und die anderen Frühaufbrecher bestimmt gewesen waren. Uwe Wittlich sammelte die leeren Gläser mit weniger bedeutungsschwerer Geste wieder ein, wünschte allen noch auffällig um gute Laune bemüht »eine schöne Nacht« und ließ dann ein schwermütigeres »Nichts für ungut« zurück.

Kaum war Wittlich weg, stand auch Elvis auf. Er rülpste so laut, dass Christin erschrak, und wankte dann, ohne sich zu verabschieden, in Richtung Campingplatzausgang davon. Hinter der Schranke bestieg er mühevoll seine Schwalbe, deren Anlasser er neunmal betätigen musste, bis sie endlich ansprang. Dann fuhr er mit aufheulendem Gas in Schlangenlinien davon.

»Und ihr?«

Christin fragte es, noch immer neben den beiden auf der Bank sitzend, nachdem das Motorgeräusch endlich verklungen war.

Plotek sah zu Vinzi, Vinzi zu Plotek. Dann sahen beide zu Christin. Die wiederum blickte Plotek an, dass es dem ganz warm ums Herz wurde. Besser: heiß. Vielleicht war es aber auch nur der Ouzo, der ihn jetzt von innen her wärmte. Die Außentemperaturen sanken verdächtig, und ein leichter kühler Wind kam von der See herübergeweht.

»Wir haben noch etwas zu erledigen.«

Vinzi sagte es nach einer langen Pause. Er zerstörte damit einen Gedanken, der sich soeben klammheimlich in Ploteks Hirn geschlichen hatte und sich an ihm scheuerte wie ein rammeliger Kater an einer warmen Wade. Ein Gedanke, der eindeutig mit Christin zu tun hatte. Oder besser mit den Schnüren unter ihrem Kleid. Und natürlich mit ihm selbst.

»Und was?«, kam es ein wenig enttäuscht, auch überrascht von Christin. »Wenn man fragen darf?« Das klang jetzt fast schon spöttisch.

»Man darf«, sagte Vinzi, und Plotek fügte hinzu: »Geheimnis!«, wie man »Ein anderes Mal, vielleicht« sagt.

Christin erhob sich von der Bierbank und strich ihr Kleid glatt.

»Na dann, viel Spaß.«

Sie schien nun vollends eingeschnappt zu sein. Was Plotek auch ein wenig leidtat. Vinzi hingegen nicht. Er hob die Hand und gab das Zeichen zum Aufbruch. Plotek erhob sich nun ebenfalls und langte nach den Rollstuhlgriffen.

»Bis bald«, sagte er, während Christin nur nickte und ihre Schnüre unter dem Kleid zurechtzog.

Dann schob Plotek wankend mit dem Rollstuhl und Vinzi auf dem Kiesweg Richtung Schranke davon. Es war zwar ganz und gar kein Spaß, was sie da jetzt noch erwartete. Aber aufregend war es allemal.

Nachdem sie die verrostete Schranke hinter sich gelassen hatten, vor der ein einsames Auto, der irischgrüne Karmann Ghia von Hans Wittlich, parkte, merkten sie erst richtig, wie betrunken sie eigentlich waren. Das war auch gut so. Im nüchternen Zustand hätten sie sich bestimmt nicht getraut. Soll heißen, ohne den angetrunkenen Mut hätten sie sich wohl kaum in dieser Nacht noch einmal auf den Weg nach Cismar gemacht. Die Schotterstraße, die vom Campingplatz zum Kloster führte, wurde von Plotek nicht nur der Länge nach abgelaufen, sondern in weiten Strecken auch der Breite nach. Bedeutet: Plotek bewegte sich schwankend, den Rollstuhl mit Vinzi in Schlangenlinien vor sich herschiebend und dabei die ganze Straße einnehmend, zum Kloster. Was normalerweise kaum eine halbe Stunde gedauert hätte, erforderte so mindestens die doppelte Zeit. Der Himmel sah aus wie aus dem Bilderbuch. Sterne, wie es sie nur in der Provinz zu erhaschen gibt. Ein fast voller Mond und die Luft so klar und frisch, als wäre sie, abgefüllt in winzigen Dosen, für den Export bestimmt.

Vinzi drehte nach einigen Minuten auf der Straße einen Joint, zündete ihn an und nahm einen tiefen Zug. Dann reichte er ihn an Plotek weiter nach hinten.

»Ich glaube, die steht auf dich.«

Plotek zog ebenfalls. »Glaube ich nicht.«

Er gab den Joint zurück.

»Quatsch, klar glaubst du das.«

»Woher willst du das wissen?«

»Ich weiß es eben.«

Vinzi zeigte auf seine Stümpfe und wackelte mit ihnen. »Es ist ein Kribbeln, als würden Ameisen den Aufstand proben.«

Er qualmte wieder vor sich hin. Nach ein paar weiteren Zügen fragte er: »Sollen wir zurückfahren?«

»Nein.«

»Mir ist es egal.«

»Nein.« Da war er wieder, der Plotek'sche Dickschädel.

»Der Brunnen ist morgen auch noch da.«

»Hör auf!«

Wieder wanderte das schwäbische Gras nach hinten. Als Plotek schon dachte, von Vinzi würde nichts mehr kommen, kam dann doch noch etwas: »Du hast recht. Das macht sie nur noch gieriger.«

Jetzt musste Plotek lachen. Vinzi lachte auch.

Als sie schließlich, nachdem sie sich noch einmal kurz verlaufen hatten, am Kloster ankamen, waren sie schon wieder erheblich nüchterner. Die Schwere des Alkohols war ein wenig der wärmenden Leichtigkeit des Cannabis gewichen.

Alles war dunkel. Das Kloster, das Brunnenhaus. Auch

hinter den Fenstern der Stipendiatenwohnungen im ersten Stock brannte kein Licht mehr. Der Himmel hingegen zeigte sich noch immer von seiner besten, sternenklaren Seite.

»Die träumen schon alle«, flüsterte Vinzi und wuchtete sich aus seinem Rollstuhl.

Dabei schätzte er den Schwung, mit dem er sich von der Lehne abstieß, falsch ein, so dass er kopfüber neben den zusammengebundenen Terrassenstühlen auf dem Boden landete.

»Scheiße!«

»Von dir!« Plotek war noch immer bei den Träumen der Stipendiatinnen. Dann kicherte er.

»Idiot.«

»Selber.«

Während sie langsam die Außentreppe zum Brunnenkeller hinunterstiegen, lachten sie wie zwei Pubertierende auf einer Jugendfreizeit auf dem Weg in den Mädchenschlafsaal. Unten angekommen, drückte Plotek gegen die schwere Stahltür. Und Überraschung! Die Tür gab nach und öffnete sich. Vinzi strahlte und schnalzte zugleich genüsslich mit der Zunge.

Vorsichtig betraten sie das Kellergewölbe. Vinzi ließ die Flamme seines Zippo-Feuerzeugs aufflackern. Das Licht warf zuckende Schatten an die Backsteinwände. Sie tasteten sich zur Johannisquelle am anderen Ende des Kellergewölbes vor.

»Und jetzt?«

Die Worte hallten ein wenig in dem leeren Kellerraum wider. Es klang unheimlich.

Bis dahin hatten sich die beiden keine Gedanken gemacht, wie sie der Sache nun eigentlich konkret auf den Grund gehen wollten. Oder besser, dem Brunnen. Und zwar im wahrsten Sinne des Wortes.

»Wir müssen da runter!«

Vinzi zeigte durch das Gitter in das schwarze Brunnenloch.

»Wir?« In Ploteks Frage schwang größtmöglicher Zweifel mit.

Der kleine beinamputierte Vinzi, der Plotek gerade mal bis zur Hüfte reichte, schien diese Zweifel anzuerkennen.

»Hast recht, also ich.«

Er überlegte, während die Zippoflamme das Kellergewölbe mit Schattenspielen versorgte. »Und du musst mich sichern.«

»Womit?« Berechtigte Frage, die mit einem Schlag ihre schlechte Vorbereitung offenbarte.

»Moment.«

Vinzi hoppelte durch das Kellergewölbe zurück zur Tür und stieg die Außentreppe wieder hoch. Plotek wartete im Dunkeln am Brunnenloch.

Nach ein paar Minuten kehrte Vinzi mit einem langen, dünnen Stahlseil zurück. Fragende Blicke von Plotek und ein überhebliches Lächeln von Vinzi.

»Damit waren die Terrassenstühle festgebunden.« Wie er das Schloss, mit dem das Seil gesichert war, geknackt hatte, sagte er nicht.

»Ich mach mich daran fest, und du lässt mich dann am Seil runter, klar?«

Plotek nickte vor sich hin, schien aber von der Vorgehensweise weniger überzeugt zu sein als Vinzi.

Während Plotek das Zippo hielt, legte Vinzi sich das Seil

um seine Taille. Er fädelte es an den Gürtelschlaufen ein und zog es mit einer Schlaufe fest. Dann nahm er das Zippo, dessen Flamme schon kleiner wurde, und Plotek drehte die Schrauben heraus, mit denen das Gitter über dem Loch befestigt war. Er hob das Gitter von der Brunneneinfassung und legte es auf den Boden, dass es schepperte. Beide erschraken.

»Na los, bringen wir es hinter uns.« Es klang eine Spur zu fatalistisch.

Vinzi beugte sich nun halsbrecherisch kopfüber in das Loch und klappte das Zippo zu.

»Und ja nicht fallen lassen, klar?«

»Klar!« Es klang wenig überzeugend.

Plotek ließ ihn, das Seil über das Mäuerchen gespannt, langsam, Zentimeter für Zentimeter nach unten gleiten. Das sagt sich jetzt so einfach. War aber ziemlich kompliziert. Für Plotek jedenfalls. Er hatte keine Erfahrung mit Seilen und Krüppeln, die daran hingen. Es war weniger das Gewicht von Vinzi als die Technik, das Seil schön gleichmäßig durch die Hände gleiten zu lassen, was ihm Schwierigkeiten bereitete. Ruckend und zuckelnd bewegte sich Vinzi immer weiter nach unten. Dabei knallte er ein ums andere Mal gegen die Brunnenwand. Was er mit Geschrei quittierte.

Im Inneren des Brunnens war es natürlich zappenduster. Nicht einmal die eigene Hand vor dem Gesicht konnte Vinzi sehen. Also klappte er das Zippo wieder auf und ließ die Flamme, als er fast am Brunnenboden angekommen war, erneut aufleuchten. Gerade in dem Moment glitt aber Plotek oben das Seil mal wieder zu schnell durch die Hände. Vinzi sackte mit einem Ruck nach unten. Dabei rutschte ihm das Feuerzeug aus der Hand, das zu Boden fiel und erlosch.

»Verdammt!«

Jetzt war es wieder schwarz wie in der Hölle, in die Vinzi noch ein Stückchen tiefer eintauchte.

Schließlich war auch er am Grund des Brunnens angekommen. Es blieb ihm nichts anderes übrig, als tastend aufzuspüren, was da aufzuspüren war. Und das war allerhand.

»Scheiße!«

Nein, es war natürlich keine Scheiße, das wusste auch Vinzi, sondern fühlte sich viel eher nach einer Hand an. Nach einem Gesicht, einer Nase, einem Mund, einer Person. Und dann nach Brüsten, eine Frau.

»Verdammt! Da liegt ein Mensch«, rief er zu Plotek nach oben.

Was der aber gar nicht richtig verstand.

»Was?«, schrie Plotek zurück.

»Zieh mich wieder hoch!«

Auch das war leichter gesagt als getan. Plotek war schon vom Runterlassen völlig außer Atem. Das Hochziehen war noch anstrengender.

»Zieh doch!«, schrie Vinzi jetzt noch lauter.

Und Plotek zog. Er zog so stark er konnte. Zentimeter für Zentimeter schwebte Vinzi langsam der Brunnenöffnung entgegen.

Endlich kam er oben an und hielt sich am Mäuerchen fest. Plotek ließ das Seil los und packte Vinzi an den Stummelbeinen. Dann hiefte er ihn vollends wie ein Bündel Altpapier über das Mäuerchen hinweg aus dem Loch. Beide verloren dabei das Gleichgewicht und fielen auf den Steinboden. Völlig erschöpft und von Schweiß durchtränkt blieben sie vor der Johannisquelle liegen.

Lange sagte keiner von ihnen etwas. Sie atmeten schwer, husteten. Ab und zu spuckte einer der beiden aus. Bis plötzlich ein Geräusch zu vernehmen war. Nicht weit von ihnen entfernt fiel eine Tür ins Schloss. Sie sahen sich überrascht an und blickten in Richtung Eingangstür und Außentreppe. Offenbar waren sie nicht allein.

»Da unten im Brunnen liegt eine Frau«, sagte Vinzi, wie man sagt: »Der Brunnen ist ein Grab.«

»Ob es Inga ist?«

»Wer denn sonst?!«

Plotek dachte an Achmad und dann an die Katze auf dem Bürgersteig.

Als sie die Treppe wieder hinaufgestiegen waren, stand der Rollstuhl noch immer dort, wo sie ihn abgestellt hatten.

Ein Hund bellte in der Ferne. Grillen zirpten. Und Fledermäuse flatterten um das Brunnenhaus herum, dicht über ihre Köpfe hinweg.

Als sie eine Stunde später wieder am Campingplatz waren, stand der Karmann Ghia noch immer mit heruntergeklapptem Verdeck vor der Schranke. Es schien auch sonst alles unverändert zu sein. Außer dass vielleicht die Grillen noch etwas lauter zirpten.

»Komisch, wohnt Hans Wittlich auch hier?«, fragte Plotek. »Oder warum lässt er sein Cabriolet einfach so offen hier rumstehen.«

Er beugte sich in den Sportwagen und roch an den Ledersitzen.

»Es könnte doch regnen.«

»Als Bruder vom Camping-Gott vertraut man auf die Vorhersagen.« Vinzi gähnte, während er es sagte. »Oder man ist einfach fatalistisch unterwegs.«

»Vielleicht ist es ihm aber auch egal«, spekulierte Plotek.

»Du meinst, der hat so viel Schotter, dass er sich einfach einen neuen kaufen kann?«

»Den kann man nicht mehr kaufen«, sagte Plotek. »Der ist von, sagen wir mal, 1965. Ein Liebhaberstück.«

»Vielleicht hat unser Puffbesitzer einfach zu viel um die Ohren. Andere Sorgen …«

»Du glaubst doch nicht im Ernst, dass er ihn einfach hier vergessen hat?«

»Warum nicht?«

»Was sollten das denn für Sorgen sein, dass er seinen Karmann Ghia vor einer verrosteten Schranke vergisst?«

»Keine Ahnung.«

»Na siehst du!«

Sie ließen den Karmann Ghia und die Schranke hinter sich. Plotek schob Vinzi im Rollstuhl an der Bierstube vorbei. Es brannte kein Licht mehr. Aber auf der Terrasse bewegte sich etwas, und ein leises Geräusch war zu hören.

»Sag mal, ist das da nicht Willy?«

Vinzi flüsterte es, als ob Willy ihn nicht hören sollte.

»Und ob das Willy ist«, kam es ähnlich leise von Plotek zurück. »Und er ist nicht alleine.«

»Nein, offensichtlich fickt er gerade eine kleine weiße Hündin.«

Und tatsächlich. Auf der Terrasse inmitten der Plastikstühle stand Willy, der ostalbschwäbische Köter, auf zwei

Beinen hinter einem kleinen Pudel und bewegte sein Hinterteil rhythmisch vor und zurück.

»Na, dann wollen wir mal nicht stören.«

»Genau.«

Dezent schlichen sich die beiden an der Terrasse vorbei. Sie gingen zwischen den Wohnwägen, die dunkel und wie jeglichen Lebens beraubt auf dem Platz standen, hindurch auf ihren Tabbert Puccini zu. Dabei blickte sich Plotek immer wieder zu Willy um. Bis er plötzlich stehen blieb.

»Was ist?«, fragte Vinzi.

»Wir müssen es ihm sagen.«

Vinzi dachte nach. Plotek schwieg. Vinzi atmete laut aus.

»Wir müssen gar nichts.« Er schüttelte den Kopf.

»Doch, müssen wir.«

»Und warum?«

»Er hat es verdient.«

»Verdient?« Wieder atmete Vinzi laut aus. Es klang wie ein Schnauben.

»Ja, er hat es verdient, dass wir es ihm sagen«, erklärte Plotek, »und nicht die Bullen.«

Noch ehe Vinzi reagieren konnte, wendete Plotek den Rollstuhl und bog vom Hauptweg des Campingplatzes nach rechts ab.

»Das ist unsere Aufgabe, deine und meine.«

Es klang endgültig. Es klang aber auch ziemlich pathetisch. Das fiel jetzt auch Plotek auf. Er hasste es, pathetisch zu sein. Aber der ewig traurige Riese mit den tief liegenden Augen provozierte dieses Pathos bei ihm, dieses Mitgefühl, die Empathie. Wie die fremde Katze auf dem Bürgersteig. Dagegen konnte er sich einfach nicht wehren.

Am Wohnwagen von Achmad brannte noch ein schwaches Licht, was Plotek und Vinzi überraschte. Sie blieben vor der Tür stehen, und dieses Mal klopften sie.

»Ist auf.« Die Stimme klang wie aus dem Innern einer Gruft.

Er schlief also nicht. Wie sollte er auch schlafen, wenn er jede Sekunde mit dem Schlimmsten rechnen musste. Vinzi stieg aus dem Rollstuhl und ging voraus. Plotek folgte ihm. Sie standen in der Tür wie zwei Boten mit der schlechtesten Nachricht, die man überhaupt überbringen kann. So fühlten sie sich zumindest. Das waren sie wohl auch.

»Wir haben sie gefunden.«

Vinzis Stimme klang nicht nach Stimme, eher nach Säge, Sense, nach Unheil und Abgrund.

Achmad schwieg. Er blickte mit leeren Augen vor sich hin. Als schien er alles schon geahnt zu haben.

Dann fragte er, ohne den Blick zu heben: »Wo?«

Als keiner der beiden sofort antwortete, fragte er noch einmal: »Wo sie ist?«

Vinzi räusperte sich, damit wenigstens die Sense, die Säge einen Ton von sich gab.

»Im Klosterbrunnen.«

»Im Klosterbrunnen?«

»Ja.«

Erstaunlicherweise weinte Achmad noch immer nicht. Vermutlich waren keine Tränen mehr in ihm. Er starrte unverändert vor sich hin.

»Wer so was macht?« Es klang weniger wie eine Frage. Eher wie eine Anklage.

»Sag du es uns.«

Er sagte aber nichts. Dennoch hatte Plotek das Gefühl,

dass er wusste, wer der Mörder war. Oder zumindest eine Ahnung hatte.

»Tut uns leid.«

»Danke.«

Sie traten wieder in die Nacht hinaus und ließen den trauernden Achmad in seinem Wohnwagen zurück. Schweigend gingen sie zu ihrem Puccini hinüber. Als sie an der Tür ankamen, hörten sie ein leises Geschluchze. Erneut musste Plotek an die Katze denken.

Als sie schon wieder im Wohnwagen saßen, sagte Vinzi: »Wir müssen ihn finden!«

»Wen?«

»Den Mörder.«

»Warum?« Plotek fragte es, obgleich er die Antwort wusste.

»Das sind wir ihm schuldig.«

»Meinst du?«

»Ja, das meine ich.«

9

Es war natürlich nur eine Frage der Zeit, bis die Medienvertreter auftauchten. Zuerst war es nur eine Journalistin der örtlichen Tageszeitung, die eher heimlich als offensiv über den Campingplatz schlich, auf der Suche nach Antworten auf die drängende Frage: Was ist hier eigentlich los? Im beschaulichen, fast schon verschlafen wirkenden Ostholstein. Dann kam ein weiterer Journalist aus der Landeshauptstadt hinzu, der schon enervierender, auch aggressiver für die neugierigen Hauptstädter recherchierte. Er versteckte sich überhaupt nicht, sondern gab sich gut zu erkennen und hielt mit Vermutungen nicht hinterm Berg. Am Ende lungerten auch noch zwei Übertragungswägen der privaten Sendeanstalten vor dem Campingplatz herum, auf der Suche nach einem richtig unappetitlichen Skandal. Das waren dann die eher unangenehmen Vertreter dieser Spezies, die schmierigen, sich jovial gerierenden Tussis und Typen, die nicht nur glaubten, sondern fest davon überzeugt waren, dass sie allein der, meist gepiercte, Nabel sind, um den die Welt sich dreht. Die Reporter ließen auch schon mal ein paar Scheinchen springen, damit sich die Camper exhibitionistisch vor die Kamera stellten, um ihr Wissen wie auch ihre Lügen loszuwerden. Für Spekulationen jeglicher Art war die Medienmeute sehr dankbar und vermittelte auf ihre muntere, kumpelhafte Weise den Eindruck, sie hätte in den Campern neue Freunde gefunden. Was der Camping-

Gott gar nicht gerne sah. Anfänglich zumindest. Denn mit zunehmender Journalistendichte sah er sein ökonomisches Ende heraufdämmern. Sein Ende generell.

»Der Campingplatz ist mein Leben«, sagte er und guckte dabei so, als wäre ebendieses bald schon ausgelöscht. Aber durch Worte alleine lässt sich die Apokalypse nicht aufhalten. Also legten er und sein Sohn Björn selbst Hand an, um etwas gegen die zu erwartende Pleite, gegen die befürchteten Stornierungen zu unternehmen. Zunächst ließen sie an den Reifen der Übertragungswägen die Luft heraus. Dann scheuchten sie, auch unter Androhung von Gewalt, die Journalisten mit Platzverboten vom Gelände. So lange, bis auch der Camping-Gott erkennen musste, dass die ob der Horrormeldungen vom *Inselstrand* ausbleibenden Campinggäste von den neu hinzukommenden durchaus kompensiert wurden. Besser noch. Es kamen sogar mehr neue hinzu, als alte wegblieben. Was Uwe Wittlich überhaupt nicht einleuchten wollte.

»Katastrophentourismus!«, sagte er, unschlüssig, ob er ihn verdammen oder froh darüber sein sollte. »Das ist doch der Wahnsinn!«

Stimmt. Aber negative Werbung ist eben auch Werbung. Manchmal sogar die bessere.

Der Camping-Gott änderte, auch unter dem Einfluss seines Bruders Hans, der schon immer ein glücklicheres Händchen fürs Geschäft hatte, seine Strategie. Er schenkte ab jetzt nicht nur Kaffee an die wartenden Journalisten aus, sondern verkaufte auch eigene Einschätzungen der kriminellen Lage auf dem Campingplatz im Speziellen und in Ostholstein allgemein an die privaten Sendeanstalten. So dass nun immer wieder neue und immer bizarrere Legenden über Hartmut Höge, den toten Dauercamper, und Inga, die tote Köchin, die Runde machten. Viele Camper standen nun ebenfalls der Presse bereitwillig Rede und Antwort. Sie wurden von Hans und Uwe Wittlich, auch unter Zuhilfenahme von reichlich Ouzo, sogar dazu animiert. Irgendwann schienen dann auch die Pressevertreter zu merken, dass die Camper und der Campingplatzbesitzer von der passiven in die aktive Rolle geschlüpft waren und Geschichten erzählten, die so absurd und widersprüchlich klangen, dass die Chefredakteure daheim zuerst ungläubig den Kopf schüttelten und sich schließlich sogar verarscht fühlten und die Nase rümpften. Den Legenden waren keine Grenzen gesetzt. Einmal hatte Hartmut Höge ein Verhältnis mit Inga. Dann war Inga lesbisch oder die Schwester von Iveta und Hartmut Höge schwul. Dann wieder war Iveta die Tochter von Hartmut Höge. Oder Hartmut Höge gar nicht Hartmut Höge, sondern ein lettischer Spargelstecher und der Onkel von Iveta auf der Suche nach seiner Nichte. Die Fantasie trieb immer buntere Blüten. Vor allem, was Höge und Iveta anbetraf. Die Biografie von Inga war indessen leichter zu entschlüsseln.

Inga stammte aus Polen. Zuerst, in jungen Jahren, war auch sie Spargelstecherin beim Romberg, dem Schwager von Uwe Wittlich, gewesen. Dann vermittelte Romberg sie an Wittlich weiter, als Putzfrau und Mädchen für alles auf dem Campingplatz. Viele Jahre war es jetzt schon her, dass sie hier am Ostseestrand hängen geblieben war. Sie stellte sich offenbar besonders geschickt an und war bald nicht mehr vom Campingplatz wegzudenken. Zuletzt war sie es, die hinter den Kulissen den Laden geschmissen hat, wie es hieß. Nicht nur die Küche war ihr Reich. Bei allem, was mit der Organisation zu tun hatte, mit Buchungen, Stornierungen und dergleichen, war sie die heimliche Chefin. Quasi die rechte Hand vom Camping-Gott. Dass sie seit geraumer Zeit und länger, als alle hatten glauben wollen, ein Verhältnis mit Achmad hatte, war plötzlich allen klar. Obgleich die beiden bis zum Schluss versucht hatten, es zu verheimlichen. Schwieriger wurde es schon, dem Lebenslauf von Iveta auf die Spur zu kommen. Wobei sie in allen Meldungen, trotz der kuriosen Übertreibungen, eine immer zentralere Rolle spielte. Der Fall der verschwundenen Spargelstecherin wurde nicht nur von der Exekutive neu aufgerollt. Auch die Presseheinis, zumindest die investigativeren unter ihnen, recherchierten in der Vergangenheit. Iveta galt tatsächlich seit genau fünf Jahren als vermisst. Das letzte Mal war sie in einer Samstagnacht im Juni gegen 22.45 Uhr gesehen worden, wie sie am Campingplatz vor der Schranke auf und ab ging und den zufällig vorbeifahrenden Elvis mit einer resoluten Handbewegung zum Anhalten nötigte. Elvis, der Zeuge, der Iveta, wie nicht nur den Akten, sondern auch den Zeitungsartikeln zu entnehmen war, zuletzt gesehen hatte, war von ihr angehalten worden, so die Aussage von Elvis. Sie habe ihn nach Feuer gefragt, er habe ihr Feuer gegeben und sei dann, ohne sich noch länger mit ihr zu unterhalten, weitergefahren. Seitdem war Iveta verschollen. Natürlich hatte auch Elvis, wie viele andere damals, unter Verdacht gestanden. Er kam sogar für drei Tage in Untersuchungshaft und wurde von den Kriminalen in der Landeshauptstadt Kiel wie eine Zitrone ausgequetscht. Aber nichts. Es war ihm nichts nachzuweisen. Keine Spuren, keine widersprüchlichen Aussagen, nichts. Auch Achmad wurde verdächtigt. Und mit ihm fast alle anderen, die damals auf dem Campingplatz eine Rolle spielten. Auch die Spargelstecher wurden von den Ermittlern hart herangenommen. Dabei vermutete der Volksmund, dass ein Verbrechen innerhalb des Spargelstecherumfeldes am wahrscheinlichsten war.

»Die sind sich doch alle nicht grün«, hieß es. Und »Die Schwelle zur Gewalt liegt bei denen einfach extrem niedrig.«

Aber auch diese Nachforschungen führten zu nichts. So dass alle Ermittlungen im Sande verliefen und schon bald niemand mehr von der verschwundenen Spargelstecherin sprach. Jetzt sprachen wieder alle von ihr. Die Medien, die Camper, ganz Ostholstein.

Auch das Kloster Cismar wurde durch den Fund der toten Inga plötzlich zu einem Publikumsmagneten. Der Keller war zwar abgesperrt, dafür konnte sich das Café im Brunnenhaus vor dem Ansturm kaum retten. Gaffer und Katastrophentouristen genossen ihren Grusel bei Kaffee und Kuchen.

Hans Wittlich stellte auf der Terrasse der Bierstube einen Fernsehapparat auf, in dem stündlich auf einem Nachrichtenkanal von den Vorgängen auf und um den Campingplatz herum berichtet wurde. Die Camper versammelten sich um die Glotze und verfolgten meist zusammen die Nachrichtenlage. Immer wieder tauchten einige von ihnen auch selbst im Fernseher auf.

Wie jetzt Kurti. Er war in Großaufnahme auf dem Bildschirm zu sehen. Für jeden, der es nicht erkennen konnte oder wollte, rief er laut, mit mächtigem Stolz in der Stimme und geschwellter Brust: »Das bin ich!«

Seine Frau strahlte ganz aufgeregt dazu, mit roten Flecken im Gesicht. Der mediale Kurti stammelte im Fernseher vor sich hin, dass er Inga alles zutrauen würde und den Spargelstechern sowieso und dass die Polen, Letten, Tschetschenen und alle von woanders her das eigentliche Problem seien, also die Überfremdung, der Islam, die Gene, die für die Gewalt und alles. Es klang wirr, verschwörerisch und so, als hätte Kurti bei den Aufnahmen ordentlich einen im Tee gehabt. Oder aber, als hätte er zu lange im Buch eines ehemaligen Bundesbankvorstands geblättert.

»Na, großartig«, rief Vinzi, was aber eher wie »zum Kotzen« klang.

Er zeigte auf den Bildschirm wie auf einen frisch applizierten dampfenden Scheißhaufen und fragte dann: »Sag mal, Kurti, sind es bei dir auch die Gene?« Er fixierte Kurti mit stechendem Blick, worauf der unsicher wurde. »Oder bist du einfach von Natur aus so blöd?«

Kurtis stolz geschwellte Brust sank in sich zusammen. Er guckte, als wäre Vinzi ein islamistischer Tschetschene, seine Worte Kugeln aus einer Kalaschnikow, mit der er ihn augenblicklich niedermähen wollte. Es schien, als bekäme er es mit der Angst zu tun. Vor diesem terrorverdächtigen Extremisten. Diesem aggressiven Krüppel.

Brigitte stellte sich schützend vor ihren Mann und hob dabei die Arme, als wollte sie das Unheil aufhalten.

»Das müssen wir uns nicht bieten lassen!«, sagte sie und rief nach dem Camping-Gott wie nach dessen Sohn am Kreuz.

»Freunde, beruhigt euch doch.« Uwe Wittlich versuchte die Wogen zu glätten. Er hoffte mit Ouzo, seiner rezessionsresistenten Campingplatzwährung, die Streithähne zu besänftigen. Was in Bezug auf Kurti und Brigitte tatsächlich gelang.

Vinzi hingegen nahm seinen Ouzo und kippte ihn dieses Mal nicht heimlich, sondern demonstrativ in den Hundenapf. Kurti tippte sich an die Stirn, und Brigitte schüttelte den Kopf, als hätte Vinzi soeben eine heilige Hostie zerbröselt.

»Gehen wir?«, fragte Plotek.

Vinzi nickte und lachte hämisch dabei.

Die anderen sahen ihnen hinterher, als befänden sich die beiden auf direktem Weg in die Hölle.

Plotek und Vinzi trafen sich mit Christin am *Hong Kong Garden*. Die Sonne schien überzeugend vom Himmel, kaum ein Wölkchen war zu sehen. Die Temperaturen nahmen verdächtig den Hochsommer vorweg. Der Wind roch nach sonnengereiften, wurmstichigen Äpfeln, nach fischiger, salziger See und auch ein bisschen nach den Polyesterbadeanzügen von pubertierenden Mädchen. Die Luft flirrte, Staub durchkreuzte sie in feinen Schlieren, Mücken tanzten, als müssten sie die Hochzeit von zweien in ihrer Verwandtschaft zelebrieren. Vinzis Hautausschlag hatte sich verdrückt, und der von Plotek war nicht wieder aufgetaucht. Die Stimmung war, trotz zweier Toter in drei Tagen, bei den beiden bestens. Ob es an dem guten Wetter lag, der angenehmen Begleitung oder doch eher an etwas ganz anderem? – keine Ahnung.

Hier zeigt sich die Welt auf jeden Fall mal wieder von ihrer schönen Seite, dachte Plotek. Auch von ihrer skurrilen, überlegte er dann beim Anblick von Siouxsie. Wobei ihm die skurrile fast lieber als die schöne war. Vor allem war sie interessanter, auch aufregender. Wie Siouxsie eben. Siouxsie sah exakt so aus, wie Plotek sie das letzte Mal in ihrer Bude gesehen hatte. Sie trug die gleichen Klamotten, die gleiche Frisur, die gleiche Schminke, alles. Es lief wieder dieselbe CD, und Siouxsie sang dieses Mal nicht nur beim Refrain von einem der Lieder mit, sondern bei fast allen. Auch Christin rief »*Peek-a-Boo!*« und lachte verschwörerisch. Siouxsie zwinkerte zu ihr hinüber. Christin warf ihr eine Kusshand zu, so großspurig und überzeugend, dass sich darin ein ganzes Herz hätte verbergen können.

Was geht denn hier vor?, dachte Plotek. Er konnte aber den Gedanken nicht weiter verfolgen, weil gerade ein roter Mini Cooper reifenquietschend vor dem *Hong Kong Garden* anhielt. Eine kleine Staubwolke mischte sich zwischen die Mücken in die flirrend heiße Luft. Kira von Kybié stieg aus, als betrete sie nicht den Platz vor den wackligen Stehtischen des *Hong Kong Gardens*, sondern den roten Teppich bei den Filmfestspielen in Cannes. Als Hauptdarstellerin natürlich. Sie trug einen schwarzen Minirock, eine schwarze glänzende Satinbluse und Stilettos, ebenfalls schwarz, mit denen man Augen hätte ausstechen können. Wobei das gar nicht nötig war, denn die von Vinzi fielen auch so fast aus ihren Höhlen. Sein Staunen, seine Faszination wurde sinnbildlich. Er guckte, als wäre Kira die Nofretete im Neuen Museum zu Berlin und ab jetzt in seinem Besitz. Was Nofretete offenbar gar nicht interessierte. Kira hielt eine Zeitung in der Hand und warf sie ungerührt wie eine Steinbüste auf den Stehtisch.

»Hier, habt ihr das schon gelesen?«, fragte sie, wie man sagt: »Das Hässliche ist gekommen.«

Noch ehe Plotek einen Blick auf den Aufmacher der ersten Seite werfen konnte, quasselte Kira schon los.

»Inga wurde erschlagen. Man hat ihr den Schädel brutal zerschmettert. Am Kopf fand man zwei faustgroße Löcher.« Sie ballte ihre rechte Hand zur Faust und streckte sie in die Luft.

»Da hat aber jemand eine Mordswut gehabt«, sagte Christin, die gleichzeitig versuchte, den Zeitungsartikel zu lesen.

»Kann man wohl sagen«, kam es von Kira, während Siouxsie noch immer in ihrer Bude stand und ungeduldig auf die Bestellung wartete. Dabei zwirbelte sie an ihren in die Luft stehenden Haaren herum.

»Die Polizei hat auch schon eine heiße Spur. Im Brunnen wurde ein Feuerzeug gefunden, das nicht von Inga stammen kann.«

Kira zeigte mit ihrem rot lackierten Fingernagel auf ein Bild der Titelseite. Da war tatsächlich ein Feuerzeug abgebildet. Aber nicht irgendeines.

»Ein Zippo mit den eingravierten Initialen *V. A.*«

Plotek spürte einen Stich in der Herzgegend. Er dachte, nicht das Schöne, nicht das Hässliche ist gekommen, sondern das Verderben. Nofretete entpuppte sich als Orakel, das mit nacktem Finger auf Vinzi und somit auch auf ihn zeigte. Plotek war natürlich sofort klar, wem das Feuerzeug gehörte und wer hinter den Initialen stand: Vinzent Angerer. Auch Vinzi wusste es. Er war ganz bleich im Gesicht und schluckte immer wieder, als ob sein Mund eine Wüste wäre. In Ägypten.

»Die Polizei geht davon aus, dass das Feuerzeug vom Mörder stammt.«

Vinzi schwankte. Sein Gesicht erinnerte jetzt farblich an die Oberfläche des Stehtisches. Bloß gut, dass er im Rollstuhl saß, so konnte er wenigstens nicht umfallen. In seinem Mund war jetzt kein Tropfen Wasser mehr.

»Schwachsinn«, sagte Vinzi. Es klang staubig, trocken, fast tonlos.

Kira guckte überrascht, auch zweiflerisch. »Warum soll das Schwachsinn sein?«

Vinzi schien ratlos. Offenbar wusste er nicht, was er Kira antworten sollte. Sein Gesicht war eine einzige trostlose Düne. Zeigte eben Plotek auf Vinzis Beinstümpfe, wie man inmitten der Wüste auf eine Oase zeigt. Und Vinzi verstand. Er wackelte mit den verkrüppelten Beinen. Kira hingegen schien nicht zu verstehen. Christin ebenso wenig. Erklärte es Plotek ihnen eben.

»Phantomschmerz«, sagte er, wie man »Wasser« sagt.

»Was?«, kam es synchron von den beiden Frauen. Während Siouxsie im Hintergrund trocken lachte.

»Vinzi hat die Fähigkeit, Lüge und Wahrheit voneinander ...«

»Quatsch«, ging Vinzi resolut dazwischen. Er schien seine Trockenphase überwunden zu haben. Die Worte sprudelten jetzt nur so aus ihm heraus. »*Ich* habe keine Fähigkeit, meine *Beine* haben sie.«

Kiras und Christins Erstaunen wuchs. Das Lachen von Siouxsie wurde lauter.

»Oder besser das, was von den Beinen fehlt.«

Kira und Christin staunten jetzt mit offenen Mündern, wie Orakel, die ein bisschen plemplem waren.

»Ja und?« Kira fragte es mit der Hoffnung auf mehr.

»Was, ja und?«

»Wer war's?«, platzte es aus ihr hervor.

Christin schien es ebenfalls wissen zu wollen. Und auch

Siouxsie im Hintergrund spitzte die Ohren. Sie drehte sogar die Musik im CD-Player leiser. Alle Blicke ruhten erwartungsvoll auf Vinzi. Oder besser auf seinen Stümpfen. Der beziehungsweise die konnten die Erwartungen natürlich nicht erfüllen.

»Keine Ahnung«, kam es kleinlaut aus Vinzis Mund. »Auf jeden Fall nicht der, dem das Feuerzeug gehört.«

Die Enttäuschung war groß. Kira hob die Schultern. Christin und Plotek sahen zu Boden.

Siouxsie stellte das Gerät wieder lauter, aus dessen Boxen die Sängerin jetzt noch engagierter schrie: *»Ferry me down, leave well alone / Ferry me down, turn to stone / Heaven sent / Some dark marvel / Fool's gold/ As cold as marble / High above / The sickle moon / Your hidden dreams / Chill and swoon / A place, a time / Gone out of sight / Pulse the blood / Statue of light …«*

Siouxsie hinter dem Tresen sang leise mit und bewegte sich dabei im Takt. Es sah schön aus, auch anziehend, sexy.

»Hm, kann sein«, sagte Christin schließlich, während ihr Blick zwischen Siouxsie und Vinzi hin und her pendelte. »Aber als entlastende Aussage wird das nicht reichen.«

»Was für eine Aussage?« Kira schien nun gar nichts mehr zu verstehen.

»Ich meine ja nur.«

Siouxsie kam aus ihrer Bude und erschien am Tisch der vier. »Habt ihr schon gewählt?«

»Das Gleiche wie immer«, sagte Christin und lächelte Siouxsie wieder zu, als stünde sie nicht nur kulinarisch in enger Beziehung zu ihr.

»Für mich auch«, sagte Kira.

Nur Plotek und Vinzi waren mal wieder unentschlossen. Plotek sah auf die Tafel an der Bude. Das letzte Mal hatte ich … komisch, dachte er, das vorzüglich schmeckende *Bring Me The Head Of The Preacher Man* war von der Speisekarte verschwunden. Dafür stand jetzt dort ein anderes Gericht, das so ähnlich klang. Nämlich: *Bring Me The Head Of The Children Fucker.*

Will man so was essen?, fragte Plotek sich. Und verneinte innerlich. Er kam vor lauter Überlegung zu keinem Entschluss. Das war mal wieder typisch. Entscheidungsfreudig war Plotek noch nie gewesen. Plotek war kein Entscheider, kein Macher, kein Tatmensch. Keiner dieser Yes-we-can-Typen. Plotek war ein No-don't-want-Typ. Oder ein Mir-doch-egal-Charakter. Einer, der nicht da hinwill, wo die anderen gerade herkommen. Plotek wollte eigentlich nirgendwo hin. Wenn da nicht die Baustellen gewesen wären, die schreienden Bauarbeiter und der ganze Lärm, wäre er auch nicht hierher an die Ostsee gekommen. Wenn die Welt ihn einfach mal ein bisschen in Ruhe lassen würde, dann würde Plotek das *Froh und Munter* gar nicht mehr verlassen. Die Welt lässt ihn aber nicht in Ruhe. Schon gar nicht in Ruhe sein Unertl-Weißbier trinken. So erlebt er eben einiges. Obwohl er eigentlich gar nichts erleben will. Aber so ist das manchmal. Oft kriegt man das, was man nicht möchte. Und dann will man wieder das, was man nicht kriegen kann. Mal so, mal so. Und immer anders.

Das wusste auch Vinzi. Und in Bezug auf Plotek wusste er es sogar ganz genau. Deshalb nahm er die Sache respektive die Bestellung in die Hand. Er orderte für Plotek »einmal *Christin*«, wobei er das *e* wohlweislich und absichtlich wegließ. Christin lächelte verschmitzt, auch geschmeichelt. Plotek lächelte auch, aber eher peinlich berührt.

»Und für mich *The Last Beat Of My Heart*«. Dabei sah er verliebt zu Kira, die an ihrem Ohrläppchen zupfte, als ob der Beat jetzt auch bei ihr angekommen wäre.

Siouxsie verschwand in ihrer Bude und hantierte nun darin herum, als ginge es um Leben und Tod. Um Liebe, Lust und Leidenschaft. Ging es ja auch!

Während sich Kira gedanklich schon wieder auf Tätersuche befand. Also nichts mit Liebe zu Behinderten, vielmehr Lust am Verbrechen.

»Erst der Dauercamper, jetzt die Köchin. Und morgen?«, fragte sie. »Wer ist der Nächste?«

Alle schienen nachzudenken. Keiner hatte eine Idee. Oder wollte eine haben. Oder wollte damit herausrücken.

»Irgendwie ist das unheimlich, oder?«, sagte sie und rief damit kollektives Nicken hervor.

»Ich meine, das ist doch Wahnsinn«, fuhr sie fort. »Da liegt man keine fünf Meter über dem Keller im Bett, und unter einem wird jemand abgemurkst. Ich schwöre euch, ich habe nichts gehört!«

Sie hob die Hand zum Schwur. Es war eine schöne Hand. Hätte die Büste der Nofretete Hände, müssten sie aussehen wie diese.

»Die hat doch sicher entsetzlich geschrien, und trotzdem …«

»Vielleicht wurde sie ja gar nicht im Keller umgebracht.« Unklar, ob Christin Kira damit nur beruhigen wollte, oder ob sie tatsächlich davon ausging, dass Fund- und Tatort nicht identisch waren.

»Als Versteck ist der Brunnen jedenfalls ganz gut geeignet.« Auch Vinzi schien um das psychische Wohl von Kira bemüht.

»Aber nur vorübergehend«, wandte die Krimiautorin ein, die sich womöglich von dem Selbstvorwurf, ein in direkter Nachbarschaft begangenes Verbrechen nicht bemerkt zu haben, nicht so einfach freisprechen wollte. »So lange nämlich, bis der Regen kommt und das Grundwasser steigt.«

Es klang so, als könnte es jeden Moment über das Mäuerchen schwappen.

»Na ja, das dauert aber noch eine Weile, zumindest bis zum Herbst«, widersprach Christin, und Vinzi eilte ihr zu Hilfe, als bildeten die beiden ein eingespieltes Team zur Rettung von Kiras Seelenheil.

»Der Täter wusste ganz genau, was er tat«, sagte er.

»Stimmt.« Christin nahm den Ball wieder auf und versenkte ihn im Tor. »Er kannte sich bestens aus.«

Die beiden nickten sich zu wie zwei Menschen, die einander verstehen. Jetzt hätte Plotek auch ein wenig eifersüchtig werden können. Aber Eifersucht war noch nie sein Steckenpferd gewesen. Außerdem betrachtete er Vinzi keinesfalls als Konkurrenten. Eigentlich niemanden. Das war auch wieder typisch für Plotek und unterschied ihn von diesen Machern, diesen Tatmenschen, die in allem und jedem einen Widersacher sehen.

»Wer hat die Leiche eigentlich gefunden?« Kira war noch immer skeptisch.

»Es gab einen anonymen Hinweis bei der Grömitzer Polizei«, sagte Christin, während Plotek sich wunderte, woher sie das nun wieder wusste.

Alle blickten jetzt auf die Straße, wo der irischgrüne

Karmann Ghia mit offenem Verdeck und dem winkenden Hans Wittlich am Steuer gerade am *Hong Kong Garden* vorbeifuhr. Dem Wagen folgte ein schwarzer Mercedes mit verdunkelten Scheiben und polnischem Kennzeichen.

»Der King!« Siouxsie rief es wie zuvor noch ihr *»Peek-a-Boo«* aus der Bude heraus zum Stehtisch hinüber.

»Seit wann hat Elvis ein Auto?«, wunderte sich Vinzi.

»Nicht Elvis!«, sagte Kira von Kybié entnervt.

»Wer dann?«

»Das verstehen Sie nicht«, sagte sie.

Es klang, als spräche eine reife, erfahrene Frau zu einem kleinen, naiven Kind. Woraufhin Vinzi ein wenig eingeschnappt wirkte.

Und diesmal war es Christin, die in kollegialer Verbundenheit ihm zur Seite sprang.

»Der Mann im schwarzen Mercedes ist Karol. Der Partner von Hans Wittlich. Er wird auch King genannt. Die graue Eminenz im Hintergrund, der König, der eigentliche Herrscher über die Wittlich-Puffs.«

»Die Spargelstecher vermittelt er auch.« Siouxsie schien ebenfalls Bescheid zu wissen. »Alle Sklaven beim Romberg kommen vom King. Aus Polen und Lettland.«

»Stimmt, und vielleicht noch viel mehr.«

»Was, mehr?«, fragte Kira.

»Das verstehst du nicht.«

Es klang, als spräche eine erfahrene, reife Frau mit einem unreifen, zickigen Gör. Es klang auch wie eine passgenaue Replik. Plotek schmunzelte.

»Was gibt's denn da zu grinsen?«

»Gar nichts.«

Siouxsie kam, die Teller auf beiden Händen balancierend, aus ihrer Bude. Sie stellte die kleinen essbaren Kunstwerke auf dem Stehtisch ab. Sofort war ihr Zwist vergessen. Jetzt standen die Kunstwerke im Zentrum. Stumm und still, anmutig und feierlich verschlangen die vier diese Köstlichkeiten. Keiner wagte auch nur ein »Mmh« oder »Ah« oder »Nam, nam, nam« von sich zu geben. Weil Derartiges nur ein mieser Abklatsch des eigentlichen Genusses gewesen wäre. Diese Gerichte konnte man nur still genießen, indem man sich ganz und gar und leidenschaftlich den Geschmacksnerven hingab. Dem Genuss. Ohne Wenn und Aber.

Trotz der unbeschreiblichen Gaumenfreude, trotz der Verzückung bemerkte Plotek plötzlich am unteren Rand der Zeitung eine kleine Mitteilung, die seine Aufmerksamkeit von der kulinarischen Köstlichkeit *Christine* weglockte und auf das Gedruckte verlagerte. Es war die Überschrift, die ihn bannte.

Messias steht vor der Tür, war dort zu lesen. Darunter wurde mitgeteilt, dass eine Schamanin im Schwäbischen prophezeit habe, der Sohn Gottes würde in nicht allzu ferner Zeit in Gestalt von Elvis Presley die Welt heimsuchen. Plotek war sofort klar, dass es sich bei der Schamanin um Hexe handeln musste, der deutsch-rumänischen Haushälterin von Vinzi. Bei dem Gedanken verschluckte er sich, hustete, würgte, hustete abermals und dann ununterbrochen weiter, so dass Christin nichts anderes übrigblieb, als ihm auf den Rücken zu klopfen. Was zur Folge hatte, dass Bröckchen des köstlichen *Christine*-Gerichts wieder aus Ploteks Schlund respektive Mund herauskatapultiert wurden und wie farbige Perlen auf Kira von Kybiés schwarzer Bluse landeten. Dort auch leuchteten. Grell leuchteten.

Kira von Kybié schrie wie die Sängerin von der CD.

Plotek, den Kopf hochrot, entschuldigte sich natürlich mehrmals. Während sich Vinzi auf die Wangen biss, um nicht laut aufzulachen. Kira nickte nur ärgerlich und sah keineswegs so aus, als ob für sie die Sache damit vom Tisch wäre.

Das Essen war auf jeden Fall beendet. Kira von Kybiés Appetit am Arsch. Sie zerknüllte die Serviette und warf sie wie ein totes Tier auf den Tisch. Dann nahm sie die Zeitung wieder an sich, als wären die anderen für alles Hässliche und Schöne, das kommen mochte, noch nicht bereit, und verabschiedete sich mit einem kurzen, fast lautlosen Gruß. Sie stieg in ihren Mini, wie man aus einem verpfuschten Leben in eine andere, bessere Welt hinübertritt.

»Kommst du mit?«

Christin nickte, verabschiedete sich herzlich von Plotek und Vinzi und warf Siouxsie wieder eine Kusshand zu, als wäre es ihr Herz. Dann stieg auch sie in den Mini Cooper.

Mit auf dem Schotter durchdrehenden Reifen fuhren die beiden davon. Und ließen nur eine Staubwolke zurück, die sich vor den Augen von Vinzi und Plotek langsam auflöste.

»Bluse wechseln«, sagte Vinzi und lachte.

Plotek war nicht nach Lachen zumute. Siouxsie drehte den CD-Player wieder auf und schrie »*Peek-a-Boo, Peek-a-Boo*« in den schönen, wolkenfreien Himmel.

Als Plotek und Vinzi angenehm gesättigt und mit verführtem Gaumen vom *Hong Kong Garden* am Strand entlang zum Campingplatz zurückgingen, begegneten sie Achmad. Er hielt eine Schaufel in der Hand und buddelte am Strandabschnitt, an dem die Nackten lagen, ein Loch. Verwundert und neugierig setzten sich die beiden in ein paar Meter Entfernung in den Sand und beobachteten ihn dabei. Als Achmad bereits im ausgegrabenen Loch stand und kaum mehr über den Rand hinwegsehen konnte, hielt er inne, kletterte dann aus der Grube und schaufelte sie wieder zu. Kaum war er damit fertig, begann er von Neuem zu graben.

»Was macht der denn da?«, fragte Björn, der ganz in der Nähe wieder mit seiner Riefenstahl-Eurythmie-Gruppe zu Gange war.

»Er trauert«, kam es von Plotek.

»Trauern?« Björn wischte sich mit seiner Hand vor dem Gesicht hin und her. »Der tickt doch nicht richtig!«

»Wer tickt schon richtig?«

Vinzi deutete mit dem Kopf zu den jungen Mädchen am Strand, die sich nackt und kollektiv bogen wie Springseile.

Björn lachte gehässig und ließ die beiden im Sand sitzen, während Achmad schon wieder bis zur Hüfte im Loch stand. Sie schauten ihm noch eine Weile zu, bis Plotek schließlich mit Blick auf den traurigen Riesen sagte: »Ich glaube, er braucht jetzt einfach Beschäftigung.«

Vinzi ließ Sand durch seine Finger rieseln. Dann packte er wieder das schwäbische Gras aus und fing an, eine rauchbare Tüte zu basteln.

»Ich vermute mal, er muss seine Trauer und Wut irgendwo abladen.«

Es klang bei Plotek so, als wüsste auch er manchmal nicht, wohin damit.

Vinzi machte »Hm« und schleckte an der Gummierung des Zigarettenpapiers entlang.

»Und wenn auch nur in ein Loch, das er aushebt und wieder verschließt.«

Was Achmad in diesem Moment ein weiteres Mal in Angriff nahm.

»Zum Selbstschutz, quasi.«

Vinzi zündete das Rauchgerät an, zog daran und sagte, während der Rauch aus seinem Mund entwich: »Besser in den Sand als in die Weichteile von Menschen.«

Er reichte die Zigarette an Plotek weiter. Der zog ebenfalls und sagte: »Sonst wird er verrückt oder wirklich zum Tier.«

»Und beißt die anderen tot.«

In ihrem Rücken war Geschrei zu hören. Die beiden blickten sich um und sahen Björn in ein verbales Gefecht mit einem jungen Mann verstrickt.

»Ist das nicht der Spargelstecher, der Freund von Siouxsie?«

»Sieht so aus.«

10

Es war eine unangenehme Nacht. Obgleich bis auf das Zirpen der Grillen nichts zu hören war. Genau das war aber das Problem. Für Plotek. Es war wieder so ruhig, dass er nicht einschlafen konnte. Er wälzte sich von rechts nach links und wieder zurück. Unentwegt. Während Vinzi nebenan seelenruhig schlief. Kurz darauf auch anfing zu schnarchen. Und Überraschung. Das Schnarchen von Vinzi machte jetzt auch Plotek wider Erwarten schläfrig. Früher war das ganz anders gewesen. Früher war das genau umgekehrt. Da störte Plotek jegliche Art von Schnarchen. Mehr noch. Da hinderte ihn das Schnarchen anderer am eigenen Einschlafen. Allein das Schlafen anderer in seiner Gegenwart nahm ihm den eigenen Schlaf. Jetzt war das nicht mehr so. Er hatte im Gegenteil das Gefühl, dass ihn Vinzis gleichmäßiges Gegrunze keinen halben Meter von ihm entfernt von der ihm immer unerträglicher werdenden Stille ablenkte und ihn langsam in den Schlaf gleitet ließ. Das Gefühl wurde immer schwächer und er zunehmend schläfriger. Schließlich war das Gefühl dahin, und der Schlaf war da.

Kaum war Plotek eingeschlafen, träumte er auch schon. Und was für grauenhaftes Zeug! Hätte er wählen dürfen, hätte er sich retrospektiv gegen den Schlaf und damit gegen den Traum entschieden. Er hatte aber nicht wählen dürfen, also musste er träumen, ob er wollte oder nicht.

Er träumte von Inga und Hartmut Höge und sich selbst im engen, feuchten Brunnen. Es war so dunkel und beengt, dass ihre Körper sich berührten und sie aneinanderscheuerten. Bis Funken schlugen, Feuer entstand und Rauch. Im schmalen Brunnen, tief unter der Erde brannte es plötzlich. Es roch nach verschmortem Fleisch, nach glühender Haut, nach verkokelten Haaren. Nach Rauch und Qualm. Es roch ätzend. Plotek schrie so laut er konnte. Aber es kam kein Ton aus ihm heraus. Dann riss er die Augen auf. Das ging.

Inga und Hartmut Höge waren verschwunden. Der Qualm war noch immer da. Weißer, dichter Rauch. Mehr noch als zuvor im Traum. Jetzt war auch ein Brennen in seinen Augen zu spüren. Seine Augen tränten, wie damals vor der Katze auf dem Bürgersteig. Auch ohne Katze. Dafür konnte er etwas anderes erkennen. Schemenhafte Gestalten zeichneten sich da vor ihm ab. Ganz schwarz, mit Gasmasken vor dem Gesicht und Maschinengewehren in der Hand, die plötzlich nach ihm griffen. Weniger die Gasmasken und Maschinengewehre als vielmehr die Gestalten. Sie warfen ihn brutal aus dem Bett und auf den Wohnwagenboden. Sie drehten ihm die Hände auf den Rücken. Dann machte es »Klick«, und die Handschellen schmiegten sich um seine Handgelenke, als wären sie von nun an seine besten Freunde.

Er hörte noch Vinzi »Scheiße!« schreien und »Arschlöcher!« und »Was soll denn das?!«.

Was das sollte, wusste er auch nicht. Auf jeden Fall wusste er, dass dies kein Spaß war. Es war vielmehr ein Sondereinsatzkommando mit Menschen wie Kampfmaschinen, die sich über die beiden hermachten, als wären sie lang gesuchte serbische Kriegsverbrecher. Dann hörte er nichts mehr. Er schwebte, wie im Traum, aus dem Wohnwagen heraus.

Tür auf, Tür zu. Abfahrt. Irgendwie schien er bei dem ganzen Trubel das Bewusstsein verloren zu haben.

Erst viel später war das Bewusstsein wieder da, und er wurde wieder wach. Er hörte, wie jemand mit ihm redete.

»Hallo? Plotek! Sind Sie wieder da?«

Ich war nie weg, dachte Plotek. Er öffnete die Augen und sah in ein Gesicht. In ein lächelndes Gesicht. In ein fremdes, lächelndes Gesicht, das aussah wie das eines lang gesuchten serbischen Kriegsverbrechers.

»Na, endlich!«

Er saß auf einem Stuhl in einem Raum mit einer großen, spiegelnden Glasscheibe an der Wand und einem Tisch, auf dem ein Aufnahmegerät stand. Hinter dem Tisch saß ein älterer Mann mit schütterem Haar und einem rötlichen Oberlippenbart, der wie angeklebt wirkte. Auf seiner Stirn prangte ein Feuermal wie einst bei einem sowjetischen Führer. Er trug eine Cordhose mit Bügelfalte und ein Cordhemd mit Druckknöpfen, das bis zum Kehlkopf dicht geschlossen war. Die Ärmel hingegen waren hochgekrempelt. Haarige Unterarme schauten daraus hervor. Sie waren so dicht behaart, dass kaum mehr Haut zu sehen war. Es sah ziemlich eklig aus. Fand Plotek. Gerne hätte er sich noch länger gedanklich mit den Unterarmen beschäftigt, doch ein Räuspern hielt ihn davon ab. Das Räuspern kam aber nicht von dem Mann mit den haarigen Unterarmen. Das Räuspern entstand direkt neben Plotek. Und entstand noch einmal. Plotek drehte den Kopf nach rechts. Und Überraschung! Neben ihm war noch jemand. Vinzi!

Vinzi saß in seinem Rollstuhl, hatte eine blutige Nase und lächelte ihm zu. Sein mehrmaliges Räuspern hatte Erfolg. Ein Schleimbatzen löste sich in seinem Hals. Er nahm ein Taschentuch aus der Hosentasche und spuckte ihn selbstbewusst hinein. Der Mann mit den haarigen Unterarmen drehte sich angewidert weg. Plotek lächelte jetzt auch. Er sah zur großen spiegelnden Scheibe und konnte sich selbst, Vinzi und den Mann darin erkennen. Er konnte auch erkennen, wie der Mann, der eindeutig ein Kriminalhauptkommissar war, in eine Schachtel neben dem Tisch griff und etwas herausholte.

Plotek wendete seinen Blick von der Scheibe weg und zu dem behaarten Kriminalen hin, der jetzt eine Art durchsichtigen Gefrierbeutel in der Hand hielt.

»Sind das Ihre Schuhe?«

Er fragte es, als wären die Schuhe, die in dem Beutel waren, Leichen. Er hielt den Gefrierbeutel hoch in die Luft. Das hochgekrempelte Cordhemd am rechten Arm rutschte höher und gab dadurch noch mehr von dem haarigen Arm frei. Mehr als Plotek lieb war. Die Haare wucherten nicht nur am Unterarm des Kriminalhauptkommissars, sondern auch an seinem Oberarm bis weit über den Ellbogen hinaus.

Es sieht widerlich aus, dachte Plotek, so viele hässliche schwarze Haare auf einem so kleinen Stückchen Haut. Er wandte den Blick wieder auf den Gefrierbeutel. Vor ihm baumelten zwei profillose, abgelatschte Mokassins. Selbstverständlich erkannte er sie sofort. Wie konnte man sie auch nicht erkennen. Sie waren einmalig.

Was hätte er jetzt auf die Frage antworten sollen? Nein vielleicht? Nun, auch wenn er Nein gesagt hätte, es hätte bestimmt nicht lang gedauert, und der schnauzbärtige Kriminalbeamte hätte die Wahrheit herausgefunden. Sagte er eben »Ja!«

Eine bestätigende Kopfbewegung des Hauptkommissars war die Folge. Wobei das Feuermal auf seiner Stirn plötzlich wie ein verschrumpelter Penis aussah. Ein zufriedenes Lächeln wurde nachgeschoben, als ob er Ploteks Antwort schon erwarte hätte. Er zog den Gefrierbeutel wieder zurück und dann das hochgerutschte Hemd am Ärmel nach unten.

»Wissen Sie, wo wir die herhaben?«

Klar wusste Plotek das. Er sagte aber nichts. Er blickte sich um und suchte nach den anderen Mitgliedern des kriminalistischen Wir. Im Raum befand sich aber außer ihnen drei niemand mehr.

Hinter der Scheibe, dachte Plotek und sah sich nun selbst wieder darin gespiegelt. Er zwinkerte sich selber zu, als wäre er unter vielen und nicht allein. Der Kriminalbeamte wurde ungeduldig und wiederholte die Frage, jetzt eine Idee lauter und fordernder als noch zuvor: »Wissen Sie, wo wir die herhaben?«

Der Ton macht die Musik. Und die ging Plotek gegen den Strich. Hätte der Kriminale in normaler Lautstärke und weniger fordernd gefragt und nicht wie in einem serbischen Knast zu Zeiten, als die gesuchten Kriegsverbrecher noch nicht gesucht wurden, hätte er es gesagt. So aber schwieg er weiter. Jetzt sah der Beamte zur Scheibe, hob fast unmerklich die Schultern, als wäre er schon zu Beginn des Verhörs mit seinem Latein am Ende.

»Aus dem Wohnwagen.«

Es war aber nicht Plotek, sondern Vinzi, der die Frage beantwortete. Der Beamte schien zunächst über die Einmischung von Vinzi nicht erfreut zu sein. Er drehte sich ihm zu, sah ihn lange mit Falten auf der Stirn an, so dass der verschrumpelte Penis jetzt abwechselnd aussah wie ein Stück Scheiße oder eine Hefeschnecke, und fragte dann, unklar, ob an Plotek oder Vinzi gerichtet: »Aus welchem?«

Plotek schwieg noch immer. Er hatte sich in seiner Verweigerungshaltung eingerichtet. Vinzi nicht. Vinzi räusperte sich wieder und spuckte einen besonders großen Schleimbatzen ins Taschentuch. Der Kriminale verzog erneut angewidert das Gesicht. Die Hefeschnecke auf seiner Stirn wurde wieder zum verschrumpelten Penis. Plotek lächelte, innerlich.

»Aus dem von Hartmut Höge.«

Vinzi sah den Kriminalbeamten an, als würde er ihm da bestimmt keine Neuigkeit verraten. Der Beamte schien dennoch überrascht zu sein.

»Ja und?«

»Wie, ja und?«

»Wie sind die da hingekommen?«

»Wie sollen die da schon hingekommen sein?«

»Sagen Sie es uns!«

Jetzt wieder direkt an Plotek gewandt. Aber vergiss es. Plotek dachte nicht im Traum daran zu antworten. Mit den vor der Brust verkreuzten Armen schien er das noch unterstreichen zu wollen. Übernahm eben Vinzi wieder seinen Part.

»Er hat sie vergessen.«

Noch größere Überraschung aufseiten des Beamten,

einerseits. Andererseits auch Genugtuung. Der Polizeibeamte wähnte sich bereits auf dem richtigen Weg, also wie der serbische Kriegsverbrecher in Sicherheit, und streichelte seine Unterarme zur Belohnung.

»Sie geben damit also zu, im Wohnwagen von Hartmut Höge gewesen zu sein?«

Das klang jetzt aus dem schnauzbärtigen Mund des Hauptkommissars wie aus dem bartlosen Mund von Robert Lemke. *Welches Schweinderl hätten's denn gern?*

Vinzi nickte anstelle von Plotek. Noch größere Genugtuung bei dem Beamten und intensivere Streicheleinheiten für seine Unterarme. Das erinnerte jetzt schon an Unterarm-Erotik. Die gibt es bestimmt. Es gibt ja sonst auch alles. Alles in Bezug auf sexuelle Präferenz, sexuellen Fetischismus, sexuelle Devianz und dergleichen. Soll heißen: Dogging, Cruising, Toothing, Figging, was Sex mit einer Ingwerwurzel ist, Sex mit Windeln, mit Tieren, mit Gefriertüten, Urin, Einläufen, Leichen, aber auch mit Kinderüberraschungseiern. Es gibt nichts, was es nicht gibt. Zumindest in diesem Bereich. Also warum nicht auch Erregung durch haarige Unterarme? Plotek sah fasziniert auf dieselbigen des Hauptkommissars und auf die sie liebkosenden Hände und dachte, irgendwie wirkt das auch ein wenig bizarr. Andere würden sagen pervers. Vielleicht ist das ja auch der Ausdruck für oder ein dezenter Hinweis auf ein großes Geheimnis, das der Mann versteckt bei sich trägt. Vielleicht verbirgt er unter dem bis zum Kehlkopf zugeknöpften Cordhemd einen Büstenhalter, und unter der Cordhose trägt er Frauenunterwäsche. Auch das gibt es oft. Die andersartige sexuelle Präferenz, die geheime Neigung wird heimlich auch im normalen, beruflichen Leben mit sich herumgetragen wie die Erbsünde und verschafft dem Träger, dem unbemerkt bekennenden Fetischisten ein anregendes, auch erregendes Gefühl bei der alltäglichen Büroarbeit.

»Was haben Sie da gemacht?«

Der Frauenwäsche tragende Kriminale sagte es, als wäre nicht er Plotek, sondern Plotek ihm auf der Spur. Plotek schwieg noch immer, gedanklich nach wie vor ganz in die sexuellen Vorlieben des Hauptkommissars vertieft.

»Geschlafen«, sagte Vinzi an Ploteks Stelle, offenbar noch nicht in das Doppelleben des Beamten eingeweiht.

»Sie haben was?«

»Geschlafen.«

»Mit Herrn Hartmut …«

»Nein!«

Vinzi sagte es lauter als noch zuvor und ähnlich wie in einem serbischen Knast zu Zeiten, als die Kriegsverbrecher noch Nationalhelden waren. Dann wieder in normaler Lautstärke: »Ich meine, irgendwie schon, ja, aber anders, als Sie denken.«

Der schnauzbärtige Bulle verzog das Gesicht, so dass sich auf seiner Stirn nicht nur hässliche Falten zeigten, sondern sein verschrumpelter Penis sich diesmal in ein Gesicht verwandelte, das Plotek eindeutig an die Präsidentin des Bundes der Vertriebenen erinnerte. Plotek hatte darüber hinaus auch das Gefühl, dass sich die Härchen des Kriminalen auf seinen Unterarmen wie zum Appell ein wenig aufrichteten. Als wüssten sie, was von da oben auf seiner Stirn gerade für eine Fratze auf sie herunterblickte.

»Plotek hat sich im Wohnwagen geirrt.«

Der Polizist lachte gehässig. Einerseits dachte er womöglich, dieser Krüppel da vor ihm wolle ihn wohl verarschen. Andererseits schien er sich zu fragen, warum Plotek das nicht selbst erzählen konnte. Aber lieber den Spatz in der Hand als die Taube auf dem Dach. Oder lieber den Frauenslip unter der Cordhose als gar kein Vergnügen. Soll heißen: Ein quasselnder Krüppel ist allemal nützlicher als ein stummer Hauptverdächtiger. Wobei der quasselnde Krüppel ebenfalls nicht unverdächtig war. Eher im Gegenteil.

»Als Herr Plotek mitten in der Nacht seinen Irrtum bemerkte, lebte Herr Höge noch.«

Auch Vinzi kam der zugeknöpfte Hauptkommissar mit der Zeit immer seltsamer vor. Wobei er nicht im Entferntesten daran dachte, dass das vielleicht am Büstenhalter unter dem Cordhemd liegen könnte.

»Ja, das sagen Sie jetzt so«, sagte der Beamte, auf dessen Stirn die Präsidentin wieder verschwunden war. Auch die Unterarmhärchen schienen sich beruhigt zu haben.

»Ja, das sage ich, und das würde auch Herr Plotek sagen, wenn er jetzt was sagen würde, stimmt's?«

Plotek nickte. Der Beamte verschränkte die Arme vor der Brust. Was die behaarten Unterarme noch deutlicher in Szene setzte.

»Und wie bitte schön wollen Sie das beweisen?« Der Kriminale wähnte sich schon am Ziel und klang euphorisch.

»Wie wollen Sie das Gegenteil beweisen?«

Das wiederum klang sogar ein wenig frech von Vinzi. Der Hauptkommissar löste die verschränkten Arme wieder und hob erneut den Beutel mit den Mokassins wie einen Skalp vom Tisch hoch. Vinzi lachte. Plotek nicht. Plotek hielt sich die Hand vor das Gesicht, um den neuerlich entblößten haarigen Arm nicht mehr sehen zu müssen.

»Das beweist gar nichts.«

Da hatte Vinzi auch wieder recht. Das wusste natürlich auch der Kriminale. Er wollte es verständlicherweise aber nicht zugeben. Also änderte er kurzerhand seine Vernehmungsstrategie und warf einen weiteren, bislang noch nicht berücksichtigten Aspekt in die Runde. Der Beamte griff wieder in die Schachtel neben dem Tisch und holte eine weitere durchsichtige Gefriertüte heraus. Dabei verschlug es Vinzi die Sprache. Er wurde ganz bleich, und sein Atem beschleunigte sich.

»Kennen Sie das hier?«

Der Hauptkommissar zeigte auf die Tüte, als gewährte er den beiden damit einen kurzen Blick unter sein Hemd. In der Tüte war ein Feuerzeug. Nicht irgendeines, sondern das Zippo mit den Initialen *A. V.*

Vinzi sagte noch immer nichts. Plotek merkte, wie die Luft im Raum für ihn und seinen Freund im Rollstuhl schlagartig dünner wurde. So dünn, dass Vinzi schon anfing zu hyperventilieren. Im Übrigen ist auch das, leicht abgewandelt, eine sexuelle Stimulanz für so manch einen ansonsten Erregungsresistenten. Derartig Veranlagte stülpen sich eine Plastiktüte über den Kopf, atmen, was das Zeug hält, und gehen dabei ab wie Schmitz' Katze.

Vinzi nicht. Vinzi sank stattdessen immer tiefer in seinen Rollstuhl.

»Könnte es sein, dass das hier Ihnen gehört?«

Der Beamte bekam Oberwasser. Und machte auch keinen Hehl daraus. »Vinzent Angerer?«

Plotek und Vinzi mussten nun leidvoll feststellen, dass der pervers erscheinende Kommissar offensichtlich immer mehr Gefallen an dem Verhör fand. Vinzi, ganz mit seiner

Atmung beschäftigt, machte noch immer keine Anstalten, darauf zu antworten. Der Kommissar hakte nach und zog die Schlinge, als wäre sie ein Büstenhalter, noch enger zusammen.

»Aber Sie hatten doch so eines, nicht wahr?«

»Ja, hatte er.«

Es war Plotek, der jetzt antwortete, so dass der Beamte kurz erschrak. Seine Strategie schien durcheinanderzugeraten. Er stand von seinem Stuhl auf, drehte den beiden den Rücken zu und sah wieder in die spiegelnde Scheibe.

»Aber seit zwei Tagen hat er es nicht mehr.«

Plotek feuerte die Worte in seinem Rücken ab. Der Kommissar schien getroffen. Auf Höhe des Büstenhalters. Er drehte sich wieder um und blieb nun hinter dem Tisch stehen.

»Warum hat er es nicht mehr?«

»Weil es ihm abhandengekommen ist.«

Plotek sagte es, als wäre es das Normalste von der Welt. »Verloren oder sonst was.«

»Oder sonst was?« Der Kommissar schien zu zweifeln.

»Oder sonst was.« Plotek ließ keinen Zweifel zu. »Stimmt's?«

Er blickte zu Vinzi. Vinzi nickte.

Der Kommissar setzte sich wieder auf seinen Stuhl und sah zuerst Plotek, dann Vinzi lange an, wobei sein Feuermal auf der Stirn sich diesmal nicht veränderte. Dann sagte er in völlig verändertem Tonfall, als müsste er den beiden etwas sehr Persönliches gestehen, etwas, das Plotek schon lange ahnte: »Sagen Sie mal, hat das eigentlich einen tieferen Grund, dass hier der eine immer für den anderen spricht? Und keiner für sich selbst?«

Beide dachten nach und ließen dabei den Kommissar nicht aus den Augen. Was dem offenbar ein wenig Unwohlsein bescherte. Er wirkte wie ertappt und rutschte fast unmerklich auf seinem Stuhl hin und her. Durch Tatverdächtige taxiert zu werden war er anscheinend nicht gewohnt. Vielleicht ahnte er aber auch, dass die beiden, oder zumindest Plotek, von seiner heimlichen Leidenschaft wussten. Vielleicht befürchtete er, dass Plotek jetzt das Geheimnis lüften und ihn vor der versammelten Mannschaft hinter der spiegelnden Scheibe bloßstellen könnte. Schweißperlen sammelten sich auf seiner Stirn und ließen das Feuermal feucht glänzen.

Plotek sagte nichts. Zumindest nicht das, was der Kommissar befürchtet hatte. Plotek sagte etwas anderes, nämlich: »Weiß nicht«, und Vinzi fügte hinzu: »Ich auch nicht.«

Der Kommissar schien erleichtert. Sogar froh. Er lachte, wie man lacht, wenn man ein Geheimnis hat bewahren, einen Fetisch für sich selbst hat behalten können.

»Na ja, jetzt haben Sie ja genügend Zeit, darüber nachzudenken.«

Es klang nach Erlösung. Er lächelte hinterhältig, während er es sagte.

»Abführen!« Es hörte sich nach »Aufhängen!« an.

Die Tür ging auf, und zwei Beamte kamen herein und führten Plotek und Vinzi aus dem Raum, durch Flure hindurch und schließlich in eine Zelle. Vorher mussten sie aber noch alles, was sie bei sich hatten, abgeben. Auch die Schnürsenkel seiner hässlichen Schuhe durfte Plotek nicht mit in die Zelle nehmen.

Da saßen die beiden nun auf der Pritsche eines übel riechenden Gefängnisraumes und kamen sich wie in einer schlechten Vorabendserie vor. Zunächst schwiegen sie eine Weile. Jeder schien mit sich und der neuen Lage beschäftigt zu sein. Plotek erinnerte sich an ähnliche Situationen in seiner Vergangenheit. Er dachte an den tschechischen Knast. An den Keller von Altötting. An den Sarg in Lauterbach. Jedes Mal ist er, auf welchem Weg auch immer, aus einer derart misslichen Lage wieder befreit worden. Das letzte Mal von Vinzi. Aber der saß nun ebenfalls fest.

Schlechte Karten, dachte Plotek, einerseits. Andererseits hat so ein Knast auch seine Vorteile. Man kommt ungestört zum Nachdenken. Kann sich ganz den Gedanken hingeben. Auch dem Denken, das in Freiheit nicht gedacht werden darf. Das Dasein konzentriert sich auf ein paar wenige Quadratmeter. Man denkt auf den Punkt hin. Alle anderen Punkte werden dabei unwichtig.

Eigentlich ist das hier wie der Tresen im *Froh und Munter*, dachte Plotek. Mit dem Unterschied, dass es da Unertl-Weißbier gibt.

»Ganz schön beschissen, was?« Vinzis Worte hingen wie Klopapierrollen unter der Zellendecke.

»Gibt Schlimmeres«, kam es fast schon lakonisch von Plotek.

Da hatte er auch wieder recht. Zum Beispiel war es schlimmer, in Afghanistan in einem Schützengraben zu liegen und von den Taliban an der Nase herumgeführt zu werden. Oder in Haiti an Cholera zu sterben. Oder die Präsidentin des Vertriebenen-Bundes auf der Stirn mit sich herumzutragen. Es wäre auch schlimmer, das nächste Opfer auf dem Campingplatz zu sein. Viel schlimmer sogar. Dagegen war das hier in der Zelle schon wie Urlaub. Urlaub von sich selbst.

»Hier sind wir zumindest sicher«, brachte es Vinzi auf den Punkt, wie man es eben nur in einer Zelle auf den Punkt bringen kann.

»Und ich dachte, ich fahre einfach an die Ostsee, bin den Lärm los und erlebe ein paar erholsame Tage.«

»Dachte ich auch.«

»Aber manchmal kommt es eben anders, als man das denkt.«

»Und manchmal denkt man gar nichts, und es kommt trotzdem was.«

»Stimmt.«

Als wäre das das Stichwort gewesen, ging die Tür auf, und der Hauptkommissar mit den behaarten Armen stand vor ihnen. Er wirkte zum einen zerknirscht, als ob er nun doch noch als Frauenunterwäscheträger enttarnt worden wäre. Andererseits kam er wie ein Erlösungsversprechen im Vorabendfernsehen daher.

»Wenn es nach mir ginge, würden Sie hier sitzen, bis sie alt und ranzig wären.«

War das jetzt ein Kompliment?, überlegte Plotek. Der Hauptkommissar wirkte sogar verbittert.

»Aber nach mir geht es ja nicht.«

Nach wem denn dann?, fragte sich Plotek und kam nicht drauf.

»Also raus mit Ihnen. Sie sind entlassen!«

Er sagte es, als wäre es seine persönliche Niederlage in einem Endspiel. Mindestens der Champions League. Plotek und Vinzi standen von der Pritsche auf und gingen mit erhobenem Kopf am Hauptkommissar vorbei wie zur Siegerehrung. Natürlich waren sie erleichtert, auch froh, den Knast endlich wieder zu verlassen. Dann wiederum war es auch komisch, plötzlich einfach so auf die Straße gesetzt zu werden. Vor allem, weil sie ja wussten, dass in deutschen Amtsstuben Willkürakte verbreiteter sind als Büstenhalter unter Cordhemden.

Apropos: »Ist es ein Push-up oder einer mit Spitze?«, fragte Plotek, wie man fragt: »Bist du noch Mann oder schon Frau?«

Der Hauptkommissar sah ihn an, als hätte er nicht mehr alle Tassen im Schrank. Oder anstatt Tassen Butt-Plugs. Seine Kollegen hingegen guckten, als würde eine lange schwelende Ahnung plötzlich zur Gewissheit.

Mit Blaulicht und Karacho ging es im Polizeiwagen von der Landeshauptstadt Kiel wieder direkt zurück zu ihrem Campingplatz, dem *Inselstrand* in Grömitz.

Die meisten der Camper schienen enttäuscht, dass Plotek und Vinzi, kaum dass man sie verhaftet hatte, schon wieder zurück waren. Die mutmaßlichen Mörder waren wieder auf freiem Fuß. Der zwischenzeitlich als geklärt angesehene Fall schien wieder völlig offen.

»Ehrlich, und nichts für ungut«, sagte Kurti, ähnlich zerknirscht wie zuvor der haarige Kommissar. »Aber mir wäre es nicht unrecht gewesen, wenn sie euch für immer festgenagelt hätten.«

»Mir schon«, sagte Christin.

»Mir auch!«, schloss sich Kira von Kybié ihr an. »Eigentlich war klar, dass sie euch nicht lange würden festhalten können.«

»Warum denn?«, widersprach Christin. »Die Beweislage war nicht gerade rosig.«

»Welche Beweislage denn?«

»Das Feuerzeug, die Schuhe.« Ihre Finger schnalzten aus der Faust und formten den Lauf einer Pistole.

»Welche Schuhe?«, wollte Kira wissen.

»Seine Mokassins.«

Plotek fragte sich, woher Christin das alles wusste.

Sie zwinkerte ihm zu, als hätte sie noch deutlich mehr in petto. Ein wenig wurde ihm die DRK-Suchdienstspezialistin nun doch unheimlich.

»Das muss gefeiert werden!«

Christin winkte wild nach dem Campingplatzbesitzer Uwe Wittlich.

Da mochte sich der Camping-Gott nicht lumpen lassen, obgleich auch er seine Enttäuschung über die Freilassung der beiden nicht ganz verbergen konnte. Er tischte auf der Terrasse der Bierstube einmal mehr den Ouzo auf und sagte: »Das geht auf's Haus!«

Applaus.

11

Auf der Terrasse war eine Musikanlage aufgebaut. Zwei niedrige Podeste dienten als Bühne. Eine Lichtorgel und bunte Lampions sollten für Atmosphäre sorgen. Die monatliche Camping-Karaoke-Veranstaltung stand auf dem Programm. Jeder konnte sich daran beteiligen, wenn er wollte. Viele wollten. Plotek und Vinzi auf keinen Fall.

Die Küche blieb nach Ingas Tod weiterhin geschlossen, so dass nur Getränke serviert wurden. Die aber im Überfluss. Es gab Bier zum halben Preis und nach drei Ouzo einen Schnaps umsonst. Die Terrasse war bis zum Rand gefüllt. Auch davor standen Bierbänke und Tische, die bis auf den letzten Platz besetzt waren.

Alle waren sie da. Christin, die Krimiautorin, die Schwangere aus der Schweiz, der Strandkorbverleiher, der an den serbischen Kriegsverbrecher erinnerte, Kurti und Brigitte, Hans Wittlich, Björn und sogar der trauernde Achmad. Selbst der Spargelkönig Romberg gab sich die Ehre. Er war ein kleiner, hagerer Mann mit Halbglatze, braungebranntem Gesicht, verkniffenem Mund und randloser Brille, der eher wie ein Studienrat denn wie ein Spargelbauer aussah. Und so, als wären bei ihm Spicken und Abschreiben bei Todesstrafe verboten. Oder besser: Es machte ganz den Anschein, als wäre mit ihm nicht gut Spargel essen. Seine Frau war nirgendwo zu sehen. Sie war meistens nirgendwo zu sehen. Sie galt seit Jahren als krank und zog sich immer mehr aus der Öffentlichkeit zurück. Dafür war aber Rombergs Schwester und Uwe Wittlichs Frau, die attraktive Boutiquebesitzerin aus Grömitz, gekommen. Sie tat so, als würde sie Plotek und Vinzi nicht erkennen. Die Spargelstecher, darunter junge Frauen mit frechem Lachen im Gesicht, waren ebenfalls da. Auch King Karol, der heimliche Chef der Wittlich-Puffs, saß neben Romberg und Hans Wittlich auf der Terrasse. Außerdem hatten sich zwei seiner Angestellten unter das Publikum gemischt: Gina, die Frau hinter dem Tresen aus dem *Mon Chéri*, und Martina, die schwäbische Nutte. Offenbar hatten beide an diesem Abend frei. Worüber sich Vinzi ganz besonders freute. Auch Siouxsie tauchte auf, zwar etwas verspätet, aber dafür mit Kaspars im Schlepptau, den Plotek und Vinzi schon öfter mit ihr zusammen gesehen hatten und der mit Björn offenbar einige Meinungsverschiedenheiten pflegte. Die Gegenwart von Siouxsie schien vor allem Christin sehr zu freuen. Der Karaoke-Abend war der unumstrittene monatliche Höhepunkt auf dem Campingplatz. Den sich niemand von den Campern entgehen lassen wollte. Auch andere Touristen und solche Camper, die nicht hier auf dem *Inselstrand* wohnten, sondern auf einem der vielen anderen Campingplätze von Grömitz, ließen sich das humorige Spektakel nicht entgehen. Der Spaß stand im Vordergrund. Das Singen, der Gesang und die Darbietung interessierte eigentlich niemanden. Weder von den Zuschauern noch von den Akteuren, den Sängern auf der kleinen Bühne. Wobei beide Gruppen fließend ineinander übergingen. Soll heißen: Zuschauer wurden im Laufe des Abends selber zu Akteuren. Manchmal auch gegen ihren Willen. Da wurde dann schon mal ein Camper derart unter Druck gesetzt, dass ihm gar nichts anderes übrigblieb, als sich auf die Bühne zu begeben und sich dort ordentlich zu blamieren. Der Lohn waren dann eine Flasche Ouzo oder Freigetränke bis zum Abwinken. Einzig Elvis betrachtete das Camping-Karaoke als Generalprobe für den Contest im schweizerischen Sils Maria, zu dem er sich bereits angemeldet hatte und auf dem im nächsten Winter der weltweit beste Elvis-Imitator gekürt werden würde. Dementsprechend war er auch vor jedem monatlichen Auftritt auf der Terrasse der Bierstube so nervös, dass er kaum mehr einen Satz über die Lippen brachte, der nicht von Schimpfwörtern perforiert war wie ein Nudelsieb.

Der Camping-Gott war an diesem Abend in seinem Element und konnte seine Freude über das prächtig laufende Geschäft nicht verbergen.

Mit Sprüchen wie »Hoch die Tassen!« und »Man muss auch mal die Sau rauslassen!« animierte er seine Gäste, die Letztere tatsächlich in sich wachzurütteln. Obgleich ihm beim Anblick seiner Frau und seines Schwagers auch Unbehagen anzumerken war. Die beiden ließen sich von der Stimmung um sie herum nicht anstecken, sahen eher aus, als wären sie bei einer Beerdigung als auf einer zünftigen Party. Warum sie überhaupt die Karaoke-Veranstaltung besuchten, konnten ohnehin die meisten nicht verstehen

»Das ist doch gar nicht ihr *Niveau*«, sagte Kurti. »Die glauben doch, die sind was Besseres.«

»Ich glaub, die meisten wären froh, wenn die gar nicht da wären.« Brigitte schickte feindselige Blicke quer über die Terrasse zu Romberg und Frau Wittlich.

»Spaßbremsen!«, assistierte der Strandkorbverleiher, der mit ihnen am Tisch saß.

»Du bist aber auch nicht gerade eine Stimmungskanone!«, dankte es ihm Brigitte.

Christin lachte. Kein Wunder, sollte das wohl heißen, wenn man wie ein serbischer Kriegsverbrecher aussieht.

Uwe Wittlichs Bruder Hans hingegen blies ins selbe Horn wie der Camping-Gott und schien über die voll besetzte Terrasse und den Ansturm ähnlich erfreut wie der.

»Die Menschen brauchen eine Katharsis!«, sagte er.

Woraufhin Kurti ihn anschaute, als hätte Hans ihm zwischen die Beine gefasst, und dabei festgestellt, dass sich da gar nichts mehr befand. Woraufhin auch Brigitte guckte, als wäre die Katharsis von Hans der Grund für Kurtis Impotenz.

»Die Menschen brauchen Ablenkung, Zerstreuung. Fasching, Oktoberfest, Ballermann. Sie müssen sich reinigen von den Anstrengungen und Widrigkeiten des Alltags.«

Es klang, als hätte er es in der wöchentlichen Fernsehbeilage gelesen. Oder in der Apothekenzeitschrift.

»Und von den Morden«, sagte Vinzi, was Hans Wittlich gar nicht gerne hörte. Er sah Vinzi an, als würde bei dem auch eine Katharsis keinen Sinn mehr haben.

»Stimmt, einfach mal alles rauslassen. Singen und sich vergessen«, mischte sich der Strandkorbverleiher wieder ein.

»Na, dann mal los«, kam es von Vinzi retour. »Lass es krachen!«

»Was, ich?«

Der Strandkorbverleiher dachte, es wäre ein Witz, und lachte. Es war aber kein Witz. Es wollte auch kein anderer mitlachen.

»Ja, klar, *du* willst dich doch vergessen«, sagte Christin. Diesmal lachten alle.

»Aber …«

»Schiss, was?« Es war Björn, der sich jetzt vorwagte.

»Aber …«

»Zuerst 'ne große Klappe, und dann die Hosen voll, was?« Auch Hans Wittlich drängte nun den Strandkorbverleiher. Es wurde immer enger für ihn. Soll heißen: Gruppendruck.

»Na, was ist jetzt? Müssen wir dir noch den roten Teppich ausrollen?« Natürlich schlug sich auch Kurti auf die Seite der Stärkeren, was für einen opportunistischen Rentner aus dem Ruhrgebiet, der Angst vor Überfremdung hatte, nicht verwunderlich war. Brigitte lachte hämisch und fügte hinzu: »Oder brauchst du etwa noch Applaus?«

Als wäre es das Stichwort gewesen, fing das Publikum tatsächlich an zu klatschen, und anfeuernde Rufe ertönten, so dass dem Strandkorbverleiher nichts anderes übrigblieb, als sich auf die Bühne zu begeben. Was mit Sicherheit ein Fehler war. Aber wer sich weit aus dem Fenster lehnt, darf sich eben nicht wundern, wenn er rausfällt.

Der Strandkorbverleiher fiel, sogar sehr tief. Man sah ihm an, dass ihm dabei ziemlich unwohl war. Das Karaoke-Schriftband begann zu laufen. Die Melodie von *Marmor, Stein und Eisen bricht* erklang. Der Strandkorbverleiher versuchte krampfhaft, dem Schriftband zu folgen. Was nur unzureichend, um nicht zu sagen überhaupt nicht gelang. Er traf weder den Ton noch die Melodie, noch konnte er den Text richtig vom Band ablesen. Der Grund war seine daheim vergessene Lesebrille. Das konnten die Zuschauer natürlich nicht wissen. Die Darbietung klang grauenvoll und so, als würden Marmor, Stein und Eisen nicht brechen, sondern zusammenschmelzen zu einem Haufen Scheiße, zu übel riechenden Fäkalien. Folge: hämisches Lachen der Zuschauer, Spott, Pfiffe und »Aufhören!«-Rufe. Bedeutet: Der Strandkorbverleiher musste sich hernach weniger gereinigt fühlen, vielmehr ziemlich beschmutzt. Wie ein Stück Scheiße eben. Was zur Folge hatte, dass er nach seinem Auftritt das von Uwe Wittlich bereitgestellte Wasserglas voll Ouzo in einem Zug hinunterkippte, sich heimlich von der Party schlich und nach Hause floh.

Das war für die Zuschauer ein guter und erfolgreicher Einstieg in den Abend. Die Stimmung löste sich, und die meisten kamen schon zu Anfang voll auf ihre Kosten. Neben der missglückten Vorstellung des Strandkorbverleihers gab es auch erfreuliche Darbietungen. Die schwäbische Nutte Martina sang zum Beispiel so überzeugend und eindrucksvoll einen Tina-Turner-Hit, dass man, wenn man die Augen schloss, glauben konnte, die pensionierte Rockröhre höchstselbst wäre auf Campingurlaub im Ostseeheilbad der Sonnenseite.

Oder zumindest Vinzi und Plotek glaubten es.

»He, du kannst ja richtig gut singen.«

Vinzi ließ seiner Begeisterung freien Lauf. Er schnalzte mit der Zunge, lachte und klatschte wie ein Kleinkind in die Hände. Die Katharsis schien langsam doch noch bei ihm anzukommen.

»Gsangsstudium in Schtuttgard«, sagte Martina, wie man sagt: »Französisch ohne«.

Kira von Kybié guckte dabei so, als wäre das Gesangsstudium etwas für Perverse und ganz Stuttgart eine einzige Menschenrechtsverletzung.

Vielleicht war sie aber auch nur eifersüchtig, dachte Plotek. Vinzi und die schwäbische Nutte verstanden sich offenbar nicht nur gut, sondern fanden sich auch noch sympathisch.

»Und warum haben Sie dann damit aufgehört?«

Kira spielte Gerichtsverhandlung. Auf der Anklagebank saßen Stuttgart und Martina.

»Warum hert ma auf, ond warum fängt ma an?«

Das klang jetzt gar nicht mehr nach Nutte. Auch nicht nach Sängerin. Vielmehr nach einer vor sich hin philosophierenden Zweiflerin, die durch populärwissenschaftliche Ratgeber aus Bahnhofsbuchhandlungen geschult war. Was Plotek nicht unsympathisch fand. Ebenso wenig Vinzi. Dessen Wangen glänzten, und in seinen Augen lag ein seltsames Funkeln.

»Warum herat Sie denn net auf zom Schreiba?«

Die Anklagebank wurde plötzlich mit dem Richterstuhl vertauscht. Das hatte Kira nun nicht erwartet. Alle sahen sie fragend an, als dächten sie dasselbe. Vom Schreiben oder nicht Schreiben einer Kriminalgeschichte zu den Morden an Inga und Hartmut Höge war es dann nicht mehr weit. Nicht einmal zwei Sekunden und nur einen Gedankengang.

»Ob ich schreibe oder nicht, ist eigentlich unerheblich. Die Toten im Buch sind etwas anderes als die im Leben.«

»Stimmt, die im Leben sind wirklich tot.«

Vinzi sagte es, als hätte er bei ihr noch etwas gutzumachen. Und stieß dabei, dem Gesichtsausdruck von Kira nach zu urteilen, mit dem Finger direkt in eine Wunde. In die Christin flugs ein Fässchen Salz kippte: »Wie Höge und Inga«, sagte sie.

Die Reaktion der anderen war an ihren Gesichtern abzulesen. Auf den Stirnen lauter Spargelfelder.

»Genau«, bekräftigte Vinzi und war jetzt der Einzige, der lächelte.

Von Höge und Inga zu Iveta war es dann nur noch ein Katzensprung. Soll heißen: Das Gespräch am Tisch kam zwangsläufig auf die verschwundene Spargelstecherin.

»Ich glaub, die ist nicht tot. Die hat sich nur abgesetzt«, mischte sich Hans Wittlich wieder ein. »Italien, Spanien, Frankreich …«

»Quatsch, die war doch erst fünfzehn«, widersprach Christin und fixierte ihn dabei, als hätte er keine Ahnung.

»Na und, in dem Alter brennen doch immer wieder welche durch.«

Hans Wittlich ließ sich nicht einschüchtern. Er konterte den strengen Blick mit einem ebenso strengen. Christin schien es gewohnt zu sein, sich mit dominant fühlenden Männern zu messen.

»Ja, aber dann zu zweit und nicht allein.«

»Vielleicht hatte sie einen Freund.«

Hans Wittlich war hartnäckig und offenbar nicht daran gewöhnt, dass ihm jemand widersprach, gar eine völlig andere, der seinigen konträre Meinung hatte.

»Quatsch, Iveta hatte keinen Freund.«

Es war der junge Mann neben Siouxsie, der das ein wenig aufbrausend sagte. Das schien wiederum Hans Wittlich zu beeindrucken. Während er noch überlegte, was diesem Einwurf zu entgegnen wäre, fragte Agatha: »Woher willst *du* das wissen?«

Schweigen war die Folge, einerseits. Als ob es alle wüssten. Andererseits grinste Hans Wittlich schadenfroh, als wär es nun der junge Mann, der keine Ahnung hatte.

»Kaspars ist der Bruder von Iveta«, sagte Siouxsie.

Das Grinsen Wittlichs war dahin. Agatha sah Kaspars an, als wäre dessen Schwester wieder zurück. Im schlimmsten Falle auferstanden von den Toten.

»Und was willst du hier?«, wagte Björn sich wieder aus der Deckung. Allein im Tonfall lag schon Streit. Die Luft über dem Biertisch schien dünner zu werden. Die Häme auf Hans Wittlichs Gesicht war tieferer Besorgnis gewichen.

»Das Gleiche wie du.« Auch Kaspars' Stimme war nicht um Harmonie bemüht.

Björn tippte sich an die Stirn. Noch ehe Hans Wittlich auf seinen Neffen einwirken konnte, klopfte der Camping-Gott seinem Sohn im Vorübergehen auf die Schulter und raunte ihm zu: »Reiß dich zusammen!«

Seine Mutter hingegen schaute, als ob ihr der Vater und der Sohn ebenso suspekt wären wie die ganze Veranstaltung hier. Noch ehe Björn auf Kaspars eingehen konnte, erhob sich der Spargelbauer Romberg und klopfte mit einem Kugelschreiber gegen sein Weinglas, so dass alle augenblicklich verstummten.

»Ich begrüße meine Angestellten, meinen Schwager, Karol, Hans und alle jene, die heute Abend zum Karaoke gekommen sind, recht herzlich, auch im Namen von Uwe Wittlich und seiner Frau.« Die schöne Frau Wittlich sah plötzlich verlegen aus.

»Natürlich bedauern wir alle den Tod von Inga, die ja vor vielen Jahren ebenfalls einmal zu den Spargelstechern zählte. Ich bin sicher, es wird sich alles aufklären. Die Polizei arbeitet unter Hochdruck daran. Ich wünsche euch und Ihnen nun, trotz der traurigen Umstände, viel Freude bei diesem Fest. Die Getränke der Spargelstecher gehen auf meine Rechnung.«

Es klang wie die holprige Rede eines Realschulrektors bei der Verabschiedung der Abschlussklasse. Folge: verhaltener Applaus. Nicht einmal die Spargelstecher schienen sich sonderlich über die Freigetränke zu freuen. Romberg setzte sich wieder hin und sah auf die Uhr, als hätte er noch wichtige Termine und müsste die Veranstaltung schon bald wieder verlassen.

»Das scheint nicht nur das Camping-Karaoke zu sein, sondern gleichzeitig auch noch Rombergs Betriebsfeier«, sagte Vinzi.

»Sieht so aus, ja.« Christin schien ebenfalls überrascht.

»Na und? Die anderen machen gar keine Feier«, sagte Björn, wieder ähnlich aggressiv wie zuvor.

»Welche anderen?« An Agatha ging das Gespräch mal wieder völlig vorbei.

»Die anderen Spargelbauern.«

»Rombergs Leute scheinen aber nicht gerade glücklich zu sein.« Die Schwangere hatte den Rückstand schnell wieder aufgeholt. Sie blickte in die Runde und sah dann zu den Tischen der Spargelstecher hinüber, die einen ziemlich gelangweilten Eindruck machten.

»Kein Wunder … *Sumpfbacke, Bratzengesicht.*« Elvis, der bislang schweigend vor sich hingestarrt hatte, nur mit sich und seiner Aufregung beschäftigt, war offenbar auch wieder im Rennen. »Soll er … *Schnarchratte, Arschnudel, Sackwackler* … ihnen lieber ein paar Euro … *Urinsteinlutscher* … mehr Lohn geben, als sie hier mit billigem … *Pisspantoffel* … Ouzo abzuspeisen.«

»Du hast doch keine Ahnung«, kläffte Björn, was wie ein Handkantenschlag daherkam. »Dieses undankbare Pack ...«

»Halt endlich das Maul!«

Es war Kaspars, der sich erneut einmischte und sich auf Elvis' Seite schlug, wohl um das vorangegangene Streitgespräch wieder aufzunehmen. Oder besser: es zu beenden.

Björn verstummte tatsächlich. Hans Wittlich legte den Arm um seinen Neffen. Was auf diesen offenbar eine beruhigende Wirkung hatte.

Elvis nahm einen großen, gierigen Schluck aus seinem Bierglas und erhob sich vom Tisch. Er ging durch die Reihen der Zuschauer hindurch zur Bühne. Jetzt lag die ganze Aufmerksamkeit auf ihm. Alle starrten gespannt nach vorne zum Podest und erwarteten Elvis' Performance.

Die Musik setzte ein, das Lied aus der Konserve erklang, und Elvis begann zu singen. Er brauchte dazu kein Laufband. Elvis kannte den Text in- und auswendig. Er versuchte sich an *Love me Tender.* Man hätte auch sagen können, er sang *Love me Tender.* Wobei von Singen eigentlich keine Rede sein konnte. Elvis schleuderte in die Melodie des Liedes Schimpfwörter in einer unbeschreiblichen Fülle. Eigentlich bestand der Song in Elvis' Version aus nichts anderem als Schimpfwörtern.

Die Zuschauer lachten nicht, pfiffen nicht, spotteten auch nicht. Sie blickten betreten vor sich hin, in einer Mischung aus Bestürzung, Mitleid und Scham. Es war ihnen sichtlich peinlich mitanzusehen, wie das Tourettesyndrom in diesem Moment gänzlich von Elvis Besitz ergriff und ihn auf dieser kleinen Bühne niederrang, ihn förmlich zerlegte. Am Ende der Darbietung klatschte niemand. Außer Vinzi, zuerst noch alleine. Dann durch Plotek unterstützt. Natürlich wussten beide, dass Elvis damit beim Contest in Sils Maria in der Schweiz nicht nur keine Chance hatte, sondern dermaßen auf die Schnauze fallen würde, dass er hernach entweder den Elvis für immer an den Nagel hängen würde oder sich dringend in psychiatrische Obhut begeben müsste.

»Wie kann man das verhindern?«

Plotek fragte es leise an Vinzi gewandt, während sich Elvis auf der Bühne kurz, fast schüchtern verbeugte, als würde er selbst das komplette Ausmaß der Katastrophe noch gar nicht überblicken.

»Üben«, sagte Björn, der mitgehört hatte. Und dann lauter, fast gebrüllt nach vorne zur Bühne schrie: »Üben! Üben! Üben!«

»Quatsch, der kann das.«

Vinzi sagte es, Björn ignorierend, leise und nur an Plotek gewandt. »Sein Tourette und die Aufregung haben ihm bloß einen Strich durch die Rechnung gemacht.«

Er dachte nach, als gäbe es auch für dieses Problem eine Lösung. »Da hilft dann vielleicht nur eins: entspannen. Locker werden, verstehst du?«

Und ob Plotek verstand. »Meditation, Yoga, Tantra, autogenes Training, Vipassana, Zazen, Sado …«

»THC!«, ging Vinzi dazwischen und beendete damit Ploteks Aufzählung.

Es hörte sich an, als würde es ihm genau in diesem Moment ein- und wie Schuppen von den Augen fallen. »Ich glaube, das hilft. Ich glaube, der schwarze Afghane ist sogar eine anerkannte Therapie.«

Bei *Therapie* guckte Kurti wieder, als wäre es womöglich auch die Lösung für seine Impotenz.

»Und das schwäbische Gras?«, fragte Plotek.

»Was der Afghane kann, kann der Schwabe allemal!« Vinzi sagte es, als lägen Kabul, Kandahar und Kunduz gleich neben Sigmaringen, Spaichingen und Stetten am kalten Markt. Beide lachten.

Elvis setzte sich wieder an den Tisch, erschöpft, auch deprimiert. Offenbar wurde ihm das Desaster seines Auftritts in seiner ganzen Weitläufigkeit jetzt langsam selbst bewusst.

Der Camping-Gott kam mit der Flasche und schenkte Elvis ein Wasserglas mit Ouzo halb voll. Elvis trank wie ein Verdurstender. Dann rülpste er lautlos und starrte still vor sich hin auf den weißen Tisch, als wäre dort die Hölle. So lange, bis tatsächlich die Hölle aus ihm hervorstarrte.

Die Auftritte gingen unabhängig davon weiter. Die Stimmung stieg mit zunehmendem Alkoholkonsum. Nun begleiteten auch ab und zu die Zuschauer die Sänger auf der Bühne und sangen wenig textsicher, dafür umso schräger mit. Kurti intonierte zusammen mit Brigitte *Über sieben Brücken sollst du gehen*. Dabei hampelte er auf der Bühne herum, als wäre der Schlager ein Derwisch-Tanz einer muslimisch-asketischen Ordensgemeinschaft. Er schleuderte die Arme so begeistert in die Luft wie bei einer La-Ola-Welle im Fußballstadion. Einmal erwischte er dabei auch seine Frau und versetzte ihr einen Schlag an den Kopf, so dass sie benommen zu taumeln begann und von Achmad aufgefangen werden musste, damit sie nicht auf die Bühnenbretter donnerte.

Vinzi und Plotek versuchten, den deprimierten Elvis ein wenig aufzurichten.

»Das war doch gar nicht sooo schlecht.« Vinzi versuchte in seine Stimme so viel Optimismus wie möglich hineinzulegen.

»Das war Scheiße ... *Scheiße, Arschloch* ... einfach beschissen, Scheiße!«

Hier verschmolz das Tourette gänzlich mit seiner Aussage. Beides wurde eins. Inhaltlich hatte er natürlich recht. Er machte damit aber auch mit einem Schlag Vinzis Bemühungen zunichte.

»Das liegt daran, dass du zu aufgeregt bist, zu nervös.« Plotek klang weniger schonungsvoll als Vinzi. Was Elvis zu honorieren schien. Mitleid konnte er offenbar nicht ausstehen.

»Scheiße, ja, verdammte Kacke, verflucht ...«

»Du musst dich völlig davon befreien, verstehst du?«, sagte Vinzi und schwenkte damit voll und ganz auf Ploteks Linie ein. Elvis guckte, als wollte er das nun gar nicht verstehen.

Plotek hingegen verstand sehr gut und sagte: »Der ganze beschissene Contest muss dir am Arsch vorbeigehen.«

Elvis sah aus, als wollte er Plotek gleich an den Hals springen. Er sprang nicht, fauchte aber: »Spinnst du, der Contest ist das Wichtigste in meinem Leben!«

Kein einziges Schimpfwort hatte sich in den Satz geschmuggelt. Was nicht nur Plotek und Vinzi erstaunte, sondern auch Elvis selbst.

Alle drei hielten kurz inne, als müssten sie darüber nachdenken. Vorne auf der Bühne hatte sich Brigitte mittlerweile vom Hieb ihres Mannes erholt und hampelte nun herum, als gehörte auch sie der Ordensgemeinschaft an.

»Okay, du hast recht«, räumte Plotek schließlich ein,

ohne damit aber nachzugeben. »Er muss dir nicht prinzipiell egal sein, aber in dem Moment, wo du auf der Bühne stehst, musst du alles um dich herum vergessen, auch das, was dir der Contest bedeutet, verstehst du?«

Elvis sah Plotek mit großen, weit aufgerissenen Augen an, als verstünde er nichts. Gar nichts. Weder die Worte noch ihre Bedeutung noch worauf Plotek eigentlich hinauswollte.

Das schien auch Vinzi zu merken. Er dachte: Was soll das ganze Geschwätz, lasst endlich Taten folgen, und holte das schwäbische Gras aus der Tasche. Unter den wachsamen Blicken von Elvis drehte er eine Zigarette. Er zündete sie an, nahm einen tiefen Zug und reichte sie an den noch immer staunenden Elvis weiter.

»Hier, probier mal.«

Elvis schien unschlüssig. Also griff Plotek nach dem Joint und zog ebenfalls daran. Er hielt ihn Elvis unter die Nase.

»Das könnte helfen.«

Die Unschlüssigkeit war dahin. Elvis nahm auch einen Zug. Und noch viele weitere. Dabei sah man ihm an, wie er zusehends seine Nervosität verlor. Seine Gesichtszüge entspannten sich, das gelegentliche Zucken, das Naserümpfen ließen nach. Er wurde ganz gelassen, wirkte plötzlich in sich ruhend. So entspannt, dass er sogar verstummte. Auf Fragen von Vinzi sagte er nur »Hm« oder »Ah«. So dass die beiden gar nicht überprüfen konnten, ob das schwäbische Gras auch Auswirkungen auf seine Sprache, seine Ausdrucksweise hatte. Plotek hatte mit der Zeit sogar das Gefühl, Elvis würde so entspannt, dass man schon von Müdigkeit sprechen musste, die ihm immer wieder die Augen zufallen ließ.

»Was ist denn mit dem los?«, fragte Christin plötzlich, während Plotek nicht genau wusste, ob sie den vor sich hindämmernden Elvis meinte oder den Spargelkönig Romberg, der sich jetzt mit großer Geste verabschiedete. Auch seine Schwester, die Frau vom Camping-Gott, machte sich, wenngleich weniger auffällig, davon. Der Aufbruch der beiden schien dann auch für die anderen Signalwirkung zu haben.

Das ist oft so. Steht der Erste auf, ist kurze Zeit später keiner mehr da. Kaspars und Siouxsie folgten auf die Rombergs. Karol, der polnische Spargelstecherlieferant und die graue Eminenz hinter Hans Wittlichs Puffimperium, war der Nächste, der den Abflug machte. Erstaunlicherweise blieben die beiden Nutten der Feier erhalten. Martina schien nach dem Abgang von Karol sogar richtig aufzutauen. Vielleicht war aber die Trennung von Freizeit und Beruf doch nicht so kategorisch wie gedacht, so dass auch außerhalb der Arbeitszeit bisweilen Dienstliches durchsickerte. Sie legte ihren Arm um Kurti und flüsterte ihm immer wieder etwas ins Ohr, wodurch sich bei diesem zwischen Schnauzbart und Mütze eine Gesichtsfarbe einstellte, die dem Nagellack von Kira von Kybié an Leuchtkraft in nichts nachstand. Brigitte wiederum war in ein Gespräch mit Hans Wittlich verstrickt, das mehr aus Lachen bestand als aus Worten, worüber sie ihren Mann ganz aus den Augen verlor.

Vor Ploteks Augen wiederum fing die Karaokeveranstaltung langsam an zu verschwimmen. Sicher war das auch dem Ouzo und dem betörenden schwäbischen Gras geschuldet. Plotek blickte zum Himmel und erkannte nur noch Sternschnuppen. Hunderte, Tausende. Am Firmament ging die Post ab. Ein himmlisches Feuerwerk, bei dem es Plotek ganz schummrig im Kopf wurde. Er riss seinen Blick vom Himmel los und erkannte plötzlich Willy, einer Fata Morgana gleich, vor sich auf dem Campingplatz. Der Hund schlich schnüffelnd um die Terrasse herum, dann blieb er nicht weit entfernt von Plotek abrupt stehen und fing an, mit den Vorderpfoten ein Loch am Betonsockel der Terrasse zu graben.

Zu viel Achmad zugeschaut, dachte Plotek, während Willy immer entschlossener versuchte, die Terrasse zu unterhöhlen. So lange, bis der Camping-Gott ihn schließlich bemerkte und mit den Worten »He, hau ab, du Scheißköter!« einen Aschenbecher nach ihm warf.

Dem Ratschlag folgte Willy dann auch.

Als es bereits auf Mitternacht zuging und Elvis schon den dritten Joint geraucht hatte, drängte Vinzi ihn noch einmal auf die Bühne. Die anderen hielten das für eine weniger gute Idee.

»Der hat doch schon gesungen«, protestierte Brigitte.

»Wo steht, dass man nur einmal darf?«, wies Vinzi sie in ihre Schranken.

Brigitte blickte zu ihrem Mann, als wüsste der die Antwort. Da Kurti aber nicht reagierte, weil er voll und ganz von Martina eingenommen und dementsprechend durch den Wind war, stieß Brigitte ihn mit dem Ellbogen in die Seite. Kurti zuckte zusammen und fragte erstaunt und völlig zusammenhangslos: »Wer ist krank?«

Brigitte wischte sich mit der Hand vor dem Gesicht herum, als wäre Kurti jetzt nicht mehr nur impotent, sondern nun auch noch gaga. Die Schwangere wiederum hielt sich in Hinblick auf Elvis' bevorstehenden Auftritt schon mal vorsorglich die Hand vor den Mund.

Und dann legte Elvis los. Und wie. Er zuckte zwar nach wie vor und verzog das Gesicht, als zerrten quälende Geister an ihm. Aber nicht ein einziges Schimpfwort schmuggelte sich in den Text. Er schmetterte den Song fehlerfrei und überzeugend in die Nacht hinaus. Nur unterbrochen von einem kurzen, aber aufdringlichen Handysignal. Während Hans Wittlich auf sein Mobiltelefon blickte und die Mitteilung las, dröhnte Elvis den letzen Refrain von *Love me Tender* vor sich hin.

»*Love me tender, / Love me true, / All my dreams fulfilled …*«

Am Ende übermannten ihn dann doch noch die Ausläufer seines Tourettes, wobei ihm ein Schimpfwort wie nebenbei herausrutschte: »*… For my darlin I love you, / And I always will … Scheiße!*«

Zuerst war im Publikum Verwunderung ob des fehlerfreien Vortrags zu erkennen, als ob sich jeder fragte, was denn plötzlich mit dem los sei. Dann kam Freude auf. Zuletzt unbeschreiblicher Jubel. Und Begeisterungsschreie.

»Bravo! Bravo! Bravo!«

Björn stand vom Tisch auf und schrie es, als wäre der Campingplatz ein Fußballfeld.

Sogar Brigitte und Kurti applaudierten. Auch Martina jubelte und schlug ihre Hand auf Kurtis Schenkel, dass es klatschte.

»Geheilt«, sagte Brigitte, es klang wie: »Ein Wunder!« Und so, als wäre der Heiland nicht weit.

»Wie ausgewechselt«, kam es von Kira von Kybié, und »Irre« von Christin.

Elvis riss während des Applauses die Arme in die Höhe, als hätte er nicht einen Elvis-Song fehlerfrei gesungen, sondern bei den Olympischen Spielen alle Goldmedaillen gewonnen, die es überhaupt zu gewinnen gab.

»Ich geh dann mal.«

Hans Wittlich grüßte kurz in die Runde, verabschiedete sich mit Handschlag bei seinem Neffen und dem Camping-Gott und verließ die Terrasse.

Warum hat der es denn jetzt so eilig?, fragte sich Plotek und dachte, das muss ja eine ganz wichtige SMS gewesen sein.

Er blickte ihm neugierig hinterher, während die anderen noch immer ausgelassen feierten. Der Camping-Gott machte mit der Ouzo-Flasche einmal mehr die Runde.

Vinzi knöpfte sich Elvis vor und legte seinen Arm um seine Schulter. »Die genaue Dosierung müssen wir noch klären«, flüsterte er ihm ins Ohr.

Elvis nickte freudestrahlend.

»Da komme ich die Tage mal bei dir vorbei, einverstanden?!«

Wieder Nicken von Elvis, während Plotek noch immer mit seinem Blick bei Hans Wittlich war. Dieser stieg in seinen irischgrünen Karmann Ghia, steckte den Schlüssel in die Zündung und wollte den Wagen starten. Aber keine Chance. Der Wagen sprang nicht an. Dafür etwas ganz anderes. Plötzlich ertönte ein ohrenbetäubender Knall, der die Feierlaune mit einem Schlag erstickte. Ein Lichtblitz erhellte die Nacht. Auf dem Parkplatz vor dem Campingplatz entstand ein Feuerball, der die Terrasse der Bierstube wie Blitzlichtgewitter erhellte.

Manch einer musste anfänglich noch an ein Feuerwerk

gedacht haben. Zur Feier des Tages, um Elvis' Auftritt gebührend zu würdigen. Natürlich fiel auch dem Letzten schnell auf, dass das kaum angemessen gewesen wäre und darüber hinaus etwas Ungeheuerliches eingetreten war. Der Karmann Ghia war detoniert. Die Explosion hatte den Parkplatz vor der Schranke des Campingplatzes in ein atemberaubendes, auch gespenstisches Flammenmeer verwandelt. Der Jubel war dahin. Blankes Entsetzen erfasste die Camper. Die Hand vor dem Mund der Schwangeren schien nun doch noch berechtigt. Manche flüchteten unter die Tische, andere rannten planlos in die Nacht hinaus. Viele auch zurück zu ihren Wohnwägen, als könnten sie sich dort eingemümmelt der Wirklichkeit verschließen. Jetzt flogen auch brennende und nicht brennende Gegenstände durch die Luft.

Als die Explosion verklungen war und sich die Ersten an den Ort der Detonation wagten, wurde das Ausmaß der Katastrophe erst richtig deutlich. Von dem Karmann Ghia war kaum mehr etwas übrig. Ein qualmender, vor sich hinlodernder Schrotthaufen stand neben der aus dem Boden gerissenen, verbogenen Schranke. Von Hans Wittlich keine Spur. Im verkohlten Wagen war nichts zu erkennen, was an einen Menschen, einen Mann, an Wittlich erinnerte. Da, wo früher mal der Fahrersitz gewesen war, gähnte jetzt ein Loch. Kein Fahrer, kein Sitz.

»Der hat sich aufgelöst«, sagte Vinzi.

»Pulverisiert«, sekundierte Plotek.

Er blickte in die Luft, als ob dort vielleicht noch Teile von Hans Wittlich zu erkennen wären. Aber nichts. Gar nichts. Auch der Karmann Ghia war, na ja, nicht pulverisiert, aber dennoch völlig verändert. Das irischgrün war schwarz. Der ehemalige Sportwagen nunmehr ein zusammengeschrumpelter deformierter Blechhaufen. Einzig der Auspufftopf und das Auspuffrohr schienen noch unversehrt zu sein. Kein schöner Anblick. Vor allem nicht für Autoliebhaber. Auch nicht für Spargelfreunde. Man musste aber schon genau hinschauen, um es zu erkennen. Plotek tat das und erkannte: Im Auspuffrohr steckte eine Handvoll Spargel!

Der Camping-Gott war völlig am Boden zerstört. Er zitterte am ganzen Körper, war bleich wie eine Raufasertapete und heulte wie ein Schlosshund.

Christin rief Feuerwehr und Polizei, während Björn und Achmad die letzten Flammen des Brandes mit zwei Feuerlöschern erstickten. Brigitte und Kurti kümmerten sich derweil um den Camping-Gott.

»Ist doch alles halb so schlimm«, stammelte Brigitte, was alles noch viel schlimmer machte.

»Das wird schon wieder«, sagte Kurti und goss dem Camping-Gott einen Ouzo ein.

Wie aus dem pulverisierten Nichts wieder etwas werden sollte, war Plotek nicht ganz klar. Vielleicht hatte Kurti dabei an die Urknallmethode gedacht. Neues Leben, das aus dem entsteht, was endet. Wie zu Beginn der Welt. Ein schwarzes Loch, ein Urknallbums und schon wuselt es von Organismen.

Ein paar Minuten später lief dann das ganze Programm ab, das weniger mit der Urknallmethode als vielmehr mit dem Katastrophenplan der örtlichen Polizei zu tun hatte. Mit Blaulicht, Martinshorn, Absperrung und allem.

»Das ist doch Wahnsinn!«

Die Schwangere, die noch immer die Hand vor dem Mund hielt, brachte es auf den Punkt. Es war der Wahnsinn. Aber eher der von der unangenehmeren Sorte.

»Jetzt sind es schon drei.«

Christin sagte es und meinte die Leichen, als ob es noch fünf, sechs oder zehn werden könnten. Auch Brigittes Hand bewegte sich jetzt an den Mund.

»Und alle drei starben auf unterschiedliche Weise.«

Kira von Kybié stieß in dasselbe Horn. »Höge vergiftet, Inga erschlagen und Hans Wittlich ... nun ja ... kann man flambiert sagen?«

»Pulverisiert«, sagte Elvis, als hätte er in Ploteks Gedanken gestochert, woraufhin ihn Brigitte anblickte, als wünschte sie ihm das noch immer abwesende Tourette wieder an den Hals.

»Und vom Täter keine Spur.« Christin klang entmutigt. »Wie konnte er ...«

»Oder sie!«, rief Kira von Kybié dazwischen.

»... wie konnte er oder sie wissen, dass Hans Wittlich allein nach Hause fährt? Dass er nicht jemand anderen mit seinem Wagen fahren lässt?«

Es waren weniger Fragen als betrübliche Feststellungen.

»Der ließ nie jemand mit seinem Oldtimer fahren.«

In Elvis' Worten war nach wie vor von Schimpfwörtern keine Spur. »Das wussten alle.«

»Und Sprengstoff ist hier überall zu kriegen. Internet. Bauanleitungen et cetera.«

Kira von Kybié klang so, als würde sie sich bestens auskennen. Als wäre das Kloster nicht nur Herberge für Stipendiaten, sondern könnte gut und gerne auch als Werkstatt für Bombenbauer missbraucht werden.

Natürlich wollten die Kriminalen alles ganz genau wissen. Zuerst löcherten die Streifenpolizisten aus Grömitz die Camper auf dem nächtlichen Campingplatz. Etwas später kamen dann die Spezialisten in den weißen Overalls aus Kiel hinzu. Auch der Hauptkommissar mit dem Feuermal auf der Stirn fand sich am Explosionsort ein. Er gab sich ganz geschäftig und behandelte die Zeugen, als wären sie allesamt Hauptverdächtige. Besonders über das Wiedersehen mit Plotek und Vinzi schien er sich zu freuen.

»Wo das Verbrechen ist, sind Sie nicht weit, was?«

Er sagte es zu den beiden mit einem hämischen Grinsen im Gesicht, als hätte er noch eine Rechnung mit ihnen offen. Er wirkte schlecht gelaunt, frustriert und so, als wäre dies ein Tag respektive eine Nacht, in der er sich selbst verfluchte, nicht Finanzbuchhalter geworden zu sein. Oder Elektroingenieur, Herrenausstatter, Agrarwirt …

Während die Kriminalen, beobachtet von einer Meute Trainingsanzüge tragender Camper, die halbe Nacht an der Unglückstelle werkelten, verabschiedeten sich Plotek und Vinzi ins Bett, wohl wissend, dass es Hans Wittlich auch nicht mehr lebendig machen würde, wenn sie sich wie die anderen die ganze Nacht um die Ohren schlügen. Außerdem war die Neugierde bei ihnen offenbar weniger virulent als zum Beispiel bei Kurti und Brigitte. Für die war das Geschehen auf dem Parkplatz vor der Schranke wie *Tatort*, nur in echt. Soll heißen: Sie saßen nicht nur in der ersten Reihe, sondern mittendrin. Da gab es dann was zu erzählen, für die Verwandten im Ruhrgebiet. Mit jedem Toten kletterten sie in der verwandtschaftlichen Beliebtheitsskala der Gesprächspartner weiter nach oben. Die bevorstehenden Familienfeierlichkeiten waren damit auf Jahre hinaus gerettet. Elvis hingegen schienen derart viele Polizisten auf einem Haufen ebenso wenig Freude zu bereiten wie Vinzi und Plotek. Er machte sich zeitgleich mit den beiden auf seiner Schwalbe davon.

Auf dem Weg zum Wohnwagen ertappte sich Plotek dabei, dass er um den Karmann Ghia mehr trauerte als um den pulverisierten Puffbesitzer.

Auch die restliche Nacht war unruhig. Was weniger an Vinzis Schnarcherei als vielmehr an Ploteks Traum lag. Wieder träumte Plotek grauenvolles Zeug. Er träumte von Inga, der Leiche im Brunnen, und von Achmad, der ihn mit seinem John-Deere-Rasenmäher kleinhäckselte, bis er dann am frühen Morgen schreiend und schweißnass aufwachte. Durch das Brüllen war auch Vinzi hochgeschreckt.

»Alles klar?«, fragte er noch etwas verschlafen und gar nicht gut gelaunt, wie man fragt: »Wo ist das Problem?«

Nichts war klar. Eher im Gegenteil.

»Vielleicht wär es besser, wir würden wieder abreisen.«

Plotek klang nicht besser gelaunt als Vinzi und so, als hätte er die Tasche schon gepackt.

»Und wer fängt dann den Mörder?« Vinzi lachte bitter. »Doch nicht etwa die Bullen?«

Er lachte noch lauter und schälte sich dabei umständlich aus dem Bett.

»Wir müssen den Täter finden. Vergiss nicht, wir haben ein Versprechen abgegeben.«

Plotek tippte sich an die Stirn und stieg jetzt ebenfalls aus dem Bett. Schweigend zogen sie sich an, bis Vinzi schließlich abermals das Wort ergriff und ohne Plotek anzusehen sagte: »Außerdem ist nicht auszuschließen, dass uns die ermittelnden Idioten die ganze Scheiße doch noch anhängen werden.«

Plotek schien nicht zu kapieren.

»Mein Zippo, deine Mokassins … Wenn die Bullen keinen Täter finden, sind ihnen Verdächtige wie wir bestimmt nicht unrecht. Im Endeffekt geht es ja nicht um Wahrheit, sondern um Fahndungserfolge. Da ist es dann egal, welchen Namen der Täter trägt, was seine Motive sind und ob er wirklich schuldig ist.«

Da hatte er auch wieder recht.

»Und außerdem glaubst du doch nicht im Ernst, dass wir die Leichen jemals vergessen könnten, wenn wir uns jetzt klammheimlich davonstehlen.«

»Vielleicht doch«, kam es wenig überzeugt von Plotek.

»Vergiss es. Diese Bilder wirst du nicht so schnell los, schon gar nicht, indem du davor wegläufst. Diesen Bildern musst du dich stellen.«

Es klang wie ein Glaubensbekenntnis.

»Und wie?« Das hingegen hörte sich nach Sünde an.

Vinzi öffnete die Wohnwagentür. »Offensiv. Du musst an den Pinsel ran, an die Farben, um den Maler zu erwischen, der dafür verantwortlich ist.«

Bei dem Stichwort Maler fiel Plotek wieder Ernst Ludwig Kirchner ein, dessen Gemälde *Marcella* und die unleidliche Geschichte, die sich für ihn aus dem Verkauf des Bildes ergeben hatte.

Vinzi hüpfte forsch aus dem Wohnwagen, hinaus in den schönen ostholsteinischen Morgen. Plotek schloss sich ihm an. Etwas weniger forsch.

Beide stellten sich nebeneinander hinter dem Wohnwagen auf, fürs morgendliche Urinieren. Aber noch ehe sie den Druck der Blase hatten mindern können, verharrten sie plötzlich.

»Was ist denn das da?«, fragte Vinzi und zeigte dabei vor sich ins Gras. Unsicher, als traute er seinen verschlafenen Augen nicht ganz.

Was soll da schon sein?, dachte Plotek, sah dann aber ebenfalls inmitten der Grashalme etwas liegen. Etwas, dessen Anblick die beiden gar nicht erfreute.

»Eine Hand«, sagte Vinzi, wie man sagt: »Ein Mensch.«

Tatsächlich, im Gras lag eine menschliche Hand. Ohne Arm. Dafür blutig.

Wem gehört denn bloß die Hand?, hätten sie sich jetzt fragen können. Auch: Wie kommt denn eine Hand hinter den Wohnwagen ins Gras? Fragten sie sich aber nicht. Weder das eine noch das andere. Die Antwort lag im wahrsten Sinne des Wortes auf der Hand.

»Hans Wittlich«, sagte Vinzi.

»War eine verdammt starke Explosion«, sagte Plotek.

»Scheiße«, sagten beide.

Der Blasendruck war jetzt auch ohne Entleerung dahin.

Sie standen noch eine Weile bei aufgehender Sonne hinter dem Wohnwagen und starrten auf die Hand im Gras, während sie still vor sich hingrübelten. Ohne eigentlich zu wissen, was jetzt, mit Hand oder ohne, zu tun wäre. Plotek wusste es nicht nur jetzt nicht, sondern hatte meist nie eine Ahnung, was wann auch immer zu tun wäre. Der Grund: Plotek ist ein unambitionierter Typ. Kein Macher. Eher ein Denker. Besser, ein Grübler. Einer, der nie richtig weiß, was zu tun ist. Einer, der eher alles auf sich zukommen lässt, als dass er selbst auf etwas zugeht. Einer, der sich hinter der

Deckung verschanzt und nur ungern hervorkommt. Das war früher mal ganz anders gewesen. Damals, als er noch Schauspieler war und die Karriere vor Augen hatte, hat er fast immer gewusst, was zu tun war. Damals hat er immer an die Spitze gewollt. Ganz nach oben, in den Zenit. Aber das Leben will meistens etwas anderes. Mit einem. Auch mit Plotek. Da wurde Plotek mit der Zeit eben einsichtiger. Und wollte nun dasselbe wie das Leben. Soll heißen: nichts. Nichts, außer dasitzen, am Tresen im *Froh und Munter*, in den Weißbierschaum hineinstarren und ein bisschen vor sich hingrübeln. Über dies und das. Wie jetzt über die Hand. Auch ohne Weißbier und Schaum. Über alles. Ab und zu hatte er dann auch mal das Bedürfnis, vom Weißbierschaum aufzublicken. Selten, aber immerhin. Dafür war dann Agnes immer da gewesen. Agnes, seine Exfreundin und einstige Ansprechpartnerin. Jetzt ist Vinzi sein Ansprechpartner. Im Moment allerdings nicht. Es muss auch nicht immer ein Mensch sein. Ein Tier tut's auch. Ploteks adoptierte Katze Fritz war auch so ein Ansprechpartner. Oder der steinalte schwäbische Köter Willy. Ob die Hand jetzt auch? Vielleicht. Im Prinzip war Plotek ganz zufrieden mit sich und seinem Leben. Oder besser: selten unzufrieden. Nun, ein wenig mehr Geld hätte sicher nicht geschadet und dieses Leben bestimmt auch etwas einfacher gemacht. Aber darauf kam es Plotek eigentlich nicht an. Ein wenig mehr Sex wäre ab und zu auch nicht schlecht gewesen. Obwohl ihm meistens das Verlangen danach und die Aussicht darauf schon genügten. Die Vorstellung von Sex war in der Regel ohnehin erfreulicher als die tatsächliche Umsetzung, soll heißen: das Schwitzen, Stöhnen und Außer-Atem-Sein. In der Vorstellung kam er nicht außer Atem und selten ins Schwitzen. Stöhnen? Vergiss es!

Das waren jetzt die Gedanken, die Plotek beim Anblick der toten Hand so durch den Kopf gingen. Seltsame Gedanken, könnte man denken. Nun ja, auch seltsamer Typ. Und seltsame Hand ebenfalls. Wenn man beides, Hand und Typ zusammennimmt und die Gedanken dazu denkt, hebt das eine das andere womöglich wieder auf, und es kommt eigentlich etwas ganz Normales dabei heraus. Im Prinzip.

»Da!«, sagte Vinzi, als wäre das Normale schon wieder weniger normal, und zeigte hinüber zur Wohnwagendeichsel.

Im Gras daneben lag ein Fuß in einer Socke. Blutig und ohne Bein.

»Scheiße!«, sagte Plotek.

»Scheiße!«, sagte Vinzi.

Und beide wussten, das Normale war jetzt endgültig dahin.

12

Der Fuß und die Hand waren nicht die einzigen Gliedmaßen, die auf dem Campingplatz gefunden wurden. Dennoch konnte Hans Wittlich nicht wieder vollständig zusammengesetzt werden. Obschon nach und nach immer mehr Körperteile auftauchten. Beide Füße, ein Stück vom linken Unterarm, ein größeres Stück vom rechten Oberarm, ein Teil vom Kopf, ein paar Innereien, diverse Rumpffragmente und Teile vom Oberschenkel und den Schultern wurden schließlich auf dem ganzen Campingplatz verstreut gefunden. Die Teile gingen sofort ins Gerichtsmedizinische Institut nach Kiel, damit die Pathologen sich die Zeit mit lustigem Puzzeln vertreiben konnten.

Auch die Überreste des Karmann Ghias wurden akribisch untersucht. Es war schnell klar, dass sich der Sprengstoff unter dem Fahrersitz befunden hatte und mit der Zündung des Wagens aktiviert worden war. Die Menge des Sprengstoffs musste so groß gewesen sein, dass man damit eine ganze Karmann-Ghia-Flotte samt einer kompletten Fußballmannschaft hätte in die Luft jagen können. Entweder war der Täter ein blutiger Laie. Soll heißen, völlig ungeübt in der Interpretation von Mengenangaben und Dosierungsverhältnissen. Oder aber er hatte eine ganz, ganz große Wut auf Hans Wittlich. Die Detonation war auf jeden Fall so gewaltig gewesen, dass nicht nur Hans Wittlich förmlich zerrissen, sondern der ganze Parkplatz verwüstet worden war. Nicht nur wurden drei weitere darauf abgestellte Autos völlig demoliert. Der Sprengsatz riss zudem einen Krater in den Boden und hinterließ breite Risse in den umliegenden Gebäuden, so auch in der Bierstube. Auch die Schrankanlage war aus dem Boden gerissen und über den halben Parkplatz hinweggeschleudert worden. Es war ein Anblick, als hätten amerikanische Kampfflugzeuge auf dem Weg in ein Krisengebiet eben hier eine Streubombe verloren. Folge: nicht nur Verwüstung. Alle Menschen auf dem Campingplatz und um den Campingplatz herum waren jetzt völlig aus dem Häuschen. Und nicht nur wegen dieses Anblicks und der grausamen Funde. Ein vergifteter fränkischer Rentner ist ja noch zu verkraften. Auch eine erschlagene polnische Küchenhilfe nimmt man schon mal in Kauf. Aber ein erfolgreicher deutscher Unternehmer, der auch noch mit einem Paukenschlag, soll heißen, einer Bombe ermordet, vielmehr zerlegt wurde, ist nicht nur zu viel für die Exekutive. Auch Otto Normalcamper war in höchstem Maße verunsichert.

»Sind wir hier jetzt schon im Irak?«, fragte sich so mancher. »Ist der Hindukusch in Holstein angekommen? Der Clash of Dingsbums in Dingenskirchen?«

Die Folge war, dass einige der Dauercamper spontan, überstürzt und früher als geplant abreisten. Nicht ohne vorher noch den Medienvertretern, die sich erneut und in noch größerer Zahl am *Inselstrand* eingefunden hatten, bereitwillig ihre Bestürzung in die Notizblöcke zu diktieren. Oder die Mikrofone vollzuquatschen. Was dabei dann herauskam, hatte weniger mit den Vorfällen auf dem Campingplatz zu tun als vielmehr mit dem geistigen Zustand derjenigen, die das alles formulierten. Da wird Xenophobie dann plötzlich plastisch und bekommt ein Gesicht. Ein hässliches. Eine Fratze. Die unrühmliche deutsche Geschichte mit ihrem braunen Massenwahn wird im Nachhinein durch das Gestammel erklärt – und nachvollziehbar. Bei den abreisenden Campern war der Schuldige ausnahmslos der oder das Fremde: Islamisten, Fundamentalisten, Letten, Polen, Spargelstecher. Oder alles, was nicht so aussah wie sie selber.

Einige der Campinggäste, die bereits gebucht hatten, blieben nun tatsächlich weg. Offenbar war ihnen der *Inselstrand* jetzt doch zu heiß geworden. Oder besser, zu explosiv. Wenn nun schon Bomben hochgehen und unbescholtene Puffbesitzer zerfetzt werden, was ist von einem solchen Campingplatz dann erst in Zukunft zu erwarten? Vielleicht Krieg an der Wohnwagenfront? Scharfer Schusswechsel in der Campingidylle? Gaza in Grömitz? Bagdad beim Baden? Beunruhigende Fragen schwangen sich zu existenzbedrohendem Zweifel auf und konnten nicht mehr einfach so achselzuckend beiseitegeschoben werden. Folge: Nicht nur die Camper hatten ein großes Interesse daran, dass dieser Verunsicherung möglichst schnell ein Ende bereitet wurde. Auch die ostholsteinische Bevölkerung sah es mit Grausen, dass derart über ihren Landstrich berichtet wurde. Denn hässliche Worte standen da jetzt in den Zeitungen und wurden von den Skandal heischenden Fernsehanstalten ins Land hinausposaunt. Von »Horror in Holstein« war da prahlerisch die Rede, von »Apokalypse an der Ostsee«, als würde wegen einer kleinen Autobombe gleich die ganze Lübecker Bucht untergehen. Ob übertrieben oder angemessen, auf jeden Fall war diese Berichterstattung nicht gerade tourismusfreundlich. Das Fremdenverkehrsamt machte sich ernsthafte Sorgen. Die ganze

Tourismusbranche im Ostseeheilbad der Sonnenseite stand plötzlich auf dem Spiel. Es musste schnellstmöglichst gegengesteuert werden. Bedeutet: Die Politik kam jetzt ins Spiel. Landräte, Minister, Landtagsabgeordnete und Bürgermeister versicherten, alles in ihrer Macht Stehende zu tun, um die Verbrechen aufzuklären und keine weiteren mehr zuzulassen. Als ob sie die Wahl gehabt hätten. Nun, in dieser Hinsicht war die Macht der Mächtigen doch sehr begrenzt. Auch der verlängerte Arm der Politik, das ausführende Organ, die Exekutive, schien eher hilflos zu sein. Auch diese hatte natürlich ein großes Interesse daran, die Fälle möglichst schnell und ohne dass weitere Opfer hinzukamen aufzuklären. Aber solcherlei Interesse allein hindert einen Mörder noch lange nicht daran, fröhlich weiterzumorden. Lippenbekenntnisse haben noch kein Menschenleben gerettet. Die Polizei stand also extrem unter Druck. Es wurde auf Hochtouren »in alle Richtungen« ermittelt, wie der Hauptkommissar in einer Presserklärung bekundete. Was für Richtungen das waren, sagte er aber nicht. Höchstwahrscheinlich aus der Angst heraus, es könnten Sackgassen sein.

Die Kripo aus Kiel quartierte sich in einem Hotel in Grömitz ein. Der Hauptkommissar mit dem Feuermal war ab jetzt Stammgast auf dem Campingplatz. Als ob er dadurch weitere Morde hätte verhindern können. Präsenz als Prophylaxe. Anwesenheit statt Aufklärung. Aber wer Bomben legt, lässt sich nicht von einem Kommissar mit Feuermal auf der Stirn von seinen weiteren Vorhaben abhalten. Wie immer die auch aussehen mochten. Das war Plotek klar. Genauso wenig würden Landtagsabgeordnete und Landräte vor TV-Kameras den Mörder beeindrucken können.

Den zuständigen Minister drängte es besonders stark ins Rampenlicht. Man hatte als Fernsehzuschauer fast das Gefühl, der blasse, unscheinbar wirkende Minister lebte mit den auf ihn gerichteten Objektiven richtiggehend auf. Die Blässe bekam Farbe. Der Unscheinbare erhielt plötzlich Gewicht. Mit zuerst noch betroffener, dann kämpferischer Stimme sprach der Minister bereitwillig in die ihm hingehaltenen Mikrofone.

»Zunächst einmal gebührt den Hinterbliebenen der Opfer dieser grausamen Gewalttaten unser ganzes Mitgefühl. Ich möchte nicht verhehlen, dass ich der Ansicht und der festen Überzeugung bin, dass derjenige, der diese abscheulichen, widerwärtigen Verbrechen begangen hat, entweder krank oder von Hass zerfressen ist.«

Das klang nicht gerade originell, dachte Plotek. Darüber hinaus ist es auch eher unwahrscheinlich, dass der brutale Täter mordet, weil ihn grenzenlose Liebe treibt. Obwohl es das natürlich auch gibt. Mord aus Liebe. Wobei man dabei weniger zu Bomben greift als zu einem Kissen. Und es meist aus Eifersucht geschieht.

»Wir werden, und das verspreche ich nicht nur den Hinterbliebenen und im Gedenken auch den Opfern, sondern der ganzen Öffentlichkeit, wir werden alles in unserer Macht Stehende unternehmen, um diese scheußlichen Mordtaten aufzuklären und dem Täter ein für alle Mal das Handwerk zu legen.«

Jetzt redete sich der Minister richtig in Fahrt. Seine Augen funkelten, weißer Speichel sammelte sich in seinen Mundwinkeln.

»Wir werden nicht ruhen, bis wir diese Verbrecher dingfest gemacht haben. Darüber hinaus wird man sich zu gegebener Zeit in den politischen Kreisen, im Justizministerium, dem Parlament et cetera darüber unterhalten müssen, wie so etwas in Zukunft unterbunden werden kann. Was für Mittel und Wege es gibt, um zu verhindern, dass im Internet Anleitungen zum Bombenbau einfach so heruntergeladen werden können, um damit im Handumdrehen Mordinstrumente zu basteln.«

Er machte eine kurze Pause und sah in die Kameras, als würde er seinem achtjährigen Sohn Abend für Abend eben dabei zusehen. Auch ein wenig so, als hätte er selbst hingegen nach Wochen fruchtlosen Probierens noch immer nicht kapiert, wie man es anstellte.

»Man wird sich zu gegebener Zeit auch darüber unterhalten müssen, ob nicht eine effektivere Internetüberwachung und eine Verschärfung des Strafrechts, auch eine entschlossenere Verfolgung der Übeltäter und so weiter notwendig ist.«

Wieder legte er eine kurze Pause ein. Der weiße Speichel in den Mundwinkeln sah jetzt komisch aus, wie zwei deplatzierte Perlen.

»Ich möchte die Gelegenheit nutzen, um noch einen Appell an die Öffentlichkeit zu richten. Die Strafverfolgungsbehören sind dringend auf Ihre Hinweise und Beobachtungen angewiesen. Bitte melden Sie sich umgehend, wenn Sie irgendetwas Verdächtiges wahrgenommen haben, das mit dem Fall in Verbindung stehen könnte. Jede noch so kleine Spur kann zu den Tätern führen. Ich bin zuversichtlich, dass, wenn alle ihre Augen offen halten, der oder die Täter bald hinter Schloss und Riegel sein werden. Danke.«

Der Minister war mit seiner Rede zufrieden, das sah

man ihm an. Auch wenn er sich im Nachhinein bestimmt über die Speichelkügelchen in seinen Mundwinkeln aufgeregt haben wird.

Dass die Morde miteinander zusammenhingen und zwischen den drei Toten eine Verbindung bestand, war mit zunehmender Dauer der Ermittlungen nicht mehr nur nicht auszuschließen, sondern inzwischen so gut wie sicher. Nur was die gemeinsame Schnittmenge war, ließ sich nicht erkennen. Die drei Opfer hätten kaum unterschiedlicher sein können. Doch irgendetwas musste sie miteinander verbunden haben. Und zwar so stark, dass jemand sie deswegen hatte umbringen müssen.

»Spargel«, sagte Vinzi, wie man »Das ist es« sagt.

»Hä?« Kurti konnte mit dem Spargel nichts anfangen. Plotek schon.

»Genau. Wurde nicht bei allen Opfern Spargel gefunden? Bei Höge, bei Wittlich, bei …«

»…Inga nicht«, ging Vinzi dazwischen.

»Verdammt!«

»Nur wer?«, fragte Kurti, der sich weniger für den Spargel als für den Mörder zu interessieren schien. Er war ganz bleich im Gesicht.

»Und warum?« Brigitte war ähnlich bleich. Beiden schienen die Vorkommnisse auf dem Campingplatz besonders zuzusetzen. Vor allem schien ihnen aber eine Frage Kopfzerbrechen zu bereiten, die sich nicht nur den beiden aufdrängte, nämlich: Gibt es noch andere, die mit den drei Toten in Verbindung standen, so dass der Mörder ein Interesse daran haben könnte, auch diese umzubringen? Wenn ja, wer war es? Gehörten vielleicht sogar sie selbst dazu?

Hatten diese Frage und die möglichen Antworten darauf so manchen Camper in die Flucht geschlagen und vom Campingplatz vertrieben, wurden Kurti und seine Frau Brigitte durch sie eher gelähmt. Wie paralysiert sah das Ruhrpottehepaar dem Treiben zu, ohne reagieren zu können. Das gibt es oft. Aus Angst vor dem, was kommt, ist man zur Handlungslosigkeit verdammt. Sie lagen von morgens bis abends nackt am FKK-Strand und sahen dabei zu, wie ihre Haut immer dunkler wurde, bis sie von Weitem mit einem gewissen künstlich gebräunten deutschen Modeschöpfer verwechselt werden konnten. Oder mit einem Brathähnchen.

Plotek und Vinzi versuchten sich nach Möglichkeit von den immer exzessiver um sich greifenden Spekulationen und den überall kursierenden Gerüchten frei zu machen. Sie fuhren, um der Aufregung vor Ort ein wenig zu entkommen, einmal mehr nach Grömitz, um an der Kurpromenade am Spätnachmittag ein Matjesfilet zu essen, ein paar Biere zu trinken und über die vorbeiziehenden Rentner zu lästern. Das sollte ihnen ein wenig Abwechslung vom mörderischen Alltag des Campingplatzes und obendrein noch etwas Heiterkeit verschaffen.

Aber auch an der Promenade war der Bombenanschlag omnipräsent. Auch hier wurde über nichts anderes mehr geredet als über den toten Puffbesitzer und die mysteriösen Vorfälle am *Inselstrand*.

Das Matjesfilet schmeckte wieder köstlich. Das dazu servierte Bier hingegen ließ zu wünschen übrig. Deshalb beschlossen Plotek und Vinzi, nach dem Essen noch einmal vom *Besten* zu kosten, das es nicht weit von der Kurpromenade entfernt gab.

Auf dem Weg zum *Mon Chéri* kamen sie am Videoladen vorbei. An der Tür hing ein Schild mit einem eilig hingekritzelten *Wegen Todesfall geschlossen.*

Das *Mon Chéri* hingegen war zum Glück geöffnet. Soll heißen: keine Zeit für Trauer. Oder besser: *The show must go on!* Vinzi und Plotek hatten weniger Lust auf käufliche Liebe als auf ein Unertl-Weißbier. Außer den Nutten und Gina hinter dem Tresen, der Bedienung mit dem jungen Gesicht, den atemberaubenden Arschbacken und den alten Händen, waren keine Gäste im Bordell.

»Hans hätte es nicht gewollt, wenn wir jetzt zusperren würden«, sagte Gina und guckte dabei so, als wäre ihr der Tod des Chefs ganz besonders nahegegangen.

Es klang aber auch ein wenig wie eine Entschuldigung. Bei dem Wort *Hans* begannen die jungen Dinger auf den Barhockern zu schluchzen. Sie machten keine Anstalten aufzustehen und unternahmen diesmal gar nicht erst den Versuch, sich an Vinzi und Plotek heranzumachen. Als ob ihnen der Tod ihres Chefs die Lust und Laune an sich selbst als sexuelle Ware kurzzeitig vergällt hätte. Auch Martina, die dicke schwäbische Nutte, die auftauchte, kaum dass die beiden in den Sesseln vor dem kniehohen Tischchen saßen, unternahm keinerlei Anstrengungen, Vinzi abzuschleppen. Offenbar war das Geschäftliche in Anbetracht des tragischen Todesfalles in den Hintergrund gerückt. Folge: Vinzi und Plotek konnten sich ungestört dem Unertl-Weißbier widmen. Obwohl das auch nicht ganz stimmte. Teilweise wurde ihre Aufmerksamkeit nämlich doch noch von Martina beansprucht, die sich zwischen Plotek und Vinzi an den Tisch gequetscht hatte und mit ihren nackten Schenkeln die der beiden berührte.

Auch auf Martina schien der Tod von Hans Wittlich eine nachhaltige Wirkung gehabt zu haben. Sie schluchzte plötzlich und fing an, von ihrem Chef zu erzählen, als wäre der nicht ein dubioser Bordellbesitzer gewesen, sondern der weltweit angesehene Beauftragte für Menschenrechtsfragen.

»Ich han ihn emmer scho leide könna. Er war hart, abr gerecht. Andersch der Karol. Ich woiß gar net, wie des ohne den Hans werda soll. Dr König isch tot, es läbe des Arschloch! Wenn jetzt dr Karol den Laden ganz übernemmt, odr vielleicht dr Rotzlöffel, dann gut Nacht.«

Beim Sound von Martinas Dialekt flackerte vor den Augen der beiden die schwäbische Alb lichterloh auf. Was Plotek gar nicht recht war.

»Rotzlöffel?«, fragte Vinzi.

»Björn, dr Neffe vom Hans.«

»Der soll den Puff ...?«, wollte Plotek nachhaken.

Doch Martina ging dazwischen. »Net auszuschließa isch des.« Wieder schniefte sie.

»Und was dann?«, fragte Vinzi.

»Dann hab i hier koin guten Stand mehr. Dann wird ganz auf die da umgstellt.« Sie nickte in Richtung der Barhocker, wo die jungen Mädchen rauchten und stoisch vor sich hinglotzten.

»Des sind doch no Kender. Aber beliebt, bei dene altn Säcke. Da kann unsereins net gega anstinka.«

»Na ja ...« Vinzi strich ihr über den prallen Oberschenkel.

»Danke, Schätzle.«

Sie küsste Vinzi auf die Stirn. Wo ein roter Kussmund zurückblieb.

Plotek bestellte bei Gina noch zwei weitere Weißbiere und verlor sich, als diese serviert wurden, im Anblick ihrer auf- und abwippenden Gesäßteile.

»Des Ende von der isch au absehbar. Ihr Zeit isch gezählt«, sagte Martina mit Blick auf Gina, nachdem diese sich wieder hinter dem Tresen verschanzt hatte.

»Warum?«

»Zu alt. Da hilft au Kosmetik nex, falsche Titten ond älles.«

So alt ist die doch gar nicht, wollte Plotek sagen. Kam aber nicht dazu, weil Martina die Intervention überflüssig machte.

»Weit übr vierzig!«

Sie ließ damit bei Plotek und Vinzi größtmögliches Staunen zurück. Die Hände vielleicht, dachte Plotek, aber das Hinterteil, das Gesicht, die Brüste …

»Des isch a Systemfrage, versteht ihr?«

Martina riss Plotek aus seinen Gedanken. Vinzi nickte, und Plotek dachte: nicht ganz. Und dann: Vielleicht ist das ja aber auch wie im Sport, beim Fußball. Entweder man setzt auf den billigen Nachwuchs aus der eigenen Jugend. Oder man engagiert sich teure alte Stars und hofft damit zu punkten. Meistens ist ja eine gute Mischung aus beidem der richtige und nachhaltige Weg zum Erfolg, dachte Plotek und sah die jungen Dinger auf den Barhockern gähnen. Gina hinter dem Tresen lächelte herüber. Woraufhin Plotek vier Finger hob und Gina sogleich vier eisgekühlte Ouzo brachte.

»Prost!«

Sie alle vier stießen miteinander an, während Gina ihren Blick auf Plotek heftete, als könnte sie hinter seine Schädelwand gucken. Konnte sie natürlich nicht. Dennoch verlor sich Plotek beim Rückweg von Gina erneut im Rhythmus ihres wippenden Gesäßes.

»Außerdem hat dia was mit dem Hans ghabt. Was dem Karol net recht war. Ergo. Hans isch net mehr, wird Gina au bald net mehr sei.«

Schade eigentlich, dachte Plotek. Er hätte es sich nach mittlerweile zwei Weißbieren und einem Ouzo durchaus vorstellen können, sich näher mit der im Vergleich zu ihm nur wenig jüngeren Frau und ihrem halb so alt aussehenden Körper auseinanderzusetzen. Quasi zu überprüfen, was hinter der Fassade steckte, jetzt rein physikalisch, wissenschaftlich gesehen. Soll heißen, ob die Brüste fallen, wenn der Wonderbra zu Boden stürzt. Er traute sich natürlich nicht. Vielleicht wäre es auch pietätlos gewesen. Gegenüber Hans und allem.

Bestellte er also einfach noch einen Ouzo und flüchtete sich zumindest in Gedanken ganz unter ihr eng anliegendes Glitzertop.

So lange, bis Vinzi plötzlich zum Aufbruch blies. Plotek zahlte und gab ein so unverschämt hohes Trinkgeld, dass Gina ein wenig verunsichert lächelte wie eine Pennälerin bei der Zeugnisausgabe mit einem nicht erwarteten Notendurchschnitt. Sie sagte: »Bis zum nächsten Mal«, was sich in Ploteks Ohren anhörte wie: »Wir sehen uns gleich im Physikunterricht.«

Plotek nickte. Vinzi nickte auch.

»Tschüssi!«

»Ja.«

Torkelnd schob Plotek Vinzi im Rollstuhl aus dem *Mon Chéri*. Mittlerweile war die Sonne vom Himmel verschwunden. Der Abend war hereingebrochen. Es war etwas bewölkt, aber noch immer warm.

Als sie keine Minute später die Straße am Zebrastreifen überqueren wollten, fauchte dieser plötzlich, als bestünde er nicht aus den Streifen eines Zebras, sondern aus dem Maul eines sibirischen Tigers. Das Tigerbrüllen hörte sich nach Reifen auf Asphalt an. Oder besser: nach bremsenden Reifen. Noch besser: nach bremsenden Reifen, die quietschten. Es war Reifenquictschen! Vor ihnen baute sich bedrohlich eine rote Kühlerhaube auf. Dicht gefolgt vom Rest des zugehörigen Autos, eines Mini Coopers. Am Steuer saß eine Frau, die die beiden zuerst mit panischem, dann mit ärgerlichem Blick durch die Windschutzscheibe hindurch betrachtete. Wie die Schlange das Kaninchen. Oder eine Winchester den Tiger. Die Schlange mit der Winchester im Anschlag war Kira von Kybié. Sie wand sich aus dem Mini Cooper und schoss sofort scharf.

»Sagt mal, habt ihr keine Augen im Kopf?« Es klang ziemlich erbost. »Das war verdammt knapp, Leute!« Zwischen Ärger und Erleichterung schwankend, fügte sie schließlich hinzu: »Na, los, steigt schon ein.«

Plotek hievte den Rollstuhl in den Kofferraum des Mini Cooper Countryman. Eines Minis also, der gar nicht so mini war. Soll heißen, mit Kofferraum und vier Seitentüren. Beide quetschten sich auf die Rückbank, da der Vordersitz von einer Schachtel mit darin befindlicher Torte belegt war.

»Christin hat heute Nacht Geburtstag!«

Kira legte den ersten Gang ein und fuhr los. Von Fahren

konnte aber eigentlich keine Rede sein. Kira von Kybié fuhr nicht, sie raste.

»Gibt's 'ne Feier?«

Vinzis kleiner Körper wurde durch die Beschleunigung in den Rücksitz gedrückt.

»Eigentlich nicht.«

Sie schaltete wild die Gänge rauf und runter, dass die beiden ordentlich durchgeschüttelt wurden. »Obwohl, wenn ihr eine macht, dann schon.«

Es dauerte eine Weile, bis Plotek und Vinzi sich an Kiras Fahrstil zwar nicht gewöhnt, aber ihn doch akzeptiert hatten. Kira lächelte in den Rückspiegel. Länger als es die Verkehrssituation erlaubte.

Wenn die nicht gleich wieder auf die Fahrbahn guckt, dachte Plotek, dann war's das. Mit dem Mini, mit Kira von Kybié, dem Geburtstag von Christin, Vinzi und ihm selbst.

Er schloss ängstlich die Augen und krallte sich am Sitzpolster fest. Kaum waren die Lider geschlossen, hupte es.

»Arschloch!«, schrie Kira.

Plotek riss die Augen wieder auf. Die von Kira waren aus dem Rückspiegel verschwunden. Plotek war ein wenig erleichtert. Vinzi auch.

In Bezug auf die Geburtstagsfeier war jetzt allerdings der Schwarze Peter bei den beiden auf der Rückbank gelandet.

»Spargelessen wäre doch nicht schlecht, oder?«

Kira sagte es leicht ironisierend, als wäre das mal was ganz Neues. Sie fuhr mit überhöhter Geschwindigkeit in eine Kurve, so dass die Reifen erneut quietschten. Vinzi hielt sich an Plotek fest. Plotek sich an Vinzi. Wobei den beiden durch den unorthodoxen Fahrstil Kiras ziemlich mulmig wurde.

»Spargel, machen wir«, sagte Vinzi. »Elf Uhr bei uns vor dem Wohnwagen. Dann können wir gleich reinfei…«

Er kam nicht weiter, da abruptes Bremsen des Mini Coopers ihn nach vorne gegen die Kopfstütze des Fahrersitzes schleuderte.

Bloß nicht, dachte Plotek noch, und landete zeitgleich mit seinem Schädel an der anderen Kopfstütze. Kira gab wieder Gas und nickte erneut in den Rückspiegel. Wieder länger als erlaubt. Diesmal hupte aber niemand.

»Wir machen das als Überraschung, oder? Was meint ihr?« Sie schien begeistert.

»Gute Idee!« Vinzi auch.

Als hätten sich beide, Vinzi und Kira, unbemerkt zu einem Team zusammengeschlossen. Während es Plotek auf der Rückbank immer schummriger wurde. Der Grund war aber nicht das bevorstehende und ja noch zu organisierende Spargelessen. Der Grund war sein Magen. Der rumorte jetzt, als ginge darin einiges nicht mit rechten Dingen zu. Was höchstwahrscheinlich an der katastrophalen Fahrweise von Kira von Kybié lag. Sie raste nach wie vor wie eine gesengte Sau über die Straßen Richtung Cismar. In jeder Kurve quietschten die Reifen, so dass Ploteks massiger Körper auf der Rückbank hin und her geworfen wurde.

Je länger die Fahrt dauerte, umso übler wurde es Plotek. Vielleicht war es aber auch das verspeiste Matjesfilet? Es schien ganz so, als ob sich die Heringe langsam, aber sicher wieder aus seinem Körper verabschieden wollten. Soll heißen: Der Fisch wollte zurück ins Meer.

Aber nicht nur Plotek schien es so zu gehen. Als er zu Vinzi blickte, sah der nur wenig frischer aus. Auch in seinem Magen braute sich offenbar etwas zusammen. Am

Ortseingang von Cismar angekommen und nicht weit vom Campingplatz entfernt, ließ sich eine Befürchtung in Ploteks Gedanken nieder. Womöglich ist es beides: Fahrweise und Filet. Oder nur Filet, soll heißen: Fischvergiftung!

»Scheiße!«

»Anhalten!« schrie Plotek von hinten.

Das Resultat war eine Vollbremsung. Plotek und Vinzi prallten wieder synchron gegen die Kopfstützen der Vordersitze.

»Was ist?«

Verwunderung von Kira. Zuerst nur im Rückspiegel. Dann drehte sie sich nach den beiden um. Jetzt sah *sie* wie das Kaninchen aus. Plotek und Vinzi allerdings nicht wie Schlangen. Vielmehr wie lebende Leichen. Bedeutet: blass, bleich und ziemlich scheiße.

»Wir steigen hier aus«, sagte Plotek, wie man sagt: »Wir müssen mal kurz kotzen.«

Der Verwunderung von Kira tat das keinen Abbruch. Versuchte Vinzi eben eine ausführlichere Erklärung.

»Wir haben noch was zu erledigen.« Das war offensichtlich nicht ausführlich genug. Kira guckte, als verstünde sie die beiden im Speziellen und Männer im Allgemeinen noch immer nicht.

»Wir müssen zu, zu, zu… Elvis.« Es schien, als fiele es ihm erst in diesem Moment ein.

Jetzt schien sich Kiras Blick zu fragen, was die beiden ausgerechnet bei Elvis wollten.

»Elvis-Contest, Dosierung, Schwäbisches Gras…«, stammelte Vinzi vor sich hin, während beide die Wagentüren öffneten und sich vom Rücksitz schälten. Plotek konnte gerade noch den Rollstuhl aus dem Kofferraum laden, da gab Kira von Kybié schon wieder Gas und brauste hupend davon.

»Tschüss!« Vinzi schrie es ihr hinterher und wedelte mit der Hand in der Luft herum.

»Bis später«, murmelte Plotek und wedelte nicht.

Mehr konnte er nicht sagen, weil ab jetzt keine Worte mehr aus seinem Mund hervorquollen, sondern nurmehr Dünnflüssiges. Genauer, der Mageninhalt. Soll heißen: Unertl-Weißbier und Matjesfilet.

Plotek lehnte sich an einen Gartenzaun. Es war ein frisch gestrichener Jägerzaun, der auffällig nach Xyladecor-Holzschutzlasur roch. Er kotzte in einen Cismarer Vorgarten in die Vergissmeinnicht und Gänseblümchen, auch Tausendschön genannt. Danach waren sie nicht mehr so schön.

Auch Vinzi konnte sich beim Anblick des sich übergebenden Plotek, gepaart mit dem Holzschutzgeruch, nicht mehr zurückhalten. Auch er spie in den Vorgarten.

Kein schöner Anblick war das, wie die beiden da am Gartenzaun hingen und ihrem Unwohlsein freien Lauf ließen. Gar kein schöner Anblick!

13

»Kommt rein … *verdammte Scheiße, Runzelritze, Klötennuckler.*«

Elvis flüsterte es mehr, als dass er es sprach. Was für ein Empfang!

Vinzi hüpfte aus dem Rollstuhl, und Plotek ging hinter ihm her an der rustikalen Eingangstür mit Rauchglasscheiben vorbei ins Haus. Gemeinsam folgten sie Elvis durch einen schmalen dunklen Flur, an dessen Wänden gerahmte Ölgemälde mit Ostseelandschaften hingen. Sie passierten eine steile Holztreppe, die unauffällig vom Flur aus nach oben in den ersten Stock führte. Es roch nach Küchendünsten, nach Gekochtem, nach gebratenen Eiern, nach Speck. Am Ende des Flurs öffnete Elvis eine Tür und schob, ganz schnell, als hätte er es eilig, zuerst Vinzi, dann Plotek und zuletzt sich selbst in ein kleines Zimmer. Ebenso schnell schloss er die Tür wieder hinter sich. Oder vielmehr, er ließ sie fast lautlos zugleiten. Dann atmete er durch. Sein Gesicht glänzte. Über der Oberlippe waren Schweißperlen zu sehen.

Plotek und Vinzi blickten sich um. Das Zimmer war kein Zimmer. Es hatte zwar vier Wände, aber das, was sie umschlossen, mutete an wie eine andere Welt, ein abseitiger Kosmos, ein paralleles Universum. Elvis' Parallelwelt. Graceland in Grömitz. Mit einer Parallelgesellschaft, die einzig und allein aus dem King bestand. Das sagt man jetzt so einfach. Es war aber tatsächlich und im wahrsten Sinne des Wortes so. Das Zimmer war nämlich nichts anderes als ein bunter, begehbarer Schrein. Mit Bett, Tisch, Sessel, Sofa, Schrank und Stuhl. An der Wand hingen unzählige Konterfeis von Elvis Presley. Als Poster, Bilder, gemalt, gedruckt. Fotos, gerahmt und ungerahmt. Aufkleber, Sticker und alles. Nicht nur an der Wand, sondern überall. Die Sofakissen waren mit Elvis-Presley-Gesichtern bestickt. Schrank, Stuhl und Tisch waren bemalt oder mit Bildern überzogen. Die Tischdecke mit Szenen aus Elvis-Filmen bedruckt. Einfach alles stand im Zeichen des King. An der Wand baumelten Lichterketten mit kleinen Presley-Köpfen. Auf den zugezogenen Vorhängen tanzte der King in seinen besten Jahren. Der Bettüberzug war eine Elvis-Decke, und auch auf dem Kopfkissen waren Elvis-Motive zu sehen. In mehreren Regalen stapelten sich Elvis-Bücher, Elvis-Schallplatten und Videokassetten mit Elvis-Filmen. Überall lagen Utensilien herum, die irgendetwas mit dem King zu tun hatten. Oder zumindest so aussahen. Souvenirs, Devotionalien, Krimskrams, Klamotten, Schals und Schuhe, die auch Elvis getragen haben könnte. Hier lebte Elvis in doppelter Ausführung. Der tote in Form von Reliquien an der Wand und sein lebendes Double mit Hut und Paillettenhemd, der noch immer stark schwitzend an der Tür zu diesem kuriosen Schlupfwinkel stand.

Der ist entweder wahnsinnig, dachte Plotek, oder ein Fan, wie jeder Star ihn sich wünscht. Auch Vinzi staunte still vor sich hin. Beide schwiegen. Und gaben auch sonst keinen Ton von sich. Jeder andere hätte jetzt seiner Verwunderung Ausdruck verliehen. Hätte mit Komplimenten um sich geschmissen, schmeichlerisch ein begeistertes »Oh«

oder ein erstauntes »Ah« zwischen die Elvis-Abbilder platziert.

Nicht aber Plotek. Ebenso wenig Vinzi. Da waren die beiden einfach anders. Was auch Elvis zu gefallen schien. Als Vinzi und Plotek nur ganz kurz anerkennend nickten, nickte Elvis ebenso unscheinbar zurück, als verstünde er ganz genau, was sie meinten.

»Setzt euch ... *Mundwinkeltripper, Arschritzenlecker!*«

Vinzi und Plotek setzten sich auf das Sofa, von dessen gehäkelter Überdecke ihnen ebenfalls der King in unzähliger Wiederholung entgegenblickte. Elvis öffnete den Schrank und holte eine Flasche Ouzo heraus. Als Etikett pappte der King darauf. Elvis nahm drei Gläser und stellte sie auf einen Hocker vor das Sofa. Obgleich sich Plotek und Vinzi mittlerweile an den Ouzo gewöhnt hatten, war er warm noch immer scheußlich.

Elvis goss die Gläser voll, hob seines an und sagte: »Prost, *Kacknacken, Hauptschulgesicht*!«

Er kippte den Ouzo in einem Zug hinunter. Plotek und Vinzi taten es ihm gleich. Sie verzogen dabei ihr Gesicht. Auch Elvis' Physiognomie glich einer verzerrten Fratze. Was aber weniger mit dem Ouzo als mit seinem Tourette zusammenhing.

Es ist natürlich nicht leicht, ein Gespräch mit jemandem zu führen, der einen permanent beleidigt. Auch wenn er es nicht so meint. Selbst wenn er gar nichts dafür kann. Es hat trotzdem nachhaltige Auswirkungen auf jede Diskussion. Man kann einfach nicht ernsthaft und entspannt sein, wenn jemand einen ständig als »Senfhure«, »Fotzerich« oder »Hodenlecker« bezeichnet. Und dazu noch ständig das Gesicht verzieht, als hätte er unbeschreibliche Schmerzen, die sein Gegenüber zu verantworten hat.

Also packte Vinzi erst mal das schwäbische Gras aus und drehte eine Zigarette, in der Hoffnung, dass Elvis dabei ein wenig lockerer würde.

Und tatsächlich, nach nur wenigen Zügen, während derer alle drei andächtig schwiegen und so dem Schrein die größtmögliche Achtung erwiesen, schien Elvis ruhiger zu werden. Er saß gelöst im Sessel, streckte die Beine mit den Cowboystiefeln von sich, schob den Hut, den er offenbar auch zu Hause nicht absetzte, weit in den Nacken und hatte nun ein gewinnendes Schmunzeln auf den Lippen.

Auch bei Plotek und Vinzi zeigte das schwäbische Haschisch Wirkung. Schläfrig dämmerten die beiden auf dem Sofa vor sich hin. Während sich vor Ploteks Augen die Konterfeis an den Wänden langsam zu bewegen begannen. Die Elvisse schienen mit jedem Zug am Joint lebendiger zu werden. Das gewinnende Lächeln von Elvis im Sessel zeigte sich jetzt auch auf den Gesichtern an der Wand. Oder war es umgekehrt? Die Abbilder dort und der leibhaftige Elvis im Sessel, der wiederum nur ein Abbild des echten Elvis an der Wand sein wollte, wurden sich in Ploteks Augen immer ähnlicher. Die lebendige Fiktion und die tote Wirklichkeit wirkten plötzlich ununterscheidbar, auch austauschbar.

»Elvis lebt!«, sagte Vinzi in die Stille hinein, was sich anhörte wie: »Gott ist tot!«

Plotek hätte sich in diesem Moment mit allem, was er besaß, was zugegebenermaßen nicht sehr viel war, für diese Einschätzung verbürgt. Als hätte Elvis im Sessel die Feststellung von Vinzi als Aufforderung empfunden, sich ihnen zu offenbaren, knöpfte er sich langsam, fast in Zeitlupe das Hemd auf.

Was hat er denn jetzt vor?, dachte Plotek, als Elvis' welker Oberkörper zum Vorschein kam, dessen Brust von dichten, fast silbergrauen Haaren überquoll. Elvis erhob sich vom Sessel, langsam und noch immer wie in Zeitlupe, und drehte sich um. Er reckte den beiden den Rücken entgegen und hob dann das Hemd hoch, als wäre es ein Bühnenvorhang. Dann bückte er sich leicht nach vorne. Was Plotek und Vinzi jetzt sahen, verschlug ihnen den Atem. Auf dem Rücken prangte eine Tätowierung. Aber eine, wie die beiden sie noch nie gesehen hatten. Allein die Größe war einmalig. Das Tattoo bedeckte den gesamten Rücken. Es reichte vom Halswirbel bis hinunter zur Arschritze. Und es zeigte keines dieser herkömmlichen, weit verbreiteten Motive, die sich für gewöhnlich auf irgendwelchen Hautpartien niederließen. Also Drachen, Schlangen, asiatische Zeichen, Kreuze, Frauenmotive und dergleichen. Nein, auf dem Rücken dieses vielleicht sechzigjährigen Mannes war der King abgebildet. Das Konterfei von Elvis Presley schwamm auf der alten, schwabbeligen Haut. Ebenfalls mit einem gewinnenden Lächeln um den Mund. Darüber, direkt unter den ersten Halswirbeln, stand in geschwungenen Buchstaben geschrieben: *I'm left, you're right, she's gone.*

Elvis ließ das Hemd wieder über den Rücken rutschen, aber die Vorstellung war noch nicht vorbei. Im Gegenteil, sie schien gerade erst richtig loszugehen. Vinzi fing nämlich an zu singen. Nicht gut, aber immerhin.

»Well, you're right, I'm left, she's gone. / You're right, and I'm left all alone. / Well, you tried to tell me so, / But how was I to know/ That she was not the one for me?«

Elvis drehte sich wieder zu den beiden um. Er knöpfte sich das Hemd zu und begann zu tänzeln. Zuerst nur auf der Stelle. Dann bewegte er sich durch den ganzen Raum. Der Tanz, die Schritte erinnerten an Elvis Presley im Film *Jailhouse Rock*. Während Vinzi noch immer singend nach der am Schrank lehnenden Gitarre griff und die zweite Strophe nun konzertant unterstützte, stimmte auch Elvis in den Gesang mit ein. Vinzi spielte, wobei er immer wieder mal den falschen Akkord erwischte, und beide sangen sie dazu. Elvis wieder fehlerfrei und ohne die vertrauten Schimpfwörter einzustreuen.

»*You told me all along, / You're right, our love was so wrong. / But now I changed my mind, / Because she broke the ties that bind, / And I know that she never cared for me.*«

Wäre Plotek nicht so textunsicher gewesen, hätte bestimmt auch er sich gesanglich angeschlossen, obgleich er der Musik Presleys eher gleichgültig gegenüberstand. So saß er nur da und wippte mit den Füßen, während die beiden, Vinzi und Elvis, immer begeisterter rockten.

Am Ende sank Elvis erschöpft und außer Atem auf den Sessel nieder. Vinzi legte die Gitarre zur Seite und lehnte sich ebenso erschöpft neben Plotek ins Sofa zurück.

»Das zeig ich nicht jedem.«

Elvis sagte es nach einer längeren Pause und schlug sich dabei mit der Handfläche auf den Rücken. Und wieder: keine Schimpfwörter, nirgends. Damit das auch so blieb, reichte ihm Vinzi, noch immer schwer atmend, erneut den Joint. Einer ernsthaften Konversation stand nun eigentlich nichts mehr im Wege. Aber denkste. Plotek und Vinzi dachten nicht daran, jetzt, wo es möglich gewesen wäre, das Gespräch zu eröffnen. Beide schwiegen vor sich hin.

Ganz anders Elvis. Er schien nun, sicher auch durch die Gesangseinlage motiviert, Gefallen an der schimpfwörterfreien Rede zu finden.

»Ihr haltet mich wahrscheinlich für plemplem. «

Er schob den Hut noch weiter in den Nacken und lächelte fast ein wenig überheblich vor sich hin. Doch nicht lange, dann fügte er hinzu: »Aber ich habe ihn wirklich gesehen.«

Wen?, wollte Plotek fragen. Er tat es aber, noch immer träge vom schwäbischen Gras, dann doch nicht.

Elvis schien nun seltsam vertraulich zu werden. Es mutete ganz so an, als wollte er den beiden gleich sein Herz ausschütten.

Bloß das nicht, dachte Plotek. Er konnte sentimentale Menschen nicht leiden. Sentimentale Männer schon gar nicht.

Aber zu spät.

»Er war auf dem Campingplatz *Inselstrand*, vor fünf Jahren. Damals, als die kleine Spargelstecherin verschwand. Ihr wisst schon, Iveta. Da ist er aufgetaucht. Ich habe ihn das erste Mal im Edeka in Grömitz gesehen. Zuerst beim Obst und dann an der Wursttheke. Er hat gerade fünfhundert Gramm Hackfleisch halb und halb bestellt. Er trug einen Trainingsanzug, ein T-Shirt, auf dem *Acapulco* stand, und Badelatschen. Wirkte ganz normal, wie ein Tourist. Aber ich hab sofort erkannt, dass das alles Tarnung war. Gute Tarnung sogar. Aber nicht gut genug für mich. Das war kein Tourist, das war er! Ich habe ihn natürlich angesprochen. Ich sagte: ›He, Mann, du bist doch

Elvis Presley, oder?‹ Er hat nur gelacht, zuerst verlegen, eingeschüchtert. Dann sagte er: ›Ich heiße Norbert Veils und komme aus Halle an der Saale.‹ Er hat sein Hackfleisch genommen und sich davongemacht. So schnell konnte ich gar nicht schauen. Auf und davon.«

Elvis sah zuerst Vinzi, dann Plotek erwartungsvoll an. Dann zwinkerte er ihnen mit seinem intakten Auge zu. »Halle an der Saale! Sachsen!«

Wieder zwinkerte er und sagte dann, als wäre das die Erklärung: »Der Mann hatte keinen Dialekt! Nicht einen Hauch davon. Kennt ihr etwa einen Sachsen, der nicht mit Dialekt spricht?«

Noch ehe Plotek und Vinzi etwas sagen konnten, klatschte Elvis in die Hände und fuhr schon wieder fort. »Na, seht ihr? Er war es, eindeutig. Dafür hab ich einen Blick.«

Elvis sah die beiden jetzt genau mit diesem Blick an. Lange, sehr lange sogar. Wobei sein linkes Auge wieder ausbüchste und in Richtung Schrank schielte. Plotek wurde es ganz schummrig.

»Veils! Fünf Buchstaben! Wie Elvis! Und das Beste: Etwas umgestellt, ergibt Veils Elvis. Und Elvis ergibt Veils, kapito?«

Für Plotek und Vinzi war gar nichts kapito.

»*Acapulco!*« Elvis sang es mehr, als dass er es sprach. »Na, macht es jetzt klick?«

Es machte nicht klick, nicht bei Plotek. Auch bei Vinzi nicht.

»Mann, so heißt der Film von 1963, in dem Elvis die Hauptrolle spielt. Und genau dieses Wort stand jetzt auf seinem T-Shirt. Das ist doch kein Zufall, oder?« Das Fragezeichen hatte mehr rhetorische Funktion.

»Aber sag mal, warum sollte sich Elvis Presley um Himmels willen in Halle an der Saale verkriechen und sich dann im Urlaub auf irgendwelchen Campingplätzen an der Ostsee rumtreiben?«

Vinzi versuchte, es behutsam zu formulieren. Was auch gelang. Dennoch verdunkelte sich Elvis' Blick. Er guckte, als müsste er bei ihnen ganz von vorne anfangen. Aufbauhilfe Elvis, sozusagen.

»Was glaubt ihr, warum er sich damals, am 16. August 1977, von Graceland in Memphis aus davongemacht hat, hä?«

Elvis ließ den beiden Zeit zum Nachdenken. Plotek kam nicht drauf. Elvis Presley hatte ihn noch nie wirklich interessiert. Diese Art von Rock 'n' Roll auch nicht. Er war eher ein David-Bowie-Fan. Oder: Siouxsie and the Banshees.

»Plötzlicher Herztod. Arrhythmie«, sagte Vinzi, der sich offenbar besser mit Elvis' Leben oder zumindest seinem Tod auskannte. »Das war kein Beginn, das war ein Ende. Sein Ende.«

Ein Hauch von Sarkasmus hatte sich zwischen Vinzis Worte geschmuggelt.

Elvis lachte, wie man über einen Ahnungslosen lacht. Es dauerte ein wenig, bis er sich wieder beruhigt hatte.

»Ihr Unwissenden«, sagte er noch in das Kichern hinein. »Mann, Elvis hatte die Schnauze voll. Er hatte dieses Leben satt. Er wollte sich allem entziehen, dem beschissenen Medienhype, den verfickten Journalisten, der abgefuckten Öffentlichkeit, seinen aufdringlichen Fans, selbst seiner verrotzten Familie, allen. Er wusste, langfristig würde er an diesem Leben zugrunde gehen, verdammte Scheiße.«

Meldet sich da etwa das Tourette zurück?, überlegte Plotek.

Er stieß Vinzi kurz und unauffällig mit dem Ellbogen an. Der verstand, packte erneut das schwäbische Gras aus und bastelte einen weiteren Joint.

»Und deswegen hat er seinen Tod inszeniert?« Plotek fragte es, während Vinzi den Joint ansteckte.

»Exakt … *Scheiße* … ja. Aus Selbstschutz.«

»Aber warum um Himmels willen sollte sich Elvis in Halle an der Saale verkriechen und sich dann im Sommer auf irgendwelchen Campingplätzen an der Ostsee rumtreiben?«

Vinzi wiederholte die schon einmal gestellte Frage. Entweder, weil sie für ihn noch immer nicht ausreichend beantwortet war. Oder weil er ganz einfach Zeit schinden wollte, damit das schwäbische Gras die Möglichkeit bekam zu wirken.

»Halle an der Saale ist doch nicht schlecht«, sagte Elvis. »Die DDR war für Elvis ideal. Haben sich da nicht auch die Terroristen aus dem Westen versteckt? Also warum nicht auch der King?« Auf das schwäbische Gras war Verlass. »Um vergessen zu werden. Um in Ruhe leben zu können. Und die Ostsee brauchte er für seine Erholung, den Urlaub. Urlaub von Halle.«

Um Elvis' Mundwinkel legte sich wieder ein gewinnendes, auch zufriedenes Lächeln. Er schien von seiner These überzeugt. Nur sein Auge büchste immer wieder aus und suchte bei der Gitarre am Schrank verzweifelt Halt.

»Wo würdet ihr euch verstecken, wenn ihr nicht entdeckt werden wolltet?«

Er fragte es und zog erneut am Joint. Noch ehe einer der

beiden antworten konnte, redete er schon weiter. »Seht ihr? Halle an der Saale ist perfekt. Da kommt doch niemand drauf!«

Wieder lächelte er. Erneut ein wenig überheblich.

»Was hältst du eigentlich von der These, dass Elvis ein Außerirdischer war? Und wieder heimgekehrt ist, als seine Zeit auf der Erde vorbei war.«

Vinzi schien sich tatsächlich besser, als Plotek es geahnt hätte, mit der Mythenbildung nach dem Tod des Sängers aus Memphis auszukennen.

»Schwachsinn! Verschwörungstheorie!«

Elvis sagte es, als wäre diese Theorie der endgültige Beweis dafür, dass seine Behauptung vom geheimen Weiterleben des Stars, in Halle und an der Ostsee, nichts mit Parawissenschaft zu tun hatte, sondern geradezu eine Paradedisziplin akademischer Forschung war.

»Da kursiert ja allerhand Schwachsinn. Mafia, Mord und so.«

Elvis wurde nachdenklich. Er zog wieder am Joint und schwieg eine Weile. Dann sagte er, jetzt leiser, aber noch immer mit absenten Schimpfwörtern: »Vielleicht hat *er* sie geholt.«

Vinzi und Plotek verstanden nicht ganz und sahen sich überrascht an. Woraufhin Vinzi seine Überraschung formulierte. »Wen?«

Elvis schaute wieder mit diesem durchdringenden, keinen Widerspruch duldenden Blick. Wobei sein linkes Auge zum wiederholten Male ausbüchste.

»Iveta.«

»Elvis hat Iveta …?«

»Elvis hat Iveta geholt!« Es klang unverrückbar.

Die Überraschung bei den beiden wich Zweifel. Was Elvis zu bemerken schien und ihn nachlegen ließ. »Sie hat doch in der Nacht, kurz bevor sie verschwunden ist, am Campingplatz Feuer von mir verlangt, wisst ihr noch?«

Plotek und Vinzi nickten.

»Das Feuerzeug, das ich ihr gegeben habe, oder besser ihr geschenkt habe, erinnert ihr euch?«

Wieder Nicken.

»Wisst ihr, was da drauf war?«

Vinzi und Plotek dachten nach. Theoretisch hätte da alles drauf gewesen sein können. Praktisch und so wie Elvis die Frage stellte, nur etwas ganz Bestimmtes.

»Elvis?«, fragte Vinzi.

Und »Elvis?« fragte auch Plotek.

»Exakt!«

Der Zweifel der beiden verwandelte sich in Fassungslosigkeit. Elvis lachte.

Das Lachen sollte ihm aber schnell wieder vergehen. Plötzlich war nämlich aus dem Flur ein Schrei zu hören. Er klang indifferent. Seine Botschaft war nicht eindeutig zu entschlüsseln. Dann folgte auf den ersten Schrei ein zweiter. Und dann immer mehr. Bis schließlich die Schreie immer deutlicher wurden und zuletzt einen Namen riefen.

»Kle-mens!«, dröhnte es durch die Tür ins Zimmer.

Elvis versuchte es zunächst zu ignorieren. Vielleicht in der Hoffnung, das Geschrei würde, so spontan, wie es begonnen hatte, auch wieder aufhören. Es hörte aber nicht auf. Immer wieder drang »Kle-mens! Kleeemens! Kleeeeemens!« zu ihnen ins Zimmer.

Immer eindringlicher, immer lauter.

Als Vinzi, mehr fragend als feststellend, sagte: »Da schreit doch jemand Klemens?«, reagierte schließlich auch Elvis. Er sprang hektisch von seinem Sessel auf.

»Mama! *Scheiße, verflucht, Arschkrapfen, vergammelter!*«

Die Schimpfwörter waren wieder zurück, als wären sie nie weg gewesen. Und mit was für einem Furor! Dazu das Naserümpfen, die Gesichtszuckungen und die komplette Aufregung. Die Lockerheit war dahin, die Entspannung futsch.

»Mama … *Arschpopper, Klippenpisser* … liegt im Bett … *Schweineschänder, Großraummöse, Kackbalken* … im ersten Stock, ist krank, bettlägerig, … *Bumsfritte, Speckbarbie* … will immer etwas … *Fettflunder, Sackpfeife* … *verwichste* … bin gleich wieder … *Gesichtstripper, Rohrzangengeburt* … zurück … *Bumsarsch verwichster!*«

Er stürmte aus dem Zimmer und ließ die Tür nur angelehnt.

Zurück blieben Plotek und Vinzi. Beide noch immer von der wohligen Wirkung des schwäbischen Grases eingelullt.

Lange sagten sie nichts. Dann kam schließlich von Vinzi wie ein Lebenszeichen aus dem Nichts und so, als wäre es eine Feststellung: »Verschwörungstheoretiker.«

Mit einem Mal fiel Plotek der Verschwörungstheoretiker mit den rosa Plüschpantoffeln aus dem Krankenhaus in Hamburg wieder ein. Den hatte er vor langer Zeit auf St. Pauli getroffen, bevor sich der bedauernswerte Kerl vor lauter Verschwörung und Theorie schließlich vom Dach gestürzt hatte.

Plotek bestätigte mit einer eindeutigen Kopfbewegung. »Aber ganz sympathisch, oder?«

»Stimmt.«

Plotek merkte, wie seine Übelkeit, die er eigentlich schon überwunden geglaubt hatte, langsam wieder zurückkehrte. Der Magen rumorte plötzlich wieder. Einhergehend mit Hitzeschüben, Herzklopfen. Ständig musste er nun aufstoßen.

»Verdammt, ich glaube, ich muss schon wieder …«

Er hielt sich die Hand vor den Mund und stürzte zur Tür hinaus auf den Flur, auf der Suche nach einer Kloschüssel. Oder zumindest einem Waschbecken. Im Flur riss er die nächstgelegene Tür auf. Und Glück gehabt. Es war tatsächlich die Toilette. Und was für eine! Auch im Klo erinnerte alles an Elvis Presley. Wieder überall Poster, Bilder und Aufkleber mit seinen Konterfeis. Die Tapete war eine Elvis-Tapete. Auf den Fliesen war der King aufgemalt. Selbst von der aus Plexiglas bestehenden Klobrille lächelte sein Gesicht zu ihm herauf.

Was Plotek aber nicht davon abhalten konnte, sich erneut zu übergeben.

Kein Zweifel, das Matjesfilet!, dachte er, als er sich anschließend am Waschbecken den schlechten Geschmack aus dem Mund spülte.

Er ging wieder zurück in den begehbaren Elvis-Schrein.

»Und, alles klar?« Vinzi klang, als wäre bei ihm ganz und gar nichts klar.

»Hm.«

»Mir geht's auch nicht besonders.« Vinzi zog nun ebenfalls den einzig möglichen Schluss. »Fischvergiftung, keine Frage.«

Dann verabschiedete auch er sich spontan und schnellstmöglichst auf die Toilette.

Als er zurück war, sagte er nur: »Irgendwie wird mir Elvis immer unheimlicher.«

Es war Plotek nicht ganz klar, ob er den verstorbenen Elvis oder sein Double meinte. Womöglich beide.

Vinzi setzte sich wieder neben Plotek auf das Sofa und baute auf Vorrat zwei weitere Joints.

Als diese fertig waren, war auch Elvis wieder zurück. Er sah jetzt ziemlich mitgenommen aus. Erschöpft ließ er sich in den Sessel fallen und zog wie ein Verdurstender am vorbereiteten Joint, um dann nahtlos an das zuvor unterbrochene Gespräch anzuknüpfen.

»Wisst ihr, was ich glaube?« Plotek und Vinzi konnten ihre Vermutung gar nicht erst anbringen, da Elvis gleich weiterredete.

»Diese verschwundene Spargelstecherin, Iveta, ihr erinnert euch?« Nicken von Plotek. Nicken von Vinzi.

»Iveta war meines Erachtens nicht nur eine Spargelstecherin.«

Wieder Verwunderung bei den beiden. Die Vinzi in Worte zu fassen suchte. »Was war sie noch?«, fragte er.

»Agentin«, drang es wie aus der Pistole geschossen aus Elvis. »Oder besser: Doppelagentin.«

Jetzt schlug bei Plotek und Vinzi die Verwunderung wieder in Zweifel um.

Was Elvis aber nicht zu beeindrucken schien. »Deshalb musste sie dran glauben. Deshalb wurde sie umgebracht.«

»Von wem?«

Elvis sah die beiden an, als wären *sie* plemplem. Sein schielendes Auge pendelte ständig zwischen ihnen und dem Schrank hin und her. »Mann, vom Geheimdienst natürlich!«, sagte er schließlich.

Der Zweifel bei Vinzi und Plotek war jetzt wieder Fassungslosigkeit.

»Aber sie war doch noch ein Kind.« Es klang bei Plotek wie: »Sie kann doch nichts dafür.«

Was Elvis als Argument nicht gelten ließ. »Na und, das ist doch denen scheißegal. Die arbeiten doch mit allen Mitteln.«

»Hast du das auch den Bullen gesagt?«, fragte Vinzi.

»Bist du wahnsinnig!« Jetzt war die Fassungslosigkeit auf Elvis' Seite. »Die hätten mich doch sofort eingeknastet.« Und dann wieder leiser und eindringlicher: »Die wollten mir damals ja so schon alles in die Schuhe schieben. Ist ihnen aber nicht gelungen. Die Beweislage war zu dürftig. Ich hab ihnen auch das mit dem Feuerzeug nicht erzählt. Ich meine, dass ich es ihr geschenkt habe. Anscheinend haben sie es auch nie gefunden.«

Wieder entstand eine längere Pause. Draußen vor den Vorhängen wich der Tag bereits der Nacht.

»Und warum?«, wollte Vinzi wissen.

»Was, warum?«

»Warum hat sie für den Geheimdienst spioniert? Und vor allem, was hat sie ausspioniert?«

Elvis dachte nach. Auf seiner Stirn entstanden nun das erste Mal tiefe Furchen.

»Ich glaube, es hat mit der AG Ostholstein zu tun, ihr erinnert euch?«

»Arbeitsgruppe«, sagte Vinzi.

»Exakt«, entgegnete Elvis.

»Wo auch der Sohn vom Camping-Gott mitmischt …«

»Björn«, warf Plotek ein.

Wieder »Exakt« von Elvis. »Das sind Rechtsextremisten. Die haben eine lange Tradition, ich meine die Nazis in Schleswig-Holstein. Geschichtlich gesehen. Schleswig-Holstein war nach dem Zweiten Weltkrieg eine ihrer Hochburgen, müsst ihr wissen. Viele Nazis nutzten die Verwirrungen nach Kriegsende hier oben im Norden, wegen der Flüchtlinge und so, und verkrochen sich hier. Sie machten unbehelligt eine zweite berufliche Karriere. Die schleswig-holsteinische Kriminalpolizei gewährte zum Beispiel vielen SS- und Gestapo-Funktionären Unterschlupf. Die ersten Chefs der Kripo sind leitende Beamte des Reichssicherheitshauptamtes gewesen. Offene Stellen wurden mir nichts, dir nichts mit alten Kameraden besetzt.«

Plotek und Vinzi staunten. Dennoch verstanden beide nicht genau, warum Elvis ihnen das in aller Ausführlichkeit erzählte. Soll heißen: Beide standen mit beiden Beinen fest auf dem Schlauch. Als Elvis keine Anstalten machte, ein wenig Licht ins Dunkel zu bringen, fragte Vinzi schließlich: »Aber was hat das mit der Spargelstecherin zu tun, mit der AG Ostholstein?«

Elvis guckte, als wüsste er es auch nicht. Zumindest nicht so richtig.

»Hm, schwer zu sagen«, sagte er. »Aber ich denke, das hängt mit dem verschwundenen Bernsteinzimmer zusammen. Das in Lettland vermutet wird.«

Der tickt doch nicht richtig, dachte Plotek. Offenbar hatte das schwäbische Gras zur Folge, dass zwar Elvis' Tourette in Zaum gehalten wurde. Dafür schienen aber seine Verrücktheit und die Hirngespinste frei und ungebremst mit ihm davonzugaloppieren.

»Ich merke schon, ihr glaubt mir nicht. Ihr haltet mich wahrscheinlich wirklich für plemplem.«

Diesmal schüttelten die beiden nicht mehr den Kopf.

Als wollte Elvis sie widerlegen, oder auch bestätigen, je nachdem, aus welcher Perspektive man es sah, fragte er: »Wisst ihr, warum die Deutsche Bahn Leichen kauft und auf die Gleise legt?«

»Keine Ahnung.«

»Um damit ihre Verspätungen zu rechtfertigen.«

Vinzi lachte. Plotek lachte. Nur Elvis lachte nicht.

Eine Kirchturmuhr hämmerte helle Glockenschläge durch die hereinbrechende Nacht. Plotek zählte mit. »Verdammt, schon neun!«

Er sagte es, als wäre ihm die verstrichene Zeit abhandengekommen. Vinzi war ähnlich überrascht.

»Wir brauchen ja noch den Spargel.«

In den Worten lauerte schon eine Spur Resignation. Kein Wunder, wo sollten sie um neun Uhr abends noch Spargel herbekommen?

»Holt ihn euch doch einfach von den Feldern.«

Elvis sagte es, als wäre es das Einfachste von der Welt.

»Wie, holen?«

Elvis machte mit der Hand eine eindeutige Bewegung. »Die Felder sind voll davon.«

»Ist das nicht verboten?«

Jetzt lachte Elvis doch noch. »Klar ist das verboten. Macht aber trotzdem jeder.«

»Du auch?«

»Logisch.«

»Na dann.« Es klang entschlossen.

Vinzi erhob sich. Plotek ebenfalls. Elvis zog aus einer Schublade seines Schrankes eine Plastiktüte und ein Spargelmesser hervor. Beides reichte er Plotek.

»Lasst euch halt nicht erwischen.«

Bevor die beiden den Flur entlang Richtung Haustür gingen, steckte Vinzi Elvis noch einen vorsorglich gebauten Joint zu.

»Für später!«, sagte er und ergänzte: »Ach so, und wenn du Lust hast, um elf ist bei uns am Wohnwagen Party. Christin hat Geburtstag.«

Noch ehe Elvis etwas auf die Einladung sagen konnte, fing seine Mutter im ersten Stock wieder an zu schreien. Ohne sich von ihnen verabschiedet zu haben, war Elvis schon verschwunden.

Vinzi und Plotek machten sich auf den Weg zurück zum Campingplatz. Wieder schob Plotek den Rollstuhl mit Vinzi darin.

Nicht weit von Cismar und dem Kloster entfernt tauchte nahe der Bundesstraße an einem Feldweg die erste riesige Spargelplantage auf. Vinzi hüpfte aus dem Rollstuhl, den Plotek getarnt in einem Weizenfeld neben dem Schotterweg parkte. Die hügeligen Spargelreihen waren mit schwarzer Folie abgedeckt. Die beiden gingen zwischen den Reihen hindurch bis fast zur Mitte des Feldes. Dort hoben sie die Folie an und stachen mit dem Spargelmesser die Spargelstangen aus der Erde. Oder besser, Vinzi stach und Plotek hob die Folie hoch. Vinzi hatte, durch die amputierten Beine, eigentlich die ideale Größe fürs Spargelstechen. Er musste sich nicht einmal bücken. Außerdem schien er seltsam geübt. Nur ganz selten brach eine Spargelstange ab, oder er schnitt sie an der falschen Stelle durch.

»Vielleicht eine späte Karriere?«, scherzte Plotek.

Worüber aber Vinzi gar nicht lachen konnte. Plotek sollte das Lachen ebenfalls vergehen.

Als die Tüte nämlich fast voll war, erblickte er plötzlich zwei Lichter in der Ferne, die eine leuchtende Schneise in die Nacht schlugen.

»Verdammt, da kommt jemand!«

Plotek flüsterte es, die Plastiktüte noch immer in der Hand.

»Wo?«

»Da! Ein Auto!«

Auch Vinzi richtete sich jetzt auf und sah die beiden Lichter direkt auf sie zukommen. Das Auto kam immer näher.

»Runter«, befahl Vinzi.

Beide legten sich zwischen die Spargelreihen auf die Erde.

Das Auto bog jetzt von der Bundesstraße in den Feldweg ein. Es hielt kurz darauf genau neben der Spargelplantage an. Vinzi hob ein wenig den Kopf und blickte über die Hügel hinweg. Er sah, wie zwei Personen aus dem Wagen stiegen.

»Sie sind zu zweit. Wer kann das sein?«, fragte er leise erst sich selbst und dann Plotek, der unmittelbar neben ihm lag.

Keine Ahnung, dachte Plotek.

Er lag noch immer auf dem Rücken und blickte in den Himmel. Sterne sah er dort, den großen Wagen, den kleinen. Dann hörte er Schreie.

»Jetzt haben sie noch jemand aus dem Wagen gezerrt«, flüsterte Vinzi. Schmerzensschreie von einem Mann waren zu hören.

»Verdammt, die schlagen ihn zusammen.«

»Pscht!«

Plotek zog Vinzi zu sich herunter. Dabei kam Vinzi auf Ploteks verletztem Bein zu liegen.

»Aua!« Plotek biss sich aufs Wangenfleisch, um nicht laut aufzuheulen.

Plötzlich verstummten die Schreie des Mannes abrupt. Dann war das Schlagen von Autotüren zu hören, und der Motor heulte auf. Das Auto setzte sich wieder in Bewegung. Die Lichter entfernten sich. Dann war Stille.

Na ja, das stimmte nicht ganz. Als das Auto nicht mehr zu sehen war und Plotek und Vinzi noch immer auf der Erde lagen und in den Himmel starrten, hörten sie plötzlich wieder etwas. Zuerst ganz leise. Es war ein Schluchzen. Das immer heftiger wurde. Sie richteten sich wieder auf. Wobei Ploteks Bein so schmerzte wie noch nie. Dann gingen sie, Plotek stark humpelnd, das Spargelmesser in der einen und die volle Plastiktüte in der anderen Hand, die Reihen entlang auf den Schotterweg zu.

Das Schluchzen wurde immer lauter. Am Rand des Spargelfeldes lag etwas. Oder besser, jemand. Plotek und Vinzi konnten einen jungen Mann zusammengekrümmt am Boden erkennen. Er lag mit dem Gesicht nach unten im Dreck und stöhnte.

Als die beiden vor ihm standen, drehte sich der Mann unter Mühen um. Es war Kaspars, der lettische Spargelstecher und Freund von Siouxsie. Er sah ziemlich derangiert aus.

»He, alles okay?«, fragte Vinzi. Das klang ziemlich euphemistisch.

Nichts war okay. Der junge Mann blutete am Kopf, die Lippen waren aufgeplatzt. Das Auge angeschwollen.

»Wer hat dich denn so zugerichtet?«

»Niemand«, drang es leise aus Kaspars' Mund, so dass man schon gut zuhören musste, um es überhaupt zu verstehen. Das war keine Stimme mehr, das war ein erbärmliches Knarren.

»Dafür siehst du aber ganz schön mitgenommen aus.«

»Das täuscht.«

Kaspars rappelte sich langsam hoch. »Geht schon wieder.«

Es sah aus, als würde er sich nicht lange auf den Beinen halten können und gleich wieder auf der Erde liegen.

»Sollen wir dir helfen?«

Er machte ein paar Schritte, torkelte mehr, als dass er ging.

»Halb so schlimm.«

Das war nicht halb schlimm, das war ganz schlimm.

»He, lass dir doch helfen ...« Vinzi rief es ihm hinterher.

»Danke, geht schon«, kam es kaum verständlich von Kaspars zurück.

Er humpelte davon. Vinzi und Plotek sahen ihm kopfschüttelnd hinterher.

Als Kaspars schließlich in der Nacht verschwunden war, sagte Vinzi: »Entweder ist der zu stolz, um sich helfen zu lassen. Oder er tickt nicht richtig.«

»Vielleicht hat er auch nur Angst.«

»Wovor?«

»Keine Ahnung.«

Die Kirchturmuhr hämmerte wieder ihre hellen Glockenschläge vom Kloster herüber. Dieses Mal zehn nacheinander.

»Los, wir müssen. Um elf kommen die Gäste«, mahnte Vinzi zur Eile.

Plotek holte, ähnlich humpelnd wie Kaspars, den Rollstuhl aus dem Weizenfeld, und Vinzi setzte sich hinein. Noch ehe sich aber die zwei auf den Weg machen konnten, bog schon wieder ein Licht von der Bundesstraße auf den Feldweg ab und bewegte sich direkt auf die beiden zu. Plotek ließ die Plastiktüte mit dem Spargel im Rollstuhlnetz verschwinden. Aber die beiden hatten keine Lust, sich noch einmal auf den Boden zu werfen. Was auch nicht notwendig war. Vor ihnen hielt Elvis auf seiner Schwalbe an.

»Na, los … *Schlüpferküsser* … steig auf! Und du … *Vollrind* … hältst dich hinten fest!«

Er rief es ihnen zu und wendete gleichzeitig.

Plotek stieg auf den Sozius der Schwalbe, und Vinzi hielt sich, im Rollstuhl sitzend, am Gepäckträger fest.

Elvis gab Gas, und alle drei tuckerten johlend in Richtung Campingplatz davon.

14

Der Camping-Gott stellte nach kurzer Überredung und gegen harte europäische Währung ein Säckchen Kartoffeln zur Verfügung. Seine Küche blieb nach dem Abgang von Inga ohnehin bis auf Weiteres kalt.

Der geklaute Spargel aus der Plastiktüte müsste, sorgsam zubereitet, für alle reichen, überschlugen Plotek und Vinzi.

Fehlte nur noch die Sauce Hollandaise. Natürlich hatten sie keinen blassen Schimmer, wie man dieselbige zubereitete. In Sachen Soßen waren sie blutige Anfänger. In Sachen Kochen auch. Plotek kochte nie. Und bei Vinzi kochte dessen rumänisch-deutsche Haushaltshilfe Hexe. Wenn sie nicht gerade im Kuhfladen die Zukunft las. Oder Bahnbrechendes prophezeite.

»Das kann doch nicht so schwer sein ... *Riemenriecher*«, mutmaßte Elvis bezüglich der Soße und ihrer Hervorbringung.

Das Tourette schien er momentan ganz gut im Griff zu haben. Kaum Zuckungen, kaum Zwangshandlungen, kaum Schimpfwörter. Alles paletti, quasi. Wobei Elvis nicht den Eindruck machte, als wäre er jetzt ein ausgewiesener Soßenspezialist. Dennoch zählte er auf: »Eier, Butter, Schalotten, Weißwein, Wasser, Zitronen, Salz, Pfeffer ... *Scheiße, Tuntenpapst*. Das war's!«

Er klatschte in die Hände, als wäre es das Einfachste von

der Welt. War es natürlich nicht. Zumindest nicht für Plotek und Vinzi.

»Ja, nur wie viel von allem?«

Vinzi war keineswegs von Elvis' Pragmatismus überzeugt und gerierte sich als Spielverderber. Schon wurde das Einfache wieder schwierig.

»Welche Menge brauchen wir von jeder Zutat?«

Auch Plotek schlug sich auf Vinzis Seite und entpuppte sich als Bedenkenträger.

Elvis dachte nach und fasste dann seine Gedanken kurz und bündig zusammen: »*Vollhoden* ... so viel ihr kriegen könnt ... *Muschilecker.*«

Machten sich also Plotek und Vinzi erneut auf, den Nachbarcampern die Zutaten abzuschwatzen. Kurti und Brigitte rückten, allerdings nur gegen eine Einladung, die Eier raus. Achmad steuerte ein Netz Zitronen bei und der Camping-Gott musste, wieder nach kurzer Überredung und zu völlig überteuertem Preis, mit dem Rest aushelfen.

»Na also, geht doch!«

Elvis war zufrieden und wieder schimpfwörterfrei, als hätte er in ihrer Abwesenheit ausgiebig vom Joint genascht.

Während Vinzi und Plotek den Spargel und die Kartoffeln schälten, mixte Elvis die Zutaten für die Soße zusammen. Dann kochte er diese ein, ließ sie abkühlen und schlug sie anschließend cremig. Plotek und Vinzi konnten sich bei Elvis' Gewandtheit dem Eindruck nicht erwehren, dass er das Ganze nicht zum ersten Mal machte. Oder zumindest schon mal dabei zugeschaut hatte. Bei Mutti vielleicht. Beim schlussendlichen Probieren der Soße relativierte sich diese Einschätzung allerdings wieder.

»Und?«, fragte Elvis gespannt, während Plotek und Vinzi

die Finger erst in die Soße und anschließend in ihren Mund steckten.

»Hm«, machte Plotek wenig überzeugt.

Und »Hm« machte auch Vinzi. Ähnlich skeptisch.

»Scheiße, verflucht«, sagte hingegen Elvis, nachdem auch er von der Hollandaise gekostet hatte. »Totale Scheiße. Die schmeckt nach gar nichts, Kacke noch mal!«

Als hätte Elvis' Einschätzung auch die von Plotek und Vinzi korrigiert, mehr noch, sie in ein gänzlich anderes Licht gerückt, sagte nun auch Plotek: »Stimmt, als wär kein Zitronensaft drin.«

»Auch kein Weißwein.« Vinzi schloss sich der Beurteilung an.

»Keine Eier, keine Schalotten, kein Salz, kein Pfeffer, kein Nichts!« Elvis' Finger schnalzten bedrohlich aus der Faust. »Außer Wasser ... *verschissenes!*«

»Na ja«, versuchte Vinzi die Kritik ein wenig abzumildern. Aber keine Chance!

»Das ist die schlechteste Hollandaise, die ich je gegessen habe.«

Elvis ließ keine Zweifel zu. Sein Urteil klang vernichtend und endgültig. Also nichts mit Relativieren. Plotek wusste, er hatte recht.

»Gewürze würden vielleicht nicht schaden.« Der Vorschlag kam von Vinzi.

Plotek öffnete einen der Hängeschränke im Wohnwagen. Dann auch alle anderen. »Wir haben keine.« Es klang ebenso vernichtend wie endgültig.

»Verdammt!«

Elvis' Misserfolg schien sich sofort auf seine Laune niederzuschlagen. Er saß deprimiert auf der Eckbank, als nähme er die verunglückte Soße ganz persönlich. Den Kopf in die Hände gestützt, sah er aus, als wollte er gleich anfangen zu weinen. Ein elendiges Häufchen Elvis! Plotek und Vinzi schwante Schlimmes. So eine Depression wirkt sich bestimmt kontraproduktiv auf das Tourette aus. Und dann gute Nacht!

»Na ja, wir hätten da doch noch ein, wie soll ich sagen, ein ganz besonderes, also ... äh ...«

Vinzi eierte irgendwie zwischen letzter Hoffnung und miserabler Idee herum und hatte Schwierigkeiten, den Vorschlag auf den Punkt zu bringen. »Gewürz ist, wie soll ich sagen, na ja, vielleicht nicht der richtige Ausdruck, aber ...«

»Na los, her damit!«

Elvis sprang von der Eckbank auf und wirkte plötzlich wie ausgewechselt. Er war wieder euphorisch. So schnell kann das gehen. Und bei Elvis noch viel schneller. Also nichts mit Depression, sondern vielmehr Höhenflug, Verzückung, Ekstase!

Vinzi holte den Beutel mit dem schwäbischen Gras aus seinem Koffer. Die eine Hälfte legte er auf das Servierbrett auf dem Tisch, die andere ließ er wieder heimlich im Koffer verschwinden. Elvis nahm das große, scharfe Messer in die Hand und ließ es in Windeseile darüber hinwegfliegen. Dem Gras blieb nichts anderes übrig, als in die Knie zu gehen, respektive kleiner zu werden. So klein, dass es schlussendlich wie zerhackte französische Kräuter aussah.

Elvis mischte das Gras in die Hollandaise und rührte mehrmals um. Und Überraschung! Die Hollandaise schmeckte anschließend zwar nicht wie eine Hollandaise, aber irgendwie doch interessant. Sehr interessant sogar.

»Mmh«, machte Vinzi und schnalzte mit der Zunge.

Und »Mmh« machte auch Plotek. Ohne mit der Zunge zu schnalzen.

»Kann man essen«, war Elvis ebenfalls überzeugt.

»Würzig ...«

»Herzhaft ...«

»Köstlich ...«

Noch ehe die drei sich gegenseitig weitere Komplimente auftischen konnten, klopfte es an der Wohnwagentür.

»Sind wir zu früh?«

Es waren Kira von Kybié und die Schwangere aus der Schweiz, die vor dem Wohnwagen standen, herausgeputzt, als wollten sie nicht zu einem Spargelessen, sondern zu einer Filmpremiere mit anschließendem Bankett auf einem Filmfestival der A-Kategorie. Oder zu einer Hochzeit in einem Fürstenhaus. Kira trug die Torte in beiden Händen, dazu ein Kleid, das ihre Oberweite ins visuelle Zentrum rückte. Sie zum visuellen Zentrum machte. Vor allem für die Männer. Vinzi, Plotek und Elvis.

»Muschi, Titten, Arsch!«, flüsterte Letzterer und biss sich auf die Unterlippe, dass die ganz weiß wurde.

Vinzi wiederum verschlug es beim Anblick der drapierten Oberweite Kiras beinahe den Atem. Ein epileptischer Anfall, der ihn in der Vergangenheit schon öfter heimgesucht hatte, schien nicht weit. Plotek sah ihn beruhigend an, als wollte er sagen: »Bleib ganz entspannt, das sind auch nur Brüste.«

Ja, aber was für welche! Er wusste natürlich, dass Vinzi ein vernarrter Busenliebhaber war. Einer, den der Brustumfang einer Frau schon mal um den Verstand bringen konnte. Einer, der sich am weiblichen Erker schon mal den Schädel einschlagen oder eine blutige Nase holen konnte.

Agatha trug ebenfalls ein raffiniertes Kleid. In dessen Zentrum stand, wie hätte es auch anders sein sollen, ihr Bauch. Plotek merkte, wie der bei ihm nun erneut eine kleine, aber feine Erektion provozierte.

»Nö, alles gut«, sagte er und meinte das womöglich zu frühe Erscheinen der Gäste. Dennoch wusste er, nichts war gut.

Elvis sagte: »Wir sind fertig.« Und dann: »Setzt euch doch schon mal … *Titten, Arsch.*«

Vinzi konnte nichts sagen, nur schauen.

Kaum saßen Agatha und Kira unter der ausgefahrenen Markise vor dem Wohnwagen, da tauchten auch schon Kurti und Brigitte auf. Achmad kam nun ebenfalls und kurz darauf sogar Siouxsie. Zuletzt erschien Christin.

Elvis, Plotek und Vinzi tischten den Spargel auf, die Kartoffeln und die Spezialhollandaise. Allgemeine Begeisterung.

»Mmh, *die* schmeckt aber aufregend!« Kira nahm gleich noch einen weiteren Löffel davon.

»Ja, irgendwie verwegen.« Die Schwangere schien ebenfalls Gefallen daran gefunden zu haben. Was sie mit der Zunge verdeutlichte, die wiederholt über ihre schmalen Lippen schleckte.

»Was ist denn da drin?«, wollte Christin wissen und beugte sich über den Topf.

»Was halt so drin ist.«

Vinzi sagte es beschwichtigend und versuchte so, die ersten aufkommenden Zweifel im Keim zu ersticken.

Plotek eilte ihm zu Hilfe und fügte ebenso beschwichtigend hinzu: »In so einer Hollandaise.«

»In so einer Spezialhollandaise.« Elvis relativierte die

Beschwichtigung wieder, indem er es geheimnisvoll klingen ließ und auch noch ein dreckiges Lachen hinterherschob.

»Diese kleinen dunklen Punkte sind aber irgendwie komisch«, sagte Agatha und zeigte auf die Grasfitzelchen wie auf Schnipsel nicht entschlüsselter DNA. »Sehen aus wie Mohnsamen, oder schwarze Schuppen …« Auch sie beugte sich jetzt über den Topf. »Eine gepunktete Hollandaise.«

Kira lachte. Sie sagte: »Weg da!«, und nahm sich noch einen weiteren Löffel.

»Es schmeckt irgendwie weniger nach Zitrone, mehr nach, nach …« Brigitte suchte nach der passenden Geschmacksrichtung – fand sie aber nicht.

»Nach Waldbeeren, nach Waldmeister«, zählte Kurti auf und versuchte damit, seiner Frau und der Geschmacksrichtung auf die Spur zu kommen. Während Brigitte immer wieder den Kopf schüttelte.

»Nach Melisse, Brennnessel …«

»Nach Gras!«, schrie Brigitte plötzlich laut dazwischen, dass manch einer erschrak.

Alle lachten hernach. Aber nicht so, wie man gemeinhin lacht. Soll heißen: Kurze Belustigung, und dann ist wieder alles vorbei. Eher im Gegenteil. Belustigung, die nicht enden wollte. Das schwäbische Gras in der Soße schien bereits Wirkung zu zeigen. Kira von Kybié kicherte minutenlang vor sich hin. Tränen liefen ihr in breiten Strömen die Wangen entlang. Die Schwangere lachte über mehrere Oktaven hinweg. Rauf und runter. Immer wieder. Es klang wie ein kleines, lustiges Lied. Kurti sah mit offenem Mund und glasigem, stierem Blick auf seine Frau, als wäre das vor ihm nicht Brigitte, sondern irgendeines dieser magersüchtigen Topmodels. Nackt, willig und schon bald sein

Opfer. Sogar Achmads Traurigkeit schien sich für Momente zu verflüchtigen. Auch er lächelte jetzt. Er gab zwar keinen Ton von sich, aber immerhin. Nur Siouxsie blieb, wie sie war. Ungerührt, introvertiert und unnahbar. Womöglich war das ihre gewohnte Dosis. Die ihr nichts mehr anhaben konnte. Christin wiederum schien ziemlich glücklich zu sein. Auch sie wischte sich Freudentränen aus den Augen und jubilierte: »Mein schönster Geburtstag, seit ich denken kann.«

Sie bedankte sich bei allen überschwänglich und küsste die Feiernden mehrmals auf die Wangen. Plotek sogar auf den Mund.

Um zwölf kam der Camping-Gott mit einer Flasche Ouzo vorbei. Er wirkte aber keineswegs locker, eher verkniffen und ließ sich auch von der bombastischen Stimmung nicht anstecken. Alle gratulierten Christin und ließen sie hochleben. Brigitte stimmte ein Geburtstagslied an, in das alle außer Siouxsie einstimmten. Plotek sang lautlos mit. Obgleich er diesmal nicht textunsicher war.

Dann wurden die Geschenke rausgeholt. Außer Kira, Agatha und Siouxsie mussten alle anderen passen.

»Wir konnten ja nicht wissen …«, entschuldigte sich Brigitte. Während Kurti nickte.

»Ist doch nicht so wichtig.«

Christin nahm die Entschuldigung an und riss das Paket von Kira auf. Es war die Gesamtausgabe ihres literarischen Œuvres. Entzücken bei Christin. Staunen und Bewunderung bei den anderen. Da fiel von der Freude der Beschenkten auch ein wenig für die Schenkende ab. Soll heißen: Nicht mehr das Geburtstagskind stand kurzzeitig im Mittelpunkt, sondern die berühmte Krimiautorin. Die das auch zu genießen schien. Vinzi ergriff die Gelegenheit und pirschte sich wieder an diese heran. Oder besser an ihr Zentrum.

»Beeindruckend«, sagte er mit Blick auf ihren Erker. »Ich wusste gar nicht, dass Sie so erfolgreich sind.«

Kira von Kybié strahlte. Die Wangen erhitzt, die Augen glasig. Ihr Glanz schien sich auf die anderen zu übertragen. Kurti und Brigitte strahlten ebenfalls. Brigitte insofern, als auch sie ganz rote Wangen hatte, und Kurti, weil er im Gesicht schwitzte, als hätte er das magersüchtige Topmodel sofort und mehrmals hintereinander erlegt.

Christin packte die Geschenke von Siouxsie und Agatha aus. Es waren eine Schweizer Pralinenspezialität und ein Gutschein für den *Hong Kong Garden*. Christin küsste Siouxsie auf den Mund. Die lächelte das erste Mal an diesem Abend. Zwischen ihren Lippen kamen große ebenmäßige weiße Zähne zum Vorschein.

»Wie alt?«

Plotek fragte es Christin, eher aus Verlegenheit und um von seinem fehlenden Geschenk abzulenken als aus Interesse.

»Zu alt für dich.«

Diesmal lachte Christin über mehrere Oktaven, verschluckte sich aber dabei, so dass Plotek ihr auf den Rücken klopfen musste. Er klopfte länger als notwendig. Es fühlte sich gut an. Sehr gut sogar.

»Danke!«

Erneut küsste Christin Plotek. Der feuchte Abdruck auf seiner Wange bescherte ihm ein angenehmes Kribbeln.

Als Uwe Wittlich die Geburtstagsfeier wieder verließ,

gab er ein besorgtes »Nicht ganz so laut« zum Besten. Und zur Erläuterung: »Die Nachbarn!«

Aber vergiss es! Von den Geburtstagsgästen kümmerte sich niemand um die Nachbarn. Vinzi dachte nach wie vor an Kiras Zentrum, Plotek an Christin und Elvis an sich selbst. Soll heißen: Nachdem der Camping-Gott nicht mehr zu sehen war, fing Elvis an zu singen. Wieder fehlerfrei und so gut, so ausdrucksstark, so überzeugend wie noch nie. Hätte man die Augen geschlossen, man hätte meinen können, die Stimme stamme vom leibhaftigen Elvis Aaron Presley aus Memphis, Tennessee.

Die anderen fingen an zu tanzen. Zuerst Christin, dann nach Aufforderung auch Vinzi. Zuletzt Kira und Brigitte. Kurti war mittlerweile auf dem Klappstuhl eingeschlafen, vermutlich aus Erschöpfung und Verausgabung an dem magersüchtigen Topmodel. Plotek wiederum lehnte eine Tanzeinlage lächelnd mit dem Hinweis auf sein verletztes Bein ab. Er wippte gelegentlich mit den Füßen. Die Schwangere wippte auch und rezitierte leise womöglich selbst geschriebene Gedichte vor sich hin.

»Der Traum ist ein Papier / der Traum ist zur Nacht / da kam der Pförtner / der die Tore aufmacht. Der Traum ist klares Licht / der Tod ist die Frau / der Tag ist der Traum / und der Baum ist der Traum.«

Hä?, dachte Plotek und war sich nicht ganz sicher, ob es nur akustische oder vielleicht auch schwerwiegende inhaltliche Probleme waren, die ihn daran hinderten, Agatha umfassend zu verstehen. Ganz in seine Gedanken verstrickt, hätte er es beinahe nicht mitbekommen, dass es plötzlich anfing zu regnen. Zuerst waren es nur ein paar Tropfen, dann wurde es immer stärker.

Anfänglich drängten sich alle noch unter die Markise vom Wohnwagen. Doch dann durchbrach die Spezialhollandaise alle Schranken und ließ Hüllen fallen. Zumindest die von Christin und Vinzi. Sie rissen sich die Kleider vom Leib und tanzten in Unterwäsche ausgelassen vor dem Wohnwagen im Regen.

Die Unterwäsche von Christin war sehr ansehnlich, fand Plotek. Die von Vinzi gar nicht. Er hatte eine zerschlissene und total verschwaschene, leicht rosa schimmernde Schiesser-Unterhose an. Christin dagegen ein neckisches Tangahöschen, das nur mit einem dünnen Faden am Hinterteil zusammengehalten wurde. Dazu einen passenden Büstenhalter, der im Regen zusehends durchsichtig wurde. Es war ein schöner Anblick. Die nackte, nass glänzende Haut, der durchweichte, numehr transparente Stoff. Plotek fühlte sich hin- und hergerissen zwischen auffälligem Hingucken und verschämtem Wegblicken. Aber dann entschied er sich endgültig für's Gucken. Diese Frau war voll und ganz nach seinem Geschmack. Mit der Spezial-Hollandaise noch mehr als das. Perfekt, sozusagen.

Agatha rezitierte noch immer sich selbst.

»Ich blicke aus dem Fenster und sehe den Mond / Liebe, Liebe Blicke – Liebe? / Stoff und Herrlichkeit. / Blicke aus dem Fenster, und / der Mond erfreut. / Freut sich der Mond? Nein! / Die lieben Blicke der großen Liebe. Der Mond ins Ungewisse.«

Plotek gelang es auch diesmal nicht, den Sinn ihrer Worte zu entschlüsseln. War daran auch die Hollandaise schuld? Oder war es nur wieder unverständliche Lyrik?

Auch Brigitte war jetzt in ihrem Klappstuhl eingeschlafen. Kira von Kybié hingegen schien sich, nach einer kurzen Verschnaufpause, in der sie schwieg und den Tanzenden selbstvergessen zuschaute, nun eingehender um Plotek kümmern zu wollen.

Sie rückte ihren Klappstuhl an den seinigen heran und kam ihm immer näher. Dabei legte sie ihre Hand auf seinen Schenkel und redete auf ihn ein wie auf die Notrufsäule am Seitenstreifen einer Autobahn. Was sie da von sich gab, konnte Plotek aber trotz größtmöglicher Bemühung nicht genau verstehen. Erstens saß Elvis neben ihm und sang viel zu laut. Und zweitens schien das schwäbische Gras auch auf Kiras Sprachzentrum schwerwiegende Auswirkungen zu haben. Sie redete jetzt so undeutlich, dass immer nur jedes zweite oder dritte Wort verständlich war. Höchstens. Und das auch nur mit viel Fantasie. Da wurde dann das Zuhören zum Lottospiel. Nicht nur, dass Plotek mit der kniffligen Akustik, der undeutlichen Aussprache und mit Kira von Kybié generell zu kämpfen hatte; auch seine Übelkeit meldete sich nun wieder zurück. Zuerst war nur ein flaues Gefühl im Magen zu spüren. Dann wurde das Gefühl zur physischen Gewissheit. Der Magen zum Vulkan. Dessen Ausbruch nicht mehr lange auf sich warten ließ.

»Entschuldigung«, sagte Plotek.

Er nahm Kiras Hand von seinem Schenkel, hielt sich die eigene an den Mund, stand auf und rannte hinter den Wohnwagen. Wo er sich erneut übergab.

»Scheiß Fischvergiftung«, murmelte er vor sich hin, als er wieder zurück war.

Während Siouxsie das zweite Mal am Abend lachte. Achmads vorübergehende Heiterkeit war jetzt wieder dahin. Sein Lächeln war verschwunden. Mehr noch: Er weinte still mit den Händen vorm Gesicht in sich hinein.

Kira hatte sich während Ploteks Abwesenheit Elvis vorgeknöpft und redete nun auf *ihn* ein, als wäre er die Notrufsäule. Elvis nickte nur stumm vor sich hin, biss sich auf die Unterlippe, dass diese wieder weiß schimmerte, und sah auf ihre prächtigen überdimensionierten Brüste, als könnten diese singen, zumindest sprechen, und würden ihm unentwegt ins Ohr flüstern: »Nimm mich! Nimm mich!«

Aber zu spät. Kira war, als die Kirchturmuhr vom Kloster wie eine Aufforderung zum Aufbruch zwei Schläge zum Campingplatz herüberschickte, ebenfalls auf ihrem Stuhl eingeschlafen und röchelte nun wenig lieblich vor sich hin. Auch Plotek saß mittlerweile erschöpft im Stuhl, und immer wieder fielen ihm die Augen zu.

Er döste in einem seltsamen schläfrigen Wachzustand vor sich hin und hörte plötzlich Stimmen. Es waren aber nicht die Stimmen der hier Anwesenden. Nicht mal die Stimmen von Lebenden. Es waren die Stimmen von Toten. Hartmut Höge redete mit ihm, dann Inga und Hans Wittlich. Was sie sagten, konnte er nicht verstehen, als hätten auch sie wie Kira von Kybié zu viel von der Spezialhollandaise zu sich genommen. Es klang auf jeden Fall dramatisch. Irgendwie auch komisch, so dass Plotek hin und wieder kichern musste.

»Was ist?«, fragte jemand neben ihm.

Das war jetzt aber nicht die Stimme eines Toten. Es war die der Schwangeren.

»Nichts«, sagte Plotek.

Aber Pech gehabt. Es war doch etwas. Ganz in seiner Nähe ertönte jetzt ein aufdringliches Klingeln. Ein Handy schrie vor sich hin. Und wollte gehört werden. Der Klingelton war Plotek vertraut. Es war das Mobiltelefon von

Christin, das jetzt in der Umhängetasche neben ihrem Klappstuhl läutete. Christin schien viel zu beschäftigt, als dass ein banales Handy ihre Aufmerksamkeit hätte beanspruchen können.

Agatha sagte resolut, als hätte sie darüber zu bestimmen: »Na, mach schon!«

Und tatsächlich, als das kleine Ding nicht mehr zu schreien aufhören wollte, ging Plotek eben doch dran. Noch ehe er aber etwas sagen konnte, kam ihm das Gerät zuvor.

»Gibt's Neuigkeiten?«, fragte eine Stimme, die aber gar nicht nach Hans Wittlich klang, auch nicht nach Hartmut Höge. Nicht nach einem Toten, sondern quietschfidel. Es war eine Männerstimme, die Plotek irgendwie bekannt vorkam. Er wusste, sie gehörte keinem der üblichen Verdächtigen, keinem der Toten, aber trotzdem kam er nicht drauf.

»Franziska?«

Hä?, dachte Plotek, das ist doch das Handy von Christin. Legte er eben einfach wieder auf.

»Und?«, fragte Agatha, wie man fragt: »Ist noch jemand dran, oder schon wieder einer tot?«

»Nichts«, sagte Plotek.

Woraufhin die Schwangere wieder minutenlang und über mehrere Oktaven hinweg kicherte und dabei immer wieder »Nichts! Nichts! Nichts!« in die Nacht hinausschrie.

Hoffentlich gebärt sie jetzt nicht gleich, dachte Plotek und sah zu Elvis, der noch immer mit weiß gebissener Unterlippe und rotierendem linkem Auge von den Brüsten der Krimiautorin magisch angezogen schien, auch wenn die bereits selig schlief.

Siouxsie hatte ihre CD in einen mitgebrachten Player gelegt und tanzte nun. Zuerst allein. Was irgendwie aussah wie eine Mischung aus asiatischer Kampfsportart und modernem Ausdruckstanz von Sasha Waltz' Gnaden. Dann tanzte sie eng umschlungen mit Christin. Das sah wiederum ganz anders aus. Zärtlich, liebevoll, geil.

Und schön, befand Plotek, wobei er fast ein wenig neidisch war. Auf Christin. Und Siouxsie. Beim Refrain sangen die beiden mit. Während Agatha wieder Gedichte rezitierte.

»Ich habe nicht nur Heimweh, / sondern sogar mehr. Das Heimweh / ist eine Qual außerstande. / Man kann die Auswärtigkeit / nicht aushalten. Ich / möchte gerne heim.«

Der Camping-Gott kam, als hätte er die Schwangere erhört, gegen halb drei ein weiteres Mal zu den Feiernden.

»Feierabend jetzt«, sagte er missgelaunt und so, als ob jeglicher Widerspruch zwecklos wäre. »Die anderen Camper haben sich schon beschwert. Die wollen schlafen. Also, ich bitte euch inständig, macht einfach morgen weiter.«

Komisch, dachte Plotek, wo kommt der denn plötzlich her, und warum schläft er noch nicht?

Kira wurde von der Schwangeren geweckt, indem sie ihr immer wieder mit der Hand die Wangen tätschelte. Beide zogen schließlich Arm in Arm ab, als wären sie ein Liebespaar. Vorher drückte Kira aber noch ihren Mund auf den von Plotek. Und zwar so fest und lange, dass der ihm schon anfing zu schmerzen. Dabei stieß die fleischige Zunge der Kriminalautorin wie der Bohrer einer Bohrmaschine durch seine Lippen hindurch und parkte kurzfristig, als wär sie Kiras feuerroter Mini Cooper, in Ploteks Car Port respektive Mundhöhle. Jetzt wurde Vinzi ganz neidisch auf ihn. Und Plotek war es gar nicht recht. Weder das eine noch das andere. Viel lieber hätte er die Zunge von Christin in seinem Mund gespürt.

Aber manchmal kann man es sich nicht aussuchen. Küssen ist eben kein Supermarktregal. Kein Wunschkonzert. Manchmal kriegt man, was man nicht will, und dann wieder kriegt man gar nichts.

Agatha küsste Plotek ebenfalls. Auch auf den Mund. Aber ohne Zunge. Schade.

Auch Achmad machte sich, noch immer still vor sich hinweinend, auf den Weg nach Hause, zurück zu seinem Wohnwagen. Siouxsie umarmte Christin zum Abschied lange und flüsterte ihr ebenso lange ins Ohr. Wobei Christin immer wieder kicherte, als wäre sie nicht vierzig, sondern vier. Womöglich Nachwirkungen der Spezialhollandaise. Kurti und Brigitte wurden nicht geweckt und blieben einfach schlafend in ihren Campingklappstühlen sitzen.

Als alle außer dem Geburtstagskind und Elvis weg waren oder vor sich hindämmerten, tauchte plötzlich der Kommissar mit dem Feuermal auf der Stirn wie aus dem Nichts vor dem Wohnwagen auf.

Was will der denn hier?, dachte Plotek und betrachtete den Kriminalen, der guckte, als wollte er alle noch verbliebenen Partygäste auf der Stelle verhaften. Irgendwie hatte er sich aber auch verändert. Er wirkte nackter im Gesicht als noch zuvor. Plotek brauchte ein paar Sekunden, bis er die Veränderung dingfest machen konnte. Der Schnauzbart war ab!

»Von Pietät haben Sie wohl noch nichts gehört, was?« Ein Blick wie Handschellen. »Sie feiern hier ausgelassen, während gerade erst drei Menschen ermordet wurden. Finden Sie das korrekt?«

Kommt die Exekutive mit ihrer Ermittlungsstrategie nicht weiter, rasiert sie sich den Bart ab und macht auf Moral, dachte Plotek.

»Was ist schon korrekt?«

Vinzi fragte es und konterte mit einem Blick wie eine Flex, um dann selbst mit weiteren Fragen die Antwort zu geben. »Ist es korrekt, wenn sich die Spargelstecher für einen Appel und ein Ei und ein paar Wochen Arbeit den Rücken ruinieren? Ist es korrekt, wenn eine lettische Spargelstecherin, ein Kind noch, spurlos verschwindet und die Polizei fünf Jahre lang im Dunkeln tappt? Ist es korrekt, wenn drei Menschen ermordet werden und die Exekutive noch immer keine heiße Spur hat? Ist es korrekt, sich den Bart abzurasieren und Frauenunterwäsche zu tragen …«

»Hören Sie auf!«

»Na, sehen Sie?«

Christin lächelte. Der Kommissar schäumte und schien gleich explodieren zu wollen. Sein Feuermal leuchtete, als wollte es Vinzi von der Stirn herab direkt an den Hals springen. Was es dann aber doch nicht tat. Womöglich deshalb, weil sich Christin vermittelnd einschaltete.

»Wir haben verstanden«, sagte sie. Dann tippte sie Elvis auf die Schulter und bat ihn: »Du gehst jetzt auch nach Hause, ja?«

Elvis nickte, hob die Hand zum Gruß und ging in Richtung Bierstube davon. *»Bullentranse, verschleimte!«*

Christin küsste Vinzi und Plotek flüchtig auf die Wange und ließ die beiden mit den schlafenden Kurti und Brigitte am Wohnwagen zurück. Der Kommissar drehte sich um und eilte, ihr seine Begleitung anbietend, hinter ihr her.

»Arschloch«, gab ihm Vinzi leise mit auf den Weg.

»Bumsarsch!«, sagte Plotek und musste sich anschließend ein weiteres Mal hinter dem Wohnwagen übergeben.

Als er wieder zurück war, meinte Vinzi mit dem Timbre eines Pennälers: »Tolle Frau, eigentlich.«

»Wer jetzt?« Plotek war noch immer mit dem Geschmack der Galle in seinem Mund beschäftigt.

»Kira. Und Christin. Eigentlich beide.«

Vinzi sagte es schwelgend. »Obwohl Christin etwas künstlich wirkt, aber ...«

»Wie, künstlich?«, ging Plotek dazwischen.

Vinzis Pennälertimbre war dahin. »Aufgesetzt, affektiert, unecht, irgendwie ...«

»Hä?«

»Vergiss es.«

Vinzi wischte verlegen mit der Hand in der Luft herum und sah Plotek versöhnlich an.

Es regnete noch immer. Die Tropfen trommelten im Rhythmus von *Peek-a-Boo* auf die Markise. Die Kirchturmuhr des Klosters schickte drei Schläge herüber.

Plotek und Vinzi schwiegen eine Weile, während sie das noch immer in den Klappstühlen schlafende Ruhrpottehepaar mit einem mitleidvollen Blick betrachteten. Irgendwann sagte Vinzi gedankenverloren, fast wie zu sich selbst oder so, als wollte er das Gespräch von vorhin wieder aufnehmen: »Außerdem ist sie mir ein wenig zu neugierig.«

»Wie, neugierig?«

»Was die alles wissen wollte.«

»Was denn?«

Vinzi nahm einen tiefen Zug von seiner Zigarette.

»Wo wir herkommen, was wir hier eigentlich machen ...«

Plotek kicherte. »Kein Wunder, die klassischen Camper sind wir beide ja nun wirklich nicht. Da kann man schon mal misstrauisch werden.«

»... ob wir den Wohnwagenbesitzer näher kennen.«

»Welchen Wohnwagenbesitzer?«

»Deinen Münchner Freund, dem der Wohnwagen hier gehört, Ulf heißt er, oder?«

»Das ist nicht mein Freund.« Ploteks Belustigung war dahin. Er klang jetzt sogar ein wenig ärgerlich.

Lange sagten die beiden nichts mehr und rauchten still vor sich hin.

Bis Vinzi schließlich völlig überraschend mit der Hand in den Regen hinauszeigte. »Schau mal, da ist Willy wieder.«

Tatsächlich, zwischen den Wohnwägen tauchte der alte schwäbische Köter wieder auf. Im Schlepptau der kleine weiße Pudel.

»Ein Herz und eine Seele.«

Willy bellte kurz. Wie zur Begrüßung. Der kleine weiße Hund bellte auch. Wie zum Abschied. Dann waren die beiden wieder verschwunden.

Plotek und Vinzi legten sich schlafen.

Als Plotek am Ende der Nacht noch einmal aus dem Wohnwagen musste und sich ein weiteres Mal zu übergeben versuchte, wobei diesmal nicht einmal mehr Galle kam, waren

Kurti und Brigitte aus den Campingstühlen verschwunden. Er spülte sich, nachdem er fertig war, den Mund mit Mineralwasser aus und steckte sich noch eine Zigarette an. Der Regen hatte aufgehört, und die Wolkendecke hatte sich verzogen. Plotek blickte Richtung Meer der aufgehenden Sonne entgegen. Am Zaun zwischen den Wohnwägen der Spargelstecher glaubte er ein seltsames Geräusch zu vernehmen. Es klang wie Ohrfeigen, vielleicht.

Scheiß drauf, dachte Plotek, meinetwegen sollen sie sich doch die Köpfe einschlagen.

Er trat die Zigarette aus und legte sich wieder schlafen.

Am Morgen ging es Plotek noch schlechter als am Tag zuvor. Vinzi hingegen war schon wieder auf dem Weg der Besserung. Er schien die Fischvergiftung überwunden zu haben. Er fühlte sich zwar schwach, musste sich aber nicht mehr übergeben. Anders Plotek. Der hatte Schweißausbrüche, schwitzte wie in der Sauna und wurde immer wieder von Schüttelfrost gebeutelt. Neben dem Bett stand jetzt für alle Fälle ein Plastikeimer. Vinzi kümmerte sich um Plotek, der aber immer wieder einschlief und dann im Traum erneut die Stimmen der Verstorbenen hörte.

Derweil räumte Vinzi im Wohnwagen auf, in dem es seit dem Einbruch vor ein paar Tagen noch immer ziemlich wüst aussah. Nach den schmuddeligen Fotos, die er zuletzt gefunden hatte, fielen ihm nun noch ein paar weitere Absonderlichkeiten in die Hände.

»Was haben wir denn da?«

Vinzi hielt eine Zeitschrift in der Hand, die er unter dem Gerümpel hervorgeholt hatte. In dem bunten Hochglanzmagazin waren Nackte abgebildet. Und zwar solche, die es mit den jugendlichen Nutten im *Mon Chérie* gut und gerne hätten aufnehmen können. Vom Alter her. Soll heißen: Auf den Seiten sah man Mädchen, die gerade erst der Pubertät entwachsen waren.

Plotek, der Vinzi schon seit einer Weile beobachtete, sagte mit Blick auf die Illustrierte: »Das ist ja widerlich«, und rückte den Plastikeimer näher ans Bett heran.

In einem der Schränke fand Vinzi auch noch zwei weitere gebrauchte Schlüpfer. Der Größe und dem Muster nach zu urteilen, stammten auch sie von Mädchen.

»Sag mal, kann es sein, dass wir hier in ein Pädophilennest gestochen haben?«, sagte er mit nunmehr hörbar schlechter Laune. »Steht dieser Ulf auf kleine Mädchen?«

Plotek dachte nach und sagte dann ebenfalls schlecht gelaunt: »Keine Ahnung, so genau kenne ich ihn auch nicht.« Als Vinzi schon glaubte, von Plotek würde nichts mehr kommen, kam doch noch etwas: »Ich weiß, dass er verheiratet ist.« Wieder Pause, dann flossen weitere Informationen. »Seine Frau heißt Angela. Er hat zwei Kinder. Ein Mädchen, einen Jungen. Klara-Monique und René.«

Vinzi verdrehte bei den Namen die Augen.

»Er trägt ein Bild von seiner Kleinfamilie in der Geldbörse mit sich herum.«

»Schlimm genug«, meinte Vinzi.

Jetzt räumte er nicht mehr nur auf. Jetzt suchte er gezielt nach belastendem Material. Auch da, wo man normalerweise nicht sucht. Hinter Leisten, Scharnieren und Abdeckplatten. In Ecken und Winkeln, in denen man eigentlich nichts vermutet. Und tatsächlich:

»Ta tata *taaaa!*«

Es klang schon etwas freudiger, als Vinzi die kleine Digitalkamera in die Luft hob, die er hinter der Bodenblende eines Regals hervorgezogen hatte.

Was sich dann aber darauf fand, war alles andere als erfreulich. Es war scheußlich, ekelerregend. Als sich die beiden die gespeicherten Bilder auf dem Kameradisplay anschauten, musste auch Vinzi beinahe wieder kotzen. Schlecht war nun beiden. Trotz überstandener Fischvergiftung.

Die digitalen Bilder zeigten Kinder am Strand, die der Fotograf heimlich aus einem Versteck heraus aufgenommen haben musste. Viele von ihnen waren nackt.

»Wenn das kein Pädophiler ist, dann bin ich der Papst und schwul!«

»Ich auch.«

Plotek musste ein weiteres Mal würgen und beugte sich über den Kübel. Aber auch diesmal blieb der Erfolg aus.

»Und was machen wir jetzt damit?«, fragte Plotek, nachdem er sich vom Würgen etwas erholt hatte.

»Wir liefern dieses Schwein ans Messer.« Vinzi klang entschlossen.

»Aber doch nicht an das von unserem Kieler Hauptkommissar?!«

»Geschähe dem Schwein ganz recht.«

»Aber nicht dem Kommissar. Dem gönnen wir den Erfolg nicht, oder?«

»Auf keinen Fall.«

»Dieses Arschloch!«, sagte Plotek.

»Bumsarsch!«, bestätigte Vinzi.

»Wie dann?«

»Was, wie dann?«

»Wie können wir Pädophilen-Ulf zur Strecke bringen?«

»Weiß nicht. Da fällt uns schon noch was ein.«

»Stimmt.«

»Erst musst du wieder gesund werden.«

»Genau.«

Plotek wurde tatsächlich gesund. Nachdem er den ganzen Tag über im Bett geblieben war und die Nacht durchgeschlafen hatte, ging es ihm am nächsten Morgen schon wieder deutlich besser. So gut sogar, dass er nicht nur aufstehen, sondern auch schon wieder eine feste Mahlzeit zu sich nehmen konnte. Obwohl er kaum Appetit hatte. Und ihm das kleine bisschen Appetit bald auch wieder vergehen sollte.

Am Mittag kam Christin mit einer Nachricht, die Plotek, aber vor allem Vinzi auf den Magen schlug.

Christin wirkte sehr gefasst, als sie es ihnen anvertraute. »Kira ist verschwunden!«

»Verdammt«, sagte Vinzi, und Plotek fragte: »Wie, verschwunden?«

»Seit der Nacht nach dem Spargelessen ist sie nicht mehr gesehen worden.«

Christin sah zuerst Vinzi, dann Plotek an, als hätten vielleicht die beiden eine Erklärung dafür. Hatten sie natürlich nicht.

»Kira hat Agatha in der Nacht mit ihrem Mini nach Hause gefahren. Auf der Fahrt hat sie einen Anruf bekommen, wie Agatha später berichtete. Sie lud Agatha gegen drei Uhr am Kloster ab und fuhr anschließend gleich weiter. Wohin, ist unklar. Sie habe noch etwas zu erledigen, hat sie Agatha gesagt. Als die sie darauf hinwies, dass es mitten in der Nacht sei, hat sie ihr entgegnet: ›Die Wahrheit wartet nicht, bis es hell wird‹, und ist dann verschwunden. Seither ist sie nicht wieder aufgetaucht.«

»Was denkst du darüber?«

So wie Vinzi es sagte, schien ihm selbst nichts Gutes zu schwanen.

Christin überlegte kurz und sagte dann: »Ich befürchte das Schlimmste.«

»Das heißt?«

»Hm, soll ich ehrlich sein?«

Beide nickten. Obgleich es Plotek fast lieber gewesen wäre, wenn sie es mit der Ehrlichkeit nicht allzu genau genommen hätte.

»Im Moment haben wir drei Tote und zwei Vermisste«, sagte Christin wieder seltsam nüchtern. »Höge, Wittlich und Inga auf der einen Seite. Kira und die Spargelstecherin Iveta auf der anderen. Die Wahrscheinlichkeit, dass zumindest eine der Vermissten ins Lager der Toten wechselt, scheint mir doch sehr hoch.«

»Verdammt.«

Vinzi sah aus, als wollte er gleich anfangen zu weinen.

»Kann man wohl sagen.«

Alle drei wirkten jetzt ziemlich niedergeschlagen. Selbst von Christins Gefasstheit war nur noch wenig übrig. Plotek und Vinzi saßen auf dem Bett, Christin stand an die Spüle gelehnt daneben. Sie sah vor sich hin und zeigte plötzlich vor sich auf den Boden.

»Sagt mal, was ist das denn?«

Ihre Worte verhießen nichts Gutes. Sie hob das Magazin vom Boden auf. Betretene Blicke von Plotek und Vinzi.

»Sollen wir ehrlich sein?«, fragte Vinzi.

Christin nickte halbherzig.

»Pädophilen-Bilder.«

»Was du nicht sagst.«

»Die ... haben wir hier gefunden.«

Das klang jetzt wenig überzeugend. Christin schien ihnen dennoch zu glauben.

»Hier im Wohnwagen?« Sie blätterte das Magazin durch.

»Ja, und noch mehr von dem Zeug.« Vinzi ging in die Offensive. »Hier.«

Er reichte ihr die Digitalkamera. Christin setzte sich zu den beiden aufs Bett und sah sich die Bilder still und kommentarlos mehrmals hintereinander an.

»Und?«, fragte Vinzi nach einer Weile.

»Ehrlich gesagt, ich habe so was schon vermutet.«

»Was?« Da waren die beiden dann doch überrascht.

»Ja, auch Hartmut Höge scheint dieser Spezies angehört zu haben.«

Christin legte die Kamera zu dem Magazin.

»Ist er deswegen ermordet worden?«, fragte Vinzi.

Plotek schüttelte den Kopf, als wollte ihm das alles nicht einleuchten. »Und was ist mit den anderen? Hans Wittlich, Inga, Iveta und jetzt Kira?«, sagte er. »Wie soll das alles denn zusammenpassen?«

»Keine Ahnung, wie das zusammenpasst. Ich bin ja nicht der Kommissar.« Christin stand wieder auf.

»Gott sei Dank nicht«, murmelte Plotek.

Erneut ergriff die drei eine seltsame Niedergeschlagenheit. Plotek steckte sich eine Zigarette an. Auch Vinzi rauchte stumm vor sich hin.

»Was machen wir jetzt?«, fragte Christin.

»Kira suchen.«

Das taten sie dann auch.

Doch Kira von Kybié war unauffindbar. Dafür entdeckten sie noch am selben Tag, nicht weit vom Kloster entfernt, ihren roten Mini Cooper. Der Wagen schien unversehrt zu sein. Soll heißen: Er war wie immer. Na ja, nicht ganz. Bei näherer Betrachtung fielen ihnen ein paar Merkwürdigkeiten auf. Erstens war der Wagen nicht abgeschlossen. Zweitens stand auf der Heckscheibe mit Lippenstift hingekritzelt *Kille Kille …* – dann brach der Schriftzug ab. Drittens fanden sie im Handschuhfach des Wagens eine teure Kamera, allerdings fehlte der Speicherchip. Und auf dem Beifahrersitz lag ein Notizbuch, aus dem aber einige Seiten herausgerissen waren. Kira von Kybié hingegen war wie vom Erdboden verschluckt.

Für die Pressemeute war die vermisste Schriftstellerin ein gefundenes Fressen. Dagegen waren ein Puffbesitzer, eine polnische Küchenhilfe und ein fränkischer Pensionär nur eine fade vegetarische Vorspeise. Jetzt konnten die Journalisten das ganz große Besteck auffahren. Nicht ohne Folgen. Die Berichterstattung schwappte über die Grenzen Schleswig-Holsteins hinweg. Die ganze Republik wurde jetzt von den unglaublichen Vorgängen im hohen Norden ihrerselbst unterrichtet. Zur Primetime. In den 20-Uhr-Nachrichten.

Was so eine halbwegs bekannte Kriminalautorin alles bewirken kann, dachte Plotek.

Er saß in der Bierstube und starrte auf den Bildschirm, wo sich jetzt auch Bundespolitiker wie ein gieriges Rudel ausgehungerter Hunde vor die Mikrofone drängten. Der Innenminister des Bundes legte sich mächtig ins Zeug und outete sich in diesem Zusammenhang gleich selbst als eingefleischter Leser der spurlos verschwundenen Autorin.

Was dem Landesminister gar nicht recht sein konnte. Stahl ihm der Bundesheini mit seinem Auftritt doch tatsächlich die Show und ließ ihn selbst als Provinzdeppen erscheinen.

Den Grömitzern konnte weder das eine noch das andere recht sein. Waren doch jetzt der Campingplatz, Grömitz und ganz Ostholstein in aller Munde. Wo sie nicht gerade den besten Geschmack hinterließen.

»Und alles wegen so einer blöden Krimiautorin«, sagte der Camping-Gott, als wäre sie allein an ihrem eigenen Verschwinden schuld.

Dabei sah der Camping-Gott selbst aus wie der Leibhaftige und meldete in Gedanken schon Konkurs mit seiner Campingplatzbetreiberfirma an.

Sein Sohn Björn klopfte ihm auf die Schulter und sagte überzeugt: »Noch gibt es Hoffnung.«

Unklar, ob er den Campingplatz meinte oder die verschwundene Kybié. Auf jeden Fall hörte es sich an wie: »Noch ist Polen nicht verloren.«

Polen nicht, dachte Plotek. Aber vielleicht der ganze Rest.

Zum Beispiel sein Bein. Als Christin ebenjenes auf dem Rückweg vom Bierstubenklo im Vorübergehen touchierte, schrie Plotek auf, dass nicht nur Christin und Vinzi erschraken und zusammenzuckten, sondern auch er selbst. Es klang wie aus einer anderen Welt. Aus einer leiderfüllten Welt. Aus der Hölle. Und nach den Qualen dort. So, als würde man ihm das Bein ohne Narkose amputieren. Ein höllischer Schmerz durchzuckte seinen Körper.

»Was ist denn mit dir?«

Noch ehe Plotek etwas sagen konnte, stülpte Christin

sein Hosenbein hoch, wobei er die Zähne zusammenbeißen musste, um nicht ein weiteres Mal zu schreien.

»Oh, Gott!«

Entsetzen bei Christin. Entsetzen bei Vinzi. Auch Entsetzen bei Plotek selbst.

Es sah wirklich nicht gut aus. Und viel schlechter als noch vor ein paar Tagen.

»Du musst dringend zum Arzt, Mann!«

Es war Vinzi, der es auf den Punkt brachte.

»Ein klarer Fall für Kinesio-Taping«, sagte Christin, wie man sagt: »Da hilft nur eine Tracht Prügel.«

»Was?«

Das eine wie das andere war für Plotek unverständlich.

»Vielleicht hast du die hellblauen Baumwollbänder schon mal im Fernsehen bei Sportlern gesehen.«

»Hm.«

»Die helfen. In wenigen Tagen ist das Hämatom futsch. Und mit ihm die Schmerzen.«

Zweifel machte sich in Ploteks Gesicht bemerkbar. Auch Vinzi schienen Christins Worte nicht hundertprozentig zu überzeugen.

»Ich schwör's.« Sie hob die Finger zum Schwur. »Ich hab's selbst ausprobiert.«

In der Pose sah sie jetzt etwas komisch aus.

»In Grömitz gibt es einen Arzt, der sich damit auskennt, geh mal hin zu dem.« Christin sagte es weniger als Vorschlag, mehr als Befehl.

Dem Plotek dann auch gehorchte.

15

Das Wartezimmer war voll. Was Plotek gar nicht recht war. Er hatte zu Wartezimmern, Warteräumen, Wartehallen, zu Hallen, Räumen und Zimmern, in denen Menschen sich in großer Zahl aufhielten, generell ein gespaltenes Verhältnis. Nicht wegen des Wartens, eher wegen der Hallen. Der Räume. Der Zimmer. Warten bereitete Plotek in der Regel keine Probleme. Im Warten war er geübt. Im Warten war er spitze. Warten war seine Paradedisziplin. Meistens wartete er im *Froh und Munter*, seiner Lieblingsgaststätte. Oder besser, er saß stundenlang am Tresen herum und trank geduldig sein Weißbier. Rauchte ab und zu und trank dann wieder. Manche würden auch dazu warten sagen. Wenn schon warten, dann stellt sich natürlich die Frage: worauf? Das wusste Plotek meist selber nicht. Aber egal, darauf kam es nach seiner Auffassung auch gar nicht an.

Wartezimmer von Arztpraxen im Speziellen waren für Plotek so ziemlich das Schlimmste, was er sich freiwillig zumuten mochte. Das grenzte schon an ausgewachsenen Masochismus.

Obwohl es da diesmal weniger die Zimmer waren als eher die Personen, die für gewöhnlich drinsaßen. Soll heißen: Kranke. Für einen unverbesserlichen Hypochonder wie ihn können Kranke schnell zu einer existenziellen Bedrohung werden. Daher versuchte Plotek, Kranke zu meiden, wo es ging. Im Wartezimmer einer Arztpraxis geht das nur bedingt. Folge: Plotek trieb es schon den Schweiß auf die Stirn, als er das Wartezimmer des Arztes in Grömitz, zu dem Christin ihn geschickt hatte, nur betrat. Für die anderen Wartenden musste es so aussehen, als würde Plotek nicht ein Beinleiden, sondern womöglich eine Grippe oder dergleichen mit sich herum und nun an diesen Ort schleppen.

Er setzte sich in die Nähe der Tür und möglichst weit von den anderen entfernt. Was aber auch nichts half. Allein das Husten eines der anderen Patienten bescherte Plotek schon ein widerliches Kratzen im Hals. Der schwere, asthmatische Atem eines anderen hatte bei ihm sofort Luftknappheit zur Folge. Dann stechen in der Lunge, den Bronchien, leichter Schüttelfrost, heiß-kalt, alles.

Kaum saß er auf dem Stuhl an der Wand, fühlte er sich so unwohl, dass er am liebsten wieder aufgestanden wäre und sich ohne Kommentar davongestohlen hätte. Aber keine Chance. Als er noch unschlüssig und zaudernd das Für und Wider des Gehens oder Bleibens abwägte, ging die Tür des Wartezimmers auf, und Gina, die Frau vom *Mon Chérie*, kam herein, als wäre das Wartezimmer das Bordell des verstorbenen Hans Wittlich. Ihr Auftritt war wie eine Offenbarung! Gina war zwar nicht ganz so aufreizend und extravagant gekleidet wie im Puff, unterschied sich in ihrem Äußeren aber immer noch erheblich von den anderen wartenden Patienten. Sie trug einen weißen Lederminirock und ein knappes, ebenso weißes T-Shirt, unter dem der nackte, gepiercte Nabel frech hervorguckte und ihre steinharten Brüste spitz herausstachen wie hochexplosive

Waffen. Dazu hatte sie weiße Stilettos an. Ihr Gesicht war perfekt geschminkt, die Fingernägel lackiert, und um die Fußfesseln schmiegten sich laszív silberne Kettchen.

Die Reaktion der Mitpatienten angesichts von Gina war entsprechend. Die Frauen sahen pikiert, auch neidisch auf die braungebrannte, wie aus dem Ei gepellte Schönheit. Die Männer schielten lüstern und nur versteckt aus den Augenwinkeln heraus auf dieses Kunstprodukt ihrer geheimsten Träume.

Was will die denn hier?, dachte Plotek noch, als sie sich, umhüllt von einer Duftwolke aus frischer Meeresbrise, gemischt mit wildem Flieder, direkt neben ihn setzte.

Erst als sie saß, schien Gina ihn zu erkennen. Sie sah ihn an, als hätten sie vor vielen Jahren gemeinsam den Physikunterricht besucht, und lächelte dann, als wäre das eine der schönsten Erfahrungen ihres Lebens gewesen. Für Plotek war damit die Flucht aus dem Wartezimmer endgültig obsolet.

Jetzt ist es so, dass es Menschen gibt, die in der Öffentlichkeit anderen Menschen nicht so gerne begegnen. Oder besser: die es mit allen Mittel vermeiden wollen, bestimmten Menschen, die sie kennen, in der Öffentlichkeit über den Weg zu laufen. Noch besser: Es gibt wenige Männer, die Prostituierte außerhalb ihrer Puffs, und dann auch noch durch Zufall, gerne treffen. Sagen wir mal, zum Beispiel im Supermarkt, in der Apotheke oder beim Elternsprechtag in der Schule. Ist ja auch irgendwie verständlich. Man(n) stelle sich das nur einmal kurz vor: Da steht Man(n) an der Fleischtheke mit seiner Frau und den acht- und zehnjährigen Kindern, und die Nutte von der Wochenendzerstreuung aus dem örtlichen Puff kommt vorbei, klopft dem Mann liebevoll auf die Schulter und sagt: »Grüß dich, Torsten, seh ich dich nächstes Wochenende wieder?«

Grauenvoll. Vernichtend. Katastrophal.

Da hängt dann nicht nur der eheliche Haussegen bis auf Weiteres schief. Da ist dann darüber hinaus auch nichts mehr so, wie es einmal war. Soll heißen, Streit, Ehezerwürfnis, und im Extremfall: Scheidung, meist mit anschließenden psychischen Problemen, Alkohol, Arbeitsplatzverlust, Depressionen, noch mehr Alkohol, Wohnungsverlust, Krankheit, Suizid, Tod. Wer will das schon? Männer, die Torsten heißen, zu Nutten gehen und eine Frau mit zwei Kindern zu Hause sitzen haben, jedenfalls nicht.

Plotek wiederum war das ziemlich egal. Nicht nur, dass er keine Ehefrau hatte und keine zwei Kinder; auch hatte nur der Hauch eines Doppellebens in seinem einfachen überhaupt keinen Sinn. Bedeutet: Plotek war es ganz und gar nicht unangenehm, eine Nutte, bei der er abends sein Bier am Tresen trank, auch in der Öffentlichkeit zu begegnen. Unangenehm war es ihm aber, dass es gerade Gina war. In deren jungen Körper und ihre alten Hände er sich nämlich auch ein wenig verguckt hatte. Oder vielmehr in diese Ambivalenz aus alt und jung, in diese Diskrepanz aus Wille und Vorstellung. Es ist noch nicht lange her, da hätte Plotek es sich durchaus vorstellen können, sich mit dieser Gina aus eigenen Stücken auch ein bisschen näher und nicht nur physikalisch auseinanderzusetzen.

Und jetzt saß sie also neben ihm und fragte: »Na, hast du auch 'nen Tripper?«

Und zwar so laut, dass es den anderen Wartenden keineswegs verborgen blieb.

Was soll man darauf antworten?, dachte Plotek. Selbst

wenn sie richtig läge. Ihm fiel nichts ein. Stattdessen legte sich ein leichter rötlicher Schimmer wie ein Sonnenbrand auf sein Gesicht. Auf das aller anderen wartenden Patienten auch. Manche vergruben sich ganz in ihrer *Frau im Spiegel.* Andere schauten an die Wand wie durch ein Loch in eine andere Welt, in der es keine Nutten mit Tripper im Wartezimmer gab.

Sagte Plotek eben nichts.

»'ne andere Geschlechtskrankheit vielleicht?«

Gina schien die stillen Reaktionen und die roten Köpfe der anderen Patienten gar nicht wahrzunehmen. Womöglich war sie das gewohnt. Rot angelaufene Gesichter und in Zeitschriften vergrabene Köpfe waren in ihrer Gegenwart vermutlich ganz normal.

Noch immer kam nichts von Plotek.

Gina guckte, als wäre sie mit ihrem Latein am Ende. Vermutlich auch deswegen, weil es in ihren Augen gar keinen anderen Grund geben konnte, warum man hier im Wartezimmer sitzen und die Hilfe des Arztes in Anspruch nehmen sollte.

Um alle Fragen mit einem Schlag zu beantworten, krempelte Plotek kommentarlos das Hosenbein hoch. Manchmal sind Worte einfach weniger überzeugend als Taten. Manchmal ist ein blaurot schimmerndes Hämatom eben authentischer, auch glaubhafter als aufwendig gedrechselte Satzkonstruktionen und geschliffene Wortartistik.

»Scheiße, sieht ja gar nicht gut aus.« Das Hämatom zeigte Wirkung.

Plotek lächelte. Die anderen Wartenden verzogen das Gesicht, als wären sie kollektiv von Elvis' Tourette angesteckt worden. Die meisten schauten ganz schnell wieder weg. Entweder noch tiefer in die *Frau im Spiegel* oder noch intensiver an die Wand und durch das Loch hindurch in eine andere Welt, in der es keine scheußlich aussehenden Hämatome gab.

»Hat dich dein kleiner Freund verprügelt, was?«

Das Lächeln war jetzt auf Gina übergesprungen. Das von Plotek auf Nimmerwiedersehen verschwunden. Die anderen tarnten sich jetzt mit Neutralität. Ihre Blicke schienen nicht nur durch die Nutte ungehindert hindurchzugehen, sondern auch durch Plotek.

»Manche stehen ja drauf.«

Gina sagte es, als wären manche alle. Sie sah dabei provozierend in die Runde. Die Runde sah beharrlich durch sie hindurch.

»Worauf?«

»Auf Hämatome!« Es klang wie: »Auf Hackfleisch!«

»Was?« Verwunderung und Unverständnis bei Plotek.

»Ehrlich.«

Gina hob die Hand zum Schwur. Es sah komisch aus. Plotek konnte für einen Moment ihre ausrasierten Achselhöhlen sehen, von denen nun ein betörender undefinierbarer Duft ausging. Ein Geruch, der sich für Plotek nur in abstrakten Bildern festhalten ließ und irgendetwas Waberndes zwischen einem Hauch von Wong Kar-Wais *Blueberry Nights* und dem penetrierenden Spargelgeruch unter freiem Himmel an sich hatte.

»Es gibt Freier, die lassen sich so dermaßen durchprügeln, dass ihr Körper anschließend voller Hämatome ist. Mindestens genauso schlimmer Hämatome wie dem da.«

Gina zeigte auf das Bein von Plotek. Woraufhin der die Hose schnell wieder über das Schienbein rutschen ließ.

»Das ist dann Masochismus«, sagte Gina, was sich so anhörte, als wäre sie mit ihren Ausführungen zu sexuellen Neigungen noch lange nicht am Ende.

»Mindestens«, kam es von Plotek, wobei er hoffte, dass da nichts mehr kam. Aber denkste.

»Schmerz, Leid, Qual sind weit verbreitet.«

Wieder Blick in die Runde. Wieder keine Reaktion.

»Aber auch Salirophilie.«

Fehlerfrei kam es Gina über die Lippen. Sie sah dabei Plotek an, als wüsste der Bescheid. Wusste er natürlich nicht. In Sachen ausgefallene sexuelle Neigungen war Plotek eher ein unerfahrener Laie. Soll heißen: Er war hauptsächlich in den gängigen, weniger kruden Sexualpraktiken bewandert. Also mehr Missionarsstellung als Mammalverkehr. Mehr Vaginaltechnik als Fisting. Oder ganz einfach: bescheidenes Vögeln statt aufwendiges Flagellieren.

Während Plotek in Gedanken noch der Salirophilie nachspürte, sprach Gina es schon aus: »Beschmutzung.«

Manch einer der sich neutral gerierenden Patienten vergaß spontan die Neutralität und griff sich entsetzt mit der Hand an den Mund.

Auch Plotek war überrascht und verwundert. So verwundert, dass Gina sich bemüßigt fühlte, mit einer näheren Erklärung aufzuwarten.

»Der eine beschmutzt den anderen mit, zum Beispiel …«

»Schon klar«, ging Plotek dazwischen und stoppte Ginas Redefluss. Die anderen schienen es ihm zu danken.

»Es gibt ja nichts, was es nicht gibt.«

Gina begann mit ihrer Aufzählung, und die Finger schnalzten wie stramme Hosengummis aus ihrer Faust.

»Zoophilie. Koprophilie. Autonepiophilie. Nekrophilie.« Alles kam wieder fehlerfrei wie lange geübt über ihre Lippen.

»Pädophilie?«, versuchte Plotek auch den fünften Finger aus ihrer Faust hervorzulocken. Aber keine Chance. Der Finger blieb, wo er war.

»Kinder?«, hakte Plotek nach.

Wieder keine Chance. Der Finger blieb noch immer in der Faust. Dafür schienen sich Ginas Gesichtszüge nun plötzlich zu verhärten. Ihre Physiognomie wirkte jetzt wie eine Maske. Kühl, starr, tot. Auch die anderen Wartenden hielten die Luft an, so dass bald einige wegen extremer Sauerstoffunterversorgung vom Stuhl zu kippen drohten.

Wunder Punkt, dachte Plotek und versuchte das Thema zu wechseln. Ihm fiel aber auf die Schnelle kein anderes ein.

»Woher weißt du davon?«, fragte Gina schließlich.

Sie schien sich langsam aus ihrer Starre zu lösen.

»Wovon?«

»Von den Kindern.«

»Ich weiß nichts von Kindern.« Plotek schüttelte den Kopf.

Gina sah ihn an, als wäre sie nicht sicher, ob er log oder wirklich ahnungslos war.

»Das ist pervers!«

Sie sprach das Ausrufezeichen mit. Ihre Stimme klang dabei wie aus der Abteilung »ganz schlimme Perversionen« und so, als wäre alles andere schnöder Standard im Schlafzimmer der Deutschen.

»Oder krank!« Es klang endgültig.

»Hm.«

Die anderen Wartenden lauschten dem Dialog besonders

aufmerksam. Obgleich sie alle den Anschein erweckten, überhaupt nicht anwesend zu sein.

»Du kommst mir aber ganz gesund vor, ich meine, abgesehen von dem schlimmen Bein.«

»Hm, weiß nicht.«

»Ich aber.« Es klang erneut endgültig.

Gina zog ihren knappen Rock noch ein bisschen weiter nach oben und schlug die langen, gebräunten und rasierten Beine übereinander, wobei die silbernen Kettchen an den Fußgelenken leise rasselten. Es sah phantastisch aus. Auch die anderen Patienten waren wieder von ihrer Abwesenheit zurückgekehrt und schienen sich dem Anblick nicht entziehen zu können. Alle begannen sich aus ihrer Erstarrung zu lösen. Währenddessen öffnete sich die Wartezimmertür, und noch ehe Plotek oder Gina etwas sagen konnten, wurde er in das Behandlungszimmer gerufen.

Der Arzt war eine Ärztin. Eine ziemlich abgebrühte sogar. Das Hämatom ließ sie kalt. Als wäre so was bei ihr an der Tagesordnung. Sie zeigte mit der Hand auf eine Pritsche, auf die sich Plotek mit heruntergezogener Hose legen musste.

»Das ist mal wieder ein Fall für eine spezielle Behandlungsmethode.« Die Ärztin führte sogleich aus, was sie damit meinte. »Kinesio-Taping, schon mal davon gehört?«

Plotek nickte halbherzig. Mehr Nein als Ja hieß das.

»Beim Kinesio-Taping werden Schmerzen, Entzündungen oder Schwellungen mittels dieses dehnbaren, selbsthaftenden, atmungsaktiven Baumwollbandes behandelt, und zwar völlig ohne Medikamente.« Sie hielt das Band wie eine Monstranz in die Luft.

Wieder Nicken von Plotek. Jetzt schon überzeugender.

»Es ist schmerzlindernd, wirkt abschwellend und stoffwechsel- sowie durchblutungsfördernd.«

Und schon schlängelte sich das hellblaue Band um Ploteks Hämatom.

»Glauben Sie mir, in ein paar Tagen ist der Bluterguss weg.«

Die Worte der Ärztin hinterließen auf Ploteks Gesicht zuerst eine tröstende Wirkung. Dann schon eine lindernde. Er hatte den Eindruck, mit dem Band ums Bein fühle sich das Hämatom schon besser an. Oder schmerzte zumindest nicht mehr so.

»Sie sind nicht von hier?« Es war mehr Feststellung als Frage von der Ärztin.

»Aus München.«

»Oh, das ist ja eine Überraschung.« Das Gesicht der Frau hellte sich auf. Zum ersten Mal rückte die medizinische Professionalität in den Hintergrund. Ein lachender Mensch erschien hinter dem ernsten Helfer. »Ich auch.«

»Hm.«

»Schöne Stadt.« Nur noch Mensch, ganz Frau jetzt.

Wenn man weg ist, mag sie schön sein, dachte Plotek. Ist man wieder da, ist sie's weniger. Eine Frage der Perspektive. Oder der Entfernung. Er sagte aber nichts, außer erneut: »Hm.«

»Und Sie machen hier Urlaub?« Frau mit Interesse, mit Neugierde.

»Ja.«

»Im Hotel?«

»Auf dem Campingplatz.«

Plötzlich lag ein Knistern in der Luft. Die gute Laune der Ärztin schien in Gefahr.

»*Inselstrand*«, sagte Plotek. Das Knistern wurde zum Knacken. Die Gefahr nahm zu. Das Wort hinterließ eine nachhaltige Wirkung auf dem Gesicht des Menschen *und* des Helfers.

»Schreckliche Geschichte«, kam es prompt zurück.

»Dagegen ist so ein Hämatom eine Lappalie.«

Plotek sagte es, stand auf und ließ die verdutzt dreinblickende Ärztin im Behandlungszimmer zurück.

»Wiedersehen.«

Hoffentlich nicht, dachte er und ging.

Im Wartezimmer warf Plotek Gina noch einen flüchtigen Gruß zu, den die Nutte aus dem *Mon Chérie* ebenso freundlich konterte.

»Wir sehen uns!«

Gina sagte es, als bestünde daran kein Zweifel.

»Bestimmt«, sagte Plotek und war froh, endlich die Arztpraxis verlassen zu können.

16

Mit Beerdigungen hatte Plotek bislang schlechte Erfahrungen gemacht. Ganz schlechte sogar. Nicht, dass er generell Beerdigungen nichts abgewinnen konnte. Eher im Gegenteil. Der so veranschaulichte, allgegenwärtige Tod schafft auch Freude und Erleichterung bei den noch Lebenden. Bei Plotek. Plotek hält es da mit einem großen österreichischen, leider auch schon verstorbenen Dichter, der in Buchform immer auf seinem Nachtkästchen liegt und der behauptete, dass man sich einmal am Tag freue, dass man noch am Leben sei und noch nicht tot und dass das ein unwahrscheinliches Kapital sei. Und Plotek wusste, er hatte absolut recht. Ein Kapital war das allemal. Zumindest den Toten gegenüber. Nein, gegen Beerdigungen an sich hatte Plotek nichts einzuwenden. Nur, dass in seiner Anwesenheit immer solche Missgeschicke passieren mussten, dagegen hatte er schon etwas. Bei der letzten, der Beerdigung seines Vaters, ist er nicht nur selbst zum Argwohn aller und wider eigenen Willen kurzzeitig im Grab gelandet. Es stellte sich im Zuge dieses Malheurs auch heraus, dass in dem Sarg nicht nur sein toter Vater gewesen war, sondern auch noch eine für die Trauergemeinde gar nicht angenehme Überraschung. Seitdem war Plotek nicht gerade scharf auf Beerdigungen.

Auch wenn er wie jetzt, bei der Bestattung von Hans Wittlich auf dem Friedhof neben dem Kloster, emotional wenig bis gar nicht beteiligt war. Zusammen mit Vinzi hielt er sich eher im Hintergrund der versammelten Trauergemeinde. Möglichst weit vom Grab entfernt, sozusagen. So würde ihm zumindest das damalige Missgeschick dieses Mal erspart bleiben.

Auch Ingas Leichnam und der von Hartmut Höge waren mittlerweile vom Gerichtsmedizinischen Institut zur Beisetzung freigegeben worden. Diese fanden aber nicht auf dem Friedhof am Kloster in Ostholstein statt. Der Leichnam von Inga wurde in ihre Heimat nach Polen verfrachtet. Der von Hartmut Höge ins fränkische Fürth.

Kira von Kybié war noch immer nicht aufgetaucht. Weder tot noch lebendig. Obwohl die ganze Gegend um das Kloster herum sowie der Fundort ihres Mini Coopers mit einer Hundertschaft von Polizisten abgesucht worden war. Dabei hatte man anstatt der Krimiautorin allerhand anderes gefunden. Zum Beispiel in einem blauen Müllsack im Unterholz die vollständige Ausgabe des Sexmagazins *Playboy* seit 1992. Da hatte sich jemand offenbar kurzerhand von seiner belastenden Vergangenheit getrennt. In einem zerstörten Gewächshaus auf dem Gelände einer längst aufgegebenen Gärtnerei fand man mehrere verrostete Waffen aus dem Zweiten Weltkrieg, fein säuberlich in eine Schurwolldecke gewickelt. Da wiederum hatte sich jemand von seiner Vergangenheit nicht wirklich trennen können. Knochen, ganze Skelette von Haustieren, Hund vermutlich, Katze, Hase, Hamster, stöberten die Polizisten überall in der Umgebung auf. Da waren offensichtlich auf bequeme Art und Weise die immer lästiger werdenden Weihnachts- und Geburtstagsgeschenke der Kinder entsorgt worden. Es wurde aber nichts gefunden, was irgendwie mit dem Verschwinden der Kriminalautorin in Zusammenhang gebracht werden konnte. Es gingen auch unendlich viele Hinweise aus der Bevölkerung ein, Hinweise, nach denen die Schriftstellerin in einem Bordell auf St. Pauli gesehen worden war, und zur gleichen Zeit in München auf dem Viktualienmarkt beim Weißwurstessen oder in Oberammergau in einem Supermarkt beim Einkaufen, und zwar von Damenbinden *Ultra Normal* der Marke *always*. So genau waren die Beobachtungen. Einer rief ganz aufgeregt bei der Polizei an und wollte sie sogar am Strand von Mallorca mit einem gut aussehenden jungen Mann gesehen haben, der ihn an einen erst jüngst verstorbenen deutschen Fußballprofi erinnerte. Die Suche nach Kira von Kybié blieb dennoch erfolglos.

Die Beerdigung Hans Wittlichs war in vollem Gange. Ganz Grömitz hatte sich auf dem Friedhof neben der Klosterkirche versammelt. Das zeigte, dass Hans Wittlich nicht nur ein erfolgreicher Puffbesitzer gewesen war, sondern auch eine angesehene Persönlichkeit. Auch der Kommissar mit dem Feuermal und sein Assistent weilten unter den Trauernden. Was sie da wollten, war den Trauernden nicht ganz klar. Womöglich erhofften sie sich weitere Erkenntnisse zu den bislang wenig durchschaubaren Mordfällen. Oder aber es sollte die ermittlerische Erfolglosigkeit durch Präsenz kompensiert werden. Nach dem Motto: Wenn man schon von nichts eine Ahnung hat, muss man wenigstens eine imponierende Geschäftigkeit an den Tag legen.

Der Sarg mit der Leiche von Hans Wittlich, oder was von ihm noch übrig geblieben war, wurde neben Karol, dem Kompagnon des Toten, von seinem Bruder Uwe Wittlich, seinem Neffen Björn sowie dem Schwager und Spargelkönig Romberg getragen. Der Weg von der Klosterkirche bis zum Friedhof, der direkt dahinter lag, war zwar etwas weiter und in der Nachmittagshitze sicher auch beschwerlich. Dass aber die Sargträger dabei dermaßen schwitzten, schien Plotek doch seltsam zu sein. Vor allem Romberg lief der Schweiß in breiten Bächen von der Stirn die Schläfen hinab. Er tropfte ihm aufs Jackett, als wäre sein Kopf inkontinent oder ein defekter Wasserhahn. Es sah beinahe so aus, als würde er in dem Sarg nicht einen verstümmelten halben Menschen zu Grabe tragen, sondern einen schwer übergewichtigen bayerischen Volksschauspieler. Auch für die anderen bedeutete der tote Hans Wittlich im Eichenholzsarg eine erhebliche Schweißperlenüberproduktion. Nur der junge durchtrainierte Björn ließ sich von der Anstrengung kaum etwas anmerken. Obgleich auch er erkennbar schwitzte. Romberg dagegen war sichtlich froh, als er den Sarg am Grab endlich loswurde. Sein Gesicht glänzte in der Mittagssonne und war zudem ganz bleich. Er sah aus, als wollte er sich gleich mit zum Schwager ins Grab legen, und musste, nach Luft ringend, von seiner blondierten Schwester, der Geschäftsinhaberin und Frau von Uwe Wittlich, gestützt werden.

»Memme!«

Vinzi im Hinterhalt konnte sich ein schadenfrohes Lächeln nicht verkneifen.

»Das ist der nicht gewohnt … *Sackpfeife.*«

Elvis flüsterte es vor sich hin, dass es Plotek und Vinzi, die neben ihm ganz hinten in der letzten Reihe der Trauergemeinde standen, gut verstehen konnten.

Jetzt grinste auch Plotek. Elvis war der Einzige der Trauernden, der Arbeitskleidung trug, in diesem Fall einen schwarzen Overall und Gummistiefel. Der Grund war, dass sich Elvis neben seiner hauptberuflichen Beschäftigung als Gesangsdouble nebenbei auch noch als Bestattungsgehilfe oder besser Totengräber verdingte. Was ihm, neben der Rente seiner Mutter, ein zusätzliches Einkommen bescherte. Eines, das sich einzig und allein an der Sterberate orientierte. Soll heißen, je mehr Tote, umso mehr Kohle. Deshalb schien Elvis auch einer der wenigen zu sein, dem der Tod gelegen kam. Immer und jederzeit.

»Als Spargelkönig muss der ja nur delegieren … *Runzelritze, Schamhaarindianer.* Selbst anpacken ist nicht. Kaum kommt ein Sarg daher mit ein paar Körperteilen drin, macht er schlapp … *Vollrind, Prunzkachel.*«

Wieder kollektives Lachen der zwei auf den billigen Plätzen.

Auch die Nutten aus dem *Mon Chérie* standen, wie ein paar Tage zuvor um den Tresen, um das Grab herum und weinten, wie es schien, am eindrucksvollsten von allen Trauernden. Gina, die auch im kurzen Schwarzen eine atemberaubende Figur machte, mit einem Hinterteil, das weniger an Tod denn an Sünde denken ließ, musste von Karol sogar gestützt werden. Martina wiederum schnäuzte sich so laut, dass die Worte des Pfarrers dadurch hinweggeschwemmt wurden und kurzzeitig unverständlich waren. Was aber nicht weiter schlimm war. Die Begräbnisandacht gehörte ohnehin nicht zu den Stärken des Pastors. Das schien der selbst am besten zu wissen. Er fasste sich demgemäß auch kurz, so dass die Beisetzung am Grab, kaum hatte sie begonnen, auch schon wieder zu Ende war. Die Trauernden dankten es dem Pastor mit einem letzten kraftvollen Trauergesang und verabschiedeten sich hernach unter dem Sturmgeläut der Klosterglocken zum Leichenschmaus.

Während also Elvis das Grab mit dem Sarg darin schon wieder zuschaufelte und Plotek und Vinzi ihm dabei eine Zigarettenlänge lang kommentarlos zusahen, saß die Trauergemeinde bereits beim Leichenschmaus im Klostercafé des Brunnenhauses, nicht weit vom Friedhof entfernt.

Da wurde dann über Hans Wittlich feierlich und in den höchsten Tönen gesprochen.

Plotek und Vinzi, die wenig später zum Leichenschmaus dazustießen, konnten den Eindruck gewinnen, als würde hier nicht über einen windigen Geschäftsmann aus einer halb- bis illegalen Branche geredet, sondern über einen Mann mit blütenweißer Weste einerseits und andererseits mit einer Reputation wie höchstens der des Pontifex aus Rom. Warum dann aber, bei einem derartigen Ansehen, Ruf und Renommee, ein so integerer Ehrenmann in die Luft gebombt wird, schien sich hier niemand ernsthaft zu fragen. Vollmundig wurden immer heldenhaftere Anekdoten über Hans Wittlich aufgetischt und neben Kaffee und Kuchen serviert. Auch Hochprozentiges wurde gereicht, so dass nach kurzer Zeit einige der Trauergäste schon ziemlich angeschickert waren. Plotek war klar, dass die Stimmung durch die geschönten Anekdoten, die verlogene Heroisierung und die bedrohliche Ungewissheit angesichts der Toten und Vermissten und des freilaufenden Mörders irgendwann kippen musste. So viel Heuchelei, so viel Maskerade konnte nicht lange aufrechterhalten werden. Vor allem nicht gut gehen. Schon gar nicht bei einem solchen Alkoholkonsum. Dafür waren die Trauernden einfach zu schlechte Schauspieler und zum Teil zu ungeübte Trinker. Die Stimmung kippte dann tatsächlich. Weniger beabsichtigt als vielmehr durch ein dummes Missgeschick. Oder einen blöden Zufall. Da konnte man sehen, wie sehr die Nerven blank lagen.

Irgendwann nämlich ging die Tür des Klostercafés auf, und Kaspars stand plötzlich mitten im Raum. Er sah nicht gut aus. Man hatte ihn übel zugerichtet. Platzwunden am Kopf, aufgeplatzte Lippe, blaues Auge, überall Hansaplast und Schorf. Er war der personifizierte Vorwurf.

Die Gespräche verstummten mit einem Schlag. Alle schauten auf den jungen Mann, als wäre er Lazarus und gerade erst von den Toten auferstanden. Wobei er noch immer mehr tot als lebendig wirkte. Auch er sagte nichts und schaute die Trauergemeinde nur an. Wobei sein Blick zwischen Vorwurf, Verachtung und Hass hin und her wechselte. Dann schlugen das anfängliche Staunen und die Überraschung in Feindseligkeit um.

»Was willst *du* denn hier?« Björn sagte es, als hätte Kaspars auf dieser Veranstaltung rein gar nichts verloren. »Verpiss dich!«

Die Gespräche setzten wieder ein. Die Trauernden schienen Kaspars von nun an ignorieren zu wollen. Aber vergiss es.

»Das nicht du hast zu bestimmen.«

Es war Achmad, der ein paar Stühle weiter saß und mit seiner Stimme alle anderen übertönte. Wieder wurde es still. So still, dass man die viel zitierte Stecknadel hätte fallen hören können.

»Ach-Gott-o-Gott, halt einfach dein Maul!«

Vereinzelte Lacher waren zu hören.

»Halt du doch dein Maul!« Siouxsie sagte es und schlug sich damit auf Achmads Seite.

Björn war zunächst irritiert. Damit hatte er nicht gerechnet. Es dauerte aber nicht lange, dann hatte er sich wieder gefasst.

»Schlampe!«

Er zischte es verächtlich und wollte gerade wieder einen Schluck von seinem Bier nehmen, kam aber nicht mehr dazu, da Achmad, kaum dass er von seinem Stuhl aufgesprungen war, auch schon neben ihm stand und ihm eine Ohrfeige verpasste. Björns Bierglas fiel zu Boden und zersprang. Wieder verstummten alle. Wieder herrschte eisige Stille.

Björn sprang nun ebenfalls vom Tisch auf und warf sich ohne Vorwarnung auf Achmad. Der strauchelte, von Björns Schnelligkeit überrumpelt, und stürzte rücklings zu Boden. Und wieder mischte sich Siouxsie ein. Im Nu war sie zum jungen Wittlich hinübergesprintet und verpasste ihm nun zwei, drei gezielte Schläge mit dem Fuß und der Hand, so dass er mit einem dumpfen Schrei zu Boden ging und sich nicht mehr rührte. Er blieb ohnmächtig vor Kaspars Füßen liegen, der noch immer unbeweglich dastand. Die sportliche Betätigung von Siouxsie erinnerte an Kung Fu. Oder zumindest an die Filme darüber. Und sie selbst an Bruce Lee. Während sie kurz und gezielt mit zackiger Choreographie auf Björn eingeschlagen hatte, war etwas aus ihrer Tasche gefallen und unter Ploteks Tisch gerutscht, genau vor seine Füße. Ohne zu erkennen, was es war, stellte er seinen Fuß darauf.

Nachdem sie Björn k. o. geschlagen hatte, nahm Siouxsie Kaspars bei der Hand und verließ mit ihm langsam, als wären sie auf einem Sonntagnachmittagsspaziergang an der Kurpromenade von Grömitz, das Klostercafé. Plotek bückte sich verstohlen und steckte den Gegenstand aus Siouxsies Tasche ein.

Dann erhob sich Achmad vom Boden und ging ebenfalls und ohne sich noch einmal umzuschauen davon.

Björn kam nach ein paar Ohrfeigen wieder zu sich und fragte, noch leicht benommen: »Ist Iveta da?«

Was bei allen anderen völlige Verunsicherung zur Folge hatte.

»Reiß dich zusammen!«, stauchte ihn sein Vater, der Camping-Gott, zusammen. Er packte ihn ziemlich grob unter den Achseln und hob ihn vom Boden hoch. Mit wackelndem Kopf und weichen Knien stand Björn vor der Trauergemeinde und sah dabei ziemlich mitgenommen aus. Dann schafften ihn der Camping-Gott und Karol, ihn auf beiden Seiten stützend, aus dem Café.

»Was war denn das jetzt?«

Vinzi schien Schwierigkeiten zu haben, die kleine Performance richtig einzuordnen.

»Meinungsverschiedenheiten!«, sagte Kurti.

»Rache«, kam es von Christin.

Rache wofür?, dachte Plotek.

»Rache wofür?«, fragte Vinzi.

»Ich glaube, die beiden können sich nicht ausstehen.«

»Wer?« Brigitte kam mit dem Denken nicht hinterher.

»Kaspars und Björn.«

»Und was ist mit Achmad?«, fragte Kurti.

»Der kann Björn auch nicht leiden«, ergänzte Christin.

»Ein paar Ohrfeigen schaden dem Rotzaffen nicht.« Kurti schlug sich, opportunistisch wie er war, wieder auf die sichere Seite.

»Das waren keine Ohrfeigen, das war japanische Kampfkunst in Vollendung.«

Vinzi machte zur Illustration seiner Worte mit den Händen ein paar Bewegungen in der Luft. Bei ihm sah es weder vollendet noch nach japanischer Kampfkunst aus. Vielmehr ein wenig behindert.

»Bondage«, mutmaßte Brigitte.

Es klang bei ihr nach Schmuddelware auf dem Index.

»Quatsch!« Christin lachte. »Siouxsie macht seit Jahren Taekwondo!«

»Woher weißt du das?«

Brigitte war perplex. Wobei nicht ganz klar war, ob Christins Informationsvorsprung sie so sehr beeindruckte oder doch eher Siouxsies Kampfsportausübung.

»Sie hat es mir erzählt.«

»Und was noch?«

Vinzi schaltete sich wieder ins Gespräch ein. Wobei bei ihm selbst jetzt nicht ganz klar war, ob er weitere Kampfsportarten meinte oder etwas ganz anderes. Genauer: Wie vertraut seid ihr beiden nun wirklich miteinander?

»Nichts.« Christin schien weder auf das eine noch das andere eingehen zu wollen.

»Ist Siouxsie eigentlich mit Kaspars zusammen?« Brigitte hatte sich von ihrer Irritation erholt.

»Quatsch!«, sagte Christin wieder, um dann erneut zu lachen. »Sie sind gut befreundet und kennen sich schon lange, mehr nicht.«

Die weiß aber Bescheid, dachte Plotek.

Sie nickte ihm unauffällig über den Tisch hinweg zu, als wollte sie ihm bedeuten: stimmt.

»Ich glaube, Siouxsie war damals mit seiner Schwester befreundet.«

»Mit Iveta«, warf Brigitte ein, als wollte sie signalisieren, dass ihr Denken jetzt ganz auf der Höhe der Diskussion war. Was ihr aber nicht gelang. Christin sah sie an, als hätte sie nicht mehr alle Tassen im Schrank.

Vinzi bestellte für alle am Tisch Sitzenden noch einen Ouzo. Gemeinsam hoben sie das Glas und stießen miteinander an.

»Auf ein langes Leben«, sagte Christin, was sich angesichts des gerade erst beerdigten Hans Wittlich allerdings ein wenig nach Sarkasmus anhörte.

»Und die Liebe«, ergänzte Brigitte.

Sie versuchte, ihren Kurti auf den Mund zu küssen, was ihr aber, sicher aufgrund des Alkoholpegels, misslang, so dass sie nur sein Kinn erwischte.

Plotek lachte. Vinzi lachte auch.

Und Christin warf den beiden ein »Prost!« und danach eine Kusshand zu.

Es ging schon auf den Abend zu, als sich Plotek und Vinzi auf den Nachhauseweg machten. Beide waren angenehm betrunken. Vinzi versuchte anfänglich noch ein Gespräch in Gang zu bringen und warf immer wieder Bonmots ein, worauf Plotek aber offenbar nicht eingehen mochte. Er verhielt sich ungewohnt schweigsam. So dass auch Vinzi schließlich längere Zeit nichts mehr sagte. Bis er, als sie schon fast am Campingplatz waren, doch noch fragte: »Ist was?«

Er hatte sofort gemerkt, dass mit Plotek irgendwas nicht stimmte, konnte sich aber nicht erklären, was.

Ohne den Rollstuhl anzuhalten reichte Plotek Vinzi den Gegenstand nach vorne, den Siouxsie bei ihrer Kampfeinlage am Nachmittag verloren hatte. »Hier.«

»Was ist das?«, fragte Vinzi überrascht, obgleich er natürlich sofort sah, worum es sich handelte. Das war ja auch nicht so schwer.

Es war ein Feuerzeug, klar. Nur was für eines, das war nicht so einfach.

»Ein Zippo.« Vinzi sagte es, als hätte er noch Zweifel und wollte sich erst mal sprachlich vergewissern.

Es war ein Zippo. Aber kein herkömmliches, Nullachtfünfzehn-Zippo.

Plotek nahm Vinzi das silberne Feuerzeug aus der Hand und drehte es herum. Und Überraschung! Auf der Rückseite prangte das Konterfei von Elvis Presley.

»Erinnert dich das an was?«

»Hmm …« Vinzi wendete das Feuerzeug in seinen Händen. »Vielleicht an Elvis Presley?«

»Sieh an, sehr schlau. Nein, das ist das Feuerzeug von *unserem* Elvis. Er hat es doch angeblich vor fünf Jahren Iveta geschenkt, an dem Abend, als sie spurlos verschwand, erinnerst du dich?«

Natürlich erinnerte sich Vinzi nun und bestätigte es mit einer eindeutigen Kopfbewegung.

»Und woher hast du das jetzt?«

»Es ist Siouxsie aus der Tasche gefallen.«

»Siouxsie?« Vinzis Verwunderung war zurück.

»Ja, während der Schlägerei.«

Plotek fixierte Vinzi, so dass dem nichts anderes übrigblieb, als angestrengt nachzudenken. Auf seiner Stirn war wieder ein Spargelfeld zu erkennen.

»Und du glaubst wirklich, das ist von Iveta?« Er hob das Feuerzeug in die Luft.

»Von wem denn sonst?« Natürlich war sich auch Plotek nicht ganz sicher.

»Diese Dinger gibt es bestimmt wie Sand am Meer.«

»Möglich, aber seltsam ist es schon, oder?«

Vinzis ganzes Gesicht war nun ein Spargelfeld. Und auch Ploteks sah aus, als würden sich zwischen Scheitel und Nase gleich die Hügelreihen wölben.

Der Campingplatz war bereits in Sichtweite. Plotek schob den Rollstuhl, und Vinzi unterstützte ihn an den Schwungrädern. Beide waren tief in ihre Gedanken abgetaucht. Beide dachten über das Feuerzeug, über Siouxsie und Iveta nach. Und darüber, wie das alles zusammenhing. Sie suchten nach einer Erklärung, aber sie kamen nicht drauf.

Plötzlich blieb Plotek wie angewurzelt stehen. »Irgendwas stimmte da nicht.« Er schien in Gedanken schon wieder weiter zu sein.

»Wo?«

Vinzi war noch immer bei dem Feuerzeug und hatte offensichtlich Probleme, mit Plotek Schritt zu halten.

»Bei der Beerdigung.«

»Was soll da denn nicht gestimmt haben?« Vinzi konnte noch immer nicht folgen. »Viel Heuchelei, ja. Viele falsche Tränen, viel …«

»Das meine ich nicht«, unterbrach ihn Plotek.

»Was dann?« Vinzi wurde langsam ungeduldig. »Na, sag schon!«

»Hans Wittlich war schlank, höchstens eins siebzig groß und maximal, sagen wir, siebzig Kilo schwer, stimmt's?«

»Stimmt.«

Plotek legte nach: »Bei dem Anschlag wurde er außerdem zerfetzt, nicht wahr?«

»Stimmt auch.«

»Die Körperteile wurden dabei über den gesamten Campingplatz verteilt und mussten hinterher zusammengeklaubt werden.«

»Korrekt.«

Es klang fast wie ein Verhör.

»Wir haben zum Beispiel seine Hand ...«

»Komm endlich auf den Punkt!«, ging Vinzi ärgerlich dazwischen. Was Plotek aber nicht zu beeindrucken schien.

»Es wurde aber nicht alles gefunden. Die Hälfte vielleicht, oder sagen wir dreißig Kilo.«

Vinzi blies die Luft in einem Schwall aus sich heraus und sagte dann, als würde er nun doch die Spielregeln von Plotek akzeptieren: »Höchstens.«

»Na, siehst du?«

»Nee!« Vinzi wusste noch immer nicht, worauf Plotek hinauswollte. »Was soll ich sehen?« Er hörte sich nach wie vor etwas verärgert an.

»Warum haben die dann so geschwitzt?«

»Wer hat verdammt noch mal geschwitzt?«

»Romberg, der Spargelkönig, und die anderen Sargträger«, sagte Plotek. »Na gut, der Romberg ist es nicht gewohnt, meinetwegen. Aber dreißig Kilo plus den Sarg, sagen wir fünfzig Kilo, macht zusammen achtzig, durch vier Sargträger sind das schlappe zwanzig Kilo pro Mann.«

Vinzi sah ihn mit großen Augen an, als müsste er die Rechnung erst noch überprüfen.

»Und die schwitzen, als wären's hundert.«

»Worauf willst du hinaus?« Vinzi ahnte es bereits.

»Dass da nicht nur die Überreste von Hans Wittlich drin waren.« Plotek stieß es hervor, als wollte er sich selbst von einer Last befreien. Er umfasste die Griffe des Rollstuhls und setzte ihn wieder in Bewegung. »Und du meinst also, dass der Sarg so schwer war, hat womöglich mit Kiras Verschwinden zu tun?«

»Ja.« Plotek sagte es kleinlaut. »Und gleichzeitig hoffe ich es nicht.«

Sie waren jetzt am Parkplatz vom *Inselstrand* angekommen.

»Verflucht!«, sagte Vinzi und dann: »Dreh um!«

Sie schoben zurück nach Cismar. Wobei sich Ploteks Bein nach einer Weile mit einem stechenden Schmerz meldete. Sie gingen nicht zum Friedhof, sondern direkt zu Elvis. Mittlerweile schmerzte nicht nur Ploteks Bein, er selbst war nun auch ziemlich erschöpft. Plotek war diese langen Fußmärsche einfach nicht gewohnt. Er kam sich vor wie ein verunglückter Marathonläufer.

Vinzi hingegen war voller Tatendrang. Obgleich er, als sie wieder auf dem Sofa in Elvis' begehbarem Schrein saßen, durch das erneut einsetzende Gebrüll von dessen Mutter kurzfristig aus dem Konzept gebracht schien. Oder mehr noch von Elvis' Reaktion darauf. Dieser stürmte abermals, der Mutter bedingungslos gehorchend, völlig hektisch aus dem Zimmer und die Treppe hoch. Nach ein paar Minuten war er wieder zurück und vollkommen durch den Wind.

Der hat aber einen schwerwiegenden Mutterkomplex, dachte Plotek. Aber wer hat das nicht? Und wenn keinen Mutter –, dann auf jeden Fall einen Vaterkomplex. Ödipus lässt grüßen. Die Welt ist voller Komplexe. Und der Mensch erst. Und Plotek erst recht! Schon war Plotek bei den eigenen Komplexen angekommen und heillos darin verstrickt.

So lange, bis Vinzi das Wort ergriff und versuchte, Elvis klarzumachen, was die beiden zu dieser abendlichen Stunde eigentlich von ihm wollten. Elvis schien zuerst nicht zu verstehen. Er zuckte mit dem Gesicht, rümpfte die Nase, schnalzte mit der Zunge und spuckte immer wieder »Vollrind« und »Speckbarbie« aus sich heraus.

Es war natürlich nicht einfach, Elvis davon zu überzeugen, dass er das soeben zugeschaufelte Grab wieder freischaufeln sollte. Als kleine Bestechungsmaßnahme und um seine Gesichtspartie zu beruhigen händigte Vinzi Elvis eine Zigarette mit der entspannenden Wirkung aus. Was zur Folge hatte, dass Elvis nach kurzer Überlegung und einigen Zügen sagte: »Seid ihr bescheuert ... *Hobelschlunze, Arschritzenlecker?*«

Natürlich hatte er recht. Es war absolut bescheuert. Aber was hätten sie denn tun sollen? Elvis wusste es: »Warum geht ihr damit nicht einfach zu den Bullen ... *Bumsarsch?*«

Jetzt lachten Plotek und Vinzi gleichzeitig.

»Du glaubst doch nicht etwa, die würden uns ernst nehmen?«, sagte Plotek.

»Und wenn sie's doch tun, sind wir gleich mit fällig«, ergänzte Vinzi.

Das leuchtete auch Elvis ein. Seine eigenen Erfahrungen

mit der Polizei gaben den beiden recht. Gleichwohl war er noch immer nicht für ihre Sache gewonnen.

»Ich bin doch nicht bescheuert … *Rosettenpapst, Analpustel!*« Die spastischen Gesichtsbewegungen hatten sich beruhigt. Die Schimpfwörter waren noch da.

»Na, komm schon. Einen Versuch ist es wert.« Vinzi gab nicht nach.

»Einen Versuch? He, Mann … *Hackfleischgesicht* … da buddele ich zwei Stunden …«

»Wie viel?«

Elvis' linkes Auge büchste wieder aus und sah zur Gitarre am Schrank, während das rechte Vinzi fixierte. »Was, wie viel?«, fragte er forschend.

»Wie viel bekommst du sonst für's Graben?«

Elvis überlegte. Das linke Auge pendelte aufgeregt hin und her.

»Fuffzig.« Man hörte ihm an, dass es gelogen war.

»Wir geben dir hundert.«

Evis sprang von seinem Sessel auf und jubelte wie ein Mittelstürmer des Außenseiters nach einem Doppelpack im Fußballweltmeisterschaftsfinale.

So lange, bis Mutti einen Stock höher wieder »Kle-mens« schrie.

Der Gewinn verwandelte sich augenblicklich in eine Niederlage. Das Doppelpack in ein Eigentor.

Sie warteten, bis es elf Uhr und damit stockdunkel war. Elvis hatte mittlerweile zwei Joints intus und wirkte daher ziemlich entspannt. Vinzi und Plotek hingegen waren gar nicht entspannt.

Sie hielten jeder eine Taschenlampe in der Hand, während sich Elvis, in Overall und Gummistiefeln, mit einer Schaufel daranmachte, das Grab wieder auszuheben. Wobei er sich anscheinend alle Zeit der Welt lassen wollte.

»Sag mal, geht es auch ein wenig schneller?« Vinzis Ungeduld hing über dem Grab wie ein Damoklesschwert.

»Warum?« Elvis stützte sich auf seine Schaufel und sah die beiden verwundert an. »Wir haben doch die ganze Nacht Zeit.«

»Schon, aber vielleicht wäre es ganz günstig, wenn wir so schnell wie möglich wieder von hier verduften könnten«, versuchte Plotek zu vermitteln.

»Warum?«, fragte Elvis erneut, noch immer auf die Schaufel gestützt. Er schien es wirklich nicht zu kapieren.

»Nur so«, sagte Vinzi, während Plotek sich immer wieder auffällig umblickte. Bis auf ein paar Grablichter, die stumm und gespenstisch vor sich hinleuchteten, konnte er nichts erkennen.

»Vielleicht solltest du einfach weitermachen?«, schlug Plotek vor.

»Ja, vielleicht.«

Elvis schaufelte weiter den Dreck aus der Grube, bis er schließlich am Sarg angekommen war. Unter den strengen Blicken von Plotek und Vinzi und den Lichtkegeln ihrer Taschenlampen legte er ihn frei und fragte dann: »Und jetzt?«

Plotek und Vinzi sahen sich an.

»Aufmachen«, kam es synchron aus ihren Mündern.

Das tat er dann auch. Langsam hob er den Deckel an, während die beiden zitternden Lichtkegel beleuchteten, was nun zum Vorschein kam. Einiges kam da zum Vorschein. Was man allerdings vielleicht gar nicht hätte sehen wollen. Hässliche Körperteile zum Beispiel von einem Mann. Arm, Hand, Schulter, Teile vom Kopf. Das war Hans Wittlich, klar. Oder vielmehr das, was vom ihm übrig war. Aber noch etwas anderes war zu sehen. Eine komplette Leiche nämlich, weiblich, mit Kopf und einem Loch darin. Kira!

»Scheiße!«, sagte Vinzi.

Und »Scheiße« sagte Plotek.

»Und jetzt?«, wollte Elvis wissen, der, wieder auf seine Schaufel gestützt, auf dem Unterteil des Sarges stand und sie fragend anblickte.

»Wieder zumachen«, befahlen Plotek und Vinzi gleichzeitig. Beide unter einem Anflug von Übelkeit.

»Was? Sagt mal, wollt ihr mich verarschen?« Die Schimpfwörter waren verschwunden.

»Was sollen wir denn sonst machen?« Vinzi versuchte Elvis zu beruhigen.

»Etwa offen lassen?«, fragte Plotek.

»Zu den Bullen gehen?«, ergänzte Vinzi. »Na also. Wir machen das jetzt wieder zu, und bei Bedarf können wir ja immer noch …«

»Wir?« Elvis intervenierte.

»Äh … Du!«

»Ihr habt sie doch nicht mehr alle.« Elvis gab sich uneinsichtig. »Ich buddel doch das Loch nicht wieder auf, um es dann gleich noch einmal …«

»Mach schon!«, ging Vinzi ungeduldig dazwischen, während Plotek sich abermals umsah. »Gib ihm einen Hunni extra.«

Schon fielen die ersten Dreckschippen auf den Sarg herunter. Als Vinzi dann noch einen zusätzlichen Fuffi drauflegte, war das Grab kurze Zeit später wieder geschlossen und sah so aus, als wäre es niemals geöffnet worden.

»Soll ich es vielleicht noch einmal ... ich meine ... noch mal öffnen?« Elvis fragte es erschöpft, als sie alle drei neben den Kränzen standen. »Kann ich machen, kein Problem, kostet aber dann das Doppelte!« Er lachte. Plotek lachte auch.

»Nicht nötig«, sagte Vinzi. »Die Nächsten, die das Grab öffnen, werden vom Steuerzahler bezahlt. Und besser als du.«

»Viel besser«, ergänzte Plotek.

»Gehen wir?«

»Gehen wir!«

Als Plotek und Vinzi mitten in der Nacht auf den Campingplatz zurückkamen, blieben sie vor der Terrasse der Bierstube stehen. Drinnen brannte noch Licht. Durchs Fenster erkannten sie den Camping-Gott, Karol, Björn, Romberg und die Frau von Uwe Wittlich.

»Krisensitzung«, sagte Vinzi.

Noch ehe Plotek etwas erwidern konnte, ließ ein Geräusch die beiden herumfahren. Nicht weit von ihnen entfernt war ein Scharren zu hören, direkt neben der Terrasse.

»Willy!«

Es war tatsächlich der schwäbische Hund, der sich erneut am Betonsockel der Terrasse zu schaffen machte. Direkt an der Kante buddelte er wieder an seinem Loch, als wollte er sich in einem Tunnel unter dem Beton hindurchgraben. Neben Willy stand der kleine weiße Pudel und sah ihm ähnlich fasziniert zu wie Vinzi und Plotek.

»Was hat der bloß?«

»Achmad-Syndrom vielleicht.«

»Hau ab!«, hörten die beiden hinter sich jetzt jemanden sagen.

Plotek und Vinzi erschraken. Es war der Kommissar mit dem Feuermal auf der Stirn. Willy sah kurz auf und fletschte die Zähne. Woraufhin der Polizist doch tatsächlich die Waffe zog. Es sah lächerlich aus.

»Der tut nichts«, sagte Vinzi.

»Er kann nur Bullen nicht leiden«, ergänzte Plotek.

Willy deeskalierte und verschwand zusammen mit dem weißen Pudel. Der Kommissar steckte die Waffe wieder ein und fragte schlecht gelaunt: »Was machen Sie hier?«

»Und Sie? «

»Ich bin Polizist!«, antwortete er, als würde das alles erklären.

»Ja, aber momentan nicht gerade ein erfolgreicher.«

Der Kommissar sah zuerst zu Vinzi, dann zu Plotek, als überlegte er, seinen Mangel an Erfolg kurzzeitig mit ihrer Verhaftung zu kompensieren.

Natürlich hätten die beiden ihm jetzt von dem Sarg mit der doppelten Füllung erzählen können. Und von der toten Kira von Kybié. Aber sie brachten es einfach nicht über die Lippen. Bei seiner Schwäche im Kombinieren hätte er womöglich noch die falschen Schlüsse daraus gezogen.

»Ich schlage vor, Sie gehen jetzt schlafen.«

»Und wir schlagen vor, Sie suchen noch ein bisschen nach dem Mörder. Wie es aussieht, ist er ja gar nicht weit.«

»Was soll das heißen?«

»Gute Nacht.«

Gut war die Nacht nicht. Ganz und gar nicht. Vor allem aber war sie laut.

Kaum lagen die beiden im Bett und das Licht war gelöscht, musste es schon wieder angeschaltet werden. Der Grund: Sirenen und Böller. Oder besser: Martinshörner und Explosionen, ganz in ihrer Nähe.

»Ja, ist denn schon Silvester?«, scherzte Vinzi.

Das Witzeln sollte ihm aber gleich darauf vergehen. »Es brennt!«, rief er, als er aus dem Fenster schaute.

Mir doch egal, dachte Plotek. War es ihm aber natürlich nicht. Weil die Lautstärke und das Tohuwabohu noch zunahmen.

Also schälten sich die beiden schließlich wieder aus dem Bett.

Auf dem Campingplatz war jetzt, mitten in der Nacht, der Teufel los, soll heißen: Halligalli. Gerade so, als gäbe es etwas umsonst. Gab es auch. Zwar nicht direkt auf dem Campingplatz, aber nicht weit davon entfernt. Ein Flammenspektakel, ein Feuerwerk. Silvester im Sommer. Ballerei bis zum Abwinken.

Der *Hong Kong Garden* brannte lichterloh. Na ja, brennen war untertrieben. Er ging förmlich in die Luft. Es knallte und puffte unaufhörlich, als ob in seinem Innern hunderttausend China-Böller gelagert worden wären. Die freiwillige Feuerwehr aus Grömitz hatte alle Mühe, den Brand in den Griff zu kriegen.

Tatsächlich dauerte es bis zum frühen Morgen, bevor die Explosionen verstummt waren und man das Feuer gelöscht hatte. Oder vielmehr, bis der *Hong Kong Garden* völlig heruntergebrannt war und nur noch vier verkohlte Felgen an den schönen Asia-Imbiss erinnerten.

Die Untersuchung der Überreste ergab schnell, dass das Feuer durch einen Brandbeschleuniger, vermutlich Spiritus, ausgelöst worden war und somit nur Brandstiftung als Ursache infrage kam.

»Wer macht so was?«, fragten sich die Grömitzer entsetzt, und viele von ihnen kündigten verzweifelt an, sie würden auswandern, wenn es mit diesen mysteriösen Vorfällen rund um den Campingplatz *Inselstrand* nicht bald ein Ende habe.

»Nur wohin?«, fragten sich die anderen, die noch nicht so weit waren.

»Egal«, war die Antwort. »Nur weg.«

17

Der Brunnen war tief, nass, dunkel. Nur Augen waren zu sehen. Leuchtende Augen, als wären es Glühwürmchen in der Nacht. Grün, blau, oliv. Das waren die Augen von Toten. Hartmut Höges Augen. Die Augen vom Puffbesitzer Hans Wittlich, die der polnischen Küchenhilfe Inga und die der Krimiautorin Kira von Kybié. Die Toten sprachen durch ihre leuchtenden Augen, indem sie unaufhörlich und wie verrückt mit ihnen blinzelten und Lichtsignale ins Dunkel sendeten. Signale, die er zu dechiffrieren wusste. Signale wie Worte.

»Du bist schuld«, sagte Hartmut Höge. »Du allein!«

»Du hast uns verraten!« Hans Wittlich klang wütend.

»Weil du nichts verstehst«, stimmte Inga ein. »Gar nichts. Die Toten nicht und die Lebenden schon gar nicht.« Nur Kira sagte nichts.

Die Augen bekamen Hände, so groß wie Toilettendeckel und mit unzähligen Fingern, die gierig nach ihm griffen. Ihn auch zu fassen kriegten. Die Hände legten sich um seinen Hals wie ein tödliches Versprechen und drückten zu. Immer fester. Immer heftiger. Er bekam keine Luft mehr, hustete, wollte schreien; aber er brachte keinen Ton heraus. Nur ein Knistern war zu hören. Als würde eine Kerze erlöschen. Seine Kerze. Und noch einmal. Als hätte er nicht nur einen Docht, sondern mehrere Dochte. Mehrere Kerzen. Mehrere Leben.

»Hörst du das?«, sagte eine Stimme zu ihm.

Sie gehörte aber keinem der Toten. Nicht die Augen sprachen, sondern ein Mund. Keine Lichtsignale, sondern Worte. Es war der Mund von Vinzi, seine Worte. Das war Vinzis Stimme.

Plotek und Vinzi waren erst am Morgen völlig übermüdet ins Bett gekommen. Plotek schlief wie immer schlecht. Nicht nur, dass er ständig aufwachte. Er träumte auch noch hundsmiserabel und wie schon zuvor von den Toten. Von Höge und Hans, von Inga und Kira. Und von sich selbst. Zusammen mit den vieren im Fegefeuer. Unter schrecklichen Qualen. Knisternden Qualen. Knistern. Ja, es knisterte. Und dann erneut: »Hörst du das?«

Klar hörte er das. Es war aber nicht im Traum. Es war real. Vor dem Wohnwagenfenster. Es knisterte wie ein verbrennender Reisighaufen draußen vor dem Wohnwagen.

»Das ist ein Walkie-Talkie.«

Vinzi sagte es mit belegter, verschlafener Stimme. Plotek richtete seinen Oberkörper auf, schob den Vorhang ein Stück zur Seite und schaute zum halb aufgeklappten Fenster hinaus. Keine zwei Meter von ihrem Wohnwagen entfernt lag tatsächlich ein Walkie-Talkie im gemähten Gras. Es war das von Achmad. Aber der war weit und breit nicht zu sehen. Er muss es liegen gelassen oder verloren haben, dachte Plotek, gestern, nachdem er die Grünflächen auf dem Campingplatz gemäht hatte.

Jetzt sitzt er vermutlich wieder apathisch in seinem Wohnwagen oder gräbt Sandlöcher am Strand, dachte hingegen Vinzi. Auf jeden Fall schien er sein Walkie-Talkie nicht zu vermissen.

Dabei war das, was aus selbigem hervordrang, durchaus interessant. Das Walkie-Talkie knisterte nämlich nicht mehr nur, sondern es sprach jetzt auch.

»Ich kann doch nichts dafür«, war eine gequetschte Stimme zu hören.

Es war eindeutig die vom Camping-Gott. Von einem völlig verängstigten Camping-Gott. Einem Camping-Gott mit vollgeschissenen Hosen quasi.

»Du bist so feige, dass du nicht mal dafür die Verantwortung übernehmen willst.«

Diese Stimme erinnerte an die von Kaspars. Von einem sehr wütenden Kaspars. Einem Kaspars mit dickem Hals quasi.

»Was hätte ich denn machen sollen?« Wieder der sich gerade in die Hosen scheißende Camping-Gott.

»Du hast Iveta umgebracht!«

Plotek und Vinzi horchten auf. Beide waren nun schlagartig wach. Sie knieten auf dem Bett, die Ohren am Fenster.

»Nein, das stimmt nicht, ehrlich, glaub mir ...«

Dem Camping-Gott schienen die Exkremente schon die Beine hinabzulaufen.

»Du, Björn, Höge und Hans!«

Kaspars klang nicht nur aggressiv, er klang auch unberechenbar. Plotek schob das aufgeklappte Fenster noch weiter auf und beugte sich aus dem Wohnwagen hinaus dem Walkie-Talkie entgegen.

»Nein, nein, ich flehe dich an, es war ein Unfall ...« Die Scheiße stand dem Camping-Gott mittlerweile bis zum Hals.

»Halt dein Maul!«

Kaspars wütete, bis die Exkremente den Camping-Gott davonschwemmten. Soll heißen: Er hielt nun wirklich das

Maul. Davor war allerdings noch ein hässlicher Schuss zu hören. Dann herrschte Stille.

»Das war's«, sagte Vinzi. »Mit dem Camping-Gott.«

»Du meinst, Kaspars hat ihn …«

»Könnte man so interpretieren.«

Aus dem Walkie-Talkie war auf jeden Fall nichts mehr zu hören. Kein Kaspars, kein Camping-Gott. Nicht mal mehr ein Knistern.

Und tatsächlich, von nun an war auch Uwe Wittlich verschwunden. Niemand hatte ihn seither gesehen, und auch nach intensiver Suche war er nicht zu finden. Zumindest nicht, wie man sich erhofft hatte. Also putzmunter und gesund. Er wurde erst am nächsten Morgen und dann auch mehr durch Zufall entdeckt. Alles andere als gesund.

Es war halb sechs in der Früh, als er wieder auftauchte. Im wahrsten Sinne des Wortes. Der Strandkorbverleiher, der an einen serbischen Kriegsverbrecher erinnerte, hatte sich auf seinem Boot nicht weit vom Strand entfernt beim morgendlichen Angeln zu früh über einen ordentlichen Fang gefreut. Es war nämlich kein dicker Fisch, den er da am Haken aus der Ostsee zog, sondern der gut verschnürte Camping-Gott. Tot!

»Jetzt reicht's!« Der Kommissar brüllte es keine Stunde später so laut und heftig, dass das Feuermal auf seiner Stirn violett schimmerte. »Das hat ja schon was von einem Massaker!«, schrie er außer sich vor Empörung, während am Lensterstrand bereits das volle Programm ablief, soll heißen: Spurensicherung, Taucher, Zeugenvernehmung und alles.

»Das ist ja ein regelrechter Massenmord!«, legte er nach. Soll heißen: Ein Serienmörder geht um.

Der Kommissar schien ratlos, machtlos und am Ende. Ebenso die Politik. Von der Politik war keine Unterstützung mehr zu erwarten. Die Minister machten sich rar. Die Landräte gingen in Deckung. Die Zeit, sich vor den Kameras zu profilieren, wenigstens gute Miene zum bösen Spiel zu machen oder aber auch nur mit gut gemeinten Durchhalteparolen zu glänzen, schien nun endgültig vorbei. Blasse Pressesprecher wurden jetzt vorgeschickt, die holprig und ungeschickt das Unfassbare in Worte zu fassen versuchten. Was aber nicht gelang. Nicht gelingen konnte. Wie sollten sie auch in Anbetracht von vier ermordeten Menschen, einer Brandstiftung und zwei Vermissten, darunter eine bekannte Kriminalautorin, mit Optimismus punkten? Wobei sie nichts, aber auch rein gar nichts vorzubringen hatten, was Zuversicht hätte vermitteln können. Keine Spur, keine Hinweise, keinen Plan, keine Strategie, nichts. Höchstens wabernde Gerüchte, die von den Medien bereitwillig in die Welt hinausgesendet wurden und Ängste, Verzweiflung und Ungemach schürten. Aber nie und nimmer helfen würden, einen Täter zu überführen. Es wurde hinter vorgehaltener Hand und nicht nur in Polizeikreisen darüber spekuliert, ob nicht das komplette Wittlich-Geschlecht von einem Unbekannten ausgelöscht werden sollte, dass also Björn und seine Mutter womöglich die Nächsten auf der Liste des Mörders wären. Die Kriminaler boten vorsorglich schon mal Personenschutz an. Weniger um die Personen selbst zu schützen, als vielmehr im Nachhinein nicht wieder wegen Versäumnis desselbigen wie der letzte Depp dazustehen. Björn lehnte den Schutz lachend ab.

»Wer vier Menschen kaltblütig ermordet, lässt sich doch durch ein paar Schoßhündchen nicht vom Töten abhalten.« Da mochte er durchaus recht haben.

Die Geschäftsinhaberin aus Grömitz dagegen nahm dankend an, so dass sie von nun an nur noch zusammen mit einem Schrank auf zwei Beinen und mit Sonnenbrille gesehen wurde.

Rücktrittsforderungen aller Art wurden nach den katastrophalen Fahndungsmisserfolgen laut. Politische Verantwortung wurde eingefordert. Von der Presse, der Öffentlichkeit, vom politischen Gegner. Der Exekutive wurde Versagen in allen Belangen und auf ganzer Linie vorgeworfen. Von allen. Bedeutet: Trotz Sondereinsatzgruppe, trotz riesigen Beamtenaufgebots, trotz intensiver Ermittlungsarbeit, trotz Verprassen von Steuergeldern war weit und breit noch immer kein Verdächtiger in Sicht. Die Nerven lagen blank. Auf allen Seiten. Natürlich war der Kommissar da außer sich.

»Ich lass die ganze verdammte Stadt verhaften, verdammte Scheiße«, schrie er nicht viel später auf der Terrasse der Bierstube des Campingplatzes. »Da wird der Mörder schon darunter sein.«

Wäre er auch, dachte Plotek, wenn denn Kaspars den Mord begangen hat. Und eben das war nach den Ereignissen, dem von ihm und Vinzi belauschten Streit zwischen Kaspars und Uwe Wittlich und dem Fund des ermordeten Camping-Gotts nur einen Tag später, durchaus naheliegend.

»Aber warum um Himmels willen hätte Kaspars Inga umbringen sollen?«

Vinzi wollte sich mit dieser Vorstellung nicht abfinden.

»Und was konnte er gegen Kira haben?«

Auch Plotek schien keineswegs von Kaspars als Mörder überzeugt. Es wollte ihm einfach nicht einleuchten.

»Fragen wir ihn doch«, schlug Vinzi vor.

»Gute Idee!«

Aber Pech gehabt. Kaspars war nicht da. Weder in einem der Wohnwägen bei den Spargelstechern auf dem Campingplatz noch auf dem Spargelfeld.

»Der ist heute nicht zur Arbeit gekommen.« Der Spargelkönig Romberg bestätigte es ihnen auf Nachfrage. »Weiß auch nicht, wo der steckt. Normalerweise ist er zuverlässig.«

»Bis auf heute?«, fragte Vinzi.

»Bis auf heute«, sagte Romberg und dann: »Ist es wichtig?«

Wie man's nimmt, dachte Plotek. Für das nächste Opfer vielleicht schon, lebenswichtig sogar.

»Soll ich ihm was ausrichten, wenn ich ihn sehe?«

Tja, was sollte er ihm schon ausrichten, der Herr Romberg? Vielleicht: »Bitte melden, für ein Gespräch über die Morde an Hartmut Höge sowie Hans und Uwe Wittlich. Vermutlich auch über den Mord an Inga und Kira. Es ist dringend, danke.«

»Nein, danke«, sagte Plotek.

»Bitte.«

Auch bei Siouxsie, die mit den Aufräumarbeiten an ihrer niedergebrannten Imbissbude beschäftigt war, konnten sie Kaspars nicht finden. Dafür trafen sie dort Christin. Siouxsie schien über Kaspars Verschwinden gar nicht verwundert zu sein, zumindest kam es Plotek so vor. Obgleich sie auch ein wenig traurig wirkte.

»Vielleicht ist er zurück nach Lettland?« Christin suchte nach einer Erklärung.

»Was sollte er denn da?«, widersprach Siouxsie.

»Weiß nicht. Vielleicht ist es ihm hier zu gefährlich geworden.«

Bei mittlerweile fünf Ermordeten innerhalb weniger Tage hatte diese Argumentation durchaus etwas für sich. Siouxsie lachte gequält, was ihr aber gleich wieder verging.

Ein dunkler Mercedes mit Blaulicht auf dem Dach hielt vor den verkohlten Resten des *Hong Kong Garden*. Der Kommissar und sein Assistent stiegen hurtig aus. Sie wirkten entschlossen und etwas übermotiviert. Das waren sie dann auch. Ohne lange zu fackeln, nahmen sie Siouxsie fest. Begründung: dringender Tatverdacht. Welche Tat sie meinten, sagten sie nicht. Spielte aber in der derzeitigen angespannten Situation auch keine Rolle.

Wer nicht bei drei auf dem Baum ist, dachte Plotek, hat momentan gute Chancen, verhaftet zu werden. Die Kriminaler brauchten Erfolge. Da taugte im Prinzip jeder als Tatverdächtiger, der zumindest theoretisch Täter sein konnte. Und Täter konnte im Prinzip und theoretisch nun mal jeder sein.

Christin verdrehte die Augen und sagte, als Siouxsie gerade durch die hintere Tür in den Wagen bugsiert wurde: »Das wird sich alles klären!« Der Kommissar verdrehte ebenfalls die Augen, sagte aber nichts. Er stieg, ohne die drei noch eines Blickes zu würdigen, in den Wagen und fuhr davon. Christin, Vinzi und Plotek sahen dem Auto kopfschüttelnd, auch hilflos hinterher.

»Bumsarsch!«, gab Vinzi dem Kommissar mit auf den Weg.

»Na ja, der tut doch auch nur seine Pflicht«, versuchte Christin den unsympathischen Mann in Schutz zu nehmen.

»Seine Pflicht wäre es, den Mörder zu finden«, widersprach Vinzi. Er legte die Stirn in Falten und fügte hinzu: »Dass Siouxsie als Täter kaum infrage kommt, dürfte doch wohl klar sein.«

Zumindest für Vinzi. Christin schien da ihre Zweifel zu haben.

»Wieso bist du dir so sicher?«, fragte sie.

Plotek musste an das Feuerzeug mit dem Elvis-Porträt denken, das Siouxsie aus der Tasche gefallen war. Auch er war sich nicht ganz so sicher.

»Meinst du denn nicht?« Nun wurde auch Vinzi unsicher.

»Weiß nicht, ich bin ja kein Bulle.« Christin lächelte.

»Gott sei Dank nicht«, kommentierte Plotek.

Es kam ihm so vor, als ob er das schon einmal gesagt hätte. Auch Christin sah jetzt so aus, als würde sie sich daran erinnern. Ohne aber näher darauf einzugehen, fragte sie: »Was macht eigentlich dein Bein?«

»Geht.«

»Lass mal sehen.«

Schon kniete Christin wieder vor ihm auf dem Boden und krempelte sein Hosenbein hoch.

»Wow, sieht gut aus.«

Ob sie das kunstvoll um die Wade gewickelte Elastikband meinte oder das Hämatom, das merklich verblasst war, oder gar den ganzen Plotek, war so, wie sie es sagte, etwas unklar. Vermutlich meinte sie alles auf einmal. Die Folge war, dass Plotek nun sogar ein wenig verlegen wurde.

»In ein paar Tagen kannst du wieder springen wie ein junges Reh.«

Christin lachte mädchenhaft und erhob sich.

Einen halben Tag später war Siouxsie wieder frei. Die Kriminalfraktion konnte ihr nichts nachweisen. Obgleich neben dem Brandbeschleuniger auch Sprengstoffreste im abgebrannten *Hong Kong Garden* gefunden worden waren. Siouxsie konnte sich das nicht erklären. Musste sie auch nicht. Da sie für die Morde an Höge, Hans, Uwe und Inga ein wasserdichtes Alibi hatte, blieb dem Kommissar nichts anderes übrig, als sie wieder freizulassen.

»Vorerst«, gab ihr der Kommissar zerknirscht mit auf den Weg. »Dass Sie Ihren *Hong Kong Garden* selbst abgefackelt haben, steht noch immer im Raum.«

»Warum hätte ich das tun sollen?« Berechtigte Frage.

»Versicherungsbetrug«, kam es postwendend vom Kommissar.

Was aber Siouxsie nur hämisch lächeln ließ. Sie sollte recht behalten. Auch ein Versicherungsbetrug ließ sich ihr nicht nachweisen.

Bei der Obduktion von Uwe Wittlich stellte sich heraus, dass er tatsächlich erschossen worden war. Ein aufgesetzter Schuss direkt in die Stirn. Darüber hinaus war der Camping-Gott mit mehreren Stricken kunstvoll verschnürt worden. Ein richtiges kleines Paket war das gewesen, aus der Abteilung handarbeitliches Makramee oder sadomasochistische Fesselungskünste, auch Bondage genannt. Was

Plotek natürlich zwangsläufig auf den Gedanken brachte, dass man, um eine Leiche derart verschnüren zu können, schon mal einen Grundkurs in Fesselungstechnik absolviert haben musste. Oder man ist eben ein Naturtalent. Das gibt es natürlich auch. Menschen, denen von Natur aus und einfach so gelingt, was andere jahrelang üben müssen. Um es dann noch immer nicht richtig zu beherrschen. Neben der kunstvollen Verpackung des Camping-Gottes war auch noch interessant, was man in seinem Mund entdeckte. Auch wenn man das nun schon kannte. Dort befand sich nämlich ein Spargel. Als Grabbeigabe quasi.

»Vielleicht eine Liebeserklärung des Mörders an den Spargel?«, mutmaßte Plotek.

»Oder ein Ausdruck von Hass«, spekulierte Vinzi.

Nach dem Tod von Uwe Wittlich war die Bierstube nur noch abends geöffnet. Betrieben wurde sie nun abwechselnd und immer nur für wenige Stunden von Björn, Achmad und der Frau des Camping-Gottes. Ab und zu stand auch Heiko, der Angestellte von Frau Wittlich aus dem Schuhgeschäft, hinter dem Tresen. Die Bierstube wurde von den Campern gemieden. Nur Plotek und Vinzi zählten noch immer zu den Stammgästen. Und ab und zu kamen Journalisten vorbei und manchmal auch Elvis.

Die Stimmung in der Bierstube und auf der Terrasse war schlecht. Kein Wunder, bei so vielen Toten. Außerdem war der Camping-Gott bei allen sehr beliebt gewesen. Abgesehen vielleicht vom Mörder. Die Stimmung war geprägt von Trauer und Angst. Die meisten Gäste saßen stumm auf der Terrasse und machten ein betrübtes Gesicht.

Am schlechtesten gelaunt war aber der Kommissar. Der witterte in allem und jedem einen Hinweis oder einen Verdächtigen. Was er auch schonungslos und ohne große Verstellung kundtat. Er war von allen der mit Abstand Unbeliebteste. Hätte man eine Abstimmung durchgeführt, wer denn als Nächster auf die Liste des Mörders gehöre, wäre die Wahl sicher auf ihn gefallen. Er schlich über den Campingplatz am Lensterstrand wie ein Exhibitionist durch den Englischen Garten in München. Er saß wie der leibhaftige Vorwurf in dem weißen Plastikstuhl auf der Terrasse und verunsicherte die Gäste.

»So finden Sie doch nie etwas heraus«, sagte Vinzi, nachdem er seinem Körper schon einige Biere und noch mehr Ouzos anvertraut hatte.

Plotek grinste, ähnlich angeschickert. Das Feuermal des Kommissars begann wieder zu leuchten, und in seiner Miene zeichnete der Existentialismus ein Sittengemälde. Soll heißen, frei nach seinem schielenden Hauptvertreter: *Ermitteln, das ist da sein.*

Was aber Plotek und auch Vinzi nicht so richtig einleuchten wollte. Da sein ja, aber unauffällig, oder besser: gar nicht auffallend. Also verdeckt.

»Vielleicht sollten Sie undercover ermitteln.«

Es war Ploteks Vorschlag, der den Kommissar jetzt traf wie ein Buch am Kopf, wie *Das Sein und das Nichts* zum Beispiel. Oder *Vom Nachteil geboren zu sein.*

»Was wollen Sie damit sagen?«

Der Kommissar war über diese Anregung wenig erfreut. Womöglich glaubte er in Ploteks Vorschlag auch eine hinterhältige Anspielung auf seinen abrasierten Schnauzbart zu erkennen.

»Sie müssen hinter die Kulissen blicken.« Vinzi sagte es, wie man sagt: »Sie stellen sich einfach zu dumm an!«

»Das Naheliegende meiden.« Plotek war mit weiteren guten Ratschlägen zur Stelle.

»Die herkömmlichen Trampelpfade verlassen.«

»Die Ermittlung mal ganz anders aufrollen.«

Die Sätze klangen wie die Sprüche vom Jahreskalender für Kriminalbeamte im höheren Dienst, der alljährlich auf der Weihnachtsfeier der Gewerkschaft der Polizei in einer Tombola verlost wird.

Als hätte der Kommissar nur Nieten in der Hand oder vor seinen Augen, sagte er: »Hören Sie auf! Sie haben doch keine Ahnung!«

»Und Sie keinen Erfolg.« Vinzi ließ sich von der grantigen Stimme des Kriminalen nicht einschüchtern.

Der Kommissar sah jetzt so aus, als wollte er gleich anfangen zu weinen. Oder aber sich im Nu die Kleider vom Leib reißen und allen zeigen, was sich womöglich darunter verbarg. Nach dem Motto: Bescherung hat auch immer was mit Fasching zu tun. Aber nichts von alledem.

Er stand auf, tippte sich aufs Feuermal und sagte: »Sie haben doch nicht mehr alle Tassen im Schrank.«

Dann war er verschwunden. Plotek und Vinzi blieben kichernd zurück.

»Was habt ihr denn mit dem gemacht?«

Björn fragte es, während er drei Ouzo an den Tisch brachte, als hätte er die Rolle des ermordeten Vaters schon in Gänze eingenommen. Dabei wirkte er weniger betrübt als vermutet.

»Wir haben ihm gesagt, wie er den Mörder findet.«

»Warum *den?*«, fragte Björn. »Können doch auch *die*

sein!« Der Gewerkschaftskalender hatte offenbar weitere Tipps auf Lager.

»Du meinst, es sind mehrere?« Plotek schien irritiert.

Björn wiederum gar nicht. »Ich meine, fünf Tote sind ziemlich viel.«

»Warum fünf?«, fragte Vinzi und zeigte die Zahl mit den Fingern seiner Hand.

»Höge, Inga, Hans, Uwe«, zählte Plotek auf, während Vinzi einen Finger nach dem anderen wieder in der Faust verschwinden ließ. »Das sind vier.«

Björn lächelte und stellte die drei Schnapsgläser vom Tablett auf den Tisch.

»Ihr glaubt doch nicht im Ernst, dass diese Kira von Kybié nur mal kurz Zigarettenholen ist, oder?

»Sie raucht nicht«, warf Vinzi ein, während nun auch der fünfte Finger wieder in der Faust verschwand.

»Na eben.« Björn schien zufrieden.

»Dann sind es aber *sechs*«, kam es von Plotek.

»Sechs?« Die Zufriedenheit schwand aus Björns Gesicht. Jetzt wirkte er irritiert.

»Iveta!«, sagte Plotek, und Vinzi fügte hinzu: »Du glaubst doch nicht etwa, dass die seit fünf Jahren in Lübeck lebt und Marzipan verkauft, oder?«

»Sie mochte kein Marzipan.«

»Woher weißt du das?« Die Irritation schien nun wieder auf Ploteks Seite.

»Ich weiß es nicht. Ich schätze es mal.«

»Du kanntest sie, was?«

»Alle kannten sie.«

»Und wie *gut* kanntest du sie?«, hakte Vinzi nach.

»Seid *ihr* jetzt die Kommissare?«

Björn lachte und griff nach einem der eisgekühlten Ouzogläser.

»Prost.« Er hob es hoch.

Plotek und Vinzi griffen nach den verbliebenen Schnäpsen.

»Geht auf's Haus«, verkündete Björn.

Solange das noch steht, dachte Plotek und sagte dann ebenfalls: »Prost!«

Wie Vinzi auch.

18

Während Plotek und Vinzi mit Kopfweh und einem Kater unter der Dusche im Waschraum standen und in Gedanken ganz bei der toten Kira waren, knisterte es plötzlich vor der Milchglasscheibe des Flachbaus.

Ploteks und Vinzis Zeigefinger legten sich gleichzeitig auf ihre Münder. Sie drehten das Wasser ab und lauschten still und aufmerksam auf das, was leise und kaum hörbar durch den Fensterspalt von draußen zu ihnen hereindrang.

Zuerst war da wieder nur Knistern zu hören. Dann eine Stimme, eindeutig die von Achmad. Und wieder Knistern. Achmads Walkie-Talkie. Er hatte es wohl wieder in seinem Besitz. Aber wer am anderen Ende war, konnten die beiden nicht heraushören.

»Komm in Kirche, morge, zwei Stunde vor Mitternacht«, sagte jetzt Achmad, was sich nicht wie die Einladung zu einer ausgelassenen Geburtstagsparty anhörte. Wieder Knistern.

»Das du wirst dann sehe.« Es klang wie eine unheilvolle Prophezeiung.

»Ich alles weiß!« Das wiederum wie eine Drohung. »Wenn nicht, ich alles verrate, bei Polizei.«

Dann erklang ein kurzes, aufgesetztes Lachen von Achmad. Anschließend sprach er, nun wieder mit bösem Timbre in der Stimme, weiter. »Glaub nur nicht, dass du kannst vorher mich umbringen.«

Kein einziges Wort von der Person am anderen Ende des Walkie-Talkies war zu verstehen. Nicht einmal die Stimme konnten die beiden aufgrund des Knisterns identifizieren. Klar war allerdings, dass das Walkie-Talkie vorher dem Camping-Gott gehört hatte. Und klar war auch, dass die Stimme schon mal nicht von ihm sein konnte. Blieb also eigentlich nur Björn, sein Sohn, dachte Plotek. Und Vinzi dachte Ähnliches.

»Ende!«

Lange drückten sich Plotek und Vinzi in Klosternähe herum, während die Sonne bereits unterging. Vinzis Rollstuhl hatten sie, den Blicken neugieriger Augen entzogen, im Gebüsch am Klostergraben verstaut. Immer in der Hoffnung, einen günstigen Moment zu erwischen, um sich möglichst unentdeckt in der Kirche verschanzen zu können. Aber keine Chance. Entweder kreuzten Touristen im Klosterhof auf, die über die Rasenfläche schlenderten auf der Suche nach was auch immer. Womöglich nach Veranschaulichung des Verbrechens, das sich mittlerweile in aller Munde befand. Oder ein neugieriger Einheimischer kam des Weges und schien sich beim Anblick von Plotek und Vinzi so seine Gedanken zu machen.

Kurz nach neun war es ihnen dann doch noch gelungen, unbeobachtet in der Kirche zu verschwinden.

Wo versteckt man sich in einer Kirche am besten?, fragten sich die beiden. Lange mussten sie nicht überlegen. Im Beichtstuhl natürlich. Obgleich Plotek keine guten Erfahrungen mit Beichtstühlen gemacht hatte. Schon öfter hatte er in ihnen Zuflucht gesucht. Und nicht nur zum Beichten. In Altötting, aber auch jüngst beim Begräbnis seines Vaters auf der Schwäbischen Alb, hatten Beichtstühle auf ihn eine unheilvolle Wirkung ausgeübt.

»Wo ist denn hier der verdammte Beichtstuhl?«, fragte Plotek.

»Das ist eine evangelische Kirche«, kam von Vinzi.

»Scheiße!«

»Aber hier, schau mal.«

In der Kirche stand am Eingang an der Kirchenmauer ein Strandkorb.

»Was macht der denn hier?«

»Keine Ahnung, die stehen hier doch überall rum.«

Plotek drehte den Strandkorb so um, dass die Sitzfläche zur Mauer zeigte.

»Na los, rein da.«

Die beiden zwängten sich also zu zweit auf die Sitzfläche des Strandkorbs.

Schon nach wenigen Minuten wussten sie, dass das ein Fehler gewesen war. Es war viel zu eng für zwei Männer. Auch wenn dem einem beinahe die gesamten Beine fehlten. Da Alternativen nicht vorhanden waren, versuchten sie sich möglichst schnell an die widrigen Umstände zu gewöhnen. Was auch tatsächlich gelang. Als Plotek nach einer Viertelstunde die Beine einschliefen, hatte er sich mit dem Strandkorb bereits arrangiert. Mit Vinzi allerdings noch nicht ganz. Nicht nur, dass dieser ihm halb auf dem Schoß saß. Vinzi bekam auch noch, je länger sie in den unwirtlichen Korb gequetscht verharrten, Blähungen. Die er partout nicht in den Griff bekam. Es roch aber nicht nur streng. Die Blähungen waren auch noch mit einem auffälligen Geräusch verbunden. Das, so schien es Plotek zumindest, je länger die beiden im Strandkorb saßen, immer lauter wurde. Noch war die Kirche leer. Noch drohte keine Gefahr, entdeckt zu werden.

Aber wenn sich erst mal Achmad und sein Gast im Kirchenschiff eingefunden haben, dachte Plotek, dann gute Nacht!

Weiter kam er mit seinen Gedanken nicht, da jetzt ein Geräusch zu ihnen in den Strandkorb drang. Es war das Knarren der Kirchentür. Zwanzig Minuten vor 22 Uhr ging diese tatsächlich auf, und Achmad kam herein. Er ging langsam, fast schlendernd und sich mehrmals umblickend zum Altar nach vorne in die Apsis. Dort entflammte er ein Feuerzeug und zündete damit die Kerzen auf dem Altar an. Sofort erhellte ein Lichtschein die Apsis. Achmad setzte sich auf die Bank in der ersten Reihe und wartete.

Lange musste er dort nicht verharren. Kurz nachdem die Kirchturmuhr zehnmal geschlagen hatte, öffnete sich die Tür erneut, und eine weitere Person betrat die Kirche. An der Stimme konnten Plotek und Vinzi im Strandkorb den Mann sofort erkennen. Es war tatsächlich Björn, wie sie vermutet hatten.

»Was willst du?«

Björn rief es laut nach vorne zu Achmad, als hätte er nichts zu befürchten. Währenddessen ging er langsam durch das Kirchenschiff nach vorn. Als er an Achmads Bank angekommen war, sagte dieser: »Du bist Mörder!«

Achmads Stimme klang ein wenig matt. Trotzdem hallte sie in der Kirche wider.

»Ach-Gott-o-Gott, du hast doch nichts gegen mich in der Hand.«

Björn schien sich in Sicherheit zu wähnen und lachte gehässig.

Und wieder: »Du bist Mörder!« Noch immer ein wenig matt, aber dennoch eiskalt.

»Na und, du denkst doch nicht etwa, dass man dir irgendwas glauben würde, oder? Einem dreckigen Ausländer, aus ... wo kommst du noch mal her? Aus welchem Scheißhaufen bist du rausgekrochen, hä?«

Es sah ganz so aus, als wollte Björn Achmad nicht nur einschüchtern, sondern ihn auch noch demütigen. Wieder lachte er herablassend.

»Was ist, hat es dir jetzt die Sprache verschlagen, hä?«

Björn lachte so laut, dass es im ganzen Kirchenschiff hallte.

»Was weißt du denn, hä? Gar nichts weißt du!«

»Du bist Mörder.«

»Ach ja, was du nicht sagst?!« Es klang ironisch. »Und wo sind die Beweise, hä?« Er lachte wieder. »Du kannst mir gar nichts, verstanden?!«

Das wiederum klang einfach nur bedrohlich.

»Oder, was hast du gegen mich in der Hand, hä? Irgendwelche verwertbaren Beweise, Fingerabdrücke, Fotos, Zeugen, na?« Er lachte herablassend »Na, also!« Er machte auf dem Absatz kehrt, als ob damit alles gesagt wäre, und ging an der Kirchenmauer entlang zurück in Richtung Ausgangstür. Auf Höhe des umgedrehten Strandkorbs an der Mauer blieb er noch einmal stehen und drehte sich zu Achmad um.

»Ach so, beinahe hätte ich es vergessen. Ach-Gott-o-Gott, du bist entlassen, fristlos! Jetzt bin ich nämlich der Chef, hast du verstanden?«

Er wandte sich zum Gehen.

»Morgen bist du verschwunden! Ist das klar? Sonst bist

du fällig!« Er lachte bissig. »Dann verpfeif ich dich! Denn einen Aufenthaltsstatus hast du ja noch immer nicht ...«

Noch ehe er sich wieder in Bewegung setzen konnte, sprang Achmad von der Kirchenbank auf und rief von vorne: »Stehebleibe, sonst ich schieße!«

Er richtete eine Pistole auf Björn. Doch der dachte nicht im Traum daran, stehen zu bleiben. Er lief aber auch nicht weg. Blitzschnell zog er nun ebenfalls eine Waffe aus seiner Tasche, drehte sich erneut zu Achmad um und wollte gerade schießen, als Vinzi geistesgegenwärtig den Strandkorb kippte, sodass er genau gegen Björns Schulter prallte. Und zwar so heftig, dass er die Pistole verriss und der Schuss sich zwar noch aus der Waffe löste, aber nicht Achmad traf, sondern Jesus am Kreuz auf Bauchhöhe am gotischen Flügelaltar. Was dem aber nichts auszumachen schien. Nur das Loch vom Lanzenstich war jetzt noch ein wenig größer.

Björn hingegen stolperte, als wäre *er* von der Kugel getroffen, zu Boden, wobei ihm die Pistole aus der Hand fiel, die dann noch ein Stück weiter unter eine der Bänke rutschte. Noch ehe er sich wieder aufrappeln konnte, waren Vinzi und Plotek aus dem Strandkorb hervorgesprungen.

Björn war völlig überrascht und sah die beiden an, als wären sie *Die Heiligen Drei Könige* aus dem Morgenland.

Auch Achmad konnte seine Überraschung nicht verbergen. Was ihn aber nicht davon abhielt, zu ihnen nach hinten zu rennen und sich nun vor den dreien aufzubauen und sie mit seiner Waffe zu bedrohen.

Er forderte alle drei auf, sich zusammen mit ihm vorne am Altar in die erste Bankreihe zu setzen, mit Blick auf den getroffenen Jesus. Natürlich blieb ihnen nichts anderes übrig, als Achmads Anweisungen zu befolgen. Mit einer

Waffe in der Hand hat man immer das bessere Argument. Eine Waffe in der Hand *ist* immer das bessere Argument. Oder: Wer keine Waffe hat, offenbart Schwächen in der Diskussion.

Da saßen sie nun also schweigend auf der Kirchenbank, aufgereiht wie schmucklose Perlen an einem Rosenkranz. Immer wenn Björn etwas sagen wollte, schlug ihm Achmad mit der flachen Hand auf dem Kopf. So dass Björn dann doch nichts sagte. Außer vielleicht »Aua!«.

Wenigstens fünf Minuten saßen sie nun schon ganz ruhig und andächtig nebeneinander, wie zum stillen Gebet vereint. Plotek kam sich schon vor wie bei den Kartäusern, als Achmad plötzlich doch noch die Stimme erhob.

»Ich bin schuld«, sagte er leise, fast als spräche er zu sich selbst.

Björn lachte laut und anzüglich. Was wieder einen Schlag von Achmad auf Björns Kopf und ein »Ah!« aus dessen Mund zur Folge hatte.

»Warum du?«, fragte Vinzi »Ich dachte, *der* hier ist der …«

Auch er klopfte nun Björn auf den Hinterkopf. Wobei der junge Wittlich mit »He, was soll das!« protestierte. Was einen erneuten Schlag zur Folge hatte. Diesmal wieder von Achmad. Und Überraschung: kein Protest mehr von Björn.

»Ich habe erzählt es Inga.«

Achmad sagte es, als würde das alles erklären. Tat es natürlich überhaupt nicht.

»Was hast du ihr erzählt?«, wollte Plotek wissen.

»Ich alles habe beobachtet.«

»Was hast du beobachtet?«, kam es nun etwas ungeduldiger von Vinzi.

Es sah so aus, als müssten die beiden Achmad alles fein säuberlich aus der Nase ziehen.

»Damals vor fünf Jahren. Iveta. Ich habe gesehen, wie er hat angemacht sie. Ganz blöd, ganz eklig. In der Nacht auf Parkplatz vor Campingplatz. Ich hätte müssen einschreiten. Aber ich nicht konnte. Da, wo ich herkomme, man sagt: Mische du nicht ein dich in Angelegeheite von andere. Schau nicht hin, wo besser ist wegschauen.«

Na, geht doch mit dem Erzählen, dachte Plotek. Kaum hatte er es gedacht, verstummte Achmad auch schon wieder.

»Und weiter?«, drängte Vinzi. Mit Erfolg.

»Sie haben sie umgebracht.«

Wieder lachte Björn. Wieder schlug ihm Achmad auf den Kopf.

»*Er* hat Iveta umgebracht, weil nichts sie wollte von ihm. Er hat versucht zu vergewaltigen sie, in Lager von Bierstube ...«

»Die kleine Schlampe hat es doch so gewollt.«

Erneut schlug Achmad zu, härter noch als zuvor. Erneut kam ein »Aua!« von Björn. Auch das jetzt lauter und schmerzhafter.

»Aber sie hat gewehrt sich. Dann, er hat zugedrückt Hals, und war sie tot.«

Wieder Pause von Achmad. Der schließlich, ohne dass ihn Vinzi zum Weitersprechen animieren musste, fortfuhr: »Die anderen, Hans, sein Vater Uwe und Höge haben dann geholfe ihm. Sie haben weggebracht Iveta.«

»Wohin?«

»Weiß nicht.«

»Die findet ihr nie!« Hämisches Grinsen von Björn.

»Klapprad sie haben geschmissen in Klostergraben. Kleider und alles in Mülltonne. Ich habe rausgeholt sie aus Tonne.«

»Warum?«, wollte Vinzi wissen.

Achmad schien nachzudenken. »Man weiß nie, wofür gut ist«, sagte er. Es klang wie ein Kalenderspruch. Zwar nicht von der Polizeigewerkschaft. Dennoch schien Vinzi ebendieser seinen Tribut zu zollen, als er fragte: »Warum bist du nicht zur Polizei gegangen?«

Wieder dachte Achmad nach.

»Polizei nichts gut. Ich schlechte Erfahrung. Wo ich herkomme, man sagt, Schweigen besser ist als Reden, ist gesünder. Außerdem ich bin illegal hier. Ich habe keine Aufenthaltsrecht. Sie hätte geschickt mich zurück nach Tschetschenien. Ich wollte nicht zurück. Deshalb Polizei gehen war unmöglich.«

Aber mittlerweile schien er nicht mehr gänzlich dieser Einschätzung zu sein. »War Fehler. Große Fehler«, sagte er.

Wieder lachte Björn gehässig, und wieder schlug ihm Achmad auf den Kopf.

Dann sagte Achmad lange Zeit nichts mehr. Auch die anderen schwiegen. Als Vinzi seiner Ungeduld erneut Ausdruck verleihen wollte, kam ihm Achmad abermals zuvor.

»Ich habe versteckt Kleider, Schlüpfer, Schuhe und alles. Hinter Abdeckung von Wand in meine Wohnwagen.«

»War eigentlich auch ein Feuerzeug dabei?«, wollte Plotek wissen. »Ein Zippo mit einem Elvis drauf?«

»Ja, auch das, ich habe aus Müll geholt, warum?« Achmad sah ihn forschend an.

»Nur so!«, antwortete Plotek, und Vinzi drängte Achmad weiterzuerzählen. »Und?«

»Ging alles gut, fünf Jahre, und dann plötzlich nicht mehr.« Achmad schluchzte.

»Was ist passiert?«, hakte Plotek nach.

»Vor zwei Woche, ich und Inga, wir Liebe in Wohnwagen. Da dann Abdeckung ist gefallen von Wand.«

Björn lachte wieder. Achmad schlug ihm diesmal heftig ins Gesicht. Das Lachen endete abrupt. Die Nase blutete.

»Wegen Erschütterung. Fünf Jahre gehalten, jetzt nicht mehr. Schlechte Zeichen.«

Sehr schlechte, dachte Plotek und sah zu Björn hinüber, dem das Blut über das Kinn lief, von wo es auf die Kirchenbank tropfte.

»Und dann, Inga hat gefunden Plastiktüte mit Kleider von Iveta. Flipflop, Kette, Feuerzeug alles …«

Björn versuchte, sich mit seiner Hand das Blut vom Mund zu wischen. Doch Achmads Pistole schnellte mit dem Lauf direkt an Björns Stirn. Seine Stimme überschlug sich beinahe. »Wenn versuchst du falsches Spiel, ich schieße Kopf in Kugel, sofort, klar?«

Jetzt musste Plotek ein wenig grinsen. »Kugel in Kopf«, korrigierte er.

»Scheiße egal! Du dich nicht rühren, Björn«, kam es von Achmad zurück. Björn nickte eingeschüchtert.

»Woher wusste Inga, dass es die Kleider und Schuhe von Iveta waren?« Vinzi ließ nicht locker, während sich Achmad wieder ein wenig beruhigt zu haben schien.

»Stand Name auf Sohle von Flipflop, Name mit Edding geschrieben. Und Inga nicht dumm. Inga klug, sehr klug.«

Er machte wieder eine Pause und ließ die Pistole von Björns Stirn sinken.

»Und eifersüchtig, sehr eifersüchtig. Sie hat gedacht, ich hätte getötet Iveta. Ich …« Er lachte jetzt bitter. »Dann, ich musste alles erzählen ihr. Und sie nicht war böse, eher Gegenteil, sie gesagt hat, das Chance ist für uns.« Achmad schüttelte den Kopf. »Nicht für mich, ich habe gesagt. Aber sie nichts wollte hören davon. Ich habe gesagt, sie soll nicht tun das, soll sein lassen das.«

Was?, wollte Plotek fragen, brauchte er aber gar nicht mehr, da Björn ihm mit der Antwort zuvorkam.

»Die polnische Schlampe wollte uns erpressen.«

Erneut wollte Achmad ihn schlagen. Aber Vinzi hielt ihn zurück.

»Hunderttausend!« Wieder lachte Björn, jetzt schon eine Spur verzweifelter.

»Ich habe diskutiert mit Inga, immer wieder.« Achmad klang ähnlich verzweifelt. »Aber nichts. Sie hat gesagt, entweder ich gebe Kleider ihr, oder sie mich verlässt. Dann, ich habe gegeben. Auch Kette, Schlüpfer, Feuerzeug. Und alles gesagt ihr, was ich weiß. Auch, dass Fahrrad von Iveta ist in Klostergraben.«

»Wie kann man nur so blöd sein!«, zischte Björn – ohne dass ihn Achmad schlug.

Dafür gab Vinzi ihm jetzt wieder einen Klaps auf den Hinterkopf, während er zu ihm sagte: »Und dann hast du kleines Arschloch sie umgebracht, nicht wahr?«

»Hä?«, machte Björn, als verstünde er die Welt nicht mehr, zumindest nicht diesen Krüppel da neben sich. »Inga? Ich? Sag mal …«

Noch ehe Björn weiterreden konnte, fragte Plotek: »Und Höge, Hans, deinen Vater, die hast du wohl auch alle kaltgemacht, was?«

Björn sah Plotek an, als hätte auch der nicht mehr alle Tassen im Schrank.

War natürlich Absicht von Plotek. Er hatte sich so blöd gestellt, um Björn aus der Reserve zu locken. Aus der er dann auch prompt hervorgeschossen kam.

»Sag mal, spinnst du? Inga, ja, meinetwegen, das war ich. Aber die anderen, damit hab ich doch nichts zu tun. Das war doch diese lettische Ratte.«

Einerseits Freude bei Plotek über den Coup. Andererseits aber auch Ratlosigkeit. Lettische Ratte?, wollte er fragen. Brauchte er aber gar nicht mehr.

»Kaspars«, sagte nämlich Achmad bereits. »Als Schweine nicht wollten zahlen, Inga ist zu Bruder von Iveta. Sie hat Geschäft gemacht mit ihm. Hat alles erzählt ihm, und gegeben Kette, Schlüpfer, Feuerzeug, und er wollte holen Geld von Schweine.«

Clever, dachte Plotek. Und so kam dann wohl auch das Feuerzeug in Siouxsies Besitz.

Vinzi führte unterdessen die Erzählung für Achmad fort: »Kaspars hat aber nicht das Geld geholt, sondern die Schweine gleich geschlachtet.«

Das war dann weniger clever, dachte Plotek jetzt.

Dann schaltete sich Björn wieder ins Gespräch ein. »Nachdem Höge und Hans tot waren, wurde mir klar, dass nur dieser lettische Hurensohn Kaspars dahinterstecken konnte!« Er war offenbar stolz auf seine Kombinationsgabe.

Achmad schlug den jungen Wittlich abermals, ohne dass ihn Vinzi daran hinderte. Björns Nase blutete noch immer. Auf der Kirchenbank war schon eine kleine rote Pfütze.

»Deshalb habt ihr ihn auch in der Nacht am Spargelfeld halb totgeschlagen, was?«

»Halb tot, dass ich nicht lache.« Björn lachte nicht. »Eine kleine Abreibung war das, mehr nicht. Aber er hat alles abgestritten, diese Ratte. Und wir Idioten haben ihm auch noch geglaubt.«

»Wer, wir?«

Björn sah zu Vinzi, als wäre der nicht nur körperlich, sondern vor allem geistig behindert.

»Ich und Karol natürlich.«

»Zuhälter!«, sagte Achmad zur näheren Erklärung, worauf Björn widersprechen wollte, es dann aber doch mit Blick auf die Pistole, die sich wieder verdächtig nahe an seinen Kopf heranschob, bleiben ließ. »Als dann aber auch noch Papa ins Gras beißen musste, blieb mir nicht anderes übrig, als zu handeln. Solange ich noch konnte. Es war mir klar, dass ich der Nächste sein würde. «

»Und?«

»Ich würde mal im Wassergraben des Klosters nach ihm suchen.«

»Mieses Schwein!«

»Warum hast du Inga eigentlich im Brunnen versenkt?«, wollte Plotek wissen, »und nicht auch im Klostergraben?«

»Das wollte ich doch. Aber es musste schnell gehen. Ich hatte einfach keine Zeit, die Alte zu verpacken. Ich geriet in Panik. Und da wir nun schon mal im Keller vom Brunnenhaus waren ...« Achmad wollte wieder zuschlagen. Aber noch ehe seine Hand Björns Kopf erreicht hatte, griff der junge Wittlich blitzschnell nach Achmads Waffe. Ein Schuss löste sich. Björn schrie auf. Die Waffe fiel zu Boden. Er schnappte sie sich, sprang aus der Kirchenbank und richtete die Pistole auf die in der Bank Verbliebenen.

»Hände hoch, Arschlöcher!«

Erst jetzt erkannten sie, dass nicht nur Björns Nase blutete, sondern mittlerweile auch sein linker Arm.

»Ganz ruhig«, versuchte Vinzi den angeschossenen Björn zu beruhigen. Was aber misslang.

»Halt's Maul, du Krüppel!!!«

Die Pistole mit der unversehrten Rechten noch immer auf die drei gerichtet, hielt Björn seinen verletzten linken Arm dicht an den Körper gepresst.

»Flossen hoch, hab ich gesagt!«

Sein Gesicht spiegelte eindrucksvoll seine Schmerzen wider.

»Du kannst uns jetzt natürlich alle drei abknallen …«, formulierte Vinzi ruhig, während er die Hände hob.

»Ja, das mach ich auch!«

Björn fuchtelte mittlerweile unberechenbar mit der Knarre vor ihnen in der Luft herum.

»Geht nicht«, sagte Achmad. Auch er streckte seine langen Arme Richtung Kirchenkuppel.

»Hä?« Björn schien irritiert zu sein. Er sah zu Achmad, der jetzt grinste.

»Nur zwei Kugeln noch«, sagte der.

Björn machte einen Schritt auf ihn zu und hielt ihm die Waffe an die Stirn.

»Für dich reicht es allemal!«

Was die Anzahl der Patronen betraf, stimmte Achmads Einwand natürlich nur bedingt. In seiner eigenen Pistole waren zwar tatsächlich nur noch zwei Patronen. Die Waffe von Björn, die noch immer irgendwo in der Nähe des Strandkorbs liegen musste und die offenbar alle vergessen hatten, war aber ja sicher auch noch geladen.

»Vielleicht solltest du deine Wunden vorher noch von uns

versorgen lassen.« Vinzi versuchte wieder, beruhigend auf Björn einzuwirken. »Sonst beißt du auch noch ins Gras.«

Björn stöhnte, als wollte er so Vinzis Worte bestätigen.

»He, Mann, dein Arm muss abgebunden werden. Du verblutest sonst.«

Björns Hemd war mittlerweile nicht nur völlig rot durchtränkt. Es hatte sich zudem auch eine kleine Pfütze Blut unter ihm auf dem Steinboden gesammelt. Er schien zu überlegen. Seine Stirn kräuselte sich. Mit schmerzverzerrtem Gesicht sagte er: »Na los, mach schon.«

»Was?«

»Bind ihn ab.«

Vinzi auf der Bank stellte sich auf seine Stummelbeine, nahm sein großes, kariertes Taschentuch aus der Hosentasche, riss es in der Mitte entzwei und knotete die beiden Hälften zusammen. Dann band er Björns Arm damit ab.

Dabei ließ er sich Zeit, viel Zeit sogar. Björn richtete die ganze Prozedur über den Lauf seiner Pistole abwechselnd auf Achmads und Ploteks Kopf.

»Und der *Hong Kong Garden* geht auch auf deine Rechung, was?«, Plotek fragte es, während Vinzi noch immer die Wunde versorgte.

»Gut kombiniert, Mr. Holmes!« Björns Stimme klang jetzt kraftlos, schwach. »Ich wusste, dass die kleine lettische Ratte ihren Sprengstoff da versteckt haben musste. Ich wollte ihm ein kleines Abschiedsfeuerwerk bereiten!«

»Und warum musste Kira dran glauben?« Wieder Plotek.

»Diese blöde Kuh hat ihre Scheiß-Krimiwelt mit der Realität verwechselt. Sie ist mir irgendwie draufgekommen. Sie sagte, ich soll mich stellen, sonst würde sie mich anzeigen. Ich hab natürlich gesagt, sie kann mich mal, und sie hätte sowieso nichts in der Hand. Aber dann hat sie gesagt, dass sie ganz genau wisse, was ich und Karol auf dem Kerbholz hätten, dass sie alles genau aufgeschrieben hätte, das mit den Nutten, das mit Inga und ... Da musste ich handeln. Ich habe sie in der Nacht angerufen und dann ...«

Das war dann zu viel für Vinzi. Ohne Vorwarnung und von jetzt auf nachher rastete er aus. Er verpasste Björn einen Schlag gegen den Arm, so dass der junge Wittlich schreiend nach hinten kippte. Dabei löste sich erneut ein Schuss aus der Pistole. Die Patrone schlug in der Kirchenkuppel ein. Staub und Putz rieselten auf die vier herunter.

Zeitgleich ging das Licht in der Kirche an. Mit einem Schlag war es taghell. Noch ehe sich Plotek einen Reim darauf machen konnte, sprangen auf Höhe der Orgel maskierte Männer in Kampfanzügen von der Empore herab. Auch am Altar tat sich etwas. Ebenfalls schwarz maskierte Männer kamen wie Pfeile hinter dem Altar hervorgeschossen und überwältigten die vier im Nu.

Plotek lag mit dem Gesicht und auf den Rücken verdrehten Armen auf dem kalten Kirchenboden. Auf ihm hockte eine der Kampfmaschinen. Den anderen erging es nicht besser. Björn schrie vor Schmerzen. Nachdem alle vier handlungsunfähig gemacht worden waren, hörte Plotek eine Stimme, die ihm irgendwie vertraut vorkam. Sie sagte: »Bringt die zwei da raus!«

Achmad und Björn wurden vom Boden hochgehoben und weggeschafft.

»Die beiden anderen bleiben hier.«

Plotek und Vinzi blieben mit dem Gesicht auf dem Boden liegen.

Dann wurden sie gleichzeitig umgedreht. Und Überraschung! Über sich sahen sie jetzt nicht nur eine Handvoll maskierter Männer, sondern auch eine ganz und gar nicht maskierte Frau. Obwohl das auch nur halbwegs stimmte. Sie hatte eine schusssichere Weste um den Oberkörper gebunden. Christin!

»Ihr könnt die beiden jetzt loslassen.«

Die Maskierten taten, wie ihnen befohlen.

Christin lächelte. Plotek lächelte auch, während über Vinzis Gesicht ein Anflug von Erleichterung huschte. Dann machte Plotek mit der Hand eine Fingerpistole und sagte: »Peng, peng!«

»Stimmt. Undercover«, erwiderte Christin, als wäre es ein Einfaches gewesen, Ploteks Anspielung zu deuten. »Dabei ging es eigentlich gar nicht um die Morde, sondern um organisierte Kriminalität. Prostitution, Menschenhandel, Kinderpornographie.«

Das schien die beiden dann doch zu beeindrucken.

»Na, kommt schon.«

Sie reichte erst Plotek, dann auch Vinzi die Hand und half beiden vom Boden hoch.

»Es ist vorbei.«

Während die Maskierten abzogen, setzten sich Plotek und Vinzi auf die vorderste Kirchenbank. Christin gesellte sich dazu. Plotek und Vinzi schwiegen und warteten, als ob jetzt mindestens eine Erklärung fällig wäre. Was ja auch stimmte. Christin ließ sich dementsprechend nicht lumpen.

»Hans Wittlich und sein Kompagnon Karol, auch King genannt, haben nicht nur Spargelstecher aus Polen und Lettland vermittelt und Menschenhandel zum Zweck der Arbeitsausbeutung, wie es so schön heißt, betrieben. Sie haben auch versucht, die hübschen, jungen Mädchen gleich noch ins horizontale Gewerbe zu überführen. Manche wurden zur Prostitution gezwungen. Und nicht nur in den Bordellen von Hans Wittlich. Das lief deutschlandweit und im großen Stil. Auch minderjährige Mädchen wurden prostituiert.«

»Und du hast dich vor Ort ins Geschehen geschmuggelt?«

»Exakt. Uns war klar, dass der Campingplatz und die Wittlich-Brüder eine zentrale Rolle spielen. Es gab konkrete Hinweise, dass es sich hier auf dem Campingplatz einige Pädophile gutgehen ließen.«

»Höge?«

»Der auch! Seit ein paar Wochen versuche ich, das Vertrauen der Camper zu gewinnen, um hinter die Kulissen zu blicken.«

»Was dir ja gelungen ist.« In den Worten von Plotek lag auch ein kleiner Vorwurf.

»Tut mir leid. Aber hier geht es nicht um persönliche Befindlichkeiten, hier geht es um scheußliches organisiertes Verbrechen.«

Mir egal, dachte Plotek, dennoch hat sie mit mir gespielt, als wäre ich eine Handpuppe. Jetzt nur noch Puppe ohne Hand. Mal bildlich gesprochen.

»Und, habt ihr diesen Karol wenigstens erwischt?« Vinzi sagte es, als könnte er Ploteks Gedankengang gut nachvollziehen.

»Ja, aber der ist auch nur ein kleiner Fisch. Die großen zappeln woanders. Aber auch da sind wir dran. Zeitgleich gibt es gerade in zwanzig Städten Einsätze, Hausdurchsuchungen, Festnahmen et cetera. Europaweit. Danach hoffe ich, dass das Netzwerk zerschlagen ist und der Deckel sich schließt. Na ja, wir werden sehen.«

»Apropos Deckel, habt ihr Kira schon gefunden?«, wollte Plotek wissen.

»Nein, leider nicht.«

»Schaut doch mal im Sarg von Hans Wittlich nach.«

Plotek stand auf. Vinzi ebenso. Beide gingen durch das Kirchenschiff zum Ausgang. An der Tür blieb Plotek noch einmal kurz stehen.

»Ach so«, sagte er. »Danke, dass du uns aus den Klauen des hitzigen Kommissars gerettet hast.«

»Nichts zu danken. Gern geschehen.«

Als die beiden schon im Klosterhof standen, blieb Plotek ein weiteres Mal stehen, drehte sich zu Christin um, die ihnen gefolgt war, und sagte: »Eine Frage hätte ich noch.«

»Schieß los.«

»Oder besser zwei.«

»Auch das.«

»Und ich hätte einen Tipp«, sagte Vinzi.

»Wenn's sein muss«, kam von Christin.

»Dein Name«, fragte Plotek »ist der …«

Christin schüttelte den Kopf. »Für euch bin und bleibe ich Christin.«

»Und für die anderen?«, fragte Vinzi. Christin schien mit der Wahrheit nicht rausrücken zu wollen. Plotek wusste es auch so.

»Franziska?«, fragte er. Christin nickte.

»Und dein Geburtstag, war der auch gefakt?«, wollte Plotek wissen.

»Nee, der nicht.«

Er griff in die Hosentasche und nahm das Feuerzeug mit dem Elvis drauf heraus.

»Hier, für dich, ein Geschenk.« Plotek steckte ihr das Zippo zu.

»Wie schön. Danke.«

Christin gab Plotek einen Kuss. Auf den Mund.

»Ist von uns beiden«, sagte Vinzi.

Jetzt küsste Christin auch ihn auf den Mund. Hernach lachten alle drei.

»Und was ist jetzt mit dem Tipp?«, fragte Christin. Das schien sich auch Plotek zu fragen. Vinzi hingegen lächelte. »Ach so, ja, wenn ihr Kaspars sucht, der liegt im Klostergraben.«

Auf dem von Flutlicht erleuchteten Klosterhof war mittlerweile der Teufel los. Krankenwägen. Einsatzfahrzeuge und Schaulustige, wohin das Auge blickte.

»Hu-hu!«, hallte es zu ihnen herüber.

Es war die Schwangere, die Plotek und Vinzi vom Fenster einer der Stipendiatenwohnungen im Brunnenhaus aus zurief.

»Huhu«, gab Vinzi zurück und wollte sich schon wieder umdrehen.

Aber denkste. Agatha winkte die beiden resolut zu sich.

»Na, los, geht schon«, sagte Christin. »Wir sehen uns später.«

»Bestimmt«, entgegnete Plotek und wusste, eher nicht.

»Tschüss.«

»Tschüss.«

19

»Drücken! Fest drücken! Und atmen!«

Die Schwangere war ganz rot im Gesicht.

»Ja, gut, sehr gut.« Vinzi auch.

Agatha lag auf der Couch, halb nackt und nur mit einem T-Shirt bekleidet. Vinzi stand davor auf seinen Stummelbeinen. Plotek wusste nicht, wo er hinschauen sollte. Er sah an die weiße Wand, dann zu Vinzi, anschließend auf das schwitzende Gesicht der Schwangeren, auf ihren nackten, plötzlich obszön wirkenden großen Bauch und ganz selten auf ihr entblößtes Geschlecht, das ihm Angst machte. Auch er schwitzte, ohne nur einen Finger zu rühren.

»Und drücken, immer schön drücken. Und atmen, gleichmäßig ein und aus, und ein und aus …«

Es hörte sich an, als wäre Vinzi eine Hebamme. War er natürlich nicht.

Dennoch dachte Plotek: Woher weiß der das nur alles? Vielleicht wusste er es aber auch gar nicht und tat nur so.

Wäre dann mal wieder typisch Vinzi, sinnierte Plotek.

Aber die Situation erlaubte auch nichts anderes. Nichts anderes, als zu handeln. Plotek hingegen stand neben dem Sofa und schien wie gelähmt. Völlig handlungsunfähig. Damit lässt sich natürlich kein Kind auf die Welt bringen. Das mussten sie aber. Jetzt, augenblicklich, genau in diesem Moment. Es führte daran kein Weg vorbei. Das Kind im Bauch der Schwangeren hatte es eilig.

Neun Monate sind genug, schien es zu denken, und nichts wie raus hier! Soll heißen: Ohne Rücksicht auf Hebammen, Notärzte, Kreißsäle und profunde Hilfe. Bedeutet: keine Hebamme, nirgends. Das Kind konnte nicht mehr warten. Mussten die beiden eben ran. Oder vielmehr Vinzi.

Plotek hielt die Augen halb geschlossen und guckte untätig durch schmale Schlitze auf das nasse Gesicht der Schwangeren und das ebenso verschwitzte von Vinzi. Aber nicht mehr lange.

»Hol heißes Wasser, los, mach schon, schnell.«

Die Aufregung im Klosterhof, das Sondereinsatzkommando und alles hatte der Schweizer Schwangeren offenbar nicht gutgetan. Soll heißen, es hat sie ziemlich aufgeregt.

Als Plotek und Vinzi in derselben Nacht bei ihr in der Stipendiatenwohnung bei Yogi-Tee, Räucherstäbchen und Kerzenlicht saßen und sich ihre selbst verfassten Gedichte anhörten, war es ohne Vorwarnung mit Pauken und Trompeten inmitten ihre Gedichtes *Die Vergangenheit* losgegangen: »*Die Vergangenheit ist klar vorbei / Vorüber diese Zeit der Ewigkeit / Und nun bist du wieder ein Osterei …*« Das Osterei schrie plötzlich :»Ah!« Oder besser, die Schwangere schrie es.

Und bekam ihre Wehen. Zuerst lachte sie noch darüber und behauptete, dass die gleich wieder verschwinden würden und dass dieses wehenleidige Spiel schon ein paar Tage so ginge. Dummerweise verschwanden die Wehen aber nicht. Sondern nahmen sogar noch zu. Wurden stärker, viel stärker. Und schließlich zu gemeinen Presswehen. Die Fruchtblase platzte mit großem Hallo. Von da an drangen dann keine Gedichte mehr aus dem Mund der Schwangeren, sondern Gestöhn, sogar rhythmischer als die Gedichte, und schließlich Geschrei. Das hörte sich zumindest konkreter, auch dramatischer an als ihre verschwurbelte, unverständliche Lyrik.

»Tut mir leid«, sagte sie, legte sich auf das Sofa und sah aus, als wollte sie gleich gebären. Tat sie dann ja auch.

Dummerweise war der Klosterhof schon wieder leer. Also keine Rettungswägen, Notärzte, Intensivmedizin und alles weit und breit.

»Verdammt, was machen wir jetzt?«

Plotek fragte es leise und ohne Hoffnung auf eine Antwort in das Gestöhn hinein. Vinzi musste nicht lange überlegen. Was sollten sie auch schon tun? »Schönen Abend noch und Tschüss«-Sagen vielleicht?

»Pressen!«, befahl Vinzi und: »Atmen, schön atmen, aus, ein, aus, ein …«

Es klang wie in einer Vorabend-Seifenoper, in der während zweier Minuten ein Kind im Schnelldurchgang auf die Welt oder vielmehr in die Welt der Guten und Schlechten Zeiten geschmissen wird. Plotek kicherte.

»Schnauze! Hol endlich Wasser, schnell!«, befahl Vinzi in einem Ton, der Plotek ein Zaudern nicht zugestand. Also machte er sich an die Arbeit.

Mit Erfolg.

»Ja, da guckt das Köpfchen schon raus!«, rief Vinzi, und Plotek wurde es ganz schummrig in dem seinen beim Anblick der herausglotzenden Fontanelle.

»Und pressen. Und atmen.«

Agatha presste und atmete, was das Zeug hielt, und schrie dabei wie am Spieß. Wie nur Menschen aus naturverbundenen Regionen schreien können. Es hörte sich auch ein bisschen nach Obertongesang an.

Und dann ging alles ganz schnell. Als hätte wer auf die Fast-Forward-Taste gedrückt. Schon war das nackte, verschrumpelte Baby in der Stipendiatenwohnung angekommen. Und schrie sich beim Anblick von Vinzi und Plotek die Stimme aus dem Leib. Kein Wunder, eigentlich. Auch das hörte sich eindeutig wie aus naturverbundenen Regionen an.

Die Nabelschnur schnitt Vinzi mit einem Brotmesser durch, das ihm Plotek nach dreimaliger Aufforderung endlich aus einer der Schubladen in der Küchenzeile gereicht hatte.

Agatha war glücklich. Sie wiegte ihr blutiges, verschrumpeltes Kind in den Armen. Plotek war erschöpft, vor allem aber Vinzi fühlte sich, als hätte er zehn Festmeter Holz in Rekordzeit gehackt. Bei brütender Hitze. Mit stumpfem Beil.

»Ich ruf dann mal die Rettung an«, sagte Plotek.

Vinzi sagte nichts. Er konnte nichts mehr sagen. Der Grund: Er fing an zu zittern, ganz plötzlich, ganz heftig. Sein ganzer Körper vibrierte. Als würde er, der kleine beinlose Krüppel, jetzt gleich selbst noch ein Kind gebären.

Verdammt, der wird doch nicht einen epileptischen Anfall ..., dachte Plotek noch.

Da war es schon so weit. Vinzi wand sich am Boden wie ein Wurm, so dass es auch Agatha auf dem Sofa mit dem Kind auf der Brust ganz unheimlich wurde. Nur das Kind schien sich beruhigt zu haben und sah sogar aus, als lächelte es.

Plotek rief die 112 an und schilderte kurz und knapp,

was los war. Während sich Vinzi langsam wieder beruhigte. Der Anfall ließ nach und war schließlich, noch ehe die Martinshörner zu hören waren, zu Ende.

Als die Rettungssanitäter kamen, lag das Kind noch immer eingewickelt auf der Brust von Agatha und schlief. Vinzi lag auf dem Boden, den Kopf in Ploteks Schoß, und dämmerte ebenfalls kraftlos vor sich hin.

Der Rettungswagen brachte die junge, glückliche Mutter und ihr Kind ins Krankenhaus. Vinzi bekam eine Spritze und den guten Rat, am nächsten Tag vorsorglich ebenfalls eine Klinik aufzusuchen.

»Mal sehen«, sagte Vinzi, und »Danke«, sagte Plotek.

Als alle wieder abgezogen waren, beschlossen Plotek und Vinzi, die bereits angebrochene Nacht vollends in der Stipendiatenwohnung zu verbringen. Groß genug für zwei war sie allemal. Vinzi legte sich auf das Sofa, und Plotek schlief im Bett der Stipendiatin.

»Gute Nacht.«

»Schlaf gut.«

»Du auch.«

Und Plotek schlief. Besser denn je. Vielleicht lag es am Bett, vielleicht am Geruch. Das Bettzeug roch nach der Stipendiatin. Nach der Schweiz. Nach Schwangerschaft. Nach ihrem Bauch. So intensiv und heftig, dass sich der Bauch in Ploteks Unterbewusstsein hinein ausdehnte. Immer weiter. Bis er schließlich mit seinem Unterbewusstsein verschmolz. In jeder seiner Fasern war nun ein Fitzelchen Bauch. Auch im Kopf. Der Bauch der Schwangeren war ganz und gar in Ploteks Kopf. So lange, bis auch der Kopf zum Bauch wurde. Groß, prall, rund. Im Bauch war das

Baby, das plötzlich eine frappierende Ähnlichkeit mit Plotek selbst hatte. Die Gesichtszüge, die langen Haare, der etwas erweiterte Bauchumfang. Zwischen den Beinen des Kindes war eine kleine, aber feine Erektion zu sehen. Der Schwanz sah aus wie der von Plotek. Und wurde größer. Auch dicker. Bis die kleine zu einer großen Erektion wurde. Eine große, mächtige Erektion, die den Bauch durchstieß. Der Bauch platzte mit einem ohrenbetäubenden Knall. Das Fruchtwasser schwappte heraus und überschwemmte das Bett, die Stipendiatenwohnung, die Klosteranlage, Grömitz, die Lübecker Bucht, Ostholstein, Holstein, Schleswig.

»Hilfe!«, schrie Plotek. »Hilfe, so helft mir doch!«

Norddeutschland, Deutschland, Europa, die Welt.

»Hilfe!«

Aber vergiss es. Niemand half ihm. Er ersoff in seinem Traum im Fruchtwasser der Schwangeren und wurde am Morgen in der Stipendiatenwohnung neben das Bett gespült wie ein lebloser Fisch.

»Mein Gott, siehst du scheiße aus!« Vinzi sagte es, nachdem auch er aufgewacht war. »Als hättest du die Nacht mit dem Kopf in der Kloschüssel verbracht.«

»So ähnlich war es auch.«

Plotek war froh, als er das stark riechende Bett der Schwangeren wieder verlassen konnte.

Als die beiden dann am Mittag zum Campingplatz zurückkamen, hing an der Schranke ein Schild: *Bis auf Weiteres geschlossen.*

Auch die Bierstube war zu. Wer hätte sie jetzt auch noch betreiben sollen? An der Tür hing ebenfalls ein mit Filzstift geschriebenes Schild: *Wegen Trauerfall bis auf Weiteres geschlossen.*

Der Singular klang euphemistisch, befand Plotek.

Das fanden auch viele der Camper und waren abgereist. Auch Kurti und Brigitte wollten nicht länger bleiben. Jetzt, wo alles vorbei war, schienen die beiden die verloren geglaubte Aktivität plötzlich zurückerlangt zu haben. Sie hatten ihren Wohnwagen an ihren Mercedes gehängt und fuhren in dem Moment an der Schranke vor, als Plotek und Vinzi an derselben ankamen.

Plotek hob die Schranke hoch, und Brigitte kurbelte das Seitenfenster herunter.

»Wir sind dann mal weg.« Es klang erleichtert und keinesfalls wehmütig.

»Gute Reise«, sagte Vinzi und hob die Hand zum Abschied.

Kurti lachte, dass sein zotteliger Schnauzbart lustig wippte. Die Tränensäcke hingen wie Fledermäuse unter seinen Augen. Er wollte gerade den ersten Gang einlegen, als ihn seine Frau zurückhielt. Sie streckte ihren Kopf aus dem Seitenfenster, blickte entsetzt zur Terrasse und fragte: »Was macht der denn da?«

»Wer?«, wollte Plotek wissen.

»Na, der da!«

Sie zeigte mit der Hand aus dem Fenster zur Terrasse hinüber. Dort neben dem Betonsockel stand der gute alte Willy und buddelte wieder an seinem Loch. Das jetzt schon mindestens dreißig Zentimeter tief war.

»Der ist doch verrückt!«

Brigitte wischte sich mit der Hand vor dem Gesicht herum, während Kurti nun doch den ersten Gang einlegte und Gas gab. Ohne Tschüss zu sagen, waren sie verschwunden.

Fasziniert sahen Plotek und Vinzi noch immer Willy zu, wie der, die beiden ignorierend, engagiert und leidenschaftlich weitergrub, als hätte er sein letztes großes Ziel vor Augen respektive vor der Nase

»Was hat der vor?«, fragte Plotek. »Da muss doch irgendwas sein.«

So sah es jedenfalls aus.

»›Die findet ihr nie!‹« Vinzi sagte es plötzlich, als wäre es nicht nur ein Zitat, sondern ihm im selben Moment wie Schuppen von den Augen gefallen.

»Hä?«

»Das hat Björn gesagt, weißt du noch?«

»Nö«, sagte Plotek und schüttelte gleichzeitig den Kopf.

»Iveta!«, kam es von Vinzi, als wäre das die Erklärung.

»Du meinst …«

»*Wir* finden sie nicht, aber *er!*« Vinzi zeigte auf Willy.

»Nein!« Plotek schüttelte erneut ungläubig den Kopf. »Du meinst doch nicht etwa, dass Iveta da drüben …«

Willy hörte auf zu buddeln, als hätte er verstanden, wovon die beiden sprachen. Er schaute zu ihnen herüber und bellte. Dann fiel er um und war tot.

»Scheiße«, sagte Plotek. »Das gibt's doch nicht.«

Gab es doch. Willy rührte sich nicht mehr. Er war eindeutig tot.

»Na ja«, sagte Vinzi. »Der hatte doch ein schönes Leben, oder?«

Er dachte nach und fügte hinzu: »Und wenn man es bedenkt, auch ein schönes Ende, nicht wahr?«

Dabei zeigte er an das andere Ende der Terrasse. Der kleine weiße Pudel, Willys Wegbegleiter an der Ostsee, schaute von dort herüber und winselte sehnsüchtig.

Der Rest war eine Sache für die Exekutive. Die wollte es zwar zuerst nicht glauben, dass sich die seit fünf Jahren vermisste Iveta einbetoniert unter der Bierstubenterrasse befand. Aber als dann Björn, vom Kommissar erheblich unter Druck gesetzt, einknickte und gestand, kam heraus, dass die Terrasse tatsächlich genau zum Zeitpunkt von Ivetas Verschwinden neu erbaut worden war, um die Leiche der polnischen Spargelstecherin für immer darin zu entsorgen. Beinahe wäre das ja auch gelungen. Wäre da nicht dieser alte, schwäbische Hund mit seiner Spürnase und seinem siebten Sinn gewesen.

Also kamen die Männer in den weißen Overalls aus Kiel und zerlegten mit Presslufthämmern die komplette Terrasse. In dem Betongrab fanden sie bestens konserviert die Leiche der polnischen Spargelstecherin.

Regenwolken zogen auf. Der Himmel sah aus wie auf einem Gemälde. Dramatisch, theatralisch, anmaßend. Auch ein wenig kitschig und wie für ein Ende bestellt.

»Und was machen wir jetzt mit Willy?«, wollte Plotek wissen. Sie hatten ihn, noch bevor die Exekutive eintraf, zu ihrem Wohnwagen geschafft.

»Was macht man mit einem Toten?« Vinzi fragte es, als wäre es ein Rätselraten mit Kindern im Vorschulalter.

»Einbetonieren«, sagte Plotek, um ihm in die Parade zu fahren.

Aber denkste.

»Exakt!« Vinzi stand auf, hob Willy wie einen Sack Zement in den Rollstuhl und sagte zu Plotek: »Komm mit!«

Begleitet von Willys Freundin, dem weißen Pudel, der andächtig neben ihnen herlief, rollten sie zum Strand. Der Himmel glich immer mehr dem auf dem Gemälde *Mönch am Meer* von Caspar David Friedrich. Bedeutet: düster, verhangen, melancholisch. »... als ob einem die Augenlider weggeschnitten wären«, hatte ein deutscher Dichter beschieden.

»Hier, das ist doch bestens für unseren Zweck geeignet.« Vinzi zeigte auf ein von Achmad ausgehobenes Loch. Als ob der traurige Riese ihren Bedarf geahnt hätte. Plotek nahm Willy vom Rollstuhl und legte ihn in die vielleicht achtzig Zentimeter tiefe Grube.

»Ideal« Plotek begann mit seinen Füßen Willys Grab mit Sand zuzuschieben.

Als er fast fertig war, sagte Vinzi plötzlich: »Verdammt, da kommt jemand!«

»Wo?«

»Da!«

Er zeigte in Richtung Wasser. Am Strand, nicht weit von ihnen entfernt, war tatsächlich eine Person zu erkennen, die am Wasser entlangging. Sie sah beinahe aus wie der Mönch in der Kutte auf dem Caspar-David-Friedrich-Bild. Nur die vierzehn Möwen waren hier ein Hund, der den Mann begleitete.

»Ist das nicht dieser moderne Messias?«, fragte Plotek und meinte den berühmten Fernsehkommissar.

Er war es wirklich. Der kleine Mann im Trenchcoat, der im selben Zug wie Plotek am Bahnhof in Neustadt angekommen war, bewegte sich langsam am Strand entlang in ihre Richtung. Neben ihm sprang ein dunkelbrauner Labrador auf und ab, als suchte er nach etwas. Der Kommissar warf immer wieder einen Stock in die Luft, und der Hund wetzte hinterher.

»Hm«, machte Vinzi und schien nicht genau zu wissen, was Plotek meinte.

Plötzlich blieb der Kommissar stehen und winkte auffällig, zuerst mit der einen, dann auch mit der anderen Hand zu den beiden herüber.

»Meint der uns?«

»Er kommt auf jeden Fall direkt auf uns zu«, sagte Plotek. Der Hund kam auch.

»Vielleicht, weil du die ganze Zeit hingeglotzt hast«, mutmaßte Vinzi.

»Ich hab doch nicht …«

»Klar hast du …«

Der Hund war da, der Kommissar auch.

»Hallo, das ist aber eine Überraschung.«

Der Fernsehkommissar reichte den beiden scheißfreundlich die Hand. Er fragte: »Sind Sie nicht die beiden Helden?«

Hat der nicht mehr alle Tassen im Schrank oder schon einen im Tee?, dachte Plotek. Und: Ist denn nicht jeder ein Held, wenn er am Abend den Tag überlebt hat? Aber das schien der Mann nicht gemeint zu haben.

»Hm?«, machte also Plotek.

Und »Hm?« machte auch Vinzi.

»Ja, klar sind Sie das!«

Vermutlich keine Tasse mehr und wirklich einen im Tee, dachte Plotek.

Der Fernsehkommissar holte unterdessen eine aktuelle

Tageszeitung aus der Tasche seines Trenchcoats, schlug sie auf und hielt sie Plotek und Vinzi als Beweismittel unter die Nase.

»Hier! Das sind doch Sie!«

Von der Titelseite der Zeitung guckten tatsächlich aus zwei leicht verwackelten und etwas unscharfen Fotos Vinzi und Plotek herunter.

»Großartig, wie Sie das gemacht haben. Herzlichen Glückwunsch!«

Der Kommissar klang begeistert und gar nicht so, wie man ihn vom Fernsehen her kannte, wo er meistens einen wenig motivierten, auch desorientierten Eindruck machte. Wieder reichte er Plotek und Vinzi die Hand.

»Die Zeitung können Sie behalten.«

Er wendete sich ab. »Ich muss«, sagte er und ging, ihnen zum Abschied zuwinkend, weiter, während der Hund des Kommissars und der kleine weiße Pudel sich bereits ausgiebig beschnuppert und sich offensichtlich auch schon angefreundet hatten.

»So schnell kann es gehen«, sagte Plotek.

»Was?«

Er zeigte auf den Pudel und den Labrador, die nun gemeinsam, als wären sie ein Herz und eine Seele, abzogen.

»Kaum ist der eine tot, spielt ein anderer den Part.«

»Und das ist auch gut so.« Vinzi ließ daran keinen Zweifel.

»Hast auch wieder recht«, stimmte Plotek zu und sagte dann: »Na, los, lies schon vor!«

Machte Vinzi dann auch. Zuerst wurde der ganze Fall noch einmal haarklein beschrieben. Dabei wurde auch erwähnt, dass Björn W. Mitglied in einer rechtextremistischen Vereinigung mit dem Namen AG Ostholstein sei, weshalb überprüft werde, ob dieselbe auch etwas mit den Morden zu tun habe. Anschließend wurde der Showdown in der Klosterkirche minutiös geschildert, was aber Vinzi alles nuschelnd und im Schnelldurchgang überflog. Bis er schließlich in normaler Stimme weiter vorlas: »›Die Kriminalautorin Kira von Kybié wurde ebenfalls ermordet aufgefunden. Offenbar hatte sie noch kurz vor ihrem Ableben versucht, auf der Heckscheibe ihres Wagens mit Lippenstift einen Hinweis auf den Täter zu notieren. Dabei wurde sie dann allerdings ermordet.‹«

»Kille, Kille …«, sagte Plotek, wobei er sich gut an den roten Lippenstift auf der Scheibe des Mini Coopers erinnerte.

Vinzi erinnerte sich auch, verstand es aber trotzdem nicht. »Was soll das um Himmels willen denn bedeuten?«, fragte er.

»War wohl ein Hinweis auf den oder die Täter.«

»Björn?«

»Kaspars, Björn, Karol und die anderen.«

»Karol?«, fragte Vinzi, als stünde er mit seinen Stummelbeinen noch immer auf der Leitung.

»Karol, auch der King genannt!«, kam von Plotek. »Kille Kille King, verstehst du?« Vinzi nickte, obgleich er ganz und gar nicht danach aussah, als ob er überhaupt etwas verstünde. Dann widmete er sich wieder dem Artikel.

»›Nach einer Razzia in Berlin, München, Riga, Warschau und zwölf weiteren Städten konnten insgesamt hundertacht Personen vorläufig festgenommen werden. Ihnen wird Menschenhandel, Zuhälterei und Kinderpornographie vorgeworfen. Dabei wurden auch Camper vom Campingplatz Inselstrand verhaftet, wie zum Beispiel der aus München stammende Ulf Z.‹«

»Unser pädophiler Wohnwagenbesitzer!«

»Wusste ich's doch!«, sagte Vinzi.

»Lies weiter.«

»›Die Aufklärung ist vor allem zwei Campern vom Campingplatz Inselstrand zu verdanken. Paul P. und Vinzent A. …‹«

Vinzi machte eine kurze Pause, als ob er sich erst vergewissern müsste. »Das sind wir!«

Nicken von Plotek, während Vinzi weiterlas.

»›…die seit einer Woche Gäste auf dem Campingplatz waren, haben dazu beigetragen, den Fall aufzuklären und den Täter zu überführen.‹«

»Das ist mal wieder typisch Presse«, unterbrach Plotek Vinzi. »Erstens waren es mehrere Täter. Und zweitens haben wir beide sie ganz bestimmt nicht überführt. Da wird die Realität wieder so verdreht und vereinfacht, dass sie auch in die ganz, ganz kleinen Köpfe passt!«

»›Darüber hinaus haben sich die beiden Camper auch noch als Geburtshelfer verdient gemacht, als sie einer Stipendiatin im Kloster Cismar darin beistanden, ihre kleine Tochter zur Welt zur bringen.‹«

»Verdient gemacht nennt man das also.« Wieder Einspruch von Plotek.

»Na ja, du ja weniger«, sagte Vinzi und lachte. Er wollte die Zeitung schon zusammenknüllen, als er plötzlich innehielt.

»Ich werd verrückt!«, sagte er und zeigte auf ein weiteres Bild, dieses Mal auf der letzten Seite der Zeitung. »Ist das nicht Hexe?«

Klar war das Hexe, Vinzis deutsch-rumänische Haushaltshilfe, die die beiden nun aus der Zeitung heraus anschaute.

»›Wahrsagerin festgenommen‹«, las Plotek die Überschrift des zugehörigen Artikels vor.

»Verflucht!«, sagte Vinzi. »Irgendwann musste es ja so weit kommen.«

Noch ehe Vinzi den Artikel überflogen hatte, schlug Plotek vor, die Beerdigung von Willy endlich zum Abschluss zu bringen, und schob mit seinen Füßen schon wieder Sand in das Loch.

»Ruhe in Frieden«, sagte Plotek.

»Oder besser in Halligalli«, fügte Vinzi hinzu. »Auf dass da oben oder unten oder wo auch immer ordentlich was los ist.«

»Und der Bär steppt.«

»Der Hund tanzt.«

»Amen.«

Das Amen wurde akustisch begleitet von einem Hupgeräusch, das vom Deich her kam. Als würden bei Beerdigungen nicht Trompeten spielen, sondern Fahrzeughupen. Ein kurzer Blick, und Plotek und Vinzi sahen Elvis mit seiner Schwalbe den Deich entlangkommen. Er hupte erneut, winkte und schrie: »Hallo … *Sackratten!*«

Dann nahm er das Gas weg und wurde ein wenig langsamer. Keine fünf Meter von den beiden entfernt hielt er an.

»Alles klar … *Arschritze?*«

»Und selbst?«

»Alles im … *Eierschlecker, Mundwinkeltripper, Furzdrüse* … grünen Bereich.«

Plotek zündete sich eine Zigarette an. Vinzi ebenso.

»Willst du auch eine?«

»Nee, muss weiter ... *Bumsarsch* ... hab's eilig.«

Er wollte schon wieder Gas geben, doch dann hielt er noch mal inne.

»Sag mal, kennt ihr den schon ... *Buckelprinz, Schleusenfrosch, Arschwemser?*«

Noch ehe einer der beiden etwas sagen konnte, redete Elvis schon weiter. »Steht ein Porsche auf einem Behindertenparkplatz. Steigt ein junger gut aussehender sportlicher Typ aus. Fragt die Politesse: ›was haben Sie denn für eine Behinderung?‹«

Kein einziges Schimpfwort verschandelte bisher den Witz. »Sagt der Typ: ›Tourette, du Fotze!‹«

Elvis lachte, bis die Tränen kamen. Plotek lachte auch. Und Vinzi ebenso.

Als sich alle drei wieder ein wenig beruhigt hatten, sagte Elvis: »Na, dann ... *Muschi* ... ich muss los ... *Tittenarsch.*«

Aber auch diesmal gab er nicht Gas, sondern hielt erneut kurz inne und schrie: »Siouxise ... *Arschgesicht* ... hat eine neue Bude aufgemacht ... *Kackstulle* ... gleich da vorne, hinterm Deich, bis später ... *Mistgeburt, Schlepphoden.*«

Er gab endlich doch noch Gas und fuhr winkend davon.

Plotek und Vinzi winkten zurück, und schon war er verschwunden.

Als das Motorgeknatter verklungen war, hörten die beiden Musik, die durch den Wind am Strand entlang bis zu Willys Grab und in ihre Ohren geweht wurde.

»Strobe lights pump and flicker/ Dry lips crack out for

more / 'Come bite on this rag doll, baby! …«, hörten sie jetzt ganz leise.

»Das ist die richtige Trauermusik für Willy.«

»Standesgemäß.«

»›*… That's right, now hit the floor*‹ */ They're sneaking out the back door / She gets up from all fours / Rhinestone fools and silver dollars / Curdle into bitter tears …*«

Beide standen am Ufer und sahen hinaus aufs Meer, über dem der Himmel immer mehr dem Gemälde Caspar David Friedrichs glich.

»Schön eigentlich.«

»Ja, sehr schön.«

Beide zogen an ihren Zigaretten. Der Gesang wurde lauter. Beide wippten im Takt der Musik.

»*… Peek-a-boo Peek-a-boo / Golly jeepers / Where'd you get those peepers?*

Peepshow, creepshow / Where did you get those eyes?«

Sie summten leise vor sich hin, während ein schwacher Regen einsetzte. Sie dachten dabei an Willy, an Kira, Agatha, Christin, an den Himmel und das Meer.

Als der Refrain kam, riefen sie laut: »*Peek-a-Boo*« in den Wind.

Anmerkungen:

Die Gedichtzeilen in Kapitel 14 und 19 stammen von Ernst Herbeck aus dem Buch *die Vergangenheit ist klar vorbei* (Brandstätter Verlag, Wien; 2002)

Dank an Martin Klein für inspirierende Gespräche im Kloster Cismar sowie an das Land Schleswig-Holstein für den Aufenthalt in der Stipendiatenwohnung im Kloster Cismar.